Diogenes Taschenbuch 22783

W0405762

Andrea De Carlo

Techniken der Verführung

Roman

Aus dem Italienischen von Renate Heimbucher

Diogenes

Titel der 1991 bei Bompiani, Mailand,
erschienenen Originalausgabe:
›Tecniche di seduzione‹
Copyright © 1991 Gruppo Editoriale Fabbri,
Bompiani, Sonzogno, Etas S.p.A.
Die deutsche Erstausgabe
erschien 1993 im Diogenes Verlag
Umschlagillustration: *Livre de Chasse*
des Grafen Gaston Phoebus:
›Les Chasses à Chantilly‹, 15. Jahrhundert
Copyright © Bibliothèque Nationale, Paris

*Jede Ähnlichkeit
mit lebenden Personen und
tatsächlichen Begebenheiten
ist rein zufällig*

Veröffentlicht als Diogenes Taschenbuch, 1995
Alle deutschen Rechte vorbehalten
Copyright © 1993
Diogenes Verlag AG Zürich
30/00/8/3
ISBN 3 257 22783 3

Inhalt

I Techniken der Annäherung 7
II Techniken der Eroberung 151
III Techniken der Besitzergreifung 289
IV Techniken des Verlassens 405

I

Techniken der Annäherung

Eins

Im November 90 arbeitete ich in der Redaktion von *Prospettiva*, mit einem Praktikantenvertrag, weil ich noch nicht die Journalistenprüfung gemacht hatte. Die Büros waren im zweiten Stock eines riesigen Gebäudes aus Glas und Beton, das auf einer öden Grasfläche an der östlichen Peripherie Mailands lag, umgeben von Trabantensiedlungen und Industriehallen und LKW-Depots und Autobahnauffahrten und Schnellstraßen voll dichtem Verkehr aus der Stadt und in die Stadt. Die Etage war als Großraumbüro konzipiert, so daß zu jeder Minute des Tages jeder jeden im Blick hatte: Köpfe und Oberkörper und Arme in ständiger Bewegung zwischen Barrikaden aus Metallschränken und Preßspan-Raumteilern. Die Luft wurde in einem geschlossenen Kreislauf klimatisiert, gefiltert und recycelt, die Fenster waren versiegelt. Der Fußboden war mit einem Synthetikspannteppich ausgelegt, der sich bei jedem Schritt elektrisch auflud, so daß man einen kleinen Schlag bekam, sobald man mit der Hand irgend etwas berührte. Das Neonlicht war gnadenlos weiß, und in den seltenen Augenblicken der Stille, in der Mittagspause oder abends, wenn fast alle gegangen waren, hörte man an der niedrigen Decke Tausende von Leuchtstoffröhren knistern, die unter Metallgittern notdürftig verborgen waren. In der übrigen Zeit herrschte eine Geräuschkulisse wie in einem elektronischen Bienenstock, Keybordgeklapper und Computersummen und gedämpfte Telefontriller und sich kreuzende und überlagernde Stimmen, die halblaut persönliche Bemerkungen murmelten, flüsternd Informationen austauschten und herrische Anordnungen skandierten.

Am späteren Vormittag kam Tevigati, der Chefredakteur, an meinem Schreibtisch vorbei und sagte in seiner gewohnten beiläufigen Art: »Roberto Bata, kannst du mal einen Augenblick zu mir kommen?«

Ich arbeitete gerade an einer Textcollage aus Telefoninterviews zu der These, daß große Busen out sind; ich antwortete ihm: »In fünf Minuten.« Erst vor wenigen Monaten hatte er mich einen ganz ähnlichen Bericht zusammenstellen lassen, in dem es hieß, daß üppige Formen allenthalben das Bild beherrschten, ebenfalls belegt mit Meinungsäußerungen von »Persönlichkeiten der Kulturszene« und einer ganz ähnlichen Auswahl berühmter Italienerinnen und Amerikanerinnen, die als Beispiele angeführt wurden. Wenn man hier drinnen saß, mußte man den Eindruck bekommen, daß die ganze Welt aus unglaublich rasch aufeinanderfolgenden Zyklen bestand, in denen Verhaltensweisen und Vorstellungen und Motivationen und Triebe und Werte und Werke untergingen und wiederkehrten, um ohne ersichtlichen Grund erneut unterzugehen. Nahezu jede Woche glaubte man irgendein neues schwaches Anzeichen zu erspähen, das groß herausgestrichen und verallgemeinert werden mußte, bis es wie ein alles mitreißender Trend erschien; unsere Archive waren voll mit Fotos und Namen und Telefonnummern, die sich zur Bestätigung auch der unhaltbarsten Folgerungen heranziehen ließen. Drei Viertel meiner Zeit verbrachte ich damit, Kontakte zu Soziologen und Schauspielern und mehr oder weniger bedeutenden Politikern zu knüpfen, um ihnen ein Statement über Aids oder Jungmanager oder den Minirock oder über Sex im Auto oder den Hunger in der Dritten Welt zu entlocken. Eine Tätigkeit, die so stereotyp und standardisiert und automatisch war, daß ein Computer sie genauso gut gemacht hätte, ohne daß ein kompliziertes Programm erforderlich gewesen wäre.

Es waren noch keine drei Minuten vergangen, da klopfte eine Redakteurin namens Germietti mit den Fingerknöcheln auf meinen Schreibtisch, deutete zu Tevigatis Platz hinüber und sagte: »Du, der will dich jetzt gleich.«

Also ließ ich meinen Monitor und ging im Zickzack zwischen Schränkchen und Raumteilern und Schreibtischen durch zu ihm. Einem außenstehenden Beobachter kam die Redaktion vielleicht wie eine emsig werkelnde Gruppe von Freunden vor, die zusammen eine Zeitung machten, aber abgesehen von der Tatsache, daß wir alle ziemlich jung waren und uns duzten und uns im gleichen Stil kleideten, gab es genauso wie in anderen Büros, in denen es viel förmlicher zuging, eine feste Rangordnung mit einem Verhaltenskodex und einer Hackordnung, von Stufe zu Stufe wachsenden Rechten und Gratifikationen.

Der Schreibtisch des Chefredakteurs Tevigati zum Beispiel stand an der Glasfront und erhielt natürliches Licht und war von hinten durch eine Schiebewand abgeschirmt, an die Fotos und Ansichtskarten und persönliche Notizen gepinnt waren. Viel war das nicht, wir einfachen Redakteure aber hatten nicht einmal das, um uns gegen die Reizüberflutung zu schützen.

Tevigati musterte mich von unten bis oben, forderte mich mit einer Handbewegung auf, Platz zu nehmen. Er telefonierte gerade und machte sich auf einem kleinen Block Notizen, behielt dabei den Bildschirm im Auge und schaute aus dem Fenster, zurückgelehnt in seinem Schreibtischsessel mit federnder Rückenlehne. Hier drinnen konnte schwerlich jemand einen Gedanken zu Ende denken, ohne unterbrochen zu werden und auf zwei, drei, oder vier andere Schienen abgelenkt zu werden, denen man allen gleichzeitig folgen sollte. Deshalb wurde die Fähigkeit, sich auf nichts eindeutig zu konzentrieren, in der Redaktion auch so hoch bewertet, ja auf den oberen Machtstufen sogar als regelrechte Tugend vorgeführt.

Ich bemühte mich, Tevigati nicht allzu auffällig zu beobachten; ich sah zu den Flugzeugen hinüber, die im nahen Flughafen starteten und hinter den Pappelreihen in den schmutzig-weißen Himmel aufstiegen. Dies hier war wirklich nicht die Arbeit, die mir vorgeschwebt hatte, als ich zu schreiben anfing, andererseits gab es zwischen meinen Vorstellungen und der Realität ohnehin nicht viele Berührungspunkte. Immerhin hatte ich ein regelmäßiges Einkommen und konnte die Wohnungsmiete bezahlen, statt meinen Eltern auf der Tasche zu liegen wie damals, als ich noch davon träumte, Enthüllungsjournalismus zu betreiben oder Romanschriftsteller zu werden, ohne mir die Verben vorschreiben und die Adjektive kontingentieren lassen zu müssen.

Tevigati legte den Hörer auf, spannte die Lippen zu einer Art geistesabwesendem Lächeln. »Da bin ich«, sagte ich; aber sein Blick war noch nicht auf mich eingestellt. Hier drinnen mußte jede Botschaft warten, sich genügend verdichten, durch die sich ab und zu öffnenden Kanäle schlüpfen, um dann genau im richtigen Moment, nicht zu früh und nicht zu spät, einzutreffen.

Ich schwieg, sah zu, wie er an seinem Daumen nagte, rasch auf die Telefontasten hämmerte und sich von einer Sekretärin eine Nummer geben ließ. Seine Aufmerksamkeit war von Natur sprunghaft und schaltete alle paar Sekunden um, was ihm sehr dabei geholfen haben mußte, seinen Posten zu erobern und ihn trotz häufig wechselnder Besitzer und Verlagsleiter die ganzen letzten Jahre hindurch zu behalten. Ohne den Hörer vom Ohr zu nehmen, zog er eine Einladungskarte aus einer Schublade, kickte sie mit den Fingern, an denen die Nägel völlig abgekaut waren, zu mir herüber.

Ich beugte mich vor und las: Unter dem Signum eines der bedeutendsten Mailänder Theater und dem Symbol der Stadtverwaltung stand *Der Traumaktivator – Konzertantes Schauspiel in zwei Akten*, und weiter unten *nach einem Text von Marco Polidori*. Ich sah Tevigati fragend an, denn das Theater war der Exklusivbereich von Angelo Zarfi, einem fettleibigen Kritiker mit schriller Stimme, der seine Besprechungen in Form von verschlüsselten Botschaften an einen kleinen Kreis von Eingeweihten verfaßte. Bei *Prospettiva* waren die Kompetenzbereiche fest voneinander abgeschottet: meiner lag zwischen Kultur und Folklore, in Wirklichkeit weit mehr bei Folklore als Kultur, ohne jede Chance, in absehbarer Zeit herauszukommen. »Zarfi schreibt über das Stück, du sollst die da interviewen«, sagte Tevigati. Mit seinem Kugelschreiber unterstrich er in der Liste der auf der Einladung abgedruckten Schauspieler den Namen Maria Blini, der ganz klein unter dem Regisseur Remo Dulcignoni, der Bühnenbildnerin Alda Celbatti, dem Komponisten Silvio Dramelli und dem Hauptdarsteller Riccardo Sirgo stand.

Währenddessen setzte er seine telefonische Fahndung fort: »Nein, nein, den aus Paris. Paris, verdammte Scheiße.« Er gefiel sich in einer vulgären Ausdrucksweise, vor allem gegenüber den Frauen in der Redaktion, zugleich aber sollte mir sein Tonfall auch die Rangverhältnisse klarmachen, mir vor Augen führen, daß ich gegen ihn gänzlich unbedeutend war.

»Wieviele Zeilen?« fragte ich, bloß um ein paar Sekunden schneller zu sein als er. Ich versuchte mir oft einzureden, daß die Arbeit hier in diesem Laden eine Quelle der Inspiration für mich war; dann wieder war ich sicher, daß meine Fähigkeit, frei zu schreiben, dabei für immer draufgehen würde.

»Dreißig Zeilen«, sagte Tevigati, als spräche er überhaupt nicht mit mir. Er kaute an seinem Daumen, schnaubte in den Hörer, würdigte mich keines Blicks.

»Bis wann?« fragte ich.

Er deutete ungeduldig auf die Einladung, auf der das Datum des heutigen Tages stand. »Morgen früh«, sagte er. »Es kommt in diese Nummer. Bring ein bißchen Pep rein, mach was aus ihr.«

Ich sagte: »Ich weiß nicht, ob ich's schaffe, heute abend. Ich hatte schon was vor.«

Er brüllte in den Hörer: »Den aus dem Büro, wen denn sonst, Himmelherrgott! Ich warte seit einer Stunde!«

Konzertante Schauspiele anzusehen und debütierende Schauspielerinnen zu interviewen und mit der Dringlichkeit eines Kriegsberichts dreißig Zeilen Schwachsinn zu schreiben war das letzte, was ich an diesem Abend gern gemacht hätte. Ich hatte meiner Frau Caterina versprochen, mit ihr essen zu gehen; es war Donnerstag, und ich hatte es satt, mir schlichte, kurze, reißerische Sätze einfallen zu lassen, um die wechselhafte Neugier der *Prospettiva*-Leser zu kitzeln.

Aber Tevigati war so gereizt, daß er nicht mehr ansprechbar war: er knallte den Hörer auf die Gabel und drückte mir die Karte in die Hand, sagte: »Das Leben besteht auch aus kleinen Extra-Anstrengungen, lieber Roberto Bata.« Die Art, wie er mich immer mit Vornamen und Familiennamen ansprach, machte mich wütend: der studentische oder kommißhafte Ton, den er dabei jedesmal anschlug.

Dann blinkte das Kontrollämpchen an seinem Telefon

auf, die Nadeln seines Druckers begannen über das Papier zu kratzen, eine Redakteurin kam mit einem Ordner in der Hand; Tevigati verabschiedete mich mit einer unbestimmten Handbewegung, und sein Interesse an mir erlosch.

Zwei

Zu Hause sagte ich zu Caterina, daß wir nicht essen gehen konnten, weil ich ins Theater müsse, um diese junge Schauspielerin zu interviewen. Sie schien nur leicht enttäuscht, trübselig und vom Winter angeödet wie sie war, aber zwei Minuten später lehnte sie mit Tränen in den Augen am Fenster. Ich fragte sie, was sie habe, legte ihr den Arm um die Schulter; sie riß sich los, sagte: »Zum Teufel mit dir, laß mich in Ruhe.« Ich wollte ihr erklären, daß es nicht meine Schuld war und ich nichts machen konnte, aber sie schrie mich an, sie sei es leid, jeden Abend zu Hause zu sitzen und vor Langeweile umzukommen, bloß weil ich es nicht fertigbringe, mich auch nur ein einziges Mal gegen Tevigati durchzusetzen.

Der Frust, der in mir steckte, ließ meine Schuldgefühle in Wut umschlagen, und ich schrie im gleichen Ton zurück, daß ich ja nicht zum Spaß bei *Prospettiva* arbeite, daß ich schon längst gekündigt hätte, wenn ich allein wäre und kein geregeltes Leben führen und sie unterstützen müßte, damit sie ihren Vertretungsdienst als junge Augenärztin machen konnte. Unsere Stimmen und die Worte, die wir wählten, wurden immer böser, bis es so ähnlich klang wie zwei Hunde, die aufeinander losgingen; ich schnappte mir meinen Mantel, knallte die Wohnungstür zu und rannte die Treppen hinunter, wie von Sinnen vor Wut und Müdigkeit und Hunger und schlechtem Gewissen. Drunten auf der Straße sprang das Auto nicht an, ich hatte die Scheinwerfer angelassen, und die Batterie war leer.

Ich mußte zu Fuß zur Bushaltestelle gehen und in dem eiskalten und giftigen Nebel fast zwanzig Minuten warten; als ich im Zentrum ankam, blieb mir noch eine ganze Stunde bis zum Beginn der Vorstellung. Ich sah mir die Bars mit den beleuchteten Vitrinen voll belegter Brötchen an, aber ich hatte nicht die geringste Lust, hineinzugehen und allein zu essen; zum Zeitvertreib lief ich fünfzigmal um die gleichen Häuserblocks. Dann war es plötzlich fünf vor neun, und ich ging schneller, rannte das letzte Stück fast.

Das Theaterfoyer war so heiß wie eine Sauna, voller übertrieben herausgeputzter Leute, die sich um den Kassenschalter drängten oder ihre Mäntel und Pelze an der Garderobe abgaben oder von ständigem Lächeln und Seitenblicken und Grußgesten und Blicken auf die Uhr durchsetzte Gespräche führten. Es war ein Premierenpublikum, viel aufgeregter als das etwas tranige Mittelschichtpublikum, das derartige Aufführungen in Mailand sonst besucht: Werbeleute waren da und Architekten und Jungmanager und Familiensöhnchen, langbeinige amerikanische Models und Managerinnen und Psychologinnen und Verlobte, die wie verrückt rauchten, reife Damen mit mahagonifarben oder rot getöntem Haar, Greisinnen mit silberblauen, auftoupierten Köpfen, die sich nur mit Hilfe von Korsetten und elastischen Binden auf den Beinen halten konnten, in quadratischen Schuhen mit Absätzen so klobig wie Zebrahufe.

Die feinsten Gäste trafen erst im letzten Moment ein, gespielt gleichgültig inmitten der allgemeinen Aufmerksamkeit: der Bürgermeister mit Frau und Tochter, die in Haute-Couture-Kleider gehüllt und mit goldenen Armreifen behängt waren, der neue Intendant der Scala, ein paar Fernsehstars, eine Modeschöpferin, eine Tänzerin, eine Sängerin mit so oft geliftetem Gesicht, daß sie schon gar nicht mehr versuchte, ihren Ausdruck zu verändern. Einige von ihnen hatte ich telefonisch für *Prospettiva* zu den verschiedensten Themen interviewen müssen; es beeindruckte mich, sie an mir vorbeigehen zu sehen wie Verkörperungen ihrer Telefonstimmen, ohne einen Schimmer davon, daß sie je mit soviel falscher Freundlichkeit mit mir gesprochen hatten.

Dann gingen die Lichter aus und wieder an und wieder aus, die Menge drängte zu den Saaltüren; ich ließ mich im Strom mittreiben.

Das Stück war kostenaufwendig inszeniert, anderthalb Milliarden Lire Subventionen aus öffentlichen Mitteln für die Realisierung der frigiden Phantasien des Regisseurs Dulcignoni und seiner Bühnenbildnerin Celbatti. Hauptdarsteller war Riccardo Sirgo mit seinem Doppelkinn und seinem gefärbten, quer über die Glatze gekämmten Haar, der sämtliche Untugenden und Klischees des institutionalisierten experimentellen Theaters in Italien in sich vereinte und mit einer fast unerträglich selbstgefälligen Riesenfrosch-Stimme sprach. Fünf jüngere Schauspieler, kahlgeschorene Muskelprotze, bewegten sich zwischen Treppen und Rutschbahnen und Monitoren um ihn herum, kletterten große, auf Schienen montierte Kuben hinauf und wieder hinunter. Dulcignoni und Sirgo mußten mit vereinten Kräften daran gearbeitet haben, jedem Satz einen unnatürlichen Rhythmus zu geben und den Wörtern ihren Sinn zu nehmen, sie wie ein Glucksen oder Röcheln oder Brummen klingen zu lassen, begleitet vom Zirpen und Stottern des auf einer beweglichen Plattform hinter der Bühne auf- und niederschwebenden Orchesters.

Außerdem wirkten zwei Schauspielerinnen mit, in grauen Baumwollumhängen, die absichtlich so geschnitten waren, daß bei jeder Bewegung nackte Haut blitzte und dem Publikum auf diese Weise wenigstens ein interessanter Einblick geboten wurde. Die eine war häßlich, erinnerte mit ihrem rabenschwarzen Haar eher an eine Opernstatistin und war grobknochig wie ein Marathonläufer, die andere aber hatte eine schlanke und wohlgeformte Figur und ein schönes, von kurzem, weizenblondem Haar eingerahmtes Gesicht mit einer vorwitzigen Nase; sie hatte eine sinnliche Art, sich zu bewegen, eine leicht rauhe und verglichen mit den anderen Schauspielern wenig geschulte Stimme. Auch wenn ihre Rolle marginal, sozusagen rein dekorativ war, auf wenige Sätze und abstrakte Tanzbewegungen beschränkt, wirkte sie in diesem Panorama wandelnder Leichen wie der einzige Funke Leben. Es zog mich an, daß sie kaum etwas von der gekünstelten Professionalität an sich hatte, die ihre Kollegen so unerträglich machte, so wie mich ihre aus dem Rahmen fallende Natürlichkeit und ihr geschmeidiger und zugleich schüchterner Gang anzogen, ihre Beine mit den vollen Waden und den schmalen Fesseln, ihre runde Stirn. Ich sah nur noch sie, und jedesmal, wenn sie von der Bühne verschwand, überfiel mich trostlose Langeweile; die ganze Zeit hoffte ich nur, daß sie diese Maria Blini war, die ich interviewen sollte.

In der Pause ging ich in das von Rauch und Geplauder erfüllte Foyer. Jedesmal, wenn einer den Platz wechselte, entstanden kleine Wellen von Blicken und wohlüberlegten Bewegungen, Annäherungen, die zufällig wirken sollten. Jeder Gruß löste eine Kettenreaktion aus, Bemerkungen und Händeschütteln, Gelächter und leere Gesten, wie Zauberworte ausgesprochene Namen. Ich schlenderte lustlos umher, versuchte gar nicht erst, irgendeinen Ausdruck aufzusetzen, müde und gelangweilt und schwitzend in meinen dicksohligen Schuhen, in meiner Tweedjacke, die mir schon den ganzen Tag zu warm gewesen war. Ich winkte einer ehemaligen Schulkameradin zu; sie ging vorbei, ohne mich auch nur zu erkennen. Ich grüßte Angelo Zarfi, den Kritiker von *Prospettiva*; er schenkte mir ein kaum wahrnehmbares Lächeln und drehte den Kopf sofort wieder weg, auf der Suche nach wer weiß was für anderen Kontakten.

Der zweite Teil des Stücks war noch schlimmer als der erste: noch steriler und wahnhafter, unausgewogen und ohne Rhythmus, ohne den kleinsten Anhaltspunkt, bis auf die blonde Schauspielerin. Die Wörter donnerten über die Bühne wie Panzer bei einer Militärparade, unverständlich, aber bedrohlich, überschnitten sich in häßlichen Geometrien; hätte ich nicht das Mädchen, von dem ich hoffte, daß es Maria Blini war, zum Anschauen gehabt, ich wäre auf die Straße geflüchtet und hätte das Ende des Stücks draußen abgewartet. So aber konzentrierte ich mich auf sie und grenzte alles andere aus, auch wenn sie gerade weit weg oder von dem monumentalen Bühnenbild halb verdeckt war. Ich verfolgte interessiert ihre Bewegungen: wie sie hüpfte und die Arme hochwarf und sich gegen die anderen Schauspieler lehnte und die Beine unter der hauchdünnen Tunika vorstreckte, immer mit einer Spur Verlegenheit oder Unsicherheit und daher manchmal langsamer oder schneller als der Rhythmus der Gesamtchoreographie. Diese Ungenauigkeiten ließen sie aber nicht linkisch wirken, sondern hoben sie aus der düsteren Szenerie des Stücks heraus. Meine ganze Aufmerksamkeit richtete sich auf ihre Art, auf den Zehenspitzen zu balancieren oder die kurzen Haare zu schütteln, wenn sie eine Drehung machte: ein hübsches junges Mädchen, das brav eine Übung einstudiert hatte, deren Sinn und Zweck es nicht in Frage stellte.

Als das Stück zu Ende war, wartete ich stehend, mitten im überwiegend höflichen und befreit klingenden Applaus, der sich unter den vereinzelt ertönenden enthusiastischen Beifall mischte, der nicht minder hartnäckig war und durch Rufe nach dem Regisseur, nach der Bühnenbildnerin, dem Komponisten und dem Hauptdarsteller verstärkt wurde. Die blonde Schauspielerin verschwand mit ihren Kollegen in den Kulissen, kam aber gleich wieder herausgerannt, lächelte, verbeugte sich Hand in Hand mit den anderen. Ich sah sie heftig atmen nach zwei Stunden ständiger Bewegung, einbezogen in die allgemeine Begeisterung für Dulcignoni und die Celbatti und Sirgo und Dramelli, die wie vier Königinnen im Zentrum der Bühne herumstolzierten.

Zuletzt begannen die Leute aus dem Saal zu strömen; ich folgte einer kleinen Prozession von Zuschauern, die ganz darauf versessen waren, die für das Unterfangen Verantwortlichen aus der Nähe zu sehen und gesehen zu werden. In dem engen Korridor drängten Männer und Frauen an mir vorbei zu den Künstlergarderoben, um Dulcignoni und Alda Celbatti und Sirgo und Dramelli mit Umarmungen und Küssen und maßlosen Komplimenten zu überhäufen. »Hervorragend«, sagte der Bürgermeister immer wieder mit seiner farblosen Stimme; und die anderen Ehrengäste plapperten dieses Adjektiv mit unterschiedlichem Timbre und unterschiedlicher Emphase nach, was die vier Stars des Abends zu halben Verbeugungen und selbstgefälligem Lächeln veranlaßte. Die Tochter des Bürgermeisters versuchte sich vor Sirgo aufzuspielen: sie wiegte sich in den Hüften und fuchtelte mit den Händen, die goldenen Armreifen klirrten an ihren mageren Armen. Sirgo entblößte seine falschen Zähne, mimte den Interessierten und Belustigten, als stünde er immer noch auf der Bühne, paßte dabei aber auf, daß er nicht in die Ecke abgedrängt und von den anderen Quellen des Lobs abgeschnitten wurde.

Die Jungschauspieler standen weiter hinten, auf dem

Korridor oder an der Tür zu ihren Garderoben, blaß und naßgeschwitzt, von kaum weniger angesehenen Verehrern und Verehrerinnen belagert als die Hauptdarsteller. Ich fragte einen von ihnen, wer Maria Blini sei; ohne mich anzusehen, deutete er auf die junge Blondine, die von drei, vier Schwachköpfen bedrängt wurde, aus denen die Adjektive nur so hervorsprudelten. Sie hörte sie lächelnd an, schüchtern und geschmeichelt, elektrisiert durch die Premierenatmosphäre. Auch aus der Nähe betrachtet besaß sie echte, natürliche Anmut; das Neonlicht nahm ihr nicht wie ihren Kollegen die dreidimensionale Ausstrahlungskraft, die sie auf der Bühne gehabt hatte.

Sowie ich eine Bresche in dem Halbkreis der sie Belagernden bemerkte, schlüpfte ich hindurch, sagte zu ihr: »Ich bin Roberto Bata von *Prospettiva*, ich soll ein Interview mit Ihnen machen, wenn Sie fünf Minuten Zeit haben.« Mir war heiß, und ich spürte den Atem und die Blicke zu vieler Menschen um mich herum; ich war nicht daran gewöhnt, diesen Satz, den ich am Telefon schon so oft gesagt hatte, jemandem von Angesicht zu Angesicht zu sagen.

»Ah ja«, sagte sie, schien aber überrascht und unsicher, blickte sich haltsuchend um. In Wirklichkeit war sie aus der Nähe noch hübscher als vorhin auf der Bühne, noch aparter. Die Augenschminke war ihr die Wangen hinabgelaufen, aber der Blick ihrer haselnußbraunen Augen war ebenso klar wie ihre Züge, die kurze, ein bißchen breite Nase, die hohen Wangenknochen, die vollen, rosigen Lippen, das warm schimmernde blonde Haar. Sie war von der Anstrengung und dem Hin-und-her-Laufen am Schluß immer noch außer Atem, nackt unter dem feuchten Baumwollstoff, hin und her gerissen zwischen ihrem Interesse für mich und dem für die anderen, die ringsum warteten.

Aus wenigen Zentimetern Entfernung sah ich gebannt auf ihre fast unmerklich bebenden Lippen; sie fragte: »Könnten Sie ein paar Minuten warten?«

»Aber sicher«, sagte ich, fast zu hastig, und wich an die Wand zurück; die anderen drängten an mir vorbei, begierig, sich mit weiteren vorgefertigten Phrasen wichtig zu machen.

Etwa eine Viertelstunde stand ich in einer Ecke und verfolgte das Kommen und Gehen der Gratulanten, hörte mir mit immer geringerer Neugier an, was sie von sich gaben. Es war elf Uhr vorbei, und ich war müde und halb verhungert, bekümmert wegen des Streits mit Caterina, verwirrt von den Empfindungen, die ich bei meinem kurzen Gespräch mit Maria Blini gehabt hatte. Ich dachte an die Fragen, die ich ihr stellen konnte, ohne allzu platt oder aufdringlich zu wirken; an die dreißig Zeilen, die ich am nächsten Morgen abliefern sollte; ich suchte nach einem Anfang, aber mir fiel keiner ein.

Irgendwann gingen auch die hartnäckigsten Bewunderer, zusammen mit Dulcignoni und der Celbatti und Dramelli; die jungen Schauspieler tauschten kurze Bemerkungen über das Stück aus, Vorwürfe und technische Rechtfertigungen, knufften sich zum Spaß. Ich versuchte mich an Maria Blini heranzumachen, aber Sirgo kam mir zuvor und umarmte sie, verschwitzt und aus der Form geraten wie er war, küßte sie aufs Haar und sagte mit seiner gezierten Froschstimme: »Entzückend, ganz entzückend.« Auch die jungen Männer der Truppe sagten ihr und dem anderen jungen Mädchen Artigkeiten, bevor sie unter die Dusche gingen, obwohl ihr Interesse an Frauen sichtlich gering war. Es herrschte ein kameradschaftliches Klima zwischen ihnen, eine körperliche Vertrautheit, angesichts derer ich mich noch müder und ausgeschlossener fühlte.

Dann bemerkte mich Maria Blini; sie sagte: »Ach, entschuldigen Sie. Wenn Sie noch fünf Minuten auf mich warten können, ich dusche schnell und ziehe mich an.« Sie mußte schon ganz erschöpft sein, aber man merkte ihr nichts an; sie schien immer noch voller Lust, sich zu bewegen und sich zu zeigen.

So setzte ich mich auf eine Metallbank im Korridor, halb besorgt wegen der späten Stunde, halb erfreut, daß die Situation fortdauerte. Eine Garderobiere kam und sammelte die Kostüme auf, die die Schauspieler auf den Boden geworfen hatten; auf der Bühne hinter uns hantierten die Arbeiter und räumten die Requisiten auf. Ich hörte Hammerschläge und das Quietschen von Seilwinden, Wasserrauschen in den Duschräumen; ein Schauspieler pfiff, ein anderer gurgelte.

Endlich kam Maria Blini mit noch feuchtem Haar, bekleidet mit einer kurzen schwarzen Jacke und schwarzen Samthosen. Ich fragte sie, wo wir das Interview machen konnten, sie sagte: »Irgendwo, Hauptsache, es gibt was zu essen.« Sie lächelte, faßte sich an den Magen.

»Klar«, sagte ich, auch wenn ich vorgehabt hatte, ihr meine Fragen hier im Theater zu stellen und dann nach Hause zu gehen, und überhaupt nicht wußte, wohin ich zu so später Stunde mit ihr gehen sollte. Aber ich war selber ausgehungert, und der Gedanke, mit einem so hübschen Mädchen essen zu gehen, ließ mein Herz höher schlagen.

Sie holte einen kurzen schwarzen Mantel aus ihrer Garderobe, verabschiedete sich von den anderen Schauspielern, die sich fertig anzogen oder kämmten, und ging mir zum Bühnenausgang voraus. Es beeindruckte mich, wie sich ihre etwas steife Höflichkeit mit einem viel instinktiveren Verhalten, ihre Schüchternheit mit einer körperlichen Ungezwungenheit vermischte, die nur Leute haben, die mit ihrem Körper arbeiten und Spaß daran haben. Ich beobachtete ihren Gang und war hingerissen von ihren Bewegungen; von der Art, wie sie sich ein paarmal umdrehte und mich anlächelte.

Draußen auf dem Gehsteig jedoch stand ein Grüppchen Leute, die fröstelnd auf sie warteten. Ein Typ mit glatt zurückgekämmten Haaren rief »Na endlich!«, kam auf sie zu und nahm sie in die Arme; hinter ihm stand ein großgewachsenes Mädchen, das wie eine Giraffe um sich blickte, und ein sehr steifes Paar, das ich schon in der Künstlergarderobe gesehen hatte, und ein Typ in schwarzer Lederkluft mit kahlgeschorenem Kopf. Alle zusammen machten Maria erneut Komplimente, wie einem kleinen Mädchen, das gerade aus der Schule gekommen ist; sie schwatzten auf sie ein und schauten sie an und drehten sich dann zu zwei großen, an der Gehsteigkante geparkten Autos um, konnten es nicht erwarten, endlich aufzubrechen, und schenkten mir keinerlei Beachtung.

Maria warf mir einen unsicheren Blick zu; mit einer Handbewegung zu den anderen hin sagte sie: »Das ist Roberto Bata von *Prospettiva.*«

Sie sagten »hallo«, mit sehr geringer Begeisterung; nur der mit dem glattfrisierten Haar gab mir die Hand, sagte »Luciano Merzi«, auch er nicht gerade herzlich.

Dann kam Sirgo mit Schal und Hut und hochgeschlagenem Mantelkragen aus der Tür wie die Karikatur eines Schauspielers, gefolgt von der zweiten, weniger hübschen Schauspielerin. Er sah kaum jemand an, sagte nur: »Wo ist das Auto, ich hol mir noch eine Lungenentzündung.«

Der Mann mit dem steifen Benehmen öffnete unverzüglich die Tür eines der Autos; ich und Maria und das Giraffenmädchen und der Kahlköpfige stiegen in das Auto von Luciano Merzi.

Wir fuhren in der in Nebel getauchten Innenstadt herum, Maria saß vor mir auf dem Beifahrersitz wie eine wertvolle Geisel, ich auf dem Rücksitz zwischen dem Giraffenmädchen, das kein Wort sprach, und dem Kahlköpfigen, der sich immer noch in Betrachtungen über das außergewöhnliche Bühnenbild erging. Merzi fuhr äußerst langsam; ließ seine behandschuhten Finger über das Lenkrad gleiten, erklärte Maria, wie grundlegend ihre Gegenwart für das Gleichgewicht des Stücks gewesen sei. Sie zierte sich, sagte: »Wo ich doch die Hälfte der Einsätze verpatzt habe.« Aber natürlich freute sie sich über die Komplimente: man hörte es ihrer Stimme an.

Luciano Merzi wußte den Weg nicht genau oder wollte uns so lange es ging im Auto behalten; als er nach einigen Runden endlich anhielt, waren wir etwa dreihundert Meter vom Theater entfernt, zu Fuß hätten wir dazu nur ein paar Minuten gebraucht. Vor einem Gebäude aus dem neunzehnten Jahrhundert mit gelb gestrichener Fassade stiegen wir aus, Merzi deutete nach oben auf eine Reihe beleuchteter Fenster. Wir waren mitten in der Innenstadt von Mailand, in dem kleinen Bezirk, wo die berühmten Modeschöpfer und Juweliere ihre Ateliers haben und die Wohnungen teurer sind als irgendwo sonst in Italien. Vereinzelte Verkehrsgeräusche kamen von weither, die Gehsteige waren verwaist und makellos sauber. Ich hatte keine Lust, so spät abends zu einem Empfang in eines dieser Häuser zu gehen; aber Merzi schob uns hinein, es war zu spät, etwas zu sagen.

Der Aufzug fuhr in eine große, überheizte und zu hell beleuchtete Diele hinauf, die mit all dem Stuck und Edelholz und Samt und Glas an eine Bonbonniere erinnerte und in einen dicht bevölkerten Saal mündete. Die Hausherrin war klein und blond, falten- und scheinbar alterslos; sie faßte zur Begrüßung im Vorraum Sirgos beide Hände, und als sie Maria erspähte, zog sie ihn hinter sich her, um auch noch ihrer habhaft zu werden. Als ich ihre Stimme hörte, fiel mir ein, daß sie Paola Zobetto di Susta hieß, ich hatte einmal mit ihr telefoniert, als ich eine Meinungsumfrage über das Comeback von Pelzmänteln machte. Sie hakte sich bei Maria und Sirgo ein, jeden an einer Seite, und trat mit ihnen in den Saal wie eine pummelige und zu klein geratene Königin.

Ich und Merzi und der Kahlköpfige und das Giraffenmädchen gingen hinterher, mitten unter die Ehrengäste von vorhin, die Grüppchen um den Bürgermeister mit Frau und Tochter und um Dulcignoni, um die Celbatti und Dramelli bildeten. Alle tranken Champagner, fischten sich Erdnüsse und Salzgebäck aus Schalen, die auf jeder geeigneten Fläche rumstanden, redeten und redeten. Auch ich nahm mir ein Glas, fühlte mich dabei mit meinen Alltagsklamotten und meinen Arbeitsabsichten unter den Abendkleidern und blasierten Gesichtern, die ich mir schon allzu lang hatte ansehen müssen, noch unbehaglicher als im Theater.

Dann lenkte die Hausherrin die Aufmerksamkeit auf eine lange Tafel, hinter der einige Kellner darauf warteten, Essen auszugeben, und die Gäste setzten sich in Bewegung, ohne ihre Gespräche und Posen aufzugeben. Aber alle hatten schrecklichen Hunger, und bald herrschte am Büffet ein fast gewalttätiges Gedränge: man schubste und drückte, um sich den Teller füllen zu lassen, lehnte sich an irgendein Möbelstück oder an die Wand, setzte sich auf Stühle oder Sessel oder Sofas, während die Blicke unentwegt zwischen den Gesichtern und dem Teller hin und her gingen.

Mir wurde klar, daß ich unter diesen Umständen nicht die geringste Chance hatte, zu meinem Interview zu kommen; ich stellte mir schon vor, was Tevigati für ein Gesicht machen würde. Dann sah ich an einem Fenster Maria Blini mit ihrem Teller, eingeklemmt zwischen einem Werbefilmregisseur auf der einen und Luciano Merzi auf der anderen Seite, und ging zu ihr, fragte sie, ob sie mir fünf Minuten widmen könne, irgendwo in einer stilleren Ecke der Wohnung.

»Natürlich, entschuldigen Sie«, sagte sie sofort; wandte sich aber zu Luciano Merzi wie jemand, der mit einer solchen Situation nicht allein fertig wird.

Merzi ging widerstrebend zur Hausherrin; von weitem sah ich, wie sie fragte, für welche Zeitung ich arbeite, sah sie nicken, als er *Prospettiva* sagte. Sie kam und führte uns durch eine Flügeltür in einen kleineren Raum. »Halten Sie sie nicht stundenlang fest«, sagte sie zu mir mit einem kalten Lächeln, bei dem sich die gestraffte Haut an den Mundwinkeln kräuselte.

Dann waren Maria Blini und ich allein, setzten uns an die beiden Enden eines dick gepolsterten kleinen Sofas. Sie stellte ihren Teller mit Makkaroni in Béchamelsoße auf einen niedrigen intarsienverzierten Tisch; ich holte meinen kleinen batteriebetriebenen Rekorder aus der Tasche und postierte ihn neben ihren Teller. Ich stellte ihr die erste abgedroschene Frage, die mir ohne Nachdenken einfiel, sagte: »Wie sind Sie dazu gekommen, Schauspielerin zu werden?«

Es war ganz sicher nicht die ideale Interview-Situation, müde und abgelenkt und hungrig wie wir alle beide waren, mit den Stimmen und Geräuschen, die durch die Tür drangen, und trotzdem schaffte sie es, ohne die Wichtigtuerei und Heuchelei zu antworten, in die die meisten Interviewpartner verfallen, auch wenn sie noch so spontan wirken. Sie redete wie mit einem Freund und Vertrauten, verschanzte sich nicht hinter diplomatischen Ausflüchten oder künstlicher Begeisterung. Als ich sie fragte, was sie von dem Stück hielt, antwortete sie, es sei eine interessante

Erfahrung gewesen, aber überhaupt nicht ihr Geschmack, Dulcignonis Wesen und die Art, wie er Regie führte, hätten sie oft in Rage gebracht.

Ich blickte auf ihre Lippen, wenn sie sprach, betrachtete ihre Hände und Handgelenke, die glatten weißen Unterarme, die aus den Ärmeln schauten. Ich nickte zustimmend, ohne ihre Worte im einzelnen aufzunehmen; ich war überrascht von der Art, wie sie sich gab, von der naiven und beinahe gewagten Vertraulichkeit, mit der sie mir ihre Gedanken offenbarte.

Ich blickte auch immer wieder auf ihren Teller Makkaroni, der auf dem Tisch stand, denn ich starb fast vor Hunger: zwei-, dreimal dachte ich daran, sie zu fragen, ob ich eine Gabelvoll haben könne, aber ich getraute mich nicht. Nur mit Mühe konnte ich mich noch auf meine Fragen konzentrieren, ich strengte mich ungeheuer an, seriöser und nüchterner und gewissenhafter zu erscheinen, als ich war.

Ich fragte sie, was für Pläne sie nach dem *Traumaktivator* habe; sie sagte, das wisse sie noch nicht, außer daß sie im Frühjahr vielleicht eine Rolle in einem Film bekommen werde, der in Sizilien spielt. Ohne mich von meinen Interviewer-Stereotypen lösen zu können, fragte ich sie, was sie mehr interessiere, Film oder Theater; sie sagte: »Weiß ich nicht. Ein Film ist als Idee aufregender, so umfassend und glanzvoll, vielseitig und simultan. Aber wenn du nicht wirklich ein Star bist, sitzt du stundenlang rum und wartest, bis die Beleuchtung und die Kamerawagen und all der Kram aufgebaut ist, und wenn du dann endlich dran bist, dauert es nur ein paar Minuten, und du hast nur eine vage Vorstellung vom Ganzen. Erst wenn du den Film gesehen hast, weißt du, was du gemacht hast.« Sie wirkte auf einmal unkonzentriert und nervös, sie schien Mühe zu haben weiterzusprechen. Sie deutete auf den Teller vor ihr, fragte: »Stört es dich, wenn ich esse? Mir ist schon ganz flau vor Hunger.«

»Iß ruhig«, sagte ich; sie stürzte sich voller Gier auf die Makkaroni in Béchamelsoße. Ich staunte, wieviel vitale Energie in ihren Bewegungen war, jetzt, wo sie sich nicht mehr zurückhielt; wie das Essen ihr unendlich viel interessanter und erfreulicher schien als all das leere Geschwätz und die künstlichen Intelligenzübungen, die den Abend gefüllt hatten. Sie fragte mich, ob ich auch etwas wolle, aus irgendeinem blödsinnigen Grund aber lehnte ich ab; ich sah sie weiter an, jedesmal, wenn wieder eine Gabelvoll Makkaroni zwischen ihren schönen Lippen verschwand, spürte ich einen Stich im Herz und im Magen.

Ich hätte ihr noch ein paar Standardfragen über ihr Privatleben stellen sollen, ob sie allein lebte oder mit jemand zusammen war und was für Hobbys sie hatte, aber meine Rolle kam mir ohnehin schon reichlich dämlich vor. Ich fragte sie, ob ihr Mailand gefalle; sie sagte nein, ohne hinzuzufügen, daß sie die Mailänder aber sehr möge, wie das sonst so üblich ist. Ich fragte sie, was sie las; sie sagte »Alles mögliche«, das letzte Buch, das sie vor den Proben gelesen hatte, war *Ein Held unserer Zeit* von Lermontow. Sie versuchte nicht im geringsten, gebildet oder intelligent zu erscheinen: sie antwortete impulsiv, verhaspelte sich ab und zu, lachte, langte mit der Gabel in Richtung Teller, sah mich an.

So erzählte ich ihr aus einem Impuls heraus, daß ich nur bei *Prospettiva* arbeite, um mir meinen Lebensunterhalt zu verdienen, in Wirklichkeit aber Schriftsteller werden wolle. Ich sagte ihr, daß ich an einem Roman schreibe, der in meiner Redaktion spielt, daß ich damit fast fertig sei. Außer mit Caterina hatte ich über dieses Thema nie mit jemand gesprochen, aber ich wollte vor Maria nicht als bloßer Klatsch- und Tratschsammler dastehen; ich versuchte verzweifelt, ihr ein interessantes Bild von mir zu zeigen.

»Wirklich?« fragte sie, mit einem neugierigen Aufblitzen der Augen, genau wie ich es mir erhofft hatte.

Aber just in diesem Augenblick wurde die Flügeltür aufgestoßen, die Hausherrin streckte den Kopf herein und sagte: »Haben Sie uns die Ärmste jetzt lange genug entführt? Sie haben sie ja nicht mal essen lassen!« Hinter ihrer gespielten Entrüstung war unschwer echter Ärger zu erkennen. »Wir sind ja schon fertig«, sagte ich und stand auf.

Ich bereute es fast sofort, aber zu spät, denn die Tür war bereits weit offen und das Zimmer voller Leute und Stimmen und Rauch, und Maria Blini im Sog des Aufmerksamkeit heischenden und Aufmerksamkeit anbietenden allgemeinen Lächelns und der überschwenglichen Gesten schon zwei Meter von mir abgedriftet.

Ich beugte mich gerade zu meinem Rekorder hinunter, da bemerkte ich, wie durch die Menge um mich herum ein fast unmerkliches Vibrieren ging; einen Augenblick später sah ich, daß Marco Polidori gekommen war.

Er war nicht so groß, wie er auf Fotos oder im Fernsehen wirkte, aber stattlich gebaut und elegant in seinem schwarzen Anzug, dessen Schnitt gegenüber den steifen, ausgepolsterten Anzügen der anderen Gäste sehr salopp wirkte. Sein berühmtes, seitlich und im Nacken kurz geschnittenes volles Haar fiel ihm in die Stirn, seine berühmten dunklen Augen blickten genauso durchdringend wie auf den Umschlägen seiner Bücher. Bereitwillig ließ er die Zudringlichkeit der Hausherrin über sich ergehen, die ihm nicht von der Seite wich, tauschte Grüße und kurze Sätze mit den Gästen, zu denen er hingelotst wurde. So wie er lächelte, die Hände in den Taschen vergraben, amüsierte er sich offenbar nicht sonderlich; aber er wußte, daß er im Blickpunkt stand, nahm es mit routinierter Lässigkeit hin. Im Vergleich zu Riccardo Sirgo war er ein Schauspieler viel modernerer Schule, verhalten und präzise, dem es nicht auf Effekthascherei, sondern auf die Feinheiten ankam.

Ich beobachtete, wie er sich von den Blicken der weiblichen Gäste verfolgt bewegte, und dachte, daß er vielleicht gerade dank dieser Fähigkeit, die richtige Balance zu finden, mit fünfzig Jahren der hierzulande und weltweit bekannteste italienische Schriftsteller war, dessen Romane hunderttausendfach verkauft, verfilmt und in viele Sprachen übersetzt wurden und dessen Titel von Semiologen und Werbeleuten und Politikern aufgegriffen und wiederverwertet wurden. Marco Polidori gehörte zu einer ganz anderen Kategorie als die Berühmtheiten, die ich mir für *Prospettiva* an die Strippe holte: einmal, als ich vorschlug, zu irgend etwas seine Meinung einzuholen, sagte Tevigati: »Der läßt sich doch nicht herab, mit den Zeitungen zu reden.« Das stimmte nicht, aber natürlich achtete er darauf, sich aus dem niederen Getümmel herauszuhalten, sich nicht allzusehr zu exponieren, sich nicht unter seinem Niveau zu verkaufen. Interviews gab er selten und nur wenn sie entsprechend groß herausgebracht wurden; im Fernsehen zeigte er sich nur in seriösen Sendungen und wenn er sicher war, der Ehrengast zu sein. Auf diese Weise war es ihm gelungen, sein Image zu pflegen und zu verbreiten, ohne es zu entwerten, gelungen, bei allen bekannt zu sein, ohne daß sein Ansehen, an das kaum einer seiner Kollegen herankam, darunter gelitten hätte.

Die Hausherrin führte ihn von Gast zu Gast und schließlich auch zu Maria Blini, stellte sie einander vor. Mit einer eleganten Geste gab er ihr die Hand, sagte: »Meinen Glückwunsch. Wie es aussieht, sind alle hell begeistert.« Er hatte einen ganz leichten Triestiner Tonfall bei sonst neutralem Akzent; er sprach mit einem Minimum an Stimmaufwand.

»Ja, sieht so aus«, antwortete Maria, in ganz anderem Ton, als sie ihn vorher mir gegenüber gehabt hatte. Ihre weichen Züge spannten sich zu einem wachsameren, erwachseneren Ausdruck, ihre schönen Lippen verzogen sich zu einem zaghaften Lächeln. Mit einer Handbewegung zu mir sagte sie: »Das ist Roberto Banta von *Prospettiva*.«

»Bata«, stellte ich klar und streckte die Hand aus. Polidori drückte sie und sah mich nur einen kurzen Augenblick an, aber ich hatte ein schwer zu definierendes Gefühl dabei. Es hatte nichts damit zu tun, daß ich einer berühmten Persönlichkeit gegenüberstand; es lag an seinem Blick, aus dem sehr dezidierte Überzeugungen und eine scharfe Urteilskraft sprachen, an dem dunklen, spöttischen Glanz seiner Augen. Seine Bücher kannte ich kaum, bis auf ein paar Kapitel aus *Flußsteine*, das wir auf dem Gymnasium durchgenommen hatten, und die Hälfte der *Mimetischen Umarmung*, in dem ich während eines Spanienurlaubs über Caterinas Schultern hinweg ein bißchen herumgelesen hatte. Als einen meiner Lieblingsschriftsteller hätte ich ihn nicht genannt, wenn ich gefragt worden wäre; trotzdem war ich, als er mir jetzt gegenüberstand, so aufgeregt, wie es mir selten passiert war.

Polidoris Blick kehrte fast sofort wieder zu Maria Blini zurück. Sie zeigte erneut auf mich und sagte: »Er ist nicht nur Journalist. Er schreibt auch Romane.«

Darauf war ich so wenig gefaßt, daß ich vor Verlegenheit rot anlief. Ich blickte in die gleichgültigen oder unwilligen Gesichter der anderen Gäste ringsum und wußte nicht, wie ich mich aus der Affäre ziehen sollte.

Polidori schien ungehalten, sich noch länger mit mir abgeben zu müssen; unvermittelt fragte er mich: »Sind Sie von dem Stück auch so begeistert?«

Es war wirklich eine sonderbare Situation, mit Maria Blini vor mir und meiner Müdigkeit und meinem Unbehagen und den Gästen ringsum; seine Frage klang, als wolle er mich auf die Probe stellen. Ich sagte: »Nicht besonders. Eigentlich überhaupt nicht.«

Sofort wurde es um uns unnatürlich still; die Hausherrin starrte mich an, als hätte ich auf ihr blank gebohnertes Parkett gespuckt.

Auch Polidori schaute mich an, aber jetzt war sein Blick wachsamer, lebendiger; ob aus Neugier oder weil er sich gekränkt fühlte, war mir nicht klar. »Und warum nicht?« fragte er.

Und aus irgendeinem Grund hatte ich das Gefühl, plötzlich an einem entscheidenden Punkt meines Lebens zu stehen, ohne Zeit zum Nachdenken zu haben und ohne den geringsten Abstand, um angemessen reagieren zu können. Das feindselige Desinteresse der Gäste und der Hausherrin verdichtete sich immer mehr, bis es einen regelrechten Sog erzeugte, der meine Empfindungen aus mir herausschwemmte, ohne daß ich sie artikulieren konnte, wie ich gewollt hätte. »Es war eine Art stilisierter Tanzübung für Leichen, wenn man von Maria absieht, die das einzige Lebendige war. Und Ihr Text dient nur als Alibi, man versteht sowieso kein Wort. Eine kalte und sterile und schwerfällige Angelegenheit, zum Sterben langweilig.«

Meine Boshaftigkeit brach ungefiltert aus mir heraus; am liebsten hätte ich die Hausherrin und die Gäste, die zufällig in meiner Nähe standen, mit Fußtritten traktiert, ebenso Tevigati, der mich hergeschickt hatte, und Luciano Merzi, der sich jetzt bei Maria Blini einhakte und ihr etwas ins Ohr flüsterte. Ich wartete nur auf irgendeine frostige Entgegnung von Polidori, um ihn zu attackieren: ihm laut ins Gesicht zu sagen, wie ich seine Bücher und das Bild, das er in der Öffentlichkeit abgab, verabscheute, die kulturelle Erpressung, die auch er mit allem ausübte, was er schrieb. Statt dessen sagte Polidori: »Aber Langeweile ist doch gerade eine der Waffen der institutionalisierten Avantgarde, oder? Die vielfache Verschlüsselung, die kryptischen Anspielungen und Zitate, mit denen man den Kritikern schöntun und die Minderwertigkeitskomplexe und das Sühnebedürfnis des Publikums ausnützen will.« Er lächelte, und ich war verdutzt über seinen Ton, über seinen Standpunkt, der dem meinen anscheinend so nahe war.

Die Hausherrin stieß eine Art kehliges Lachen aus, die anderen Gäste taten es ihr nach, schielten dabei zu Sirgo und Dulcignoni hinüber, die weiter hinten im Saal immer noch Komplimente und Kommentare aus zweiter und dritter Hand entgegennahmen. Dann wurde Polidori erneut bedrängt: mit Blicken und Gesten, die ihn zu anderen Punkten des Hauses locken sollten.

Er aber schien näher an mir interessiert; er fragte: »Was für eine Art Romane schreibst du?«

»Keine bestimmte Art, glaube ich«, antwortete ich. »Und bis jetzt ist es auch erst einer.« Daß er mich duzte, brachte mich noch weiter aus dem Lot, bewog mich, viel mehr von mir preiszugeben, als ich wollte: »Ich hatte immer nur Kurzgeschichten geschrieben und wollte es mal mit einer richtigen, längeren Geschichte probieren. Sie ist wohl ziemlich autobiographisch und hat mit *Prospettiva* und mit Mailand und all dem zu tun.« Gleich darauf bereute ich diese Sätze: die Objektivität und die Besonnenheit, die sie vortäuschten, so als wolle ich mein eigener kleiner Kritiker sein.

Polidori veränderte seinen Blick nicht, obwohl die Hausherrin und die anderen Gäste ihm immer mehr auf die Pelle rückten und mich mit wachsendem Unwillen anstarrten. Er fragte: »Und du hast noch nie etwas veröffentlicht?«

»Nein«, sagte ich und zwang mich, den Blick nicht zu senken, ganz unbefangen zu wirken. Teils tat ich das seinetwegen, teils wegen Maria Blini, auch wenn Merzi sich sehr bemühte, sie von mir abzulenken.

»Auch nie etwas an einen Verlag geschickt?« fragte Polidori weiter. Sein Interesse schien echt zu sein, aber ich fragte mich jetzt, ob es nicht rein soziologischer Natur war oder gar dem Wunsch entsprach, langweiligeren Gesprächen zu entgehen.

»Nein«, antwortete ich wieder. »Was die Erzählungen betrifft, habe ich ein paarmal dran gedacht, aber dann hatte ich doch keine Lust mehr dazu. Und der Roman ist noch nicht fertig, ich bin mir nicht mal sicher, ob ich ihn je fertigkriege. Mir liegt sowieso nicht viel daran, veröffentlicht zu werden.« Das stimmte nicht, jedenfalls nicht ganz; ich merkte, wie künstlich es klang.

Die anderen Gäste ließen Polidori keine Ruhe mehr; ein junges Mädchen in einem von oben bis unten plissierten Kleid beugte sich vor und sagte aus nächster Nähe etwas zu ihm, die Gastgeberin zerrte an seinem Arm. Er sagte zu mir: »Hättest du nicht Lust, mich etwas lesen zu lassen?«

Ich konnte nur stammeln: »Ich weiß nicht recht. Doch. Wenn du Zeit hast, meine ich.« Ich versuchte mich ihm gegenüber wie von gleich zu gleich zu verhalten, allein schon der Versuch kostete mich schrecklich viel Mühe.

Polidori sagte: »Ich bin noch ein paar Tage in Mailand. Wenn du eine Kopie hast, kannst du sie in meinem Hotel abgeben.« Er nannte mir den Namen des Hotels und drückte mir die Hand; es war klar, daß die Zeit, die er mir unter den gegebenen Umständen widmen konnte, zu Ende war.

Ich hätte ihm gern erklärt, daß ich meinen Roman eigentlich lieber erst weitergeschrieben hätte, bis er mich ganz überzeugte, aber er wandte sich zu den ungeduldig wartenden Damen und Mädchen und zu Dulcignoni, der auf ihn zukam; schon trennten uns Dutzende von Gästen. Merzi zog Maria Blini weg, geradewegs in die Arme eines zigarrerauchenden Fettsacks, der sie mit abstoßender Vertraulichkeit umarmte und abküßte.

Ich ging zum Ausgang, drehte mich noch einmal halb zu ihr um, während sie mit der Anmut eines seltenen Tiers auf seine Ergüsse antwortete, und jähe Eifersucht durchzuckte mich, die jedoch von meiner Müdigkeit und Verwirrung in dem plüschigen, überheizten Vorraum erstickt wurde.

Draußen auf der Straße saß die Begleitmannschaft des Bürgermeisters in den dunkelblauen Limousinen, bei laufenden Motoren, um sich in der feuchten Kälte zu wärmen; ihre Blicke folgten mir, als ich rasch den Bürgersteig entlangging, in der Hoffnung, noch einen Bus zu erwischen.

Als ich zu Hause ankam, war es drei Uhr vorbei: alle Lichter waren ausgeschaltet, im Schlafzimmer schlief Caterina tief und fest. Durch meinen Kopf schwirrten Sätze und Bilder des Abends, ein flaues Gefühl stieg mir vom Magen bis ins Gehirn. Ich ging in die Küche und durchstöberte den Kühlschrank, holte mir ein Kotelett und kalten Blumenkohl heraus und verschlang alles in zwei Minuten, dann nahm ich einen Brocken Parmesan und vertilgte ihn Stückchen um Stückchen, zuletzt nagte ich mit den Zähnen die Innenseite der Rinde ab. Ich dachte an Maria Blinis

Makkaroni mit Béchamelsoße, an die vitale und gierige Art, wie sie sie gegessen hatte; an ihre sonderbare Anmut einer zivilisierten Wilden.

Ich konnte nicht mehr vor Müdigkeit, trotzdem fühlte ich mich noch nicht schläfrig. Ich setzte mich ins Wohnzimmer, schloß die Kopfhörer an meinen kleinen Rekorder an und hörte mir das Interview mit Maria Blini an. Ihre Stimme klang auf dem schmalen Tonband etwas weniger voll, aber sie strahlte genau die Lebendigkeit aus, die ich in Erinnerung hatte. Ich horchte auf die leichten Schwankungen in der Lautstärke, wenn sie sich bewegte, auf das Klirren ihrer Gabel auf dem Teller: ich sah sie wieder vor mir, so als hätte der Kassettenrekorder zusammen mit ihren Worten auch ihre Blicke und jede noch so kleine Bewegung aufgenommen.

Ich zog mich aus, schlüpfte ins Bett. Caterina schlief auf dem Bauch, die Arme um das Kopfkissen geschlungen, ein Knie angezogen, als klettere sie eine steile Wand hinauf. Ich löschte das Licht, blieb bewegungslos neben ihr liegen; dann schob ich eine Hand hinüber und streichelte behutsam, um sie nicht aufzuwecken, ihren Rücken und das Gesäß. Ich rutschte dichter zu ihr; fuhr mit den Fingern ihre feuchten Schenkel hinauf, unter das Baumwoll-T-Shirt, das sie als Nachthemd benutzte. Ich versuchte mit den Fingerkuppen möglichst wenig Druck auszuüben, ganz auf die Oberfläche konzentriert, über die sie glitten; aber sie drehte sich auf die Seite, sagte in vorwurfsvollem Ton: »Ich schlafe, Roberto.«

Also ließ ich mich wieder auf den Rücken fallen, atmete mit hinter dem Kopf verschränkten Händen. Ich war zu aufgewühlt, um zu schlafen; einen Augenblick später rüttelte ich sie an der Schulter, sagte: »Das Stück war unerträglich. Die Regie und die Musik und die Schauspieler waren zum Davonlaufen. Danach mußte ich noch zu einem Fest, da hab ich Marco Polidori kennengelernt.«

»Den alten Lustmolch«, murmelte Caterina im Schlaf und drehte sich auf die andere Seite.

Drei

Montag morgen war die Luft in Mailand so kalt und giftig, daß ich fast erleichtert war, mich in dem Redaktionsgebäude mit seinem künstlichen, für jeden Wetter- und Jahreszeitenwechsel undurchlässigen Mikroklima verkriechen zu können. Meine Kolleginnen und Kollegen machten ihre üblichen belämmerten Montagsmienen; das Hintergrundgeräusch in dem großen elektronischen Bienenstock hatte noch nicht seine höchste Frequenz erreicht. Ich schaltete den Monitor auf meinem Schreibtisch an, um beschäftigt zu wirken, und holte mir von einem der Nebentische die neueste Nummer von *Prospettiva*, blätterte sie durch. Normalerweise las ich meine Artikel nicht mehr, wenn sie gedruckt waren, aber ich wollte das Interview mit Maria Blini noch mal sehen: *sie* sehen, vor allem.

Ich suchte zwischen Werbeanzeigen für Zehn-Millionen-Lire-Uhren und zwanzig Jahre alten Single-Malt-Whisky, für Platinfüllfederhalter und elegante Druckbleistifte; zwischen den pseudosoziologischen, mit nackten Fotomodellen illustrierten Meinungsumfragen, eilig aus *Newsweek* oder dem *Economist* oder *Scientific American* abgekupferten Artikeln zur internationalen Politik, von halben Informationen strotzenden Berichten über die Geheimdienste auf Abwegen und über nie aufgeklärte Bombenanschläge und über die Korruption auf Staats- und Parteienebene, den um die Sprüche der Politiker und ihre widerrufenen Absichtserklärungen und ihre verschlüsselten Warnungen herum konstruierten Analysen.

Endlich fand ich sie: lächelnd an einem Steinmäuerchen lehnend, nur mit einem bis zum Busen aufgeknöpften Herrenhemd bekleidet, das so kurz war, daß es kaum die Schenkel bedeckte. Ein Sommerfoto, auf dem ihre blonden Haare länger waren und noch von der Sonne gebleicht, ihre Haut dunkler als vor drei Tagen, als ich sie aus der Nähe sah. Mein ohnehin schon kurzes Interview hatte man um gut ein Drittel gekürzt, damit es in einen in den Artikel von Angelo Zarfi eingerückten Kasten paßte; hatte meine Betrachtungen über sie auf ein paar etikettierende Adjektive zurückgestutzt, den eigenwilligen Ton ihrer Antworten mit Gewalt standardisiert. Ich war an diese Art technische oder stilistische Zensur gewöhnt, aber der Gedanke, daß Maria mich dafür verantwortlich machen könnte, beschämte mich und machte mich wütend. Ich betrachtete das fünf mal acht Zentimeter große Foto von ihr unter der blödsinnigen Überschrift »Hier kommt Maria« und hätte gern eine andere Rolle im Leben gehabt.

Hinter meinem Monitor tauchte Tevigati auf und fragte: »Betrachtest du dein Meisterwerk?«

Ich suchte nach einem Blick, der ihm als Antwort dienen konnte und der mein Verlangen, ihm an die Gurgel zu springen, wenigstens ein bißchen durchschimmern ließ.

»Wenn du gleich ausflippst, sobald ich dich mal an eine hübsche Tussi ranlasse, dann war das dein letztes persönliches Interview, Roberto Bata. Dann hängst du weiter am Telefon. Weißt du, was es in dem Laden hier kostet, eine halbe Stunde zu vergeuden, um deine beknackten poetischen Ergüsse wieder rauszustreichen?«

Ich ließ mich nicht provozieren, sah schweigend zu, wie er mit einem gönnerhaften Lächeln, das die Wirkung seiner Worte teilweise abschwächen sollte, um mich herumlief.

»Wir sind keine Literaturzeitschrift, falls du das vergessen haben solltest, Roberto Bata. Wir sind ein Informationsblatt.« Er skandierte alles so laut wie durch ein elektrisch verstärktes Megaphon, um von möglichst vielen Mitarbeitern gehört zu werden und öffentlich auf bestimmte Grundsätze hinzuweisen; nicht einmal in so einem Fall brachte er es fertig, sich auf einen einzigen Gesprächspartner zu konzentrieren.

Einige Kollegen lächelten wie er, andere blickten weg; die Regeln in der Redaktion waren klar und von allen akzeptiert, Solidarität blieb den Tarifverhandlungen vorbehalten.

Dann erläuterte mir Tevigati seine neueste Idee: eine Reportage über das Comeback der Ehe. Er diktierte mir eine Liste mit den Personen, die ich anrufen und nach ihrer Meinung fragen sollte. »Du mußt natürlich auch herausfinden, in welcher Situation sie selbst gerade leben«, sagte er.

»Okay«, sagte ich; und da er sich nicht vom Fleck rührte und mich weiter anstarrte, nickte ich zwei-, dreimal mit dem Kopf. Voller Groll schlug ich mein Telefonverzeichnis auf.

Jedesmal, wenn ich eine dieser Umfragen machte, mußte ich mich auf ein kleines Wortgefecht einlassen, denn meine Interviewpartner behaupteten meistens, sie seien gerade zu beschäftigt oder hätten nichts Besonderes zu sagen, oder weigerten sich, Auskunft über ihr Privatleben zu geben. Doch es genügte, die Namen ihrer Kollegen aufzuzählen, die ich bereits kontaktiert hatte, und durchblicken zu lassen, daß ich ihre neueste Platte oder Fernsehsendung, ihr neues Buch oder ihren neuen Film erwähnen würde, und schon waren sie nicht mehr zu halten, gingen rückhaltlos aus sich heraus, enthüllten bereitwillig die intimsten Details ihres Tagesablaufs, nur darauf erpicht, brillant und vorurteilslos und faszinierend zu erscheinen.

Branzi, der Philosoph, erklärte mir, daß das Leben in der

Großstadt heutzutage die Menschen zum Alleinleben ermutige und daß er und seine Frau sich schon als eine vom Aussterben bedrohte Spezies betrachteten; die Fernsehansagerin Suriani bestätigte, daß sie Ende des Monats in Frascati heiraten werde, mit einer ganz schlichten und bescheidenen Hochzeitsfeier, genau wie ihre Eltern. Ich nahm die Antworten auf Tonband auf, ohne richtig zuzuhören, aber ich sah die Leute vor mir: ganz auf den Klang ihrer Stimme konzentriert, erregt beim Gedanken, Indikatoren für einen neuen Trend zu sein oder gegen einen alten zu verstoßen.

Um eins hatte ich zwischen Rom und Mailand bereits eine ganze Anzahl geistreicher und anregender, nüchterner, überraschender und vernünftiger Aussagen gesammelt, die ich auf jeweils ein, zwei zusammenhängende Sätze reduzieren mußte, in denen der Name des Interviewten fett gedruckt erschien. In den zwei Jahren, die ich bei *Prospettiva* arbeitete, war mir der unpersönliche und reißerische Stil, den Tevigati so angestrengt kultivierte, zur zweiten Natur geworden; Ausrutscher wie der beim Interview mit Maria Blini passierten mir wirklich nicht oft. Manchmal fragte ich mich, was der Durchschnittsleser wohl denken würde, wenn er wüßte, wieviel Groll hinter jedem dieser griffigen Sätzchen, hinter jedem der gefälligen Adjektive steckte, über das seine Augen glitten.

In der Pause aß ich wie immer unten in der betriebseigenen Kantine, mit den Redakteuren und Redakteurinnen meiner Zeitschrift und der vielen anderen Blätter derselben Verlagsgruppe, die auf ihre Tabletts blickten und Insiderbemerkungen machten und sich über berufliche Qualifikation und Gewerkschaftsrechte und persönliche Ansprüche unterhielten. Ich stocherte mit der Gabel in meinem Teller Nudeln mit Schinken und dachte an Tevigati, der in dem separaten kleinen Speisesaal für die höheren Chargen aß, an meine laue und gewohnheitsmäßige Beziehung zu Caterina, an meinen alten vw, der am Morgen nur gestartet war, nachdem ich ihn angeschoben hatte, an die Lippen von Maria Blini Donnerstag nacht, an den Blick von Marco Polidori; an die Fotokopien meines unvollendeten Romanversuchs, die ich am Freitag nachmittag in einem großen gelben Umschlag in seinem Hotel abgegeben hatte. Die Redakteurin, die rechts von mir saß, hieß Pesco; sie erzählte mir, daß sie wegen der Klimaanlage an chronischer Sinusitis leide und daß ein Anwalt, mit dem sie befreundet war, sicher sei, daß sie in einem Schadensersatzprozeß gegen die Verlagsgruppe gewinnen würde.

Als ich wieder oben war, telefonierte ich eine weitere Runde. Um zwei Uhr traf man die Leute am ehesten zu Hause an, und unter den Nachwirkungen des Mittagessens wurden oft die schönsten oder jedenfalls die geschwätzigsten, narzißtischsten und schamlosesten, für unsere Artikel am besten geeigneten Aussagen gemacht. Ich wählte die Nummer und hörte mir Anrufbeantworter an, manche mit witzigen Ansagen und einigen Takten Musik vor dem Pfeifton, sprach meine Nachricht auf Band und wartete, bis mich die Prominenten aus dem Kulturbetrieb fünf Minuten später zurückriefen. Schläfrig wie ich war, mußte ich freudige Überraschung heucheln, wenn sie sich meldeten, meine Routinefragen vorbringen, als hätte ich sie mir eigens für sie ausgedacht. Ich kam mir mies vor, der Klang ihrer Stimmen an meinem Ohr war mir zuwider, der sentenziöse Schwachsinn, den ich aufnehmen mußte, ekelte mich an.

Dann klingelte das Telefon, und in meinem falschen, professionellen Ton sagte ich »Ja, bitte?«, aber statt einer meiner Interviewpartner war eine Sekretärin am Apparat. »Einen Augenblick«, sagte sie, »Dr. Polidori möchte Sie sprechen.«

Ich schaltete das Tonbandgerät ab, spähte umher, ob sich nicht vielleicht irgendeine blöde Redakteurin an einem der Schreibtische einen Scherz mit mir erlaubte; aber alle saßen in ihre Arbeit vertieft wie hypnotisiert vor ihren bläulichen Bildschirmen. Und da hörte ich auch schon Polidoris Stimme: »Wie geht's, Roberto?« fragte er, höflich, aber ein wenig ungeduldig, als hätte nicht er mich, sondern ich ihn angerufen.

Ich antwortete: »Danke, gut.« Ich behielt die anderen Schreibtische weiter im Blick, auch wenn ich keinen Zweifel mehr hatte, daß er es wirklich war.

»Um wieviel Uhr machst du Feierabend?« fragte er. Man hörte andere Stimmen hinter der seinen, jemand sprach hastig auf englisch.

»Um halb sechs«, antwortete ich, vorsichtig und angespannt wie ein Hund vor dem Fangeisen.

Polidori unterbrach sich und sprach mit jemand anders, dann sagte er: »Wie wär's, wenn wir zusammen etwas trinken gingen, um sieben?« Es war gar keine richtige Frage: er ließ mir kaum Zeit zu fragen wo und legte auf.

Um halb sechs trat ich auf den großen Parkplatz vor dem Redaktionsgebäude hinaus, fand zwei Redakteure einer anderen Zeitschrift, die mir das Auto anschoben. Zum Glück sprang es fast sofort an, fuhr ruckend und spuckend los, und ich ordnete mich in den Verkehr ein, der am Ende des Tages in die Stadt zurückströmte. Ich hatte noch Zeit; ich war froh, nicht allzu rasch in die Stadt zu gelangen.

Ich fragte mich, ob Marco Polidori schon den ganzen Packen Fotokopien gelesen hatte, den ich für ihn abgegeben hatte, oder ob er nur ein paar Seiten überflogen hatte. Auf jeden Fall bezweifelte ich sehr, daß er zwischen seiner und meiner Art zu schreiben irgendwelche Affinitäten gefunden haben könnte. Man brauchte nicht alle seine Bücher gelesen zu haben, um zu wissen, wie intelligent und komplex und kenntnisreich die literarischen Vorhaben waren, denen er sich widmete. Der Ton der Besprechungen, die jede Neuerscheinung von ihm begleiteten, sagte schon alles: die ehrfürchtige Einhelligkeit, die immer wiederkehrenden Superlative, die Interpretationsmuster, die man den Lesern vorsetzte, damit sie besser darüber plaudern konnten. Marco Polidori war eher so etwas wie eine nationale Institution als ein Schriftsteller, so anti-institutionell er dem Anschein nach auch sein mochte; sein Name war einer der wenigen, die unser Land voll Stolz exportieren konnte. Zur Zeit der *Flußsteine* hatte er verglichen mit seinen Kollegen vielleicht sogar einen innovativen Stil geschrieben, eindringlich und mit Spaß an der Sache, und er hatte gegen die geltenden Regeln verstoßen. Aber das war in den sechziger Jahren gewesen, als die Kritiker noch nicht so automatisch begeistert waren, was immer er schrieb, und er es noch nicht zu naiv oder simpel fand, sich einer Geschichte und ihren Figuren ohne distanzierende Filter und raffiniert ausgeklügelte geometrische Gliederungen zu überlassen.

Deshalb war ich immer angespannter, je mehr sich die Autoschlange, in der ich steckte, dem Zentrum näherte. Der Gedanke, vor einem lebenden fünfzigjährigen Denkmal den einzigen im Mahlwerk des Lebens noch nicht zerriebenen Teil von mir bloßzulegen, mich wie ein Schüler seinem Urteil zu unterwerfen, behagte mir überhaupt nicht. Der Romanversuch, den ich ihm zu lesen gegeben hatte, war zu sehr mit meinen eigenen Gedanken und Angelegenheiten durchsetzt, ich hatte ihn verbissen und voller Wut abends und an meinen freien Tagen niedergeschrieben, als Entschädigung für das, was mir fehlte, und um mich für die Wirklichkeit zu rächen. Ich hatte darin nie eine literarische Übung oder einen kulturhistorischen Essay oder einen handwerklich gekonnten Text gesehen; ich hatte meine Empfindungen zu Papier gebracht, so wie sie mir durch den Kopf oder durch den Bauch gingen, ohne viel drüber nachzudenken oder das Geschriebene zu überarbeiten oder mich an irgendeine von Tevigatis Regeln zu halten. Es ging darin auch um Caterina und mich; es war keine Geschichte, die ich sezierenden Blicken aussetzen wollte.

Im Stop-and-go-Tempo, mit beschlagenen Fenstern, die ich hinunter- und wieder hinaufkurbelte, brauchte ich eine geschlagene Stunde bis in die Innenstadt; und dort weitere zwanzig Minuten, bis ich einen Parkplatz fand. Schließlich ließ ich das Auto irgendwo quer auf dem Gehsteig stehen, mit der Schnauze nach außen, damit ich nachher leichter anschieben konnte, und schon blieb mir fast keine Zeit mehr.

Polidoris Hotel war in einer Sackgasse gleich hinter dem Domplatz. Immer wenn ich zufällig daran vorbeigekommen war, parkte eine Luxuslimousine vor dem Eingang, ein Rolls-Royce oder ein überlanger Mercedes, der vielleicht hohen Gästen zur Verfügung gestellt wurde oder auch bloß dastand, um das Image des Hauses zu heben. Der Dom war in nächster Nähe, gleich hinter den Arkaden, wo zwei Afrikaner am Rand des unaufhörlich vorbeiziehenden Menschenstroms falsche Lacoste-Hemden verkauften.

Vor den Augen des livrierten Portiers, der von einem Bein aufs andere trat, um sich die Füße zu wärmen, ging ich durch die Drehtür hinein; blickte mich in der Halle um, unter den ausländischen Touristen und italienischen Managern mittelhohen Ranges. Es war Punkt sieben, aber Polidori war nicht zu sehen. Ich fragte an der Rezeption, ob man wisse, wo er sei, oder ob er eine Nachricht für mich hinterlassen habe. Am Empfang stand der Angestellte, dem ich am Freitag den Umschlag mit den Fotokopien gegeben hatte: er sah mich abschätzig an und sagte »No, Signore«.

Also ging ich ein paar Minuten lang zwischen der Rezeption und der Glastüre auf und ab, dann setzte ich mich auf einen Sessel mit zu hohen Armlehnen. Mir war warm, obwohl ich meine Daunenjacke ausgezogen und sie auf meine Knie gelegt hatte: ich spürte, daß mein Rücken und die Füße in den Wollsocken naßgeschwitzt waren. Ich bereute, mich in diese Situation gebracht zu haben, mir lag überhaupt nichts daran, Polidoris Meinung zu hören. Ich hoffte nur, er würde nicht kommen: ich sah zum Eingang und sah auf die Uhr, zunehmend erleichtert, je mehr Minuten verstrichen.

Um halb acht glaubte ich, meiner Pflicht Genüge getan zu haben und mich als befreit betrachten zu können; ich stand auf und zog meine Jacke wieder an, und just in diesem Augenblick sah ich Polidori durch die Glastür hereinkommen.

Er war in seinem salopp-eleganten Stil gekleidet, ohne Mantel, trotz der Kälte draußen; eine gutaussehende Blondine mit Brille und ein kleingewachsener Typ mit pechschwarzem Haar waren bei ihm. Sie durchquerten die Halle, ohne jemanden anzusehen, alle drei waren sich der auf Polidori gerichteten Blicke bewußt. Er fragte den Pförtner etwas; der Pförtner gab ihm ein paar Zettel und Kuverts, dann zeigte er mit dem Finger zu mir herüber. Jetzt war ich in der Falle; ich ging so langsam ich konnte auf Polidori zu.

Er gab mir die Hand, sagte »Hallo«, fast ohne Lächeln. Die Blondine und der schwarzhaarige Typ musterten mich mit einer Mischung aus Ärger und Beunruhigung, als warteten sie darauf, daß ich eine Pistole zog.

»Hallo«, sagte ich und fühlte mich noch unbehaglicher,

als ich es mir vorgestellt hatte. Ich versuchte mich unbefangen zu geben, dabei kam ich mir vor wie ein Autogrammjäger, der ihm in der Hotelhalle aufgelauert hat, und erstickte fast in meiner Antarktis-Jacke.

Er wandte sich zum Portier und sagte ihm, um wieviel Uhr er ein Taxi wolle, während ich erneut den Blicken seiner Begleiter ausgesetzt war. Erst dann stellte er uns gegenseitig vor, sagte »Roberto Bata, Liana Ricci, Alfredo Semar«, ohne zu erklären, wer wir waren und was wir machten. Er wirkte zerfahren, mit anderen Gedanken beschäftigt, unsere Gegenwart schien ihm lästig zu sein; am liebsten hätte ich mich umgedreht und wäre hinausgelaufen. Schließlich fragte er: »Wollen wir etwas trinken?«

Wie ein Häftling folgte ich ihnen zu den Aufzügen, unterwegs zog ich meine Jacke wieder aus. Um irgend etwas zu sagen, fragte ich Polidori: »Wohnst du immer hier, wenn du in Mailand bist?«

»Nein, wieso?« erwiderte er und sah mich an, als wolle ich ihm etwas unterstellen. Während wir in den Aufzug traten, fügte er hinzu: »Das einzig Gute an diesem Hotel ist seine Lage.« Die blonde Frau lächelte im Schutz ihres schönen Mantels. Das Hotel war tatsächlich weniger vornehm, als man erwartet hätte; es gab viel Messing, die Atmosphäre wirkte protzig-dekadent, ohne irgendeine besondere Note.

Ich war vor Verlegenheit fast erstarrt, und die Vorstellung, es mit drei Personen zu tun zu haben, machte die Sache noch schlimmer; ich fragte mich, ob ich mich einem Kollektivurteil, einer Art Prüfungskommission würde unterwerfen müssen. Doch als der Aufzug im vierten Stock hielt, gab Polidori der Blondine einen Schlüssel, sagte zu ihr und zu dem Typ: »Macht es euch etwas aus, solange auf mein Zimmer zu gehen? Ich komme gleich nach.« Die beiden sagten »Schon gut«, nickten mir kurz zu und schlüpften hinaus.

Er und ich fuhren in den obersten Stock hinauf, in einen ringsum verglasten Saal mit Blick auf den Dom. Es war eine eigenartige Szenerie: die hellen, beleuchteten Fialen, die im Dunst wie Stalagmiten oder wie Zähne eines riesigen fossilen Wals aussahen. Die sorgfältig gedeckten Tische waren alle frei, bis auf einen in der Ecke, an dem ein japanisches Paar saß, er viel älter als sie.

Polidori wählte einen Tisch am anderen Ende des Saals; wir setzten uns, und einen Augenblick später war ein Ober mit zwei Speisekarten da. Mir war nicht klar, ob ich zum Abendessen eingeladen war oder was; ob ich vielleicht Caterina hätte Bescheid geben sollen. »Wir trinken nur etwas«, sagte Polidori zum Ober.

Der Ober war ein älterer Herr, steif vor Diensteifer in seiner Livree; er sagte: »Der Barbetrieb endet um achtzehn Uhr, danach sind wir nur Restaurant.«

Ohne den Blick oder den Ton zu verändern, sagte Polidori: »Schon gut, aber wir wollen nur etwas trinken.« Er lächelte dünn, mit aufgestütztem Ellenbogen und strahlte dabei eine Macht aus wie ein ruhender Jaguar, der jederzeit zum Sprung anzusetzen vermag.

Der Ober deutete ohne weiteren Einwand eine Verbeugung an und fragte, was wir trinken wollten. Ich konnte mir gut vorstellen, wie er gegenüber jedem anderen reagiert hätte: mit welch dünkelhafter und herablassender, hinter einer unüberwindlichen Barriere von Vorschriften und unverrückbaren Öffnungszeiten verschanzter Entrüstung. Aber Polidori war auch Leuten bekannt, die seine Bücher nicht lasen, sein Ruhm hatte sein ganzes Verhalten so durchdrungen, daß er sogar jemandem, der ihn nicht erkannte, Respekt einflößte.

»Was möchtest du?« fragte er mich, und in meiner Verlegenheit sagte ich »Einen Wodka«, obwohl ich sonst praktisch nie Alkohol trank. Doch die Situation schien mir irgendeinen Beweis meiner Reife oder Männlichkeit zu erfordern: Wie im luftleeren Raum folgte ich benommen meinen Empfindungen, die nur mit Verzögerung zu mir vordrangen. Er dagegen bestellte sich einen frisch gepreßten Orangensaft, und ich hätte am liebsten gesagt, daß mir das auch recht sei, aber es war zu spät; der Kellner enteilte, ohne das japanische Paar, das ihm schon seit Minuten Zeichen gab, eines Blickes zu würdigen.

Wir saßen schweigend da und blickten durch die großen Fenster auf den marmornen Dom hinaus, der einer Spukerscheinung glich. Polidori schien schlecht gelaunt und in Gedanken, ich wäre gern woanders gewesen. Als der Ober mit den Gläsern kam, trank ich einen großen Schluck Wodka, als ob es Wasser wäre, ich spürte, wie mir der Alkohol im Magen brannte und mir geradewegs in den Kopf stieg. Sekunden später kam es mir völlig absurd vor, stumm in diesem verglasten Saal zu sitzen, mit den gespenstischen Fialen vor Augen und dem schweigenden Polidori zu meiner Linken. Ich fragte mich, wie ich mich nur in so eine Lage hatte bringen können; wie ich am besten wieder herauskam.

Dann sagte er ohne jede Einleitung: »Deine Geschichte ist wunderschön. Phantasievoll und amüsant und traurig und wahr. Ich weiß nicht, seit wie langer Zeit ich nichts so Lebendiges mehr gelesen habe. Etwas, das so unverfälscht und nicht von der Säure des Bewußtseins und des Dünkels zu Brei zersetzt ist.« Er lächelte, und einen Augenblick lang hatte ich den Eindruck, daß seine Augen feucht glänzten, bevor er sich abwandte und einen Schluck Saft trank.

Ich war völlig platt, denn ich hatte mir ein ganzes Spektrum möglicher Reaktionen ausgemalt, Verlegenheit oder Gleichgültigkeit bis hin zu Wohlwollen, aber an eine so emotionale und unverhohlene Begeisterung hatte ich nicht im entferntesten gedacht. Ich brachte keinen Gesichtsausdruck und keinen Satz zustande, mit dem ich ihm antworten konnte; ich saß reglos auf meinem Stuhl.

Polidori schien immer noch gerührt; er sagte: »Du kannst dir gar nicht vorstellen, wie verlogen, überkandidelt und leblos alles ist, was man normalerweise liest, Roberto. Du hast keine Ahnung, wieviel kaltes, ehrgeiziges Kalkül und wieviel dumpfe Langeweile sich jeden Tag in allem niederschlagen, was geschrieben wird. Eine Geschichte wie die deine zu lesen ist wie ein Wunder, es ist, als hätte man einen Diamanten im Müll gefunden.«

Wieder wußte ich nichts darauf zu antworten; mein Herz pochte rasch, mein Kopf war voller schwer aufzuhaltender Empfindungen. Ich trank einen weiteren Schluck eiskalten Wodka, der meine Gedanken noch mehr verwirrte; es war ein riesiges Glas.

Polidori sagte: »Was mich besonders beeindruckt, ist die unverfälschte und krude Art, in der du schreibst, so als hättest du in deinem ganzen Leben noch kein Buch gelesen oder als hättest du alle Bücher gelesen und die Zen-Lehre befolgt, alles, was du weißt, wieder zu vergessen.«

Er sah mich fragend an, aber ich hatte nicht den Eindruck, daß er eine Erklärung erwartete. Ich schwankte zwischen widersprüchlichen, vom Alkohol zusätzlich verwirrten und verdichteten Gefühlen: es mißfiel mir, daß er mich für einen ahnungslosen Naiven hielt; andererseits hatte ich, während ich schrieb, auch keinerlei Zen-Lehre befolgt, ich hatte mich nur von der Wut und dem Frust treiben lassen, die mein Leben so mit sich brachte. Ich sagte: »Ach, ich weiß nicht. Ich arbeitete schon zwei Jahre dran, aber vieles überzeugt mich noch nicht, und einen Schluß bringe ich auch nicht zustande.« Ich hatte fast das Bedürfnis, mich zu rechtfertigen, wie einer, der, ohne es zu wollen, einen Ball in eine Fensterscheibe geschossen hat.

Polidori fragte mich: »Und dabei hast du die ganze Zeit bei *Prospettiva* gearbeitet? Du schreibst den ganzen Tag Artikel und machst Interviews und wenn du nach Hause kommst, schaffst du es, wieder in deine Geschichte hineinzufinden?« Er schien genauso fassungslos wie ich; ich spürte, wie er mich umkreiste, mich einzuschätzen versuchte.

»Kommt drauf an«, sagte ich. »Manchmal habe ich es so satt und bin so deprimiert, daß ich nichts Eigenes mehr schreiben kann, aber meistens habe ich schrecklich Lust, es grade aus Trotz zu tun. Vielleicht habe ich die ganze Geschichte in Wirklichkeit aus Trotz geschrieben. Um zu überleben. Es ist eine Art Rache, glaube ich.« Ich hatte das Gefühl, keine Kontrolle mehr über meine Worte zu haben: die Vokale schienen sich unmäßig zu dehnen und wie Klangblasen in der Leere des verglasten Saals zu schweben. Obendrein lachte ich töricht und fuchtelte sinnlos mit den Händen.

Polidori sah mich jetzt mit gezielterem Interesse an, aber er war immer noch nah und herzlich, aufmerksam wie ein guter Freund. »Und was hast du gemacht, bevor du bei *Prospettiva* angefangen hast?«

»Ich war Italienischlehrer an einer Mittelschule«, sagte ich, »und habe bei einem privaten Radiosender mitgemacht. Davor war ich an der Uni, dann beim Militär, dann hab ich in einem Hundezwinger in Dijon gearbeitet, während meine Frau ihre Fachausbildung machte. Ich schreibe, seit ich achtzehn bin, aber immer nur so nebenher.« Mir wurde bewußt, daß ich ihm ein nicht ganz zutreffendes Bild von meinem Leben vermittelte, unbeschwerter und leichter und reibungsloser, als es je gewesen war; aber ich wollte ihn in der Vorstellung bekräftigen, die er sich vermutlich von mir machte. Es war sozusagen ein automatischer Reflex, der schneller war als meine Gedanken.

Polidori schwieg, er schien ganz in den Anblick der Fialen auf dem Dom versunken; ich horchte auf das gedämpfte Besteckklappern vom Tisch der beiden Japaner am anderen Saalende, auf das Gläserklirren und die Geräusche aus der Küche. Dann wandte er sich mir zu, sagte: »Ich glaube, daß du ein Schriftsteller bist, Roberto. Ich finde, du solltest diese Geschichte fertigschreiben und sie veröffentlichen.«

Ich sah ihn aus wenigen Zentimetern Entfernung an, erregt durch den Alkohol und durch die Situation, und glaubte ganz deutlich das Magnetfeld von Angeboten und Forderungen wahrzunehmen, das seine Worte und Gesten, sein eindringlicher, ungeduldiger Blick ausstrahlte. Ich merkte, wie ich mich ihm in diesem Augenblick zur Verfügung stellte: wie mein Mißtrauen und mein Wunsch nach Eigenständigkeit immer mehr schwanden, bis sie nur noch wie eine dünne Membran waren.

Ich sagte zu ihm: »Aber ich weiß nicht, ob ich überhaupt Lust habe, diese Geschichte zu veröffentlichen. Sie ist zu persönlich. Da kommt *Prospettiva* drin vor und meine Kollegen und meine Frau. Sie enthält zu viele Details aus meinem Leben und aus dem Leben meiner Bekannten.« Ich bekam es mit der Angst: ich fühlte mich an den Rand eines Abgrunds gedrängt, auch wenn es ein Abgrund war, von dem ich schon oft geträumt hatte.

»Na und?« fragte Polidori. »Was meinst du denn, wie große Bücher entstehen? Aus anderen Büchern?« Seine Stimme hatte einen merkwürdigen Unterton, halb belustigt, halb ärgerlich; sein Blick prüfte meinen Gesichtsausdruck.

»Dann schreibe ich weiter und finde nie ein Ende«, sagte ich. »Es kommt mir vor, als könnte ich nochmal zweihundert Seiten schreiben.«

Polidori sagte: »Das liegt daran, daß du noch zu nah an den Ursprüngen deiner Geschichte bist. Du lebst noch darin. Du müßtest dich davon lösen, von *Prospettiva* weggehen, vielleicht sogar von Mailand. Du solltest zwischen dir und dem, was du erzählst, einen physischen Abstand herstellen und dir mehr Zeit nehmen als das bißchen Freizeit, das du bisher hattest. Und nichts anderes schreiben, bis du fertig bist.«

»Schön und gut, aber wie soll das gehen?« fragte ich. »Ich kann doch nicht meinen Job sausen lassen für etwas, wovon ich nicht mal leben kann. Und wo sollte ich hingehen?« Meine Worte waren jetzt erschreckend aufgebläht: mir war, als spräche ich wie ein Fisch, als stieße ich Blasen aus, die in die Höhe stiegen, bis sie an den Fensterscheiben zerplatzten.

Polidori lächelte: »Wer sagt, daß du nicht davon leben kannst?« fragte er. »Wie viele Kinder mußt du denn ernähren? Wie viele Frauen und Wohnungen hast du?«

»Nur eine Frau«, sagte ich. »Und eine Fünfzig-Quadratmeter-Wohnung.« Jetzt lächelte ich auch, aber er hatte schon wieder aufgehört.

»Menschenskind, Roberto«, sagte er. »In deinem Alter hatte ich nur jeden zweiten Tag zu essen. Ich wog sechzig Kilo, so mager war ich, fünfzehn weniger als jetzt. Ich spielte Klavier in den Tanzbars in Buenos Aires, klimperte mir die Finger wund und lief hinter jeder Frau her, die mir vor die Augen kam, ich schrieb, wenn ich hätte schlafen sollen und schlief, wenn ich hätte essen sollen. Was ist bloß aus dieser Welt geworden, wenn einer, der das unverschämte Glück hat, so pointiert schreiben zu können, lieber den Redaktionstrottel macht und Klatsch aus zweiter Hand berichtet, statt das Risiko einzugehen, als Künstler zu leben? Wenn ihr es dann endlich geschafft habt, etwas zu veröffentlichen, dann können es ja nur bedeutungslose akademische Übungen sein, mit denen ihr beweisen wollt, daß ihr die richtigen Bücher gelesen habt und klug und sensibel seid, voller guter Absichten und voller Besonnenheit.«

»Das stimmt nicht«, sagte ich, obwohl ich wußte, daß es wenigstens teilweise zutraf. »An der Besonnenheit liegt es nicht.« Aber ich fand keine seinem zornig funkelnden Blick, seinem spöttischen, leidenschaftlichen Ton angemessenen Worte.

»Woran dann?« fragte er. »Wieso legst du dann dein Talent lieber auf Eis, statt dich mit all deiner Energie auf das zu stürzen, was du wirklich kannst? Wieso seid ihr nur so schrecklich vernünftig und realistisch? Um eure Eltern zu beruhigen und eine Krankenversicherung zu haben, wenn ihr mal alt seid?«

Ich schwankte zwischen zwei, drei möglichen geistreichen Bemerkungen, mit denen ich mich herausreden und das Gesicht wahren konnte, doch innerhalb von Sekunden stieg in mir eine nie gekannte Kampfbereitschaft auf; ging mir ins Blut, konzentriert wie der Alkohol, den ich getrunken hatte, und schwemmte alle meine Bedenken hinweg. Ich wollte ihn verblüffen, ihm zeigen, daß er mich überhaupt nicht verstanden hatte, daß er mich zu Unrecht im Plural ansprach, als wäre ich der Vertreter einer ganzen Generation von Schlappschwänzen. Ich hätte alles getan, um es ihm zu beweisen: die Hand über eine Flamme gehalten, wenn eine dagewesen wäre, oder das leere Wodkaglas an der Tischkante zerschlagen.

Statt dessen sagte ich nur: »Du hast recht. Morgen kündige ich. Fertig aus.« Ich sah ihn fest an, die Hände in den Jackentaschen; mein Kopf schwankte ein wenig, denn der unwiderrufliche Schritt, den ich vollzogen hatte, machte mich schwindeln.

Er sah mich mit einem dünnen Lächeln an, er wußte nicht, ob ich es ernst meinte oder nicht. Aber er war erstaunt: von meinen Worten mitten in der Gebärde blokkiert. »Ich glaube nicht, daß du das einfach so entscheiden kannst: Du darfst dich von niemand beeinflussen lassen, Roberto. Du mußt ganz allein zu diesem Entschluß kommen.«

»Ich bin entschlossen«, sagte ich. »Ich habe mich von niemandem beeinflussen lassen. Ich habe es schon seit zwei Jahren vor. Mit *Prospettiva* habe ich abgeschlossen. Wirklich. Von jetzt an widme ich mich nur noch meinem Buch, bis es fertig ist.« Ich versuchte genauso ironisch und lebenserfahren zu sprechen wie er; ich hätte mir sogar ein zweites Glas Wodka bestellt, aber ich konnte den Kellner nirgends sehen.

Polidori schien jetzt fast besorgt; er sagte: »Hör zu, laß es dir in Ruhe durch den Kopf gehen. Ich habe schon vor Jahren beschlossen, mich nicht mehr für das Leben anderer verantwortlich zu fühlen. Ich sage dir nur, daß deine Geschichte sehr gut ist, und wenn du es schaffst, sie fertigzuschreiben, helfe ich dir, sie zu veröffentlichen. Im übrigen mußt du versuchen, deinem Instinkt zu folgen.«

Ich wollte ihm sagen, daß ich das ja eben getan hatte, aber er sah auf die Uhr, sagte: »Verdammt, ich muß los. Drunten wartet dieser dämliche portugiesische Dichter auf mich, Alberto Semar, er ist auch mein Übersetzer, ich muß ein Abendessen mit ihm durchstehen.« Lautlos wie ein Schatten war der Kellner zur Stelle, Polidori gab ihm einen Fünfzigtausender und stand auf.

Wie auf Wasser wandelnd, folgte ich ihm zum Aufzug, die Gedanken in mir schwankten genauso wie ich. Polidori sagte: »Morgen fahre ich nach Rom zurück. Ich gebe dir meine Telefonnummer. Laß von dir hören.« Er schrieb die Nummer auf ein Kärtchen, das er in der Tasche hatte, mit einer sehr klaren Handschrift, obwohl er im Stehen, gegen den Aufzugspiegel gestützt schrieb. Dann waren wir in seiner Etage, die Tür öffnete sich fast sofort; er gab mir das Kärtchen, drückte mir kräftig die Hand und sagte: »Wir sehen uns, Roberto.«

Dann verließ er den Fahrstuhl, aber er schien mir noch etwas sagen zu wollen; ich hielt die automatische Tür fest, als handle es sich darum, mir die Möglichkeiten meines Lebens offenzuhalten. Er sagte: »Ich kann dir nichts versprechen, aber wenn du dich wirklich entschließt, bei *Prospettiva* aufzuhören und woandershin zu gehen, um dein Buch fertigzuschreiben, und Angst hast zu verhungern, gäbe es in Rom vielleicht eine Möglichkeit. Bei einer Zeitschrift, bei der ich mitarbeite, sie erscheint alle drei Monate. Du bräuchtest dazu viel weniger Zeit als bei *Prospettiva* und hättest wenigstens ein Einkommen.«

»Hm«, sagte ich, immer noch die Aufzugtür festhaltend, und versuchte den passenden Gesichtsausdruck aufzusetzen.

Polidori sagte: »Also, du weißt ja, wie du mich erreichen kannst.« Er hob die Hand zum Abschied. Während sich die Tür schloß, sah ich ihn auf dem Korridor davongehen.

Ich trat auf die Straße hinaus, die Jacke immer noch unter dem Arm, erst unter den Arkaden zog ich sie an. Ich lief mindestens zehn Minuten blindlings drauflos, bevor mir einfiel, wo ich das Auto gelassen hatte, und ging zurück, um es zu holen.

Vier

Am nächsten Tag war ich sehr aufgeregt, als ich auf das Redaktionsgebäude zuging. Ich hatte keine Ahnung, wie es funktionierte, wenn man kündigte: ob ich mit Tevigati sprechen sollte oder mit dem Direktor, ob ich einen schriftlichen Antrag stellen oder eine Kündigungsfrist einhalten mußte; ob es sich sachlich regeln ließ oder ob ein Streit unvermeidlich war. Polidori hatte mir geraten, meinem Instinkt zu folgen, aber in diesem Fall hatte ich mindestens zwei Instinkte, die gegensätzlicher nicht hätten sein können: der eine trieb mich, die erste klare Entscheidung meines Lebens zu treffen, der andere, bequem in meiner so vertrauten und beruhigenden Unzufriedenheit zu verharren. Zudem war für einschneidende Entscheidungen nicht die beste Jahreszeit, die Kälte und Weihnachten standen bevor; auf eine entsprechende Andeutung beim Frühstück hatte Caterina gesagt: »Was soll der Unsinn?«

Von solchen Zweifeln geplagt, setzte ich mich an meinen Schreibtisch und fing mechanisch an, die verwertbaren Teile meiner Telefoninterviews über das Comeback der Ehe vom Tonband zu übertragen. Ohne groß zu überlegen, wußte ich, wie ich sie aneinandersetzen und mittels der von Tevigati vorgeschriebenen Skala von Synonymen und Entsprechungen des Verbs »sagen« verbinden konnte. Während die Schauspielerin »erzählte«, mußte der Soziologe »hinzufügen« und der Dichter »eröffnen« und die Sängerin »bekennen«, der Politiker »einwenden« oder »dagegenhalten« oder »feststellen« oder »die Auffassung vertreten«

oder »enthüllen« oder »erklären« oder »behaupten«, bis der ganze Vorrat erschöpft war und man wieder von vorne beginnen konnte. Mit der Routiniertheit, die ich mir hier drinnen in zwei Arbeitsjahren angeeignet hatte, erledigte ich die Prozedur, und auch wenn ich mir dabei so lächerlich wie immer vorkam, entfernte mich doch jede Zeile ein Stück weiter von dem Gespräch mit Polidori tags zuvor. Er hatte ja selber gesagt, daß ich es mir gut überlegen sollte; daß ich mich in keiner Weise moralisch verpflichtet fühlen mußte, spontan zu handeln.

Nachmittags um drei stellte sich Tevigati hinter meinen Stuhl und las leicht vornübergebeugt auf meinem Monitor. »Hast du die Tarchio Ponazzi schon angerufen?« fragte er fast sofort.

Ich verneinte; er sagte: »Dann ruf sie an, Menschenskind, worauf wartest du noch? Du machst eine Reportage über die Ehe und fragst nicht mal die Tarchio Ponazzi, die ein ganzes Buch darüber geschrieben hat, Himmelherrgott?« Damit noch nicht zufrieden, trat er einen Schritt zurück und ließ seine Megaphonstimme ertönen, damit auch die anderen Redakteure mithören konnten: »Aufwachen, Bata, Himmelherrgott! Noch sind wir nicht im Skiurlaub im makellos weißen Schnee!«

So schien sich die Sache von selbst zu entscheiden, wie ich es in meiner fatalistischen und etwas feigen Art immer gehofft hatte. Mir war, als ob Polidori vor mir stünde und mich mit seinem spöttisch-herausfordernden Lächeln ansähe. Ich stand auf, nahm meinen Kugelschreiber und meinen Notizblock vom Schreibtisch, sagte zu Tevigati: »Ruf deine Tarchio Ponazzi selber an, und sag ihr einen schönen Gruß von mir, der blöden Kuh.«

Er war sich seiner Beziehungen zur Welt dermaßen sicher, daß er mich stumm vor Staunen anglotzte, mit wahrhaft fassungslosem Gesicht. Ich ging schnurstracks zum Ausgang, vor den Augen meiner Kolleginnen und Kollegen, die an ihren Monitoren hingen.

Tevigati lief ziemlich verstört hinter mir her, rief: »Warte doch, Roberto Bata, ich muß mit dir reden.«

Wenn ich daran zurückdenke, hätte ich gern die Gelegenheit genutzt und ihm irgendeine scharfe Bemerkung an den Kopf geworfen, aber wie immer fielen mir erst später welche ein. Statt dessen sagte ich nur: »Himmelherrgott, Menschenskind, Tevigati«, als sähe ich ihn bereits aus weiter Ferne.

Später ließ ich das Auto irgendwo auf dem Ring stehen und bummelte durch die Stadt, durch Buchhandlungen und Schallplattengeschäfte. Ich fühlte mich unglaublich leicht, so als wäre mir eine gewaltige Last von den Schultern gefallen, aber es war nicht nur ein angenehmes Gefühl: ich fühlte mich auch ausgesetzt im Nichts, unsicher und orientierungslos. Ich blickte umher, ohne viel zu sehen; ich konnte es noch nicht fassen, daß ich soviel Zeit vor mir hatte, wie ich wollte, aber keine greifbare Lebensperspektive. Ich kam mir bald wie ein Held, bald wie ein Trottel vor; ich fragte mich, wie Caterina reagieren, was Polidori sagen würde. Ich verlor sogar das Zeitgefühl: als ich nach Hause kam, war es schon halb neun.

Caterina saß mit einem Buch auf den Knien auf der Couch im Wohnzimmer. »Ich hab Erbsenrisotto gemacht, aber der ist jetzt eine einzige Pampe«, sagte sie. Was die Essenszeiten anbelangte, litt sie an einer typisch mailändischen Neurose, schon eine Verspätung von zehn Minuten war für sie schrecklich; zudem kam es selten vor, daß sie das Essen zubereitete. Sie tat sich schwer mit dem Kochen, und wenn sie es mal übernahm, war sie so angespannt wie bei einer Kriegsoperation: deshalb kochte meistens ich, oder wir gingen essen; große Feinschmecker waren wir beide nicht.

Aber ich hatte nicht die geringste Lust, in so einem Augenblick über das Essen zu streiten; ich sagte zu ihr: »Na wenn schon. Es gibt wichtigere Dinge im Leben als Erbsenrisotto.«

Statt wütend zu werden, wie es unter normalen Umständen geschehen wäre, merkte sie, daß unser Leben irgendeine dramatische Wendung genommen hatte; sie fragte: »Darf man wissen, was eigentlich los ist?«

Ich hätte lieber noch abgewartet und es ihr später gesagt, hätte gerne einstweilen mit Essen angefangen und über andere Dinge geredet, mich Schritt um Schritt dem Thema genähert, um mir selbst erst noch über die Lage klarzuwerden. Aber sie saß da und fixierte mich, alle Sinne in Alarmbereitschaft, als hätte sie mich bei einem Seitensprung ertappt, und so sagte ich schließlich: »Ich hab bei *Prospettiva* gekündigt, das ist alles. Ich hab beschlossen, an meinem Roman zu arbeiten, bis ich es schaffe, ihn zu veröffentlichen. Ich mache Schluß mit diesem beschissenen lauen und öden Leben, das nichts Halbes und nichts Ganzes ist.«

Sie legte ihr Buch auf die Kommode; erst nach einigen Sekunden sagte sie: »Machst du Witze oder was? Heute früh hab ich gedacht, es ist ein Scherz.«

Ihre Stimme hatte einen entsetzten Ton und machte mir wirklich angst, angst vor einer unbekannten Zukunft, viel stärker als vorhin, als ich allein durch die Stadt lief. Um mich nicht davon überwältigen zu lassen, ging ich auf Caterina zu und faßte sie um die Schultern, sagte: »Laß uns die Sache doch mit etwas Humor sehen, bitte.«

Ich beschrieb ihr Tevigatis Gesicht, als ich zur Tür gegangen war, die Gesichter meiner Kollegen, aber sie fand es überhaupt nicht lustig. »Das war dumm von dir, Roberto.

Du handelst, ohne zu überlegen. Du läßt dich von einem wie Polidori beeinflussen, der sich darin gefällt, den Draufgänger zu spielen, weil er sich gerade langweilt. Ihn kostet es ja nichts, oder bezahlt er uns etwa die Miete?«

»Bitte, Caterina, wir wollen uns nicht in dieses blödsinnige Rollenspiel hineinziehen lassen. Tu jetzt doch nicht so weise, das bist du zum Glück nie gewesen. Polidori hat nichts damit zu tun, ich wäre bei *Prospettiva* beinahe verrückt geworden. Mir wird schlecht, wenn ich bloß ein Telefon sehe, Caterina. Mir wird schlecht, wenn ich die Namen dieser Leute höre und ihre Fotos sehe. Und ich bin es leid, realistisch und vernünftig zu sein, ich bin es leid, meine Fähigkeiten auf Eis zu legen und das, was ich wirklich tun will, auf wer weiß was für eine Zukunft zu verschieben.«

Ich plapperte Polidoris Worte nach; ich schwankte in einem ständigen Auf und Ab zwischen Überzeugung und Zweifel und Überzeugung, wie in einer Berg-und-Tal-Fahrt der Gefühle, voller Angst, wenn ich unten ankam, und fast euphorisch, wenn ich wieder oben war. Die Angst machte meine Stimme laut, und vor Erregung redete ich fast pausenlos; ich merkte, daß ich viel entschlossener wirkte, als ich in Wirklichkeit war. »Wir können doch nicht ewig in dieser Vorhölle leben, Caterina«, sagte ich. »Ich hab einen Roman geschrieben, der nicht schlecht ist, Polidori gefällt er, und das kommt bei ihm, glaube ich, nicht so oft vor. Er hatte Tränen in den Augen, als er darüber sprach, Caterina. Ich muß jetzt aber ein bißchen Abstand von meiner Geschichte gewinnen, wenn ich sie fertigschreiben will. Wenn ich nichts wage, komme ich da nie raus, dann schreibe ich noch in zwanzig Jahren diese idiotischen Artikel für Tevigati und staue Wut und Frust in mir an und jammere und beklage mich bei jeder Gelegenheit.«

Caterina lehnte an der Wand unseres häßlichen kleinen

Wohnzimmers und sah mich an, als würde sie mich nicht ganz wiedererkennen. Aber sie wußte, wie unbefriedigend meine Arbeit für mich war, und sie hatte mich selbst immer zum Schreiben ermutigt, seit wir uns kannten; auch sie war von unserem Leben nicht gerade begeistert, sie hatte von etwas Besserem geträumt, nicht weniger als ich. Schließlich sagte sie: »Es ist deine Entscheidung, Roberto, wenn du so überzeugt bist.«

So überzeugt war ich gar nicht, aber jetzt konnte ich wirklich nicht mehr zurück. Wir gingen in die Küche und aßen den mittlerweile zu einem blaßgrünen Brei zerfallenen Erbsenrisotto.

Fünf

Ich rief bei Polidori in Rom an, um ihm zu sagen, daß ich gekündigt hatte, aber unter seiner Nummer sagte eine Frauenstimme vom Band: »Hinterlassen Sie eine Nachricht, wir rufen Sie zurück.« Ich nannte meinen Namen und meine Telefonnummer und sprach auf den Anrufbeantworter: »Ich wollte dir nur sagen, daß ich doch noch gekündigt habe.« Er rief nicht zurück, weder an diesem Tag noch am nächsten noch am übernächsten. Ich versuchte noch zweimal, ihn zu erreichen, hinterließ auf seinem Anrufbeantworter die zwei witzigsten und unaufdringlichsten Nachrichten, die mir einfielen. Polidori ließ nichts von sich hören.

Ich versuchte an meinem Buch zu arbeiten, aber mein Kopf war zu sehr mit anderen Gedanken beschäftigt, ich schaffte es nicht, mich länger als ein paar Minuten am Stück zu konzentrieren. Die Redaktionssekretärin von *Prospettiva* rief mich an und teilte mir mit, daß meine Kündigung höchst unvorschriftsmäßig sei, weil ich die zweimonatige Kündigungsfrist nicht eingehalten habe; die Verlagsgruppe könne mich verklagen, wenn sie wolle. Zu meinem Glück wolle sie nicht, aber natürlich würde man mir zwei Monatsgehälter von der Abfindung abziehen. »Kein Problem«, erwiderte ich. Caterina und ich hatten zusammen eine Million dreihunderttausend Lire auf der Bank, mit denen wir natürlich nicht viel länger als bis Ende Dezember hinkommen würden. Meine Eltern machten sich größere Sorgen, als sie sich anmerken lassen wollten; mein Vater meinte:

»Hauptsache, du gehst deinen Weg.«

»Mein Weg ist es, Romane zu schreiben«, war meine Antwort, wenn ich auch nicht wußte, ob es ein gangbarer Weg war, und ich nicht die geringste Ahnung hatte, wohin er führte.

Tatsächlich glaubte ich, in mir und um mich herum nicht genügend Material zu haben, von dem ich für das Künstlerleben, von dem Polidori gesprochen hatte, zehren konnte. Ich befand mich nicht in Südamerika, konnte kein Klavier spielen, und viele anregende Frauen begegneten mir auch nicht – ich hatte nie echte Erfahrungen als Abenteurer und Lebenskünstler gemacht. Die Wohnung und das Viertel hatten nichts Romantisches an sich; meine Beziehung zu Caterina zeichnete sich weit mehr durch Zärtlichkeit, Vertrauen und gegenseitige Achtung aus als durch leidenschaftliche Liebe. Was mich getrieben hatte, meinen Roman zu schreiben, waren verborgene innere Strömungen, die vielleicht gerade deshalb so stark gewesen waren, weil sie in meinem sichtbaren Leben kein Ventil hatten. Ich war so daran gewöhnt, hassenswerte Pflichten zu haben, Einschränkungen, ständigen Druck und Abhängigkeiten hinnehmen zu müssen, daß ich jetzt, wo das alles wegfiel, nicht mehr wußte, was ich mit meiner Zeit anfangen sollte.

Wenn Caterina nach Hause kam und ich ihr erzählte, daß ich mit meinem Roman nicht weitergekommen war, machte sie ein bekümmertes Gesicht. Am Anfang bemühte sie sich, mich zu ermutigen, aber bald ging es ihr auf die Nerven, wenn ich sie ständig nach ihrer Meinung fragte, Bestätigung und Prognosen von ihr verlangte. »Roberto«, sagte sie, »ich kenne Polidori nicht und war nicht dabei, als ihr euch getroffen habt, aber ich glaube nicht, daß einer wie er nur dich im Kopf hat und sonst nichts. Er hat dein Buch und die ganze Angelegenheit wahrscheinlich vergessen.«

Damit stürzte sie mich in helle Panik: ich sagte zu ihr, daß sie Polidori nicht kenne und deshalb gar nicht mitreden könne; daß es mir nicht gefalle, wenn sie solche Gemeinplätze und Vorurteile von sich gab. Später entschuldigte ich mich bei ihr; sie merkte, wie mir zumute war, sagte: »Schon gut.«

Am fünfzehnten Dezember kamen wir spät in der Nacht vom Kino nach Hause und hörten schon draußen auf dem Treppenabsatz das Telefon klingeln. Wie ein Verrückter schloß ich die Tür auf, rannte im Dunkeln ins Schlafzimmer, hechtete aufs Bett und nahm den Hörer ab.

Am anderen Ende war Polidori: »Wie geht's, Roberto, hast du geschlafen?«

»Nein, ich hab nicht geschlafen«, sagte ich und versuchte, mir die Freude über seinen Anruf nicht zu sehr anmerken zu lassen, mir ein bißchen Unabhängigkeit zu bewahren. Caterina knipste das Licht an, sah reglos zu mir herüber.

Polidori fragte: »Na, was hast du beschlossen? Wie stellst du dir dein weiteres Leben vor? Ich habe mit dem Direktor der Zeitschrift gesprochen, er möchte dich kennenlernen, ich denke, daß sie dich einstellen werden.« Seine Stimme war voll ansteckender Energie; man hörte ihr nicht an, daß es halb zwei in der Nacht war.

»Wann denn?« fragte ich. »Wann soll ich kommen?« Caterina, die wie festgenagelt an der Tür stand, machte mich nervös; ich gab ihr Zeichen wegzugehen. Zudem regte sich jetzt, da endlich das eingetreten war, worauf ich gehofft hatte, ein merkwürdiger Widerstand in mir, eine Mischung aus Trägheit und Gewöhnung an das Wohlvertraute.

»Am besten gleich«, sagte Polidori. »Sobald du kannst. Morgen.« Er schien schon wieder ungeduldig, vielleicht weil ich nicht sofort reagierte; er sagte: »Dann sprechen wir über dein Buch. Ich hab's noch mal gelesen, und es gefällt mir immer noch sehr gut, ich hab mir ein paar Anmerkungen gemacht, die dir vielleicht von Nutzen sind.«

Ich bemühte mich, auch meine Stimme energisch und dringlich klingen zu lassen: »Bestimmt. Gut. Morgen komme ich, ganz sicher.« Ich redete so laut ich konnte, und zum Glück übertrug sich der Nachdruck in meiner Stimme auf meine Gedanken, verscheuchte meine Unschlüssigkeit.

Polidori gab mir die Telefonnummer und die Adresse der Zeitschrift, versicherte, daß er mir ein Hotelzimmer reservieren lasse. »Bis morgen, Roberto«, verabschiedete er sich wie ein guter alter Freund.

Als ich auflegte, stand Caterina immer noch auf der Türschwelle, sah mich bestürzt an. Ich sprang auf und versuchte sie in die Höhe zu stemmen, aber sie entglitt mir; ich bedeckte ihren Hals und ihre Ohren mit Küssen: »Schluß mit den Sorgen, Caterina. Jetzt fängt für uns ein neues Leben an. Morgen fahre ich nach Rom, und sobald es geht, hole ich dich nach, und dann machen wir zusammen die tollsten Sachen. Unseren Wünschen sind keine Grenzen mehr gesetzt, jetzt steht uns alles offen, Caterina!«

Sie war über meine fast ungestüme Euphorie verstimmt, sagte nur: »Hör auf«, stieß mich weg. Am Ende brachte ich sie doch noch zum Lachen; ich zog sie in die Küche und machte uns beiden Orangensaft. Wir blieben lange auf, redeten und liefen hin und her, alle beide von sich verselbständigenden Bildern überwältigt.

Sechs

Mein Schnellzug fuhr mit einer halben Stunde Verspätung ab; noch nie im Leben war ich so aufgeregt auf eine Reise gegangen. Ich blickte aus dem Fenster, während wir rukkend die mit Smog geschwängerte Stadt durchquerten, und mein Puls war genauso unregelmäßig wie die Bewegungen des Zugs: beschleunigt durch die Aufregung und verlangsamt durch sich verdichtende Bedenken. Ich dachte an Caterina, die mir in aller Frühe beim Kofferpacken geholfen hatte: an ihre Art, meine Hemden zusammenzulegen, so wie sie es schon öfters getan hatte, diesmal aber mit einer seltsamen, beinahe symbolischen Sorgfalt. Ich sah sie vor mir, in ihrem weißen Kittel in der Gemeinschaftspraxis, in irgendeinem der unzähligen häßlichen Gebäude, die am Abteilfenster vorbeizogen, und ich fühlte die Wehmut eines Auswanderers, durchwoben von erinnerten und vorweggenommenen Empfindungen, die dumpf und unbestimmt waren wie ein nicht genau zu ortender Schmerz.

Als wir auf Bologna zufuhren, ließ meine Traurigkeit bereits nach, gemildert durch das befreiende Gefühl, mit *Prospettiva* endgültig fertig zu sein und einen unerforschten Horizont vor mir zu haben. Zum ersten Mal konnte ich mich wirklich freuen, wenn ich mich an Tevigatis Blick erinnerte, als ich ging: an die Bestürzung, die sich wie ein Sprung durch das Porzellan seiner Gewißheiten zog.

In Florenz schien es mir, als sei ich bereits in einem Niemandsland, wohin das, was ich bisher getan hatte, nur noch als schwacher Nachhall drang und wo sich schon ein zarter

Schein dessen abzeichnete, was ich künftig tun konnte. Die pure Fortbewegung, die Abgeschlossenheit, Wärme und Enge des Zugabteils, die unbeteiligte Gegenwart der anderen Passagiere gaben mir ein Gefühl der Geborgenheit. Auf meinen Knien lag das neueste Buch von Polidori, *Liebesvorspiele*, das ich mir als Taschenbuchausgabe vor der Abfahrt an einem Kiosk gekauft hatte, und ich war erstaunt, wie intelligent es geschrieben war, konnte mich aber nicht genügend konzentrieren, um über die ersten drei Seiten hinauszukommen. In diesem Schwebezustand, dem Rattern des Waggons anheimgegeben, hätte ich gern so lange wie möglich verharrt, hätte am liebsten die Ankunft noch ewig hinausgeschoben.

Der Zug tat sein Bestes, um meinem Wunsch entgegenzukommen, er blieb an nicht vorgesehenen Bahnhöfen, auf offenem Feld und mitten in Tunnels stehen; um fünf jedoch ratterte er an den immer dichter werdenden Lichtern eines großen Vororts vorbei, gleich darauf fuhr er in den Bahnhof von Rom ein und hielt. Ich blickte durch das trübe Fenster hinaus, während meine Reisegefährten ebenso wie das Gefühl der Geborgenheit verschwanden, und mein Herz begann wieder zu klopfen, noch rascher als in Mailand.

Ich ging den überdachten Bahnsteig entlang, um mich herum das Fauchen von Preßluft, den Geruch nach abgestandener Gemüsesuppe und die ersten Zurufe mit römischem Akzent; stumpfe und gleichgültige Blicke der Gepäckträger und Bahnarbeiter, die dem Strom der gerade ausgestiegenen Reisenden entgegenkamen. Ich ging an den Leuten vorbei, die vorne an den Gleisen warteten, ängstlich wie ein Waisenknabe beim Gedanken, daß ich von niemandem erwartet wurde: passierte die Sperre, bahnte mir einen Weg durch das Menschengewühl in der großen Schalterhalle und trat ins Freie.

Vor mir lag ein riesiger Platz, auf dem Linienbusse als große dunkle Schatten an ihren Endstationen parkten. Die Straßenlaternen mußten im Umkreis von vierhundert Metern ausgefallen sein, die einzigen Lichter kamen von weiter entfernten Gebäuden und von dem ringsum tosenden Verkehr. Die Luft war geradezu lau, zehn, fünfzehn Grad wärmer als in Mailand, mit einer ganz anderen Dichte, einem anderen Geruch und einer anderen Transparenz. Dieser Klimawechsel ließ mir meine Reise weiter und folgenschwerer erscheinen, gab ihr beinahe etwas Dramatisches: mir war, als hätte ich einen ganzen Kontinent oder ein Meer zwischen zwei Kontinenten überquert, als sei ich an völlig neuen Ufern gelandet.

Ich kramte mein Notizbuch mit den Telefonnummern von Polidori und der Zeitschrift heraus und machte mich in dem Gewimmel von Drogendealern, Taschendieben, ankommenden und abfahrenden Reisenden, Polizisten in Zivil, Afrikanern, die ihren Plunder feilboten, und Scharen von Filipinos auf die Suche nach einem Telefon. Aber sie waren alle besetzt oder kaputt, so beschloß ich, gleich zur Redaktion der Zeitschrift zu fahren, da dies die einzige Adresse war, die ich hatte; ich stellte mich bei der langen Warteschlange am Taxistandplatz hinten an. Ich überlegte, was ich tun sollte, wenn ich in der Redaktion niemanden antraf und Polidori telefonisch nicht erreichte. Ich kannte mich in Rom überhaupt nicht aus und hatte hier keine Bekannten; ich wußte nicht einmal, in welchem Hotel man mir ein Zimmer reserviert hatte; in meiner Brieftasche waren ganze dreihundertzweiundzwanzigtausend Lire. Ich betrachtete die Römer vor mir in der Schlange und beneidete sie um ihre Ortskundigkeit, ihre Vertrautheit mit zahlreichen Straßen und Leuten der Stadt.

Die Taxis kamen in Abständen von etlichen Minuten, so

als wüßte keiner, daß hier der Bahnhof war und eine lange Schlange auf Taxis wartete. Taxifahrer ohne Lizenz schlichen mit ihren Sträflingsgesichtern herum wie Räuber, köderten sich die naivsten oder ungeduldigsten Reisenden; jedesmal, wenn ein echtes Taxi kam, gab es im vordersten Abschnitt ein wildes Gerangel, lautes Geschrei, Drohungen und Rempeleien.

Nach einer guten halben Stunde schaffte ich es, mir ein Taxi zu ergattern, es gegen eine Dicke im Pelzmantel zu verteidigen, die sich um jeden Preis vordrängen wollte. Ich war mir fast sicher, daß ich zu spät in die Redaktion kommen und niemanden mehr antreffen würde, und bat den Fahrer, so schnell zu fahren, wie er konnte. Er warf mir im Rückspiegel einen Blick zu: »Was hast du's denn so eilig? Wer schickt dich, wer fragt nach dir?« Mir war nicht klar, ob er es böse meinte oder ob es eine spezielle Art von Herzlichkeit war; ich sah hinaus, schaute alle paar Sekunden auf die Uhr.

Der Verkehr stand fast still, es herrschte ein Höllenlärm: Reifenquietschen, wildes Gehupe und aufheulende Motoren, sobald sich irgendwo eine Lücke von wenigen Metern auftat. Mein Fahrer schlängelte sich durch die kleinsten Zwischenräume, trat aufs Gaspedal, riß das Lenkrad herum, ordnete sich scharf bremsend wieder ein, verfluchte die anderen Autofahrer auf die grimmigste Weise, verstorbene Verwandte inbegriffen. Irgendwann waren wir dann vollends eingekeilt, auf einer abfallenden Straße, die auf einen großen Platz mündete. »Steig lieber aus, zu Fuß bist du schneller dort«, meinte er und wies mir die Richtung.

Ich bezahlte und ging um den von Autos überfluteten Platz herum, bog in eine Fußgängerzone ein, wo der mechanische Lärm bald verebbte. Die Häuser waren aus dem sechzehnten und siebzehnten Jahrhundert, mit Schaufenstern voller Kleider, Schuhen und Schmuck unten im Parterre, an denen unaufhörlich Menschen vorbeiströmten. Ich wunderte mich über die Gangarten, die Gestik und die Mienen, die mir hier begegneten: über das Fehlen jeglicher Hast, die Mäntel, die man offen trug, als wären sie alles andere als unentbehrlich. Die Stadt schien dem Winter gegenüber gewissermaßen immun und das nahe Weihnachtsfest nur ein Vorwand, die Auslagen mit silbernen und goldenen Bändern zu schmücken, um dem Ort zusätzliche Anziehungskraft zu verleihen. Japanische, amerikanische und deutsche Touristen schlenderten, unter die Römer gemischt, durch die engen, gepflasterten Straßen, blickten in der milden, von warmen Lichtern erhellten Luft umher. Ich war der einzige, der schnell ging, atemlos vor Angst, die Redaktion geschlossen vorzufinden, und es kam mir vor, als müsse ich meine Anstrengung verdoppeln, um mich der ansteckenden Langsamkeit ringsum zu entziehen.

Die Redaktion war in einer anderen, ebenso eleganten, schmalen Straße; das gewölbte Portal war zu. Ich drückte gute zehn Sekunden lang auf den Knopf der Gegensprechanlage mit der Aufschrift »Bell'Italia GmbH«, hielt dabei nach rechts und links Ausschau und überlegte, was ich tun sollte. Ich wußte, daß Polidori telefonisch nicht so leicht zu erreichen war; ich malte mir schon aus, wie ich mitten in der Nacht durch die Straßen lief, mit der Reisetasche, deren Riemen mir in die Schulter schnitt.

Stattdessen fragte aus der Sprechanlage eine ärgerliche und mißtrauische Stimme: »Wer ist da?«

Laut und deutlich antwortete ich: »Roberto Bata, ein Freund von Marco Polidori.«

Die Stimme zögerte einen Augenblick; sagte: »Zweite Etage.«

Dann stand ich in einem alten Luxuspalast; eine weiße Marmortreppe mit einem rötlichen Teppich, der mit Messingstäben befestigt war, führte nach oben. Im zweiten Stock mußte ich einige Minuten warten, bis eine junge Brünette öffnen kam. »Ich hatte schon Angst, daß niemand mehr da ist«, sagte ich mit einem trostsuchenden Lächeln.

»Ist auch niemand mehr da«, entgegnete sie; sie hatte eine gepreßte Aussprache ohne jede Spur von Herzlichkeit. Sie trat ein Stück zurück, damit ich einen Blick hineinwerfen und mich selbst davon überzeugen konnte. Erfreut über mein Kommen schien sie nicht gerade: sie strich sich den Rock glatt, rückte die gepolsterten Schultern ihrer Jacke gerade. »Es ist beinahe Viertel vor sieben«, war ihr einziger Kommentar. Ich sah mich um, meinte nur: »Ich weiß.« An der Wand hing ein Poster mit einer Ansicht des Kolosseums, darüber stand groß und breit *360°*: ich überlegte, ob das wohl der Name der Zeitschrift war, bei der ich vielleicht mitarbeiten würde.

Dann kam hinten aus dem Gang ein kräftiger junger Mann mit dichtem Kraushaar; er und das Mädchen tauschten einen schrägen Blick, genauso langsam wie die Bewegungen und Blicke, die ich auf der Straße gesehen hatte. Sie gab ihm einen Umschlag und ein paar farbige Schnellhefter; sagte zu mir gewandt: »Er bringt Sie ins Hotel.«

Ich folgte ihm auf die Straße hinaus, wo ein großer Alfa Romeo stand. Wir stiegen ein, und er preschte los, ließ in der engen Straße voller Fußgänger den leistungsstarken Motor röhren. Er fuhr wie ein Verrückter, ohne jede Rücksicht auf die Passanten, die im letzten Augenblick zur Seite springen mußten und wild hinter ihm her gestikulierten, Worte riefen, die ich nicht hören konnte.

Ich versuchte ein Gespräch anzufangen, damit er abgelenkt wurde und langsamer fuhr, aber er antwortete auf meine Fragen, ohne den Fuß auch nur einen Augenblick vom Gas zu nehmen. Er erzählte mir, daß er Renato heiße und der Fahrer und vereidigte Wachmann sei; über die Zeitschrift selbst wußte er nichts, Polidori kannte er nur dem Namen nach. Wir ließen die engen Straßen der Fußgängerzone hinter uns und überquerten in noch wahnwitzigerem Tempo eine Piazza, bogen in eine verkehrsreiche Straße ein, die an einem Fluß entlangführte.

»Hast du den Tiber schon mal gesehen?« fragte mich Renato in leicht spöttischem Ton.

»Klar hab ich ihn gesehen«, sagte ich, so bestimmt, wie ich konnte.

Er ließ das Fenster hinunter, steckte ein Blinklicht aufs Autodach und schaltete eine Sirene ein, pflügte durch den Verkehr wie ein wild gewordener Eisbrecher.

Wir folgten ein paar Kilometer dem Tiber, dann fuhren wir über eine endlos lange weiße Brücke. Ich klammerte mich an den Haltegriff, stemmte mich jedesmal, wenn er das Lenkrad herumriß, mit den Füßen ab. Hinter der Brücke jagten wir eine kurvenreiche, abschüssige Straße hinunter, bis Renato vor einem großen häßlichen Gebäude mit der Aufschrift »Residence-Hotel Grande Vue« haltmachte. Ich sagte »Vielen Dank«; trat mit revoltierendem Magen und schmerzendem Kopf in die Halle.

Der Angestellte an der Rezeption musterte mich mit einem klebrigen Blick, bevor er bestätigte, daß ein Zimmer auf meinen Namen reserviert worden war; durch die Glastür sah ich noch Renato, der wüst über den Platz kurvte.

Was man mir reserviert hatte, war kein Zimmer, sondern ein kleines Appartement im sechsten Stock, das aus einem Schlafzimmer, einem Bad und einem Wohnzimmer mit einer kleinen, hinter einer Schrankwand verborgenen Kochnische bestand. In der Kochnische gab es Töpfe, Gläser und Besteck, doch die Tatsache, daß sogar für einen längeren Aufenthalt alles Nötige vorhanden war, unterstrich noch das Vorläufige, das Traurig-Anonyme, den pseudoamerikanischen Stil des Ganzen. Ich zog die gefältelten Synthetikvorhänge auf: trotz der Dunkelheit war zu erkennen, daß sich jenseits des betonierten Hinterhofs keine großartige Aussicht bot.

Ich versuchte Polidori anzurufen, aber wie immer antwortete nur die Stimme vom Band: »Hinterlassen Sie eine Nachricht.« Ich hinterließ eine Nachricht: »Bin gut in Rom angekommen, laß von dir hören«, mit ganz und gar geheuchelter Fröhlichkeit.

Dann ging ich von einem Zimmer ins andere und fühlte mich aus meiner vertrauten Umgebung herausgerissen, unsicher und ratlos den Wechselfällen des Lebens ausgeliefert. In der Luft hingen Spuren von Teppichkleber und Zigarettenrauch früherer Bewohner und von nur oberflächlich entferntem Staub, die sich überlagerten und sich in meinem Kopf mit den unfreundlichen und schiefen Blicken von Renato, dem Fahrer, von der Sekretärin und dem Hotelportier vermischten. Ich griff erneut zum Telefon und wählte meine Mailänder Nummer; ich hatte ein Bedürfnis nach Zuspruch und wollte Caterina hören.

Sie antwortete mit ihrer üblichen, etwas förmlichen Telefonstimme, als würde immer jemand mithören. Ich erzählte ihr mit leichten Übertreibungen von meiner Ankunft in Rom und von der Fahrt zum Hotel; schilderte ihr das kleine Appartement schlimmer, als es war. »Na ja«, sagte sie, »du wohnst ja nicht dein Leben lang drin.« Zum Glück waren keine erkennbaren Spuren von Sehnsucht in ihrer Stimme: sie schien nicht mal sonderlich neugierig zu sein. Auch kaute sie gerade irgend etwas, es war kurz vor acht, und ich mußte sie beim Essen gestört haben. All dies bewirkte, daß mein Verlassenheitsgefühl so gut wie verflogen war; eilig verabschiedete ich mich von ihr.

Ich duschte zwanzig Minuten lang, drehte dabei immer wieder das Wasser ab, weil ich fürchtete, das Telefon zu überhören, dann zog ich etwas Leichteres an. Jetzt freute ich mich, daß ich in Rom war: ich war hungrig und hatte Lust herumzulaufen, mir die Stadt anzusehen.

In der Halle erklärte ich dem Portier, daß ich einen Stadtbummel machen wolle und um zehn wieder zurück sei, falls jemand nach mir fragen sollte. »Einen Stadtbummel? Zu Fuß?« fragte er mit dem verschlagenen Grinsen des alten Hotelfuchses, der etwas weiß, was seine Gäste nicht wissen, der aber nicht unentgeltlich damit herausrückt. »Ja, zu Fuß«, sagte ich und ging hinaus.

Die Luft draußen roch beinahe ländlich, es gab keine Geräusche, keine Bewegungen noch sonst irgendwelche Zeichen städtischen Lebens. Mit raschen Schritten ging ich die abfallende Straße hinunter. Weit und breit war nirgends eine Lichtreklame zu sehen. Ich brauchte zehn Minuten, bis mir klar wurde, daß ich mich in einem Wohnviertel auf einer Anhöhe außerhalb der eigentlichen Stadt befand, das aus ehemals modernen Gebäuden mit verglasten Haustüren und eingezäunten Vorgärten bestand, hinter denen Hunde kläfften. Die eigentliche Stadt mußte am Fuß des Hügels liegen, jenseits der Brücke, über die Renato mich im Wahnsinnstempo gefahren hatte: ich hörte ein fernes Rauschen, während ich unschlüssig weiter bergab ging, aber es war klar, daß ich zu Fuß nie ankommen würde.

Also ging ich, mittlerweile halb verhungert, zum Hotel zurück. Der Portier setzte wieder sein Grinsen auf, als er mich hereinkommen sah, dann reichte er mir eine vorgedruckte Telefonnotiz. »Für Sie, Dottore«, sagte er so flapsig, daß der Titel wie Hohn klang.

Auf dem Zettel stand: *Dr. Polidori, ruft im Lauf des Abends wieder an.* Der Portier lauerte auf meine Reaktion, auch wenn er so tat, als schaue er in den kleinen Fernseher, der auf der Theke stand. Ich fragte ihn, ob man hier im Hotel essen könne; er sagte »Selbstverständlich«, zeigte mir den Weg zum Speisesaal im Untergeschoß.

Ich aß einen Teller in Öl schwimmender Spaghetti und eine fade Seezunge Müllerin-Art, mitten in einem riesigen Saal, in dem nur ein tief über seinen Teller gebeugter Manager der mittleren Ebene und zwei ältere amerikanische Paare saßen, deren Abendessen aus einem Cappuccino bestand. Ihr schrilles Lachen hallte durch den großen Raum, in dem Dutzende von Tischen und Hunderte von Stühlen aufgestellt waren, vielleicht in Erwartung irgendeiner großen Reisegesellschaft oder eines Betriebsfestes.

Dann ging ich in mein Zimmer hinauf. Ich rief noch einmal bei Polidori an; wieder war der Anrufbeantworter dran. Ich hinterließ keine Nachricht mehr, schaltete den Fernseher an, drehte den Ton leise und legte mich aufs Sofa. Es lief gerade irgendeine Komödie, in der ein Mann, der dem Minister für Haushalt und Wirtschaftsplanung zum Verwechseln ähnlich sah, die zweideutigen Fragen eines Varietékomikers und einer halbnackten Ulknudel beantwortete: er schnitt Grimassen und riß Witze, und dann deutete er im Scheinwerferlicht, das sich auf seiner Glatze spiegelte, ein paar Tarantella-Schritte an. Erst Minuten später erkannte ich, daß es der echte Minister und kein Schauspieler war, und empfand ein laues und mattes Gefühl von Ungläubigkeit, das sich immer mehr verdichtete, bis mich, müde, wie ich von der Reise und der fremden Umgebung war, mitten in meinen Gedanken der Schlaf übermannte.

Sieben

Das Telefon klingelte, und ich fuhr hoch: durch die Vorhänge an den Fenstern drang Licht, und der Fernseher lief; ich war angezogen auf dem Sofa eingeschlafen; mein linker Arm war völlig steif, und ich spürte einen stechenden Schmerz in der Seite. Ich fiel hin, als ich zum Telefon lief, und nahm den Hörer mit einem »Ja?« ab.

Marco Polidori sagte: »Na, Roberto? Wie geht's? Was hältst du von Rom?« Sogar morgens um sieben sprach er so energisch, wie er immer sprach, wenn er nicht gerade zerstreut war.

Ich bemühte mich, einen klaren Kopf zu kriegen; antwortete: »Gut, danke. Ich hab noch nicht viel gesehen.« Ich versuchte die Durchblutung in meinem Arm wieder in Gang zu bringen und an die Fernbedienung heranzukommen, um den Fernseher auszuschalten, ich streckte mich vor, soweit das Telefonkabel reichte.

Polidori sagte: »Hör zu, ich gehe jetzt joggen, und dann hab ich einiges zu erledigen, aber wenn du möchtest, hole ich dich in ein, zwei Stunden ab, dann gehen wir zusammen in die Redaktion.«

»Prima«, sagte ich. »Danke. Gern.« Ich schaffte es, den Fernseher auszuschalten, holte mir dabei aber einen Krampf im linken Bein und ging erneut zu Boden.

»Um neun also«, sagte Polidori und legte auf.

Ich zog die Vorhänge auf, immer noch erstaunt, daß ich wirklich in Rom war und frühmorgens von einem Anruf Marco Polidoris geweckt wurde.

Punkt neun stand ich startbereit in der Hotelhalle, unter dem gleichgültigen Blick des Tagportiers. Ich wartete zehn Minuten an der Glastür, weitere zehn draußen auf dem Trottoir im fahlen Sonnenlicht, noch einmal zehn wieder drinnen, immer nervöser. Um halb zehn sah ich ein großes grünes Auto vorfahren, am Steuer saß Polidori.

Er stieg aus, sagte: »Roberto!« und drückte mich mit seinen kräftigen Armen an die kräftige Athletenbrust unter seinem Jackenstoff. Dann betrachtete er mit einem angedeuteten Lächeln den häßlichen Hotelbau hinter mir; sagte nur: »Gehen wir?« Daß er eine halbe Stunde zu spät gekommen war, darüber verlor er kein Wort; er schien heiterer Stimmung.

Wir fuhren langsam den Hang hinab, in dem schallgedämpften Auto, in dem es nach teurem Leder roch. Es war ein Modell, das ich noch nie gesehen hatte, ohne Firmenembleme, weder innen noch außen; ich hätte gern gewußt, was es für eins war, aber es widerstrebte mir, für ein so oberflächliches Thema Interesse zu bekunden.

Er deutete mit einer vagen Geste hinaus, sagte: »Das ist hier eine Art Insel oder befestigtes Lager. Am Anfang gefiel es mir, außerhalb der Stadt zu wohnen, aber jetzt stimmt es mich eher traurig.«

»Du wohnst auch hier draußen?« fragte ich, immer noch bemüht, mich seinem Tonfall anzupassen.

»Teils, teils«, sagte er. Er hatte eine seltsame Art, Fragen zu beantworten, auch jetzt noch, wo die Atmosphäre zwischen uns so locker und freundschaftlich schien: als fühle er sich in die Enge getrieben und zu Erklärungen genötigt, als wolle er sich nur ja nicht festlegen lassen.

Wir waren unten in der Ebene angelangt und fuhren eine verkehrsreiche Straße entlang, die zu der langen weißen Brücke führte. Es schien eine ganz andere Strecke zu sein als am Abend zuvor mit Renato, dem Chauffeur. Der Motor summte fast unhörbar; Polidori steuerte den Wagen, ohne viel auf den Weg zu achten. »Ich würde nur zu gerne wissen, wohin ich gehöre, und einen Platz haben, den ich als mein Zuhause betrachten kann. Seit Jahren versuche ich das, Roberto. Wenn sich mit jeder meiner Wohnungen eine eigene Persönlichkeit verbände, wäre ich wohl ein ziemlich hoffnungsloser Fall.«

Es faszinierte mich, ihn reden zu hören: seine Stimme war voller Spuren des außergewöhnlichen und wagemutigen Lebens eines Künstlers, der frei entscheidet und nur sich selbst Rechenschaft ablegt. Er konnte von einem Augenblick zum anderen ein Thema fallenlassen und ein neues anschneiden, aber nicht, weil er wie Tevigati auf der Oberfläche hin und her hastete, sondern weil er eher allzu tief eindrang. Er wußte, daß sich das Interesse des Zuhörers in die Zwischenräume schieben und sie füllen würde, und darauf setzte er: er setzte auf die Pausen zwischen einem Satz und dem nächsten, auf die Wörter, die man erwartete und von denen er schon wußte, daß er sie nicht sagen würde. Vielleicht waren ihm Fragen nur deshalb unangenehm, weil sie ihm bei diesem Spiel in die Quere kamen, ihn zwangen, sich in allzu leicht vorhersehbarer Weise zu offenbaren.

»Ich hätte nicht gedacht, daß du wirklich von *Prospettiva* weggehst, nach unserem Gespräch in Mailand. Dabei hätte ich es mir denken können, ich hatte ja deine Geschichte gelesen.«

Ich lachte, weil er lachte; ich betrachtete seine grauen, metallisch schimmernden Haare, seine kräftige, hagere Gestalt, die gerade Nase, die ihm einen leicht grausamen Zug gab. Draußen zogen die Marmorstatuen auf der langen weißen Brücke vorbei; über die hektischen Manöver der anderen Autos erhaben, glitten wir sanft dahin.

Polidori sagte: »Als ich hörte, daß du gekündigt hast, kamen mir Skrupel, ich dachte, ich hätte dich nicht so drängen dürfen.«

»Ich wäre sowieso gegangen«, erwiderte ich. »Ich hatte nur auf irgendeinen Vorwand oder Auslöser gewartet.«

Er fragte mich, wie sie in der Redaktion darauf reagiert hätten, was meine Frau gesagt habe. Ich versuchte ihm so unbefangen zu antworten wie einem Freund, aber meine Stimme klang viel kontrollierter als sonst, ich wählte meine Worte sorgfältig aus. Tatsächlich glaubte ich hinter jedem Satz, hinter jedem Blick von ihm die komplexe Vielfalt seiner Bücher zu spüren, die ich nicht gelesen hatte: Geschichten, Beziehungen, Lebensformen und Gefühlszustände, die in das eingingen, was er schrieb. Ich glaubte, daß seine Aufmerksamkeit noch die törichteste Bemerkung oder Gebärde, die man in seiner Gegenwart machte, für immer festhalten könnte, und war deshalb auf der Hut, zögerte bei jeder Antwort.

Dann sagte er: »Vor ein paar Tagen habe ich mit Oscar Sasso über deinen Roman gesprochen, in der Wohnung einer der unausstehlichsten Frauen von ganz Rom. Er war schrecklich neugierig. Er wollte unbedingt etwas davon lesen, aber ich habe ihm erklärt, daß ich dich zuerst fragen muß.«

Damit weckte er bei mir gemischte Gefühle, denn ich fühlte mich zwar geschmeichelt, daß ein Kritiker wie Oscar Sasso auf mein Buch neugierig war, andererseits erschreckte es mich, daß Polidori schon jetzt davon erzählte, wo es noch in so unvollendeter Form war. Ich sagte: »Ich möchte es lieber erst fertig haben. Wenn ich das überhaupt je schaffe, meine ich.«

Er lächelte, ohne mich anzusehen, sagte: »Schon gut.« Das Fahren beanspruchte ihn kaum, aber es rechtfertigte den beiläufigen Plauderton, in dem er mit mir sprach. »Das habe ich ihm auch gesagt«, fuhr er fort, »du kannst beruhigt sein. Ich habe ihm gesagt, daß du gar nicht darauf erpicht bist, es zu veröffentlichen, auch darin bist du eine seltene Spezies im Literaturbetrieb. Jetzt ist er natürlich erst recht neugierig. Er hat die Ohren gespitzt, in seiner typischen, neurotischen Art.« Mit der Hand versuchte er, Sassos Ohren darzustellen; fügte noch hinzu: »Vielleicht auch, weil es nicht oft vorkommt, daß mich etwas, das ich gelesen habe, so begeistert.«

»Was hast du ihm von meiner Geschichte erzählt?« fragte ich, beunruhigt, daß seine Beschreibung weit interessanter gewesen sein könnte als das, was ich geschrieben hatte.

Wieder versteifte sich Polidori ein wenig, als ich ihm die Frage stellte: als fühle er sich in eine Richtung gedrängt, die ihm nicht behagte. »Ich habe ihm deinen Stil zu schildern versucht, die Sicht, aus der du erzählst. Wie du Mailand beschreibst und die Beziehungen in der Redaktion, die Beziehungen zwischen der Frau und dem Mann.«

Ich war ihm dankbar, daß er »Frau und Mann« sagte, statt mich plump mit dem Protagonisten zu identifizieren und zwischen dir und deiner Frau zu sagen. Er wußte sehr wohl, wie autobiographisch meine Geschichte war, trotzdem sprach er darüber mit der Diskretion von jemandem, der aus eigener Erfahrung weiß, wie Schreiben funktioniert; in seiner Stimme war keine Spur ungebührlicher Neugier. Er sprach mit mir wie mit einem Kollegen, ohne belehrenden Ton, und das beeindruckte mich mehr als jede großzügige Geste und weckte echte, warme, freundschaftliche Gefühle in mir.

Er sagte: »Du hast recht, laß dir Zeit, auch wenn es nicht stimmt, was die Kritiker immer behaupten. Bücher werden nicht mit Muße geschrieben. Muße erzeugt nur Langeweile und endlose Spitzfindigkeiten. Meine besten Sachen habe ich unter Termindruck geschrieben, wenn ich Schulden hatte und der Vertrag bereits unterschrieben war. Sieh dich doch um, drei Viertel aller großen Bücher sind so entstanden. Diese Geschichte von der Muße ist von einer kleinen Bruderschaft impotenter Voyeure erfunden worden, die nicht wollen, daß jemand mehr bumst als sie, jedenfalls nicht außerhalb ihrer Kontrolle.«

Ich lächelte und nickte zustimmend, auch wenn ich mir nicht ganz sicher war, wen er meinte. Der Zorn, der in ihm zu stecken schien, brach mit plötzlicher Heftigkeit hervor.

»Sie stellen doch solche Gleichungen auf, oder nicht?« fuhr er in hitzigem Ton fort. »Zwischen der Zeit, die einer zum Schreiben braucht, und dem Wert des Geschriebenen, zwischen der Knappheit des Produzierten und seiner Bedeutsamkeit, als würde es sich um weiße Trüffel handeln. Langeweile setzen sie mit Tiefgang gleich, Unlesbarkeit mit Komplexität, Abstraktheit mit Unanfechtbarkeit. Es gibt blutleere Schwachköpfe, die es zu literarischem Ansehen gebracht haben, nur weil sie alle zehn Jahre ein Buch herausbringen. Aber Dostojewskij hat den *Spieler* in zwanzig Tagen und Stendhal die *Kartause von Parma* in sechs Monaten geschrieben, und jedes literarische Werk, das mir irgend etwas mitgeteilt hat, steckt voller Ungeduld zu sagen, was zu sagen ist. Alles andere ist Futter für Bibliotheksratten.«

Ich versuchte mich zu erinnern, in welchen Zeitabständen er seine Bücher geschrieben hatte: mir schien, daß *Annäherungsversuche* 1988 herausgekommen war, nachdem er drei, vier Jahre lang nichts veröffentlicht hatte, aber ich war mir nicht sicher. Fast alles, was ich über ihn wußte, hatte ich in Wirklichkeit aus dem Fernsehen oder aus der Zeitung oder von anderen gehört, ich kannte nur das Image, das unabhängig von seinen Büchern von ihm verbreitet wurde. Ich dachte, daß meine Ignoranz allmählich schon eine Schande war; daß ich alles lesen sollte, was er geschrieben hatte.

»Sie haben diese bedingten Reflexe«, sagte er, »ein Buch, das sich gut verkauft, kann für sie nicht anders als trivial sein, eins, das wenig Leser findet, ist gut und wertvoll. So kultivieren sie letztlich eine Literatur von langweiligen und egozentrischen Dilettanten, die jedoch den Vorzug haben, ihnen ähnlich zu sein. Sie stellen Formeln auf, als wären es per Labortest bewiesene physikalische Gesetze, und viele Leute glauben ihnen oder erliegen ihrem Einfluß. Wenn du sie dann aus der Nähe siehst, entdeckst du nichts als Unfähigkeit und blinden Neid. Du entdeckst, daß der eine Gedichte schreibt, der andere Bühnenkomödien, der dritte Romane, und wenn ein Verleger sie ihnen veröffentlicht, damit sie ihm gewogen bleiben, weiß er von vornherein, daß er keine Leser findet und daß es ihm nichts einbringt. Dafür schreiben sie einander Kritiken und rühmen sich gegenseitig, schanzen sich vielleicht sogar Preise zu, tragen ihre Formeln vor sich her und lassen sich in den Feuilletons darüber aus.«

»Sind denn alle so?« fragte ich. Sein wütender Ton erstaunte mich, denn er zählte gewiß nicht zu den Schriftstellern, die bei den Kritikern schlecht wegkamen, und seine Bücher galten keineswegs als trivial, obwohl sie sich gut verkauften.

»Fast alle«, meinte er. »Ich kenne zwei oder drei, die nicht so sind, und das sind zufällig die einzigen, die wirklich leben.«

Wir fuhren gemächlich den Tiber entlang; der Verkehrslärm drang nur gedämpft ins Wageninnere, als ob er von weither käme. Mir fiel ein, daß ich da und dort polemische Äußerungen über seinen neuesten Roman gelesen hatte, allerdings aus der Feder von unbedeutenden Kritikern, die sich nur dadurch einen Namen gemacht hatten, daß sie wahllos Verrisse schrieben.

Polidori sagte: »Eine typische Vertreterin dieser Gattung ist deine Ex-Kollegin Lucia Craveri.«

Ich drückte mir mit dem Daumen die Nase platt, um das Gesicht von Lucia Craveri nachzumachen; er lachte. Eigentlich war sie gar keine Ex-Kollegin von mir, denn sie schrieb ihre Rubrik als freie Mitarbeiterin, in der Redaktion hatte ich sie nur hin und wieder gesehen.

»Sie ist wirklich faszinierend«, sagte Polidori. »Du liest ihre Rezensionen und hast den Eindruck, als seien sie von einer Art höherer Sittlichkeit durchdrungen, mit ihren hochgestochenen Anspielungen, ihrer Verachtung für die Spielregeln und für die Beschränktheit des Verlagswesens und die Borniertheit der Leser. Dann siehst du sie, und dir kommt der Verdacht, daß das Schreiben von Kritiken für sie eine Art Selbsttherapie ist oder eine Rache für alles, was die Natur ihr vorenthalten hat. Aber das Schlimmste ist, daß sie auch selbst schreibt. Sie schreibt gräßliche Kurzgeschichten, die kein Mensch liest und die voll sind von der grenzenlosen sterilen und vergifteten Trübseligkeit ihres Lebens. Da braucht man sich nicht zu wundern, findest du nicht?«

»Nein«, sagte ich und dachte an den eifernden und aggressiven Stil der Artikel, die die Craveri schrieb, an ihre ständigen lateinischen Zitate, an die Art, wie sie sich hinter historisch verbürgten Namen verschanzte, um ihre windigen Thesen zu belegen. Ich war glücklich, Polidori in diesem Ton reden zu hören; glücklich über die Muskelkraft, mit der er seinen Standpunkt vertrat. Daß ein Schriftsteller in seiner Position noch so freie und rabiate Ansichten hatte, rief in mir ein fast berauschendes Gefühl der Erleichterung hervor; ich fand es amüsant, ihm zuzuhören, und freute mich über das Einverständnis und die Freundschaft, die zwischen uns entstanden war.

»Du wirst es ja sehen, wenn dein Buch erscheint, lieber Roberto«, sagte er. »Aus der Sicht der Kritik hast du jede Menge Fehler. Du bist nicht tot, das ist schon mal ziemlich schlecht. Aber du bist nicht mal alt, weder besonders arm noch häßlich, du kommst auch nicht aus der Dritten Welt oder aus der hintersten Provinz. Du hast offenbar weder körperliche Behinderungen noch einen ausgeprägten Glauben. Das sind aber nur die schwachen Punkte von dir als Person. Dann ist da ja noch dein Buch.«

»Du lieber Himmel«, sagte ich, »Dann sollte ich es vielleicht lieber gar nicht erst probieren.« Ich lachte mit ihm, und es erschien mir unglaublich, so vertraut mit ihm zu sein; ich wäre mit ihm gegen jeden in den Krieg gezogen, wenn er mich darum gebeten hätte.

Schließlich ließen wir den Tiber hinter uns und fuhren in die Innenstadt hinein; die Polizisten an der Absperrung warfen einen Blick auf die Vignette an der Windschutzscheibe und ließen uns passieren. Polidori sagte: »Eigentlich sollte niemand eine Sondergenehmigung erhalten. Dann müßten alle zu Fuß gehen oder mit dem Fahrrad fahren, mit Ausnahme der Körperbehinderten und der ganz Alten, für die müßte es einen Elektrobus geben.«

Und obwohl er sein namenloses Auto, das seinen Befehlen so prompt und willig gehorchte, ganz selbstverständlich durch die Stadt steuerte, wirkten diese Sätze nicht scheinheilig.

»Was für ein Auto ist das?« fragte ich ihn, aufs Lenkrad deutend.

»Nichts Besonderes«, sagte er, »ein ganz normaler Serienwagen. Ich hab nur die Embleme und den ganzen anderen Schnickschnack entfernen lassen.« Was für eine Marke es war, verriet er mir nicht, aber er sah wirklich so aus, als könne er leicht auf den Wagen verzichten: als könne er jederzeit aussteigen und ihn stehen lassen, ohne daß es irgendwelche Auswirkungen auf sein Leben hätte.

Auf einem kleinen Parkplatz hielt er an, und wir stiegen aus, ich ging hinter ihm den Gehsteig entlang. Mit seinem kraftvollen, zügigen Schritt wirkte er eher wie jemand, der nicht von hier war, als bloß wie jemand, der an körperliche Tätigkeit gewöhnt ist; ich mußte im Trab laufen, um nicht zurückzubleiben. Er ging jedoch nicht einfach geradeaus, ohne nach rechts oder links zu sehen, wie es Prominente sonst zu tun pflegen: er betrachtete die Häuser ringsum, die Schaufenster, die Leute, die in den Geschäften aus und ein gingen. »Kennst du Rom überhaupt nicht?« fragte er mich.

»Überhaupt nicht«, sagte ich.

»Eine eigenartige Stadt. Sie hat in mir von Anfang an entweder nackte Verzweiflung oder grenzenloses Wohlgefühl ausgelöst, ohne irgendein Zwischenstadium.«

Einige Passanten erkannten ihn; starrten ihn an, drehten sich nach ihm um. Er tat, als merke er es nicht: erwiderte die Blicke, registrierte die Gesten. Halblaut sagte er zu mir: »Drei Viertel von ihnen haben keine Zeile von dem gelesen, was ich schreibe, sie haben mich nur im Fernsehen gesehen.« Es schien ihm nicht viel auszumachen, er lächelte darüber. Ich ging neben ihm her, schlechter gekleidet als er und weniger sicher in meinen Bewegungen; ich versuchte wenigstens mit ihm Schritt zu halten.

Fünf Minuten später waren wir in dem alten Prunkbau, in dem ich schon am Abend zuvor gewesen war. Der Hausmeister verneigte sich leicht vor Polidori, der Blick, mit dem er zusah, wie wir immer zwei Stufen auf einmal die Treppe hinaufstiegen, war aber völlig gleichgültig.

Die Sekretärin machte uns auf, nur wenig mitteilsamer und herzlicher als am Abend zuvor; mit einer Hand richtete sie ihr Haar. Polidori stellte mich vor: »Dr. Bata ist unser neuer Redakteur.« Ohne eine Miene zu verziehen, begrüßte sie mich, als sähe sie mich zum ersten Mal. Ich war überrascht, daß meine Einstellung offenbar beschlossene Sache war, während ich bis jetzt gedacht hatte, es gäbe noch einen Rest Ungewißheit.

Aus dem Korridor tauchte ein ziemlich dicker, fast kahlköpfiger Typ um die Fünfzig auf, rief »Marco!« mit fast theatralischer Begeisterung. Er umarmte Polidori, trat dann einen halben Schritt zurück, um ihn besser betrachten zu können, und machte ihm Komplimente über sein Aussehen.

Obwohl sie ungefähr gleichaltrig waren, hätten sie in ihrer Erscheinung nicht verschiedener sein oder gegensätzlichere Eindrücke erwecken können. Der Dicke hatte schütteres, quer über den kahlen Kopf gekämmtes Haar, Pausbacken und eine kleine Froschnase, trug eine Cartier-Uhr am Handgelenk und zwei goldene Ringe an den Fingern; er hätte auch der Untersekretär irgendeines Ministers oder ein Ganove mittleren Kalibers sein können. Polidori schien sich jedoch gut mit ihm zu verstehen: er musterte ihn belustigt, erwiderte seine Herzlichkeit zumindest teilweise.

Er stellte uns vor: »Der Schriftsteller Roberto Bata, Stefano Geroni, Direktor von *360°*«, sagte er.

Geroni drückte mit seiner im Verhältnis zum Körper zu kleinen und kraftlosen Hand die meine; sagte: »Einer aus dem Norden kommt uns gerade recht, als Gegengewicht zu all den Römern.« Er sprach mit einem unschönen römischen Akzent, seine vorstehenden Augen rollten nach rechts und links; er hielt sich nicht ganz aufrecht in seinem zu weiten Anzug. Ich wußte nicht, wie ich den Satz deuten sollte, gab ihm als Antwort ein dünnes Lächeln.

Polidori ermunterte ihn: »Willst du Roberto nicht die Redaktion zeigen?«

Geroni sagte »Moment«, ging uns dann aber fast sofort durch den Korridor voraus, drehte sich immer wieder zu Polidori um, sagte: »Weißt du, daß wir uns einen ganzen Monat lang nicht gesehen haben?«

Es gab vier, fünf große, lichtdurchflutete Zimmer mit Computern und Reißbrettern, und nur zwei Redakteure; sie sahen sich auf einem Leuchtpult Dias an. Geroni stellte sie mir vor: einen blaßblonden Venezianer, der Giulio Bedreghin hieß, und eine recht gutaussehende, dunkelhaarige junge Römerin namens Enrica Dalatri. Sie kamen auf den Gang hinaus, um mir die Hand zu geben und Polidori zu begrüßen. Er bemerkte nur: »Allmählich werdet ihr eine richtige kleine Redaktion.« »Hm, stimmt«, pflichteten sie ihm bei, mit einer Mischung aus Respekt und Vertraulichkeit, wie Schüler im letzten Schuljahr.

Polidori schien an einer Unterhaltung nicht weiter interessiert; er fragte Geroni: »Welches ist Robertos Zimmer?«

Geroni öffnete mit einer ausladenden Gebärde eine Tür und sagte zu mir: »Dies hier, wenn es Euer Ehren genehm ist.« In seinem jovialen Ton war ein Anflug von Feindseligkeit: ein mehr physisches als rationales Mißtrauen, ähnlich dem, das ich ihm gegenüber hatte.

Aber mein Zimmer war so etwas wie der Traum von jedem, der einmal bei *Prospettiva* oder in irgendeinem anderen Großraumbüro gearbeitet hat. Es hatte zwei Fenster, die sich tatsächlich öffnen ließen, und eine hohe Kassettendecke, einen Schreibtisch mit Computer und Telefon, alles im richtigen Abstand voneinander, und wenn man wollte, konnte man die massive Holztür hinter sich zumachen.

Geroni merkte, wie beeindruckt ich war: um seine blassen Lippen spielte ein eigenartiges Lächeln. Polidori versicherte ihm: »Geh ruhig, wenn du zu tun hast, Stefano. Ich komme gleich nach.« Er schob ihn fast hinaus, obwohl Geroni gar nicht die Absicht bekundet hatte hinauszugehen; schloß die Tür hinter ihm. Dann deutete er auf den Schreibtischsessel, fragte: »Willst du ihn nicht ausprobieren?«

Also setzte ich mich, stieß mich mit den Füßen ab und ließ mich auf den Rollen rückwärts gleiten, bis ich an der Wand ankam. Wir schwiegen einige Sekunden: Polidori sah zum Fenster hinaus, ich sog den Geruch von Holzleim ein, der in der Luft hing, und schaute mich um. Alles war nagelneu, das Mobiliar, die Maschinen und Lampen, schien aber eher aufgrund einer abstrakten Vorstellung als aufgrund von präzisen Arbeitserfordernissen zusammengestellt, wie für einen Fototermin oder einen Fernsehfilm.

Polidori mußte meine Gedanken gelesen haben, denn er sagte: »Das sind diese Staatsunternehmen, die ihr Defizit schon vorprogrammieren.«

»Wieso, von wem wird denn das Blatt finanziert?« fragte ich und bemühte mich, nicht allzu verdutzt auszusehen.

»Vom Ministerium für Fremdenverkehr und Veranstaltungswesen«, sagte Polidori. »Letztes Jahr hat man mir vorgeschlagen, mich darum zu kümmern, und ich wollte zuerst natürlich nichts davon wissen. Aber sie brauchten nur meinen Namen, mehr für interne als für externe Zwecke. Man hat mir auch zugesagt, es nicht an die große Glocke zu hängen, ich muß lediglich in jeder Nummer ein paar Seiten unter meinem Namen veröffentlichen. Dafür bekomme ich einen Haufen Geld für wenig Arbeit und hole mir auf diese Weise wenigstens einen kleinen Teil von dem wieder, was sie mir jedes Jahr an Steuern wegnehmen.«

Er lachte, und wieder war ich verwundert, wie offen er

darüber sprach, unverblümt und ohne falschen Unterton. »Und ich, was soll ich eigentlich machen?« fragte ich ihn. Der Gedanke, für das Fremdenverkehrsministerium zu arbeiten, beunruhigte mich ein wenig: ich betrachtete die Möbel um mich herum, als handle es sich um Hehlerware.

»Du sollst an deinem Buch arbeiten, nur deshalb bist du nach Rom gekommen. Du wirst sehen, für die Zeitschrift gibt es nicht viel zu tun. Die ist wie eine kleine Maschine, die öffentliche Gelder verschlingt und ganz von selbst läuft, und Geroni ist zwar ein Gauner, aber sehr tüchtig, er hat alles gut im Griff. Hauptsache, du hast einen Platz, wo du schreiben kannst, und ein Einkommen, ohne deine Zeit mit etwas zu vergeuden, das dich nicht interessiert.«

Ich sagte »Danke«, erneut beeindruckt von seiner Großzügigkeit und zugleich beunruhigt.

»Bedanke dich doch nicht immer. Ich mache es ja nicht aus Freundlichkeit. In meinem ganzen Leben habe ich niemandem einfach nur einen Freundschaftsdienst erwiesen. Es ist dein Buch, es sucht sich seinen Weg, es will fertig werden und Leser finden.«

Aus seinem Mund klang es nicht nur so dahingesagt: mir zu helfen schien für ihn wirklich ganz selbstverständlich zu sein, ohne daß er sich etwas darauf zugute hielt. Es wunderte mich immer wieder, daß einer wie er so bescheiden sein konnte; ich dachte an all die aufgeplusterten mittleren und kleinen Prominenten, die ich für *Prospettiva* interviewt hatte, die jede Geste, jedes Wort abwägten, als hätte es einschneidende Auswirkungen auf das Leben der anderen.

Dann sah er auf die Uhr; sagte: »Ich muß los. Ich rufe dich an, vielleicht können wir uns heute abend sehen und uns in Ruhe unterhalten. Du versuchst inzwischen, das Zimmer hier in Besitz zu nehmen. Und mach dir keine Sorgen wegen Geroni, ich habe schon mit ihm geredet.«

Ich stand auf, und wir verabschiedeten uns mit einem Händedruck. Ich bedankte mich noch einmal; er knuffte mich wie zum Spaß in den Bauch.

Dann ging er mit seinem federnden Gang rasch durch den Korridor, ich hörte, wie er sich ohne stehenzubleiben von Geroni und den anderen verabschiedete.

Jetzt war ich allein in meinem Zimmer; immer noch ungläubig ging ich umher, schaute zum Fenster hinaus. Ich setzte mich wieder an den Schreibtisch und versuchte mir vorzustellen, was für ein Gesicht Caterina machen würde, wenn sie mich hier wie einen frischgebackenen jungen Beamten sitzen sähe; versuchte mir Tevigatis Gesicht vorzustellen. Ich dachte, daß ich einige Tage brauchen würde, um mich allein schon an die scheinbare Untätigkeit in der Redaktion zu gewöhnen und um mich mit dem Gedanken anzufreunden, daß ich mein Buch auf Kosten des italienischen Staats fertigschreiben sollte.

Geroni war bei Bedreghin im Zimmer; sie saßen auf den Sesseln, grinsten und rauchten. Als ich zu ihnen hineinschaute, drehten sich beide gemächlich um. Geroni sagte: »Ah, entschuldige mich noch eine Minute«, ohne sich sonderlich zu bemühen, Pflichteifer zu zeigen.

Ich ging zu Enrica Dalatri weiter. Sie telefonierte gerade, winkte mich aber trotzdem herein und unterhielt sich weiter, als ob ich gar nicht da wäre. Sie machte lange Pausen zwischen den Sätzen, nahm tiefe Lungenzüge aus ihrer Zigarette, die sie mit gespreizten Fingern hielt; schlug die Beine übereinander. An der Wand hinter ihr hingen die Titelseiten der ersten beiden Nummern von *360°*, daneben Zettel mit handschriftlichen Notizen, Zeitungsausschnitte und Fotos von amerikanischen Schauspielern.

Ihr Telefonat schien sie sehr in Anspruch zu nehmen, aber die Bewegungen, die sie dabei machte, mußten zumindest zum Teil für mich bestimmt gewesen sein. Sie warf den Kopf zurück, bog den Rücken durch; sprach in kryptischem Ton über irgendwelche Leute, die mit irgendwelchen anderen im Restaurant gesehen worden seien, Leute, die es sich erlaubten, Andeutungen zu machen und erpresserische Forderungen zu stellen, Leute, die nicht wüßten, was sie wollten, aber überall mitreden mußten. Ich hörte zu und war bestürzt, wie weitreichend ihre Ressentiments waren, wie ungeniert sie sie vor einem Fremden zeigte.

Dann legte sie den Hörer auf, stützte einen Ellenbogen auf den Schreibtisch und sah mich an, blies die letzte Rauchwolke aus. Ihr mahagonifarbenes Haar fiel üppig über die gutgefüllte Bluse, die ziemlich schmalen Lippen waren tiefrot angemalt; sie musterte mich durch halb geschlossene, sorgsam getuschte Wimpern. »Wie bist du denn an Polidori rangekommen?« fragte sie.

»Ich bin nicht an ihn rangekommen«, sagte ich, von ihrem Ton abgestoßen. »Wir haben uns in Mailand kennengelernt, und er hat mir angeboten, nach Rom zu kommen.« Ich fühlte mich unbehaglich, und sie fixierte mich immer noch, ohne den Ausdruck zu wechseln. »Ich schreibe nämlich auch oder versuche zu schreiben«, fügte ich hinzu. »Einen Roman.«

Sie vertauschte ihre Pose gegen eine andere, nicht weniger manierierte; meinte: »Du hast also die Kurve gekriegt.«

»Weiß nicht«, antwortete ich. Ich wußte nicht, wie ich auf sie reagieren sollte; ob ich sie auf Distanz halten oder Freundschaft mit ihr schließen sollte. Unter den Fotos an der Wand hinter ihr sah ich auch zwei Bilder von Polidori, die wie die anderen aus irgendeiner Zeitschrift ausgeschnitten waren: er mit zwei Kindern an einem Strand und er allein auf einem alten Motorrad.

Enrica Dalatri deutete ein Lächeln an, als sie sah, daß ich

die Fotos betrachtete, aber mir war nicht klar, was für ein Lächeln es war. Dann klingelte ihr Telefon, ich verabschiedete mich mit einer Handbewegung, ging hinaus.

Geroni ließ mich noch gute zehn Minuten warten, schließlich kam er heraus und sagte, ich solle mitkommen. Er schlenderte durch den Korridor, summte dabei vor sich hin, strich mit der Hand an der Wand entlang. Die Langsamkeit seiner Bewegungen schien beabsichtigt, um mir zu zeigen, wer der Herr im Haus war, und mich vergessen zu lassen, wie Polidori ihn aus meinem Zimmer hinausgeschoben hatte. Das seine war protziger möbliert als die anderen; auf dem großen Nußbaumschreibtisch gab es mehrere Telefone, Briefbeschwerer und wertvolle Füllfederhalter, in den Ecken Stehlampen von berühmten Designern.

Etwas außer Atem, obwohl wir nur wenige Meter zurückgelegt hatten, schob er sich hinter seinen Schreibtisch und forderte mich mit einer Handbewegung auf, Platz zu nehmen. Er sagte: »Marco hat mir Wunderdinge über deine schriftstellerischen Fähigkeiten erzählt«, so als ob er zwar großes Vertrauen zu Polidori habe, ihn aber trotzdem für nicht ganz zuverlässig halte. Er nahm eine Zigarette aus einem goldenen Etui, zündete sie an.

Statt einer Antwort lächelte ich nur, sah mich um. An der Wand hingen gerahmte Auszeichnungen in Gold, aber ich konnte nur seinen eigenen Namen erkennen, nicht wer sie verliehen hatte.

Geroni sagte: »Heutzutage, im Fax- und Computerzeitalter, sind zwei Redakteure für eine Zeitschrift wie diese hier mehr als genug. Aber wenn Marco dich vorgeschlagen hat, dann bedeutet das, daß du einen qualifizierten Beitrag zu leisten vermagst.« Den letzten Satz sagte er mit einem spöttischen Aufblitzen seiner vorstehenden Augen, das den Sinn seiner Worte ins Gegenteil zu verkehren schien.

»Ich hoffe«, sagte ich. Im Licht, das durch das Fenster hereinfiel, sah man, daß er eine sehr dünne Haut hatte, die jedes kleine Äderchen durchscheinen ließ.

Er drückte auf eine Taste an der Gegensprechanlage, sagte: »Entschuldige, Vito, komm doch mal kurz rüber.« Er war nervös, blähte die knorpeligen Nasenflügel, schnaufte mühsam, versuchte nicht, Konversation zu machen.

Ein kleinwüchsiger Typ mit Schnauzbart und aufgedonnertem Haar wie ein Friseur erschien in der Tür; Geroni erklärte mir leise: »Vito Zancanaro, unser Geschäftsführer.« Zancanaro nickte mir zu, ohne mir die Hand zu geben.

Geroni sagte zu ihm: »Wir sind gerade dabei, die finanzielle Seite zu regeln.« Zancanaro nickte. Aus der Nähe gesehen war er angespannter und scharfsichtiger als ein Friseur; er hatte einen harten Blick. Geroni bekam einen Hustenanfall, erstickte fast am Rauch seiner Zigarette; dann sagte er ganz unvermittelt: »Ich kann dir zwei Millionen im Monat geben. Brutto, aber die Hälfte schwarz.«

Das war ungefähr soviel, wie ich bei *Prospettiva* bekommen hatte, wenn man von der Eigentümlichkeit absah, daß die Hälfte schwarz war; ich sagte sofort »In Ordnung«. Es kam mir ohnehin recht seltsam vor, daß ich einfach so eingestellt wurde, ohne Vorstellungsgespräch und ohne Referenzen vorlegen zu müssen, ohne irgend etwas über die Zeitschrift zu wissen.

Geroni erklärte mir, ich solle Zancanaro und der Sekretärin Nadia meine persönlichen Daten geben. Er schien einigermaßen erleichtert, warf mir aber weiterhin forschende Blicke zu, wie ein durchtriebener Allesfresser.

Ich fragte ihn, was ich als erstes zu tun habe. Er sah mich an, als fände er meine Frage höchst seltsam. »Im Augenblick wüßte ich nichts. Die neue Nummer ist schon fertig.

Mach Konzentrationsübungen.« Gleich darauf gab er mir die Hand, nahm einen Kamelhaarmantel von der Garderobe und ging.

Ich diktierte Zancanaro und Nadia meine Personalien und meine Steuernummer, dann schaute ich bei Dalatri und Bedreghin hinein, aber sie waren beide am Telefon und beachteten mich nicht. So ließ ich mir von Nadia die ersten beiden Nummern von *360°* geben und zog mich in mein Zimmer zurück, um sie zu lesen.

Es war die Sorte Zeitschrift, die in den Netzen der Flugzeugsitze steckt oder gratis an bestimmte Berufsgruppen verschickt wird: auf teurem Hochglanzpapier gedruckt und mit großformatigen Farbfotos illustriert, mit zweisprachigen Texten auf italienisch und englisch. Die Artikel reichten von einer Schilderung der Wunder Roms über ein Interview mit dem Minister für Fremdenverkehr und Veranstaltungswesen bis zu einer pseudophilosophischen Abhandlung über die italienische Fußball-Nationalmannschaft und einer Führung durch das Atelier eines berühmten Mailänder Designers. Die Anzeigen waren so zahlreich, daß sich die Zeitschrift offiziell daraus finanzieren konnte, und stammten alle von Staatsunternehmen: von der Telefongesellschaft und der Gasgesellschaft und den Fluggesellschaften und der Eisenbahn und von ein paar Banken und Hotels.

In jedem der Hefte fand sich eine kurze Erzählung von Polidori, vier Seiten lang mit englischer Übersetzung und zwei hübschen Fotos von ihm, eins zu Pferd vor einer grünen Hügellandschaft und eins in Tai-chi-Pose. Am Ende des Artikels fand ich auch eine Kurzbiographie von ihm, die aktueller und ausführlicher war als die Karteikarte im *Prospettiva*-Archiv, in dem ich nachgesehen hatte, gleich nachdem ich ihn kennengelernt hatte. Ich versuchte mir Titel und Erscheinungsdaten einzuprägen, um wenigstens ein paar grundlegende Informationen über ihn zu haben.

Die erste Geschichte erzählte von einer in einem einsamen Wald im Apennin im Freien verbrachten Nacht; die zweite handelte von einem Segeltörn zum Nordkap. Es waren eher Schilderungen von Impressionen als regelrechte Geschichten, in Tagebuchform oder notizenartig aufgezeichnet. Im Vergleich zu den komplexen Konstruktionen seiner Romane hatten sie ihn sicher nicht viel Mühe gekostet, trotzdem waren sie in einer klangvollen und vollendet eleganten Sprache formuliert, jeder Satz schilderte schwer einzufangende Bilder und Empfindungen. Ich las beide Geschichten langsam, immer wieder innehaltend und zurückschweifend, wie immer, wenn ich etwas mit wirklichem Interesse lese, und war von Bewunderung erfüllt, wenn ich daran dachte, daß Polidori sie aus rein ökonomischen Erwägungen und für ein so anspruchsloses Blatt geschrieben hatte und sie ihm trotzdem so gut gelungen waren.

Als ich auf die Uhr schaute, war es schon eins, aus den anderen Zimmern kamen nicht einmal mehr die wenigen Geräusche von vorhin. Im Vorzimmer saß Nadia, die Sekretärin, bereits im Mantel, zum Gehen bereit, mit aufgefrischtem Make-up und der Handtasche auf dem Schreibtisch; sie sagte: »Alle sind essen gegangen.« Ich dachte, daß wenigstens sie mit mir kommen würde, aber sie sagte: »Geh du nur schon«, als hätte sie wer weiß was für Verpflichtungen.

Ich ging hinunter, und draußen schien die Sonne, die Luft war so lau, daß man am liebsten stundenlang ohne ein bestimmtes Ziel herumgelaufen wäre. In und vor den Bars aßen und tranken und rauchten und plauderten die Leute aus den Büros, ohne eine Spur der hektischen Eile, die in Mailand die Angestelltenscharen trieb, in Minutenschnelle irgend etwas hinunterzuschlingen und mit dem letzten Bissen im Hals an ihre Arbeitsplätze zurückzuhasten. Hier schienen alle viel mehr Zeit zu haben oder eine andere Auffassung von den Zusammenhängen zwischen einem Ort und dem anderen, zwischen einer Tageszeit und der anderen. Und sie legten eine selbstbewußte Vertrautheit mit ihrer Stadt an den Tag, wie ich sie bei Mailändern nie beobachtet hatte: ihre Blicke und Bewegungen zeugten von einer Sicherheit, die sich vom Straßenpflaster über die Gebäude bis zum Himmel hinauf erstreckte.

Auf der Piazza di Spagna kaufte ich an einem Stand geröstete Kastanien, stieg die Treppe hinauf und setzte mich oben in die Sonne zwischen Dutzende von ausländischen Touristen, genauso beeindruckt vom Gesamtbild wie sie. Unten auf dem Platz gab es schlanke, hohe Palmen, Pferdedroschken unter den Palmen, noch mehr Touristen rings um einen weißen Marmorbrunnen in Muschelform; zu beiden Seiten der Treppe führte eine bunte, organisch gewachsene Häuserreihe den Hang hinauf bis zu einem grünen Park. Außer einigen Taxis und einem Polizeiwagen waren keine Autos zu sehen; nur Fußgänger, die anscheinend nichts anderes zu tun hatten, als an den Häusern und Schaufenstern entlangzubummeln. Ich dachte an die schlechte Luft in Mailand, an die scharfe Trennung zwischen drinnen und draußen, angenehm und unangenehm, Arbeit und Vergnügen, die man dort vornahm. Ich dachte daran, daß ich jetzt an einem Tisch in der Kantine von *Prospettiva* säße, wenn ich Polidori nicht begegnet wäre, völlig abgeschnitten von der natürlichen Luft und vom natürlichen Licht und von den Eindrücken aus der Außenwelt.

Trotz allem lag aber auch ein nicht so heiterer Geist in der Luft, eine Art antike, leicht unheilvolle Düsternis, die die alten Bauwerke und die Materialien ausdünsteten, aus denen sie bestanden. Auf dem Rückweg zur Redaktion durch die engen Straßen, in denen es schon zu dunkeln begann, glaubte ich ihn deutlicher als vorher zu spüren, er mischte sich in die Zweifel wegen meiner neuen Arbeitsstelle, in die Ungewißheit hinsichtlich des Romans, den ich fertigschreiben sollte. Es waren keine genau bestimmbaren Gefühle: sie kamen und lösten sich wieder auf, ehe ich sie deuten oder voneinander unterscheiden konnte. Zudem war ich von den Kastanien nicht satt geworden, aber jetzt war es zu spät, um essen zu gehen, und so kaufte ich bei einem fliegenden Händler hundert Gramm Zitronat und naschte es unterwegs, machte mit klebrigen Fingern meine Jacke zu, denn es begann fast kühl zu werden.

Die Redaktion war immer noch wie ausgestorben, nur Nadia saß im Vorzimmer und zog sich die Lippen nach. Ich fragte sie, wann die anderen gewöhnlich zurückkamen; sie sagte »Kommt drauf an«, sah mich dabei an wie jemand, der keine Verantwortung übernehmen will.

Ich ging in mein Zimmer und versuchte an mein Buch zu denken, aber ich hatte das Manuskript und meine Schreibmaschine im Hotel gelassen und erinnerte mich nicht genau, wie weit ich gekommen war. Obendrein bedrückte mich die Leere in der Redaktion: der Mangel an Geräuschen und Geschäftigkeit, die völlig unberührt aussehenden Möbel. Als ich bei *Prospettiva* arbeitete, hatte ich mir angewöhnt, in den kurzen freien Augenblicken heimlich Notizen für mein Buch zu machen, im Geist Sätze aufzuzeichnen, die ich abends, wenn ich nach Hause kam, niederschreiben wollte; es kam mir seltsam vor, daß ich während der Arbeitszeit so viel Zeit zur Verfügung hatte, wie ich wollte, ohne mich vor jemandem verstecken zu müssen. Ich starrte auf den leeren Computerbildschirm und wußte nicht, wie ich anfangen sollte, mein Kopf füllte sich mit ganz anderen Gedanken. Am Computer vermochte ich nur dienstlich zu arbeiten, frei schreiben konnte ich daran nicht. Ich fragte mich, was Polidori jetzt wohl gerade machte; was Caterina in Mailand trieb; ob ich ihr vorschlagen sollte, nach Rom nachzukommen, ob ich eine Wohnung für uns suchen sollte; ob ich auf Dauer oder nur für ein paar Monate hier bleiben würde; wo Maria Blini wohnte und mit wem; ob ich echte Chancen hatte, mein Buch zu veröffentlichen und Schriftsteller zu werden; wohin Enrica Dalatri und die anderen wohl gegangen waren. Seitdem ich mit dem Gymnasium fertig war, war es nicht mehr vorgekommen, daß ich an einem ganz gewöhnlichen Wochentag so unbeschäftigt war, ohne detaillierte Anweisungen, ohne jeden Zeitdruck und ohne vorgegebene Abläufe.

Um irgend etwas zu tun, legte ich ein Telefonverzeichnis und ein Archiv auf dem Computer an; nahm mir erneut die ersten beiden Nummern vom *360°* vor. Bei der zweiten, aufmerksameren Lektüre erschien mir die Sprache der meisten Artikel unerträglich hochgestochen und pseudogebildet, voll feiger Ehrerbietung gegenüber Politikern der Partei des Fremdenverkehrsministers und anderen ihr nahestehenden Personen. Es war beeindruckend, mittendrin auf die beiden Erzählungen von Polidori zu stoßen und sie immer noch so gut geschrieben und intelligent zu finden, nichts hatten sie gemein mit den sie umgebenden Texten. Ich fragte mich, welchen Lesern *360°* wohl in die Hände fallen mochte; ob ich es wie er schaffen würde, an diesem Blatt mitzuarbeiten, ohne mich davon anstecken zu lassen.

Hinter den Fenstern war es dunkel geworden; es ging auf halb fünf Uhr zu, und die anderen waren immer noch nicht zurück; ich lief wieder nach vorn zu Nadia.

Ich fragte sie, ob es normal sei, daß keiner da war; sie sagte wieder: »Kommt drauf an.« Sie war nicht häßlich, auch wenn ihre Augen sehr klein waren und so dunkel, daß man die Pupillen nicht erkennen konnte.

»Worauf?« fragte ich. Sie zuckte leicht mit den Schultern, wiederholte: »Kommt drauf an.«

Ich fragte sie, ob sie schon lange hier arbeite; sie sagte »Sechs Monate«. Ich fragte sie, ob die Zeitschrift mir das Hotel bezahle; sie sagte »Bis Weihnachten«. Ihre Antworten waren kurzangebunden, ermutigten mich in keiner Weise zu neuen Fragen. Dann kam mir in den Sinn, daß die Situation vielleicht auch etwas leicht Zweideutiges hatte, wir beide allein in dem leeren Büro, ich auf der Suche nach Informationen und sie mit ihren üppigen Formen und ihrem abweisend-einladenden Blick. Ich war müde und durcheinander und hatte nichts mehr zu tun; ich verabschiedete mich von ihr, ging hinaus.

Gegen neun rief Caterina an. Ich saß auf einem Sessel in dem kleinen Wohnzimmer meines Appartements, sogar zum Schuheausziehen zu müde; ich hatte gehofft, daß es Polidori sei, statt dessen hörte ich ihre vertraute, fern und dünn klingende Stimme.

Sie hatte sich Sorgen gemacht und war gekränkt, weil ich mich noch nicht gemeldet hatte, erklärte spitz: »Vielen Dank für deinen Anruf.« Ich erklärte ihr, daß ich in der Redaktion keine privaten Gespräche führen wollte, daß es ohnehin nicht viel zu berichten gab, außer daß ich die Stelle bekommen hatte.

»Und das nennst du wenig?« sagte sie. Sie wollte Einzelheiten wissen: wie die anderen Redakteure seien und was ich genau zu tun hätte und was für eine Art Zeitschrift es sei.

Ich antwortete: »Weiß ich noch nicht genau, das muß ich erst noch rausfinden.« Ich war mir bewußt, daß ich dabei nicht ganz aufrichtig war, so als ob ich mir einen Freiraum außerhalb ihres Urteils schaffen wollte.

Caterina merkte es: »Was hast du nur für einen Ton am Leib? Dann frage ich dich eben nichts mehr.«

Ich sagte ihr, daß ich nur müde sei, daß ich nichts zu verbergen hätte. Wir waren auch nicht daran gewöhnt, per Telefon lange Gespräche zu führen, schon gar nicht über große Entfernungen hinweg. Wir waren sieben Jahre lang immer in Reichweite für einander gewesen und hatten uns wenig Neues mitzuteilen gehabt; mir wurde angst, wenn ich an die vielen Kilometer dachte, die jetzt zwischen uns lagen. Ich erzählte ihr irgend etwas über Geronis Aussehen und über die Einrichtung meines Zimmers und die eigenartige Weihnachtsstimmung in den Straßen; als mir ihre Stimme etwas aufgeheitert schien, verabschiedete ich mich.

Allmählich bekam ich Hunger, aber ich hatte keine Lust, wieder allein in dem riesigen, leeren Speisesaal zu essen oder noch einmal in die Stadt zu gehen. Ich beschloß, das Abendessen ausfallen zu lassen und gleich ins Bett zu gehen, um am nächsten Tag wenigstens ausgeruht zu sein und einen klaren Kopf zu haben.

Aber als ich im Bett lag, konnte ich nicht einschlafen, ich war unruhig, und mein Hunger war auch nicht gerade schlaffördernd. Ich stand auf und machte den Fernseher an, wechselte zwischen den Kanälen hin und her, ohne irgend etwas zu finden, das ich sehen wollte. Caterinas Mißtrauen hatte mich betroffen gemacht, auch wenn ich es mir nicht eingestehen wollte; ich mußte immer wieder an die Atmosphäre in der Redaktion von *360°* und an meine Rolle dort denken, an meinen Roman und wie ich ihn beenden sollte, jetzt, da ich eine moralische Verpflichtung gegenüber Polidori hatte. Ich hoffte immer noch auf seinen Anruf; ich hätte ihn gern um Rat gefragt, mir genauer erklären lassen, was es mit der Zeitschrift für eine Bewandtnis hatte. Ich war es nicht gewohnt, jemandem etwas zu verdanken; ich fand es absurd, auf Staatskosten an meinem Buch zu arbeiten, ohne mich um irgend etwas anderes kümmern zu müssen.

Ich sah mir ein Stück einer alten Ehebruchskomödie an, die in Rom spielte, ein Stück einer gestellten Meinungsumfrage mit einem übertrieben fetten und parteiischen Reporter; ein Stück von einer Sendung, mit deren Hilfe Verschollene gesucht wurden; überall glaubte ich versteckte Andeutungen auf meine Situation zu erkennen, wußte sie aber nicht zu deuten oder in einen Zusammenhang zu bringen.

Acht

Vor Hunger wachte ich früh auf; in wenigen Minuten war ich rasiert und angezogen. Ich sah mir den Preisaushang an der Tür an und stellte fest, daß ich mir das Appartement nie und nimmer leisten konnte, wenn die Zeitschrift es nicht mehr bezahlte. Alle meine Sorgen vom Vorabend kehrten zurück; ich lief in dem kleinen Wohnzimmer im Kreis herum und überlegte, was ich tun sollte.

Aber ich mußte etwas essen, ich ging in den Speisesaal. Auf das Heer leerer Stühle um mich herum achtete ich kaum noch; ich schlang alles hinunter, was auf dem Tisch stand, trank gierig den ganzen Kaffee und die H-Milch, die man mir brachte. Und als ich etwas im Magen hatte, sagte ich mir, daß ich seit Jahren eine Veränderung herbeigesehnt hatte und mich nicht von der ersten unvertrauten Situation abschrecken lassen durfte. Ich konnte nicht verlangen, daß Polidori noch mehr für mich tat, als er bereits getan hatte; ich mußte die Gelegenheit beim Schopf packen, mit all meiner Energie an meinem Roman arbeiten. Als ich den letzten Schluck Kaffee getrunken hatte, war ich voller Zuversicht und konnte es gar nicht erwarten hinauszukommen.

In der Halle sah mich der Portier mit seinem üblichen mißtrauisch forschenden Blick an, fragte: »Alles in Ordnung?«

»Alles bestens«, antwortete ich; vom Licht draußen beschwingt, ging ich fast im Eilschritt hinaus, mit meiner Reiseschreibmaschine und meinem unvollendeten Roman in einer ledernen Mappe, die mir Caterina geschenkt hatte.

Ich folgte der gewundenen Straße, die in den Lärm und das Leben von Rom hinabführte; betrachtete die teilweise ziemlich heruntergekommenen Luxusvillen, den Asphalt, der an den Stellen, unter denen die Baumwurzeln verliefen, aufgebläht und geborsten war. Ich fragte mich, wessen Idee es wohl gewesen war, mich dort oben einzuquartieren: ob Nadia, die Sekretärin, dafür verantwortlich war oder ob es Polidori vorgeschlagen hatte, und aufgrund welcher Erwägungen. Zu Fuß wurden mir die Entfernungen besser bewußt; es roch nach Pinien und Katzenurin und nach den Autoabgasen, die von unten heraufzogen.

Nach zehn Minuten war ich am Fuß des Hügels angelangt, wo das Wohnviertel zum Stadtrandgebiet verkam, das mit regellos aneinandergereihten Gebäuden überzogen war und unter dem donnernden Durchgangsverkehr bebte. Die Taxis, die vorbeifuhren, waren alle besetzt, also ging ich weiter in Richtung Brücke, blieb alle paar Schritte wild winkend stehen. Bald hatte ich die Ampeln weit hinter mir gelassen, der wütende Verkehr flutete dicht an dem schmalen Gehsteig vorbei, tobte sich noch einmal aus, bevor er auf der anderen Flußseite in die engen Straßen mündete. Ich winkte weiter jedem Taxi, das ich sah, aber nicht einmal die wenigen, die frei waren, versuchten anzuhalten: manche Fahrer lachten mich aus oder zeigten mir den Vogel; andere drückten zornig auf die Hupe.

Dann hörte der Gehsteig plötzlich auf, ich war mitten auf der Brücke, die viel länger war, als es mir vom Auto aus erschienen war, eine endlose, riesige, mit faschistischen weißen Marmorstatuen geschmückte Brücke, ein Stück Autobahn, das die Stadt an ihre äußersten Vorposten anband. Ich ging so schnell ich konnte, blickte nicht mehr zurück, um die Autos und LKWs nicht zu sehen, die hinter mir heranbrausten, und trotzdem schien es mir, als komme ich nicht vom Fleck, als schwappe die unaufhörliche Welle von Lärm und Bewegung über mich hinweg. Ich dachte an die Autofahrt am Vortag mit Polidori; an die mühelose Leichtigkeit, mit der er steuerte, an das leise Summen des Motors.

Ich brauchte eine gute Viertelstunde, bis ich das Ende der Brücke erreichte und ein Taxi fand, und von dort mit dem Taxi eine weitere halbe Stunde ins Zentrum, fürchtete dabei die ganze Zeit, gleich am ersten Arbeitstag zu spät zu kommen.

Als ich ankam, saß Nadia, die Sekretärin, an ihrem Schreibtisch, kaute Kaugummi und tippte mit zwei Fingern auf der Schreibmaschine. Ich fragte sie, ob die anderen schon lange da seien; sie sagte: »Nur Signor Zancanaro ist da, wenn du was brauchst.« Ich sah ihn durch die halboffene Tür seines Büros zu mir herausspähen; ich winkte ihm zu, er erwiderte den Gruß nicht.

Ich ging in mein Zimmer und packte meine Schreibmaschine und mein Manuskript aus. Ich wollte meine Geschichte an der Stelle wieder aufgreifen, wo ich aufgehört hatte, spannte ein neues Blatt ein, tippte die Seitenzahl in die rechte obere Ecke. Dann versuchte ich, mich in die Atmosphäre der schon geschriebenen zweihundert Seiten zurückzuversetzen, aber das war gar nicht so einfach, jetzt, da ich nicht mehr das menschliche Material vor mir hatte, das mich inspiriert hatte, den Groll nicht mehr verspürte, der mich zwei Jahre lang angetrieben hatte, und auch das Klima und die Gerüche nicht mehr da waren, die ich in Worte zu fassen versucht hatte. Die Möbel in meinem Zimmer hatten nichts mit den Möbeln in meinem Roman zu tun, das Licht war ganz anders; die Atmosphäre der Stadt, die durch die Fenster hereindrang, beeinflußte meine Empfindungen so stark, daß für etwas anderes kein Raum blieb. Ich fragte mich, ob Polidori mit seinem Rat, zwischen mir und meiner

Geschichte Abstand zu schaffen, recht gehabt hatte, oder ob mich diese Distanz jetzt nicht ganz woandershin führte.

Ich war immer noch darauf gefaßt, daß jemand kommen und mich unterbrechen oder daß das Telefon klingeln würde, aber bis auf das ferne Klappern von Nadias Schreibmaschine herrschte im ganzen Büro nach wie vor tiefe Stille. Wieder ließ ich mich von dem Gefühl der Leere ringsum lähmen, von dem Gedanken, beinahe unbegrenzt Zeit zu haben.

Irgendwann gab ich es auf und ging neugierig in das Zimmer der Dalatri hinüber. Ich betrachtete noch einmal die Fotos von Polidori und den Schauspielern an der Wand, atmete den leichten Parfumgeruch ein, warf einen Blick auf die Papiere auf dem Schreibtisch. Ich war gerade dabei, einen unübersichtlichen Arbeitsplan zu lesen, da stand plötzlich Bedreghin auf der Türschwelle, ohne daß ich ihn hatte kommen hören, und fragte: »Was machst du da, spionierst du?«

Um irgendwie zu reagieren, fragte ich ihn. »Wo zum Teufel wart ihr alle? Seit gestern nachmittag habe ich keinen von euch zu Gesicht bekommen.«

Mein Ton brachte ihn ein wenig in Verlegenheit: »Heute morgen war der Festzug mit dem Papst, halb Rom ist abgesperrt«, sagte er entschuldigend. Er trat näher und setzte sich auf die Schreibtischkante, ließ seine dicken Beine baumeln.

Ich fragte ihn über *360°* aus: wer in der Redaktion was mache, welche Aufgabe ich übernehmen sollte.

Bedreghin schien auf der Hut zu sein: »Im Augenblick sind wir im *stand-by*, wir haben gerade eine Nummer fertiggestellt.« Er sah mich an, mit einer Spur humorlosem Spott in seinen blauen Augen, und sagte: »Was für eine Aufgabe hast du dir denn vorgestellt?«

»Weiß nicht«, antwortete ich. »Ich bin doch gerade erst gekommen.«

In diesem Augenblick kam Enrica Dalatri herein, rief halb verärgert »He!«, als sie uns in ihrem Zimmer sah. Sie trug eine große Tüte aus einem Schuhgeschäft in der Hand, neue Schuhe mit Goldschnallen an den Füßen. Sie zog den Mantel aus und schüttelte ihr Haar, setzte sich in einer ihrer manierierten Posen an den Schreibtisch.

Bedreghin sagte: »Bata hat mich über unsere Arbeit ausgefragt. Er will wissen, was er zu tun hat«, wieder mit diesem falschen Lächeln um die Lippen.

Enrica Dalatri lächelte in ganz ähnlicher Weise, taxierte mich von Kopf bis Fuß wie ein Pferd auf dem Pferdemarkt. »Wenn du dir was Eigenes mitgebracht hast, kannst du daran arbeiten. Mit der Zeitschrift tut sich vor Mitte Januar überhaupt nichts.« Sie warf Bedreghin einen Blick zu; zwischen ihnen gingen ständig stumme Botschaften hin und her, die ich nicht zu entschlüsseln wußte.

Ich kehrte in mein Zimmer zurück und überlegte mir einen Satz, mit dem ich an den letzten Satz anknüpfen konnte. Jede Minute, die verstrich, erschien mir wie eine unerträgliche Zeitverschwendung, aber dieses Gefühl half mir nichts, sondern bewirkte lediglich, daß meine Gedanken durch die Fenster hinaus auf die Straße schweiften, an den Fassaden der alten Häuser entlang, im Zickzack den Tausenden von Menschen folgten, die sich in diesem Augenblick durch Rom bewegten. Ich hatte die Tür halb offen gelassen: ich versuchte etwas von den Telefongesprächen zu hören, die Bedreghin und Enrica Dalatri führten, und dachte verwundert daran, wie gern ich mich gegen die Stimmen der anderen abgeschirmt hätte, als ich noch bei *Prospettiva* arbeitete.

Um eins schaute Bedreghin herein und fragte mich, ob

ich mit ihnen essen gehen wolle; ich sagte sofort ja, zu dritt gingen wir hinunter. Auf der Straße versuchte ich mich ihrer Art zu gehen anzupassen: gemächlich, fast schlurfend, die Hände hinter dem Rücken, das Kinn hochgereckt, den Blick nicht allzu interessiert auf die Schaufenster und die Passanten gerichtet.

Das Restaurant war ziemlich vornehm, mit Fischernetzen und Bildern vom Meer an den Wänden, voller Rauch und voller Esser, die vermutlich aus irgendeinem Ministerium oder Parteibüro in der Nähe kamen. Die Ober begrüßten Enrica Dalatri und Bedreghin wie Stammgäste, machten sofort einen Tisch für uns frei, obwohl an der Tür schon andere Leute warteten.

Wir aßen Spaghetti mit Meeresfrüchten und Seebarsch vom Grill, Bedreghin trank weißen Vermentino. Ab und zu deutete er auf meinen Teller, sagte »Na, Bata?«, dann: »Was für eine Aufgabe hast du bei uns, Bata?«; entblößte seine breiten Zähne. Ansonsten redete er über den Urlaub, den er nach den Weihnachtsfeiertagen, die er bei seiner Familie in Treviso zu verbringen gedachte, in den Bergen verbringen wollte. Enrica hörte ihm kaum zu, sie schien ganz darin vertieft, mit raschen Gabelbewegungen die Backkartoffeln beiseite zu schieben, die sich unter den Fisch gemischt hatten.

Ich hätte mir gern etwas über ihr Verhältnis zu Polidori erzählen lassen, über ihr Verhältnis zu der Zeitschrift und zu Geroni und dem Fremdenverkehrsminister; aber ich fand keine Gelegenheit, das Thema anzuschneiden, ihre absolute Gleichgültigkeit gegenüber der Außenwelt schüchterte mich ein. Ich betrachtete die Ministerialbeamten und Parteifunktionäre an den anderen Tischen, von denen Besteckklappern und Ausrufe und Gelächter zu uns drangen, und fühlte mich auf meinem Platz blockiert, wie auf Eis gelegt mit meiner Wißbegierde. Bedreghin schilderte mit vollem Mund immer noch Skipisten und kulinarische Spezialitäten; ich pflichtete ihm hin und wieder mit einem Kopfnicken bei.

Dann fiel Enrica Dalatris Blick auf einen dicken Typen, der gerade von einem weiter entfernten Tisch aufstand; sie sprang auf und winkte ihm, rief »Livio!«, glühend vor Eifer.

Der Dicke machte einen Augenblick lang ein ärgerliches Gesicht, kam dann aber sofort zu ihr und umarmte sie, fragte: »Wie geht's?« Es war Livio Longo, der ehemals junge Komiker, der seit zehn Jahren alljährlich in der Weihnachtszeit mit einem Familienfilm in die Kinos kam und damit Spitzeneinnahmen erzielte. Er war in Gesellschaft eines Rothaarigen, der ungeduldig schien, aber Longo zwang sich, freundlich zu Enrica Dalatri zu sein, lächelte ihr mit breit auseinandergezogenen Backen zu.

Enrica drückte sich an ihn, als ob sie eng befreundet wären: »Wunderbar, dein Film, er geht mir nicht mehr aus dem Kopf. Ich weiß nicht, ob es dir aufgefallen ist, aber nach der Vorführung neulich hatte ich Tränen in den Augen.« Sie dachte nicht daran, mich und Bedreghin vorzustellen, sie tat, als seien wir nicht da.

Livio Longo sagte: »Lieb von dir.« Er war nervös; an den anderen Tischen grinsten einige, als sähen sie ihn auf der Leinwand. »Marco geht es gut?« fragte er. »Leg doch bei ihm ein gutes Wort für mich ein, Schätzchen.«

Die Dalatri sagte: »Laß mich nur machen.« Sie lehnte sich an ihn und blickte dabei durch den Raum, um das Interesse auszukosten, das sie bei den Gästen erregte.

Dann zog Longo genauso unterwürfig und resigniert wie in seinen Filmen die Brauen hoch, kaufte sich mit zwei Küßchen frei und rannte fast zum Ausgang, zusammen mit seinem Begleiter.

Enrica setzte sich wieder, während das Interesse der Leute allmählich abflaute; die Wangen gerötet, die Pupillen noch geweitet von ihrem Auftritt im Rampenlicht. Sie zündete sich eine Zigarette an: »Der Film ist ein unsäglicher Schinken, schmalzig und ohne jeden Pep. Polidori hat recht, daß er nichts mehr von ihm wissen will.«

»Wovon sprichst du?« fragte ich, bestürzt, sie so schlecht von jemand reden zu hören, den sie so stürmisch begrüßt hatte.

Sie musterte mich durch die Wimpern hindurch, bevor sie antwortete »Von der Verfilmung der *Liebesvorspiele* natürlich. Nur daß Longo von allen Seiten protegiert wird, der läßt sich um jeden Preis durchboxen. Es macht ihm gar nichts aus, betteln zu gehen, er weiß genau, daß er sehen muß, wie er wieder hochkommt.«

»Von wem protegiert?« fragte ich.

Enrica sah mich erneut an, sog aber nur den Rauch ihrer Zigarette ein und blies ihn wieder aus, ohne mir eine Antwort zu geben. Bedreghin sagte: »Menschenskind, Bata, bist du so blöd oder tust du nur so? Woher kommst du eigentlich?«

Mir wurde bewußt, daß weder er noch die Dalatri eine richtige Frage gestellt hatten, seit ich sie kannte. Zwischen ihnen fand lediglich ein oberflächlicher Nachrichtenaustausch statt: Neuigkeiten wurden ausgetauscht und gespeichert, ohne jemals Staunen oder Neugier oder andere erkennbare Reaktionen hervorzurufen.

Als die Rechnung kam, wollte ich den Kassenzettel nehmen, um zu sehen, wie hoch mein Anteil war, aber Bedreghin riß ihn mir aus der Hand: »Das bezahlt die Zeitschrift.« Er zählte einen Packen Essensbons ab und legte das Trinkgeld bar dazu; wir gingen an den grüßenden Kellnern vorbei hinaus.

Diesmal machten wir einen längeren Umweg durch die überfüllten Straßen. Bedreghin bewegte sich auf seinen dikken Beinen wie ein Rollstuhlfahrer in Zeitlupe, Enrica Dalatri, die sich jedes Schaufenster ansah, bremste zusätzlich; ich trottete hinter ihnen her. Ich konnte mich schon ohne große Schwierigkeiten orientieren und freute mich, daß mir jetzt wenigstens dieser Teil der Stadt vertrauter war.

In der Redaktion ging ich genauso ohne Eile in mein Zimmer wie Bedreghin und die Dalatri in die ihren; die Tür ließ ich wieder offen. Ich war nicht daran gewöhnt, so reichlich zu Mittag zu essen, meine Gedanken waren stumpf und träge. Immer wieder kamen mir die Blicke Livio Longos und der anderen Gäste in den Sinn: ihr Lächeln und ihre aufgesetzte Heiterkeit, ihre Art, sich heimlich mit dem Ellenbogen anzustoßen und sich zuzuzwinkern, das Mißtrauen, das dahinter steckte.

Nach den Geräuschen zu urteilen, die ich von meinem Zimmer aus hörte, waren Bedreghin und Enrica alles andere als unbeschäftigt, so langsam ihr Rhythmus auch war: in Wirklichkeit plauderten sie nie länger als ein paar Minuten auf dem Gang, die übrige Zeit saßen sie in ihren Zimmern und tippten auf ihren Computerkeyboards; oft hörte ich sie am Telefon sagen: »Entschuldige, aber ich habe zu tun.«

Ein paarmal ging ich zu ihnen hinaus, wenn sie auf dem Gang waren, und machte weitere Konversationsversuche. Solange wir uns bei allgemeinen Themen aufhielten, waren sie ziemlich herzlich zu mir, auch wenn es eine oberflächliche und unverbindliche Herzlichkeit wie unter Schulkameraden war; ihr Benehmen änderte sich, sobald ich irgend etwas über ihr Verhältnis zu Polidori oder das Hinterland der Zeitschrift wissen wollte. Dann sahen sie mich an, als sei ihnen nicht ganz klar, auf welcher Seite ich stehe, ihre Sätze wurden ausweichend und doppeldeutig. Ihr Verhaltenskodex war ganz anders als der, der die Beziehungen bei *Prospettiva* geregelt hatte: hier rief jede direkte Frage negative Reaktionen hervor, unterbrach das Gespräch, anstatt es voranzutreiben.

Dann schaute Zancanaro zu mir herein: »Wenn Sie Ihr Geld haben wollen, dürfen Sie sich zu mir herüberbequemen.«

Ich folgte ihm in sein Zimmer, er ließ mich einige Papiere unterschreiben, reichte mir einen Umschlag. Er sagte »Frohe Weihnachten«, mit seinem ruhelosen, mißtrauischen Blick.

Ich kam mir beinahe wie ein Dieb vor, als ich den Umschlag nahm; und noch unbehaglicher wurde mir zumute, als ich ihn in meinem Zimmer öffnete und die Million Lire Bargeld sah. Ich hatte für dieses Geld nichts geleistet; ich dachte daran, wieviel öffentliches Geld in diesem Augenblick wohl in ähnlicher Weise den Besitzer wechselte.

Um mein schlechtes Gewissen zu beruhigen, versuchte ich an meinem Buch weiterzuarbeiten, aber die Gedanken, die ich mir machte, lenkten mich noch mehr ab; ich brachte nichts zustande. Ich wartete immer noch auf einen Anruf von Polidori, aber er meldete sich nicht; die Dalatri sagte zu mir: »Wer weiß, wo er ist, der hält es doch nirgends länger als zehn Minuten aus.« Wenn sie von ihm sprach, glaubte ich in ihrer Zurückhaltung eine zarte, warme Strömung zu bemerken: Bewunderung und Schutzbedürftigkeit, die sich in einem beinahe eifersüchtigen Blick widerspiegelten.

Gegen fünf kam Bedreghin und teilte mir mit, daß er und die Dalatri nach Hause gingen. Ich sagte, ich wolle noch ein wenig weitermachen, aber an seinem Blick erkannte ich, daß er dies für übertriebenen Eifer hielt, und so ging ich mit ihnen.

Zancanaro, der Geschäftsführer, kam an die Tür und sagte kalt und spöttisch: »Schönes Wochenende, ihr Schwerarbeiter.« Nadia murmelte nur ein knappes »'n Abend.«

Bedreghin hatte sein Motorrad draußen stehen; er stülpte sich den Helm über, schloß Schnallen und Riemen, dann sagte er unvermittelt: »Wenn du nach Weihnachten eine Unterkunft brauchst, könnte ich dir ein Zimmer in meiner Wohnung vermieten, bis meine Freundin nach Rom kommt.«

Es klang nicht, als sei es als ein echter Freundschaftsbeweis gemeint, trotzdem war ich erstaunt, daß er auf die Idee gekommen war; ich dachte, daß ich die beiden vielleicht falsch einschätzte, daß ich mich von meinen Mailänder Vorurteilen gegenüber Römern hatte blenden lassen. Ich antwortete ihm, daß mir das sehr gelegen käme; er ließ den Motor an und fuhr davon.

Ich ging ein Stück mit Enrica Dalatri zu ihrem Auto. In den Straßen voller Lichter und aufgekratzter Leute war es kühler als am Abend zuvor; Enrica sagte: »Gott sei Dank, die Woche ist um.« Ich sah sie von der Seite an, mit ihren gestylten Haaren und ihrem Fernsehansagerinnen-Make-up und ihrem Designerschal mit Pferdemotiven, und sagte mir trotz alledem, wie tröstlich es wäre, wenn sie mich auffordern würde, mit ihr zu Abend zu essen, oder wenn sie mir wenigstens anbieten würde, mich nach Hause zu fahren. Sie mußte von meinen Gedanken nicht viel wahrgenommen haben: kaum waren wir bei ihrem Auto, sagte sie »Mach's gut«, und stieg ein, ohne mich noch einmal anzusehen.

Jetzt war ich allein in der mir fast unbekannten Stadt, und es war Freitag abend, und in zehn Tagen war Weihnachten; ich hatte nicht die geringste Lust, wieder allein in meinem Appartement zu sitzen, fernab von jeder Spur von Leben. Ziellos ging ich durch die Straßen der Innenstadt; ich beobachtete die Leute, die an den erleuchteten Schaufenstern entlangbummelten, nahm die ungewohnten Geräusche und Blicke in mich auf. Der allgemeine Konsumrausch und die bevorstehenden Feiertage mit ihren Festessen und Geschenken ließen die Luft vibrieren, nur ich war von allem ausgeschlossen. Ich beobachtete die sorglos flanierenden Grüppchen und Paare und einzelnen und empfand unterschiedslosen Neid auf jede zärtliche Gebärde, auf die kleinste Vertraulichkeit.

Rein zufällig fand ich mich plötzlich am Pantheon und ging um den Platz herum, bog aufs Geratewohl in eine der kleinen Querstraßen, halb auf das, was ich sah, halb auf mich selbst konzentriert: ich betrachtete die Passanten und meine Gefühle wie durch eine Lupe, die alle Details vergrößert, bis sie ihre Bedeutung verlieren.

Dann kam ich mit schon müden Beinen und mit dem Verlangen nach etwas Süßem und Warmem im Magen an eine Ecke, an der ich mich zwischen drei verschiedenen Richtungen entscheiden mußte, und da sah ich vor einem Antiquitätenladen Maria Blini stehen.

Ich erkannte sie nicht gleich; ich bemerkte nur diese elegante und geschmeidige Mädchengestalt, das im Licht des Schaufensters schimmernde blonde Haar, die schönen Beine, die der zu kurze Mantel frei ließ. Was meinen Blick anzog, war die Art, wie sie dastand: wie eine zerstreute Ballerina, einen Fuß leicht vorgestellt, eine Hand an der Hüfte, versunken in den Anblick irgendeines Gegenstands im Schaufenster. Erst als ich nur noch wenige Schritte von ihr entfernt war, erkannte ich, daß sie es war, und alle Müdigkeit, alles, was mich gerade noch beschäftigt hatte, war wie weggeblasen.

Nur wußte ich nicht, wie ich mich verhalten sollte, denn

ich wollte sie nicht plump anmachen, und eine originellere Art, mich ihr zu nähern, fiel mir nicht ein. Ich zögerte sekundenlang, dann trat ich viel zu hastig neben sie, sagte »Maria?«, in einem Ton, wie er linkischer nicht hätte klingen können.

Sie fuhr herum, mit so erschrecktem Gesicht, daß ich einen halben Schritt zurückwich. Und an ihrem Blick sah ich, daß sie mich nicht erkannte. Ich sagte: »Ich bin Roberto Bata. *Prospettiva.* Mailand. Vor etwa drei Wochen.« Mir war klar, daß ich wie ein Trottel dastand; mein eigener Ton war mir peinlich.

Sie brauchte einige Sekunden, bis sie sich an mich erinnerte, dann aber lächelte sie zum Glück genau so, wie ich es in Erinnerung hatte, sagte: »Ach ja, klar.«

Ich war unschlüssig, ob ich sie umarmen sollte, und auch sie schien unschlüssig, aber keiner von uns tat es; wir gaben uns die Hand. Diese Berührung lähmte mich, anstatt die Sache zu erleichtern, denn in der eigenartigen Straßenbeleuchtung war sie noch schöner als damals bei unserem Interview, schöner als auf dem Foto in *Prospettiva.* Ich glaubte mich aus ihrer Sicht zu sehen: ein frustrierter Journalist und Möchtegern-Schriftsteller, der sich einbildet, man müsse ihn auf der Straße erkennen, und der die Situation dann nicht einmal mit Geschick zu meistern weiß.

»Was guckst du da an?« fragte ich sie. Sie deutete auf ein paar alte Lockenten im Schaufenster, aus buntbemaltem Holz, zwischen dunklen Möbeln und goldgerahmten Wandspiegeln.

Ich tat, als betrachte ich sie ebenfalls, sagte »Hübsch«. Ich war nie geschickt darin gewesen, eine Unterhaltung mit einem Mädchen zu beginnen, das ich nicht gut kannte, doch jetzt überwältigte mich mein Ohnmachtsgefühl regelrecht, ich hätte gern irgendwo einen verborgenen Souffleur gehabt.

Sie sah mich fragend an, lächelte kaum merklich. Auf offener Straße war es nicht so einfach, mit ihr ins Gespräch zu kommen wie damals in Mailand bei dem Interview: sie wußte nicht, welche Absichten ich hatte, sie verhielt sich abwartend.

Wir standen immer noch vor dem Antiquitätengeschäft; ständig gingen reiche Römer, die mit schleifchenverzierten Paketen und Päckchen beladen waren, an uns vorbei. Ein paar Meter weiter spielten zwei Ausländer recht und schlecht Flöte und Gitarre, ein paar Geldstücke fielen klingelnd auf das Pflaster. Maria drehte sich um, und mir wurde bewußt, daß unsere Begegnung ebensogut in diesem Moment enden konnte.

So fragte ich mit einer möglichst unbestimmten Handbewegung: »Gehst du auch in diese Richtung?«, und hoffte dabei nur, daß sie nicht gerade in die entgegengesetzte Richtung unterwegs war. Sie nickte, sagte ja.

Sie lief mit langen, leichten Schritten; verglichen mit dem trägen Schlurfen, das ich mir mit Bedreghin und Enrica Dalatri angewöhnt hatte, schien sie zu schweben. »Was machst du in Rom?« fragte sie mich.

»Ich will hier meinen Roman fertigschreiben, ich habe bei *Prospettiva* gekündigt.«

Sie sah mich überrascht an: »Wirklich?« Die Schönheit ihrer Gesichtszüge war keineswegs starr: sie hatte eine lustige Art, die Nase kraus zu ziehen, den Kopf zur Seite zu neigen, mich mit leicht mißtrauischer Neugier anzusehen.

Ich erzählte ihr die ganze Geschichte von meiner zweiten Begegnung mit Polidori in Mailand und von meinem plötzlichen Entschluß; ich beschrieb ihr das Residence-Hotel oben auf dem Hügel, in das sie mich einquartiert hatten, die absurde Atmosphäre in der Redaktion, Polidoris seltsame Art und Weise, von der Bildfläche zu verschwinden, nachdem er so großzügig und freundschaftlich zu mir gewesen war. Ich freute mich, daß ich soviel zu erzählen hatte; noch vor vierzehn Tagen wären meine einzigen Themen Telefonate mit Prominenten gewesen, die ich nie in persona gesehen hatte, Journalisteninformationen aus zweiter Hand, verbitterte Urteile über die Welt, die ich nur aus der Ferne beobachten konnte. Wenigstens diesen Vorteil hatte mir meine neue Situation eingebracht, und in diesem Augenblick schien mir das schon sehr viel.

Maria hörte zu, ohne langsamer zu gehen, lächelte hin und wieder, sah mich mit ihren kastanienbraunen Augen an. Ich sorgte dafür, daß ihr Interesse keinen Augenblick nachließ: berichtete pausenlos über Begebenheiten und Personen und Situationen, wechselte den Tonfall, sobald sie mir nicht mehr zu folgen schien. Ich erzählte ihr von meinen Konversationsversuchen mit Nadia, nur um zu sehen, wie sich ihre schön gezeichneten Lippen nach oben bogen, wenn sie lächelte; ich ahmte Bedreghins venezianischen Akzent nach; schilderte Enricas Posen und selbstverliebte Gebärden, die schweinchenrosa Haut von Geroni, den kriegerischen Blick seines Geschäftsführers Zancanaro. Zugleich versuchte ich ihr ein attraktives Bild von mir selbst zu vermitteln: ich änderte die Fakten leicht ab, um entschlossen zu wirken, wo ich unsicher gewesen war, konsequent, wo ich mich wie ein Trottel verhalten hatte. Es war schon ziemlich dunkel um uns herum, und wir sprachen im Gehen; das machte es mir leichter.

Ich war noch nie mit einem so hübschen Mädchen durch die Straßen gelaufen: die reichen Römer aus dem Zentrum und die Auswärtigen, die in die Stadt gekommen waren, um Weihnachtseinkäufe zu machen, hefteten ihre Blicke auf sie, wenn wir vorbeigingen, manche drehten sich ungeniert nach ihr um. Maria sah geradeaus nach vorn, um diesen Blicken auszuweichen: sie hörte mir zu und lächelte und stellte mir Fragen und mußte dabei die ganze Zeit so tun, als bemerke sie das aufdringliche Interesse, das sie begleitete, überhaupt nicht. Sie mußte von jeher daran gewöhnt sein, und es schien ihr auch nicht zu mißfallen, ich aber konnte es nicht ignorieren; teils eifersüchtig, teils stolz ging ich neben ihr her, versuchte die zudringlichsten Blicke abzuwehren. Doch dann überließ ich mich ganz dem Rhythmus unserer Schritte: dem prickelnden Vergnügen an den Worten, die wir wechselten, an den zufälligen Berührungen unserer Arme und Beine.

Ich redete und redete aus Angst, daß unsere Begegnung sonst enden würde, wollte aber nicht allzu sehr von mir eingenommen erscheinen, und mein Vorrat an Erzählenswertem war auch nicht unbegrenzt. Ich fragte sie, was sie zur Zeit mache; sie sagte, sie lese gerade ein Theaterstück und ein Drehbuch für eine Fernsehserie, der Film in Sizilien im Frühjahr sei noch nicht sicher. Sie umriß kurz die Handlung der Fernsehserie, in der sie die Rolle einer Redakteurin bei einer Modezeitschrift spielen sollte. »Das bedeutet ein paar Monate harte Arbeit, aber womöglich kriege ich dann nach einer Woche etwas viel Besseres, oder ich bekomme es einfach satt.«

Sie wirkte nervös, wenn sie von ihrer Arbeit sprach: instinktive Urteile und Zweifel und Neugier und Ärger kamen in kleinen Wellen in ihrem Mienenspiel zum Vorschein. »Ich weiß, daß ich mich nicht beklagen sollte und über jeden Auftrag froh sein muß, aber wenn ich manche Drehbücher lese, finde ich sie so dämlich und falsch, daß ich sie ihnen am liebsten an den Kopf schmeißen würde.«

Diese ungefügigen, kindlichen Töne gefielen mir sehr an

ihr; mir gefiel auch, daß sie so vertraulich mit mir sprach, obwohl wir uns erst einmal gesehen hatten. Ihre Stimme drang an mein Ohr wie ein sanftes Vibrieren, das vom Gehör auf alle anderen Sinne übergriff und sie mir verwirrte. Ich gab ihr in allem recht, was sie sagte, nahm jede kleine Veränderung in ihrem Ausdruck wahr; ich versuchte ihr aus der rein äußerlichen Sicht, die ich mir bei *Prospettiva* angeeignet hatte, Ratschläge zu geben. Sie ging kaum darauf ein, fiel mir ungeduldig ins Wort, sagte: »Ach, ich weiß nicht«, bevor ich fertig war. Ich ging erst seit wenigen Minuten neben ihr her, und mir wurde klar, daß sie viel launenhafter und komplizierter war, als es mir in Mailand erschienen war, und das steigerte mein Interesse an ihr noch.

Sie lief mit ihren langen Schritten, und ich brauchte mindestens eine Viertelstunde, bis ich erkannte, daß sie kein bestimmtes Ziel hatte. Sie machte kehrt, wenn es ihr gerade einfiel, wechselte die Straßenseite und die Richtung, ohne sich darum zu kümmern, daß wir immer um die Stelle kreisten, an der wir uns begegnet waren. Sie wollte einfach nur reden, ohne mir viel in die Augen zu sehen und ohne stehenzubleiben.

Im Vorbeigehen schaute ich in die erleuchteten Bars und dachte, wie angenehm es wäre, wenn wir uns drinnen an einem der kleinen Tische gegenübersäßen, aber ich hatte auch Angst, daß dadurch das Gleichgewicht, das zwischen uns entstanden war, zerstört werden könnte. Ich ließ mich von der Gunst des Augenblicks tragen, überließ mich einfach der Situation, so ungewiß und prekär sie auch war, und wagte nicht, etwas daran zu verändern: ich fürchtete immer noch, daß alles von einem Moment zum anderen zu Ende sein könnte, und war froh, daß es weiterging; und als der Abschied kam, war ich gar nicht darauf vorbereitet.

Wir gingen gerade durch eine spärlich beleuchtete enge

Straße, versunken in unsere Worte und unsere Bewegungen, und fanden uns von einem Augenblick zum anderen an einer breiten Verkehrsstraße, auf der Busse und Taxis und dunkelblaue Autos vorüberrasten. Der Lärm und die mechanische Bewegung zerschnitten jäh und gewaltsam die Stimmung, in der wir uns bis zu diesem Augenblick so nah gewesen waren. Maria war genauso überrascht wie ich, sie blieb stehen und wechselte den Gesichtsausdruck; ich hätte sie am liebsten zurückgezogen, aber es schien mir unmöglich, wir waren beide wie erstarrt. Ich sah sie aus nächster Nähe an, ohne Worte zu finden; sie sagte: »Ich muß gehen.«

Fast widerstrebend reckte sie den Arm über die Bordsteinkante hinaus. Sekunden später hielt ein Taxi, der Fahrer drehte sich um und trieb sie zur Eile. Wir gaben uns die Hand, genauso unschlüssig, ob wir uns umarmen sollten, wie vor kurzem vor dem Antiquitätenladen. Ich kam nicht mehr dazu, sie zu fragen, ob wir uns wiedersehen könnten, oder sie wenigstens um ihre Telefonnummer zu bitten. Wir waren ratlos und verwirrt, auf einer Woge mittendrin abbrechender Empfindungen, während der Taxifahrer ungeduldig wurde und die Autos hinter ihm hupten; ich brachte kein Wort mehr heraus.

Ich sah, wie sie ins Taxi stieg, wie dieses davonfuhr und zwei Sekunden später verschwunden war; als ich allein im Verkehrsgetöse stand, fiel mir ein, was ich ihr hätte sagen können.

Neun

Am Samstag morgen war das einzige, was ich mir auf der Welt wünschte, Maria Blini wiederzusehen; alle übrigen Interessen und Gefühle waren in den Hintergrund gerückt. Das Klima in der Redaktion machte mir nichts mehr aus, es machte mir nichts mehr aus, daß ich es nicht schaffte, die Stimmung meines Romans wieder aufzugreifen, und daß Polidori verschwunden war; ich dachte nur noch daran, wie ich wieder Verbindung mit ihr aufnehmen könnte, bevor es Zeit und Raum immer unwahrscheinlicher machen würden. Ich rief bei der Auskunft an, um nach ihrer Nummer zu fragen, aber im Telefonverzeichnis gab es keine Maria Blini; ich versuchte mich zu erinnern, ob sie gesagt hatte, wo sie wohnte, aber sie hatte es mir nicht gesagt. Ich wußte nicht einmal den Stadtteil, denn nachdem wir immer wieder im Kreis gelaufen waren, war sie mit dem Taxi in eine ganz andere Richtung gefahren als die, in die sie anfangs gewiesen hatte. Ich stellte sie mir in der riesigen Stadt vor, inmitten von tausenderlei mir fremden Aktivitäten und Zielen, und der Gedanke, sie nicht erreichen zu können, brachte mich zur Verzweiflung. Ich ging in meinem häßlichen Wohnzimmer auf und ab, sah sie vor mir und hörte sie und spürte sie, als ob wir wieder zusammen durch die Straßen liefen.

Das Telefon klingelte, und einen Augenblick lang hoffte ich, daß sie es war, denn sie wußte ja, wo ich wohnte. Aber es war Caterina; ich glaube, sie hörte meiner Stimme an, wie enttäuscht ich war, und ihr Ton wurde sofort kühl. Sie fragte mich, um wieviel Uhr ich am Montag in Mailand ankäme, wann wir dann zu ihren Eltern nach Pontresina fahren könnten. Ich antwortete ihr, daß ich es noch nicht wüßte. Mir schien, daß sie mich vor allem angerufen hatte, um mich unter Kontrolle zu halten, und das weckte in mir neuerliche Fluchtgedanken; ich beendete das Gespräch, sobald ich konnte.

Danach war ich so nervös, daß mich nichts mehr im Zimmer hielt: ich bat den Portier, mir ein Taxi zu rufen, und ließ mich zum Pantheonsplatz fahren, von dort aus lief ich durch die Straßen, durch die ich am Abend zuvor mit Maria gegangen war, in der absurden Hoffnung, ihr noch einmal zu begegnen. Ich rekonstruierte unsere Route, bis zu der Verkehrsstraße, wo sie geendet hatte, dann kehrte ich wieder zum Ausgangspunkt zurück. Erst da wurde mir bewußt, wie unwahrscheinlich es gewesen war, daß unter all den mit Weihnachtsgeschenken beladenen Unbekannten gerade wir uns begegnet waren.

Die Lockenten standen immer noch im Schaufenster des Antiquitätengeschäfts. Ich betrachtete sie ein paar Minuten lang, dann ging ich hinein und fragte, was sie kosteten. Die Geschäftsinhaberin war gekleidet und geschminkt und mit Schmuck behängt wie eine Puffmutter, sie sagte: »Die sind sehr alt«, statt mir den Preis zu nennen. Ich mußte ein zweites Mal fragen, ehe sie meine Frage beantwortete: die kleinere kostete die Hälfte meiner Barschaft. Ich sagte ihr, ich nähme sie; fast widerwillig packte sie sie mir ein, ringelte mit ärgerlichen kleinen Handbewegungen die Schleifenenden.

Mit meinem Päckchen in der Hand schlenderte ich aufs Geratewohl durch die Stadt, mir schien, daß ich jetzt wenigstens eine kleine greifbare Verbindung zu Maria hatte. Ich traf sie nicht mehr in den Straßen, in denen es immer mehr von Menschen wimmelte, die die Schaufenster betrachteten und in die Geschäfte traten.

Ich ging in eine Buchhandlung und kaufte sämtliche Bücher von Polidori, in Taschenbuchausgabe, um nicht so viel mit mir herumschleppen zu müssen.

Zehn

Sonntag abend saß ich in dem kleinen Wohnzimmer meines Appartements vor dem Fernseher und sah mir die Tagesschau an. Der Staatspräsident stand schreiend und mit den Armen fuchtelnd in einem Journalistenschwarm und erklärte eine geheime paramilitärische Organisation, deren er sich persönlich angenommen hatte, als völlig legitim. Das Telefon klingelte, und wieder hatte ich die unbegründete Hoffnung, daß es Maria Blini sei. Es war Polidori; »Roberto«, sagte er nur.

»Marco«, antwortete ich. Ich hatte ihn noch nie so genannt, aber mir war nicht mehr danach zumute, das Wechselspiel unserer Reaktionen sorgsam abzuwägen. Die Stimme des Staatspräsidenten aus dem Fernseher klang so dumpf, als ob er mit dem Kopf in einem Sack steckte; seine von aufgesetzter Gelehrsamkeit überladenen Sätze gerieten grammatikalisch ständig ins Schlingern, die Begriffe verloren sich in weitverzweigten Labyrinthen.

Polidori sagte: »Ich wollte dich fragen, ob du Lust hast, zum Abendessen zu mir zu kommen. Dann können wir uns endlich ein bißchen unterhalten. Außerdem gibt es heute einen Empfang in Rom, der dich vielleicht interessiert.«

»Danke«, erwiderte ich. Auf der Mattscheibe sah man jetzt den sozialistischen Parteisekretär vor Dutzenden von Mikrophonen, die ihm begierig entgegengestreckt wurden. Er redete in seiner gewohnten, ausweichenden und scheinbar allgemeingültigen Art, mit der bedächtigen Emphase, die Caterina und ich so haßten. Er drehte seinen großen

Kopf von einer Seite zur anderen, ohne jemanden direkt anzusehen; skandierte mit dem Anflug eines drohenden Lächelns um die Lippen doppelte Verneinungen, die sich gegenseitig aufhoben.

»Hörst du mich?« fragte Polidori. Auch er war vom Fernseher abgelenkt, hinter seiner Stimme dröhnte die metallische Stimme des Nachrichtensprechers.

»Ja, natürlich. Danke. Um wieviel Uhr?«

»Wann du willst. Gegen neun«, erwiderte er und nannte mir seine Adresse. Ich suchte nach einem Stift, um sie mir zu notieren, und als ich zurückkam, war Polidori auf dem Bildschirm, in der vordersten Reihe eines mit berühmten Gesichtern gespickten Studiopublikums. Die Kamera war auf ihn gerichtet; elegant und nicht sehr entspannt saß er da, sein Kopf mit dem silbergrauen Haar stach zwischen den kahlen oder spärlich behaarten Schädeln der anderen deutlich hervor.

Ich drehte den Ton lauter, aber sie sendeten bereits den nächsten Bericht, ich erfuhr nicht mehr, womit die Bilder von vorhin in Zusammenhang standen.

Um neun bat ich den Hotelportier, mir ein Taxi zu rufen. Der Fahrer ließ sich die Adresse sagen, startete und hielt drei Blocks weiter vorne wieder an, drehte sich zu mir um und sagte: »Da wären wir, der Herr.« Ich fragte ihn, ob er sicher sei; »Hundertprozentig sicher«, sagte er, als spräche er mit einem Idioten.

Ich gab ihm doppelt soviel Trinkgeld, wie angemessen gewesen wäre; stieg aus und suchte auf der Gegensprechanlage die Taste mit der Nummer, die Polidori mir genannt hatte. Ich sagte laut und deutlich meinen Namen; oben betätigte jemand den Öffner, sagte »Oberste Etage«.

Es war ein Bau aus den sechziger Jahren, höher als die

anderen ringsherum, wie das ganze Viertel mit Ansprüchen erbaut, die nicht so recht überdauert hatten: die geflieste Eingangshalle hatte etwas Altmodisches, die Vergoldung am Aufzug war stellenweise abgeblättert. Aber es war ein wohlhabendes, ein ruhiges Haus. Während ich hinauffuhr, fragte ich mich, warum Polidori mir das abgelegene Residence-Hotel hatte buchen lassen, ohne mir zu sagen, daß es von dort nur ein Katzensprung zu ihm war, warum er sich so zugänglich gab und dann ohne ein Wort zu sagen tagelang verschwunden blieb.

Im sechsten Stock öffnete eine alte Haushälterin im blauen Kleid die Tür, wies in eine Diele, aus deren Hintergrund gedämpfte Jazzmusik kam. Ich wußte nicht, ob ich passend gekleidet war; ob ich zur richtigen Zeit oder zu früh gekommen war; ich bewegte mich vorsichtig. Am Ende der Diele war ein großes Wohnzimmer auf zwei Ebenen, mit hellem Parkettboden, hellen Möbeln im großzügigen Raum. Eine schöne, etwa fünfunddreißigjährige Frau kam auf mich zu, bevor ich mich genauer umsehen konnte; sie gab mir die Hand, sagte mit leichtem amerikanischem Akzent: »Ich bin Christine Polidori.«

Ich sagte: »Roberto Bata. Freut mich. Guten Abend«, verwirrt von ihrer großen, schlanken, in grauen Kaschmir gekleideten Gestalt. Wäre sie nicht die Frau eines großen Schriftstellers gewesen, hätte sie auch die Frau eines Ministers in einem zivilisierteren Land als dem unsern sein können: ihre Bewegungen hatten etwas Förmliches, leicht Steifes. Ihre grünen Augen leuchteten; ihr Hals war lang und elegant; nur ein paar feine Fältchen nervöser Anspannung waren in ihrem Gesicht von angelsächsischer Blässe zu sehen.

Sie fragte mich, was ich trinken wolle; ich sagte Orangensaft, der jedoch das einzige Getränk war, welches auf dem kleinen Tisch hinter ihr fehlte. Sie mußte die alte

Haushälterin rufen und ihr Anweisungen geben, ließ mich auf dem großen Sofa Platz nehmen. Bevor sie sich ebenfalls setzte, drehte sie die Musik leiser, was die Atmosphäre nicht gerade entspannte.

»Schöne Wohnung«, sagte ich. In einer Ecke stand ein Weihnachtsbaum, reich geschmückt mit Goldlametta und Glaskugeln und bunten Papierfiguren.

»Schade, daß die Pflanzen auf der Terrasse in dieser Jahreszeit fast alle kahl sind«, sagte Christine Polidori. Sie deutete auf eine Glaswand, die auf eine beleuchtete Terrasse ging.

Ich sagte: »Ich hab ein Taxi genommen, dabei ist mein Hotel ganz in der Nähe.«

Sie schenkte mir ein höfliches kleines Lächeln, sagte: »Ach ja?« Sie saß nervös auf der Sofakante, die schmalfingrigen Hände auf den Knien. »Marco muß jeden Moment kommen«, sagte sie. »Er ist nie sehr pünktlich.«

»Ich weiß«, sagte ich unbedacht.

Sie stand auf: »Sie entschuldigen mich fünf Minuten, ich muß nach den Kindern sehen.«

»Natürlich, machen Sie sich keine Gedanken«, antwortete ich, erleichtert, die so mühsame Konversation nicht fortsetzen zu müssen; als sie in irgendeinem anderen Teil der Wohnung verschwunden war, stand ich auf, um mich ein wenig umzusehen.

Ich schob die Glastür auf und ging hinaus auf die große Dachterrasse, atmete tief die Nachtluft ein. Es gab eine mit wildem Wein überrankte Pergola, Jasmin an einer Mauer, viele andere Pflanzen in Terracottakästen längs der Brüstung, mit Stroh abgedeckte Mandarinen- und Zitronenbäumchen. Ich sah über die Brüstung auf die in der Ebene zu beiden Seiten des Tibers und auf den anderen Hügeln verstreuten Lichter Roms; versuchte herauszufinden, wo die Redaktion war, wo die Stelle, an der ich Maria Blini getroffen hatte.

Dann fiel mein Blick auf eine schmale eiserne Wendeltreppe, die zu einer zweiten, kleineren Terrasse emporführte. Ich stieg hinauf und sah, daß es eine Art Aussichtsplattform war, von der aus man einen noch weiteren und klareren Blick auf die Stadt und den Himmel hatte. Eine Tür verband sie mit einem kleinen, über der Wohnung gelegenen Turm. Die Tür war offen, ich ging hinein.

Ich stand in einem von den Terrassenlichtern und den Lampen einer Innentreppe erhellten Zimmer mit einem Schreibtisch und einem Stuhl davor, Gymnastikhanteln in einer Ecke. In der Luft hing ein kaum wahrnehmbarer Geruch von Holz und Moschus, der gleiche, der mir aus Polidoris Auto und von damals, als wir in der Hotelbar miteinander gesprochen hatten, in Erinnerung war.

Sein Arbeitszimmer zu sehen erregte mich, zumal ich auf so verstohlenen Wegen hineingelangt war: ich wollte auf dem Fuß kehrtmachen, aber ich war neugierig. Auf dem Schreibtisch stand eine Schreibmaschine, noch älter und klappriger als meine, eine Vielzahl von Füllfederhaltern, Fläschchen mit verschiedenfarbigen Tinten, ein Synonymwörterbuch, ein italienisches Wörterbuch, ein Stapel weißer Blätter, und dann waren da noch etliche farbige Schnellhefter, alles akkurat geordnet.

In einem Regal sah ich die Bücher von Polidori in ihren Original-, Club- und Taschenbuchausgaben und in Übersetzungen: auf den Buchrücken standen sein Name und die Titel in den sonderbarsten Buchstaben. Ich stellte mir Polidori vor, wie er hier arbeitete: das Licht, das tagsüber hereinfiel, die Ruhe und Besonnenheit, die vollkommene Konzentration hier oben über den Geräuschen seiner Familie und den weiter entfernten der Stadt.

Ich wagte sogar, mir die farbigen Schnellhefter anzusehen, hielt den Atem an bei der Vorstellung, plötzlich Schritte die Treppe heraufkommen zu hören. Auf jedem stand mit Bleistift irgendein Vermerk: *Politik, Ehe, Verschiedenes, Anfänge.* Vorsichtig schlug ich einen auf, betrachtete das erste Blatt; es war mit der Schreibmaschine beschrieben und so voller Korrekturen mit verschiedenfarbigen Tinten und Streichungen und Randnotizen und Unterstreichungen und Sternchen und Linien und Hinweispfeilen, daß es wie eine abstrakte Graphik aussah. Ich klappte den Ordner wieder zu, ohne etwas gelesen zu haben, der Gedanke, daß seine Art zu schreiben so unendlich viel komplexer als meine war, erschreckte mich. Ich fragte mich, ob ich es je auch so weit bringen würde; fragte mich, wie er sich für meinen kaum überarbeiteten Romanversuch hatte begeistern können.

Und meinen Romanversuch sah ich auch. Er befand sich in einem Ordner, auf dem in Polidoris klarer Handschrift *Bata* geschrieben stand. Über die fotokopierten Blätter waren in derselben Handschrift knappe Anmerkungen verstreut, *großartig* oder *perfekt* oder *weiterentwickeln* oder *genauer ausdrücken* oder *überflüssig* oder *bereits gesagt.* Ich sah Ausrufezeichen und doppelte Balken neben ganzen Absätzen, Fragezeichen und Kreuzchen. In dem schwachen Licht überflog ich alles nur, aber es war unverkennbar, daß Polidori jede einzelne Seite mit größter Aufmerksamkeit gelesen hatte. Ich war beinahe so verwirrt wie bei unserer ersten Begegnung in Mailand: ich konnte kaum glauben, daß ein Schriftsteller wie er die Zeit fand, sich so eingehend mit der Arbeit eines anderen zu befassen; und daß er dabei so diskret war, darauf bedacht, kein Aufhebens zu machen von dem, was er für mich tat.

Dann glaubte ich auf der Innentreppe seine Stimme zu

hören; ich klappte den Ordner zu, trat eilig durch die Verandatür hinaus und lief so schnell ich konnte auf die größere Terrasse hinunter.

Ich war kaum unten, da trat Polidori aus dem Wohnzimmer: »Du hast dich also nicht hinabgestürzt, Roberto?«

»Ich hab die Lichter betrachtet«, sagte ich und versuchte, gleichmäßig zu atmen.

Er drückte mir mit der gewohnten Energie die Hand: »Tut mir leid, daß wir uns die letzten Tage nicht sehen konnten, aber ich mußte in einer lästigen Angelegenheit nach Wien fahren.«

»Jetzt sehen wir uns ja«, sagte ich, von neuen Freundschaftsgefühlen für ihn erfüllt, seit ich seine Anmerkungen zu meinem Roman gesehen hatte.

Er zeigte auf das Wohnzimmer: »Das Essen ist fertig, gehen wir lieber hinein, sonst wird Christine nervös.«

In Wirklichkeit war sie bereits nervös, noch nervöser als vorhin, als wir uns auf dem Sofa unterhalten hatten. »Ihr Orangensaft steht da drüben«, sagte sie und deutete auf das Glas auf einem kleinen Tisch. Sie sah Polidori an, sagte kein Wort zu ihm.

Ich trank meinen Saft, obwohl ich gar keine Lust mehr darauf hatte; ich beobachtete die beiden, die wie Feinde umeinander herumstrichen.

Polidori fragte: »Was machen die Kinder?«

»Die sollten schon seit einer Stunde im Bett sein, sie wollten dir nur noch gute Nacht sagen«, sagte seine Frau mit mühsam beherrschtem Zorn. Sie ging zur Tür und rief: »Maggie?«

Gleich darauf kam eine robuste junge Engländerin mit drei blonden Kindern in Bademänteln herein, einem Jungen und zwei Mädchen im Alter zwischen fünf und neun. Polidori küßte eins nach dem andern, wie ein noch junger, zerstreuter Patriarch. Den Kleinsten nahm er auf den Arm, zeigte auf mich und sagte zu ihm: »Das ist Roberto. Er schreibt Geschichten, genau wie ich.«

Aber Christine Polidori schien am Ende ihrer Geduld; sie nahm ihm das Kind aus dem Arm, sagte: »Ins Bett mit euch, es ist schrecklich spät.«

Das englische Kindermädchen ließ die Kinder im Chor artig gute Nacht wünschen, schob sie hinaus. Polidori sah ihnen nach; er schaltete den Plattenspieler aus, die ohnehin sehr leise Jazzmusik verstummte. Seine Frau forderte uns auf, an dem Tisch mit der lähmend weißen Tischdecke Platz zu nehmen; die Haushälterin trug das Essen auf.

Die Mahlzeit war kein großer Genuß für mich, angespannt wie ich mich fühlte inmitten der kalten Blicke Polidoris und seiner Frau und ihrer unausgesprochenen Sätze; angesichts ihres mit gleichgültigen Bemerkungen überspielten gegenseitigen Grolls. Wahrscheinlich war er bis jetzt bei einer andern gewesen, und sie wußte es, aber meine Gegenwart hinderte sie daran, offen zu streiten. Ich fragte mich, ob Polidori mich absichtlich als Prellbock nahm oder ob ich rein zufällig einen so schlechten Augenblick erwischt hatte.

Jedenfalls versuchte er, mich möglichst viel reden zu lassen; fragte mich über meine Eindrücke von Rom und der *360°*-Redaktion aus, ließ mich von meiner Arbeit bei *Prospettiva* erzählen, von meiner Wohnung in Mailand, von Caterina. Es fiel mir nicht leicht, denn ich war nie ein guter Unterhalter gewesen, und die beiden gerieten immer wieder in den Sog ihrer Spannungen und verloren das Interesse, ganz gleich, welches Thema ich anschnitt. Bald glaubte ich, hilfreich, bald eine Last zu sein; ich wußte nicht, ob ich mir irgendeine Entschuldigung ausdenken und gehen sollte oder ob ich meine Bemühungen vervielfältigen, Polidori wenigstens zu einem kleinen Teil für seine Großzügigkeit und Freundlichkeit entschädigen sollte.

Das Essen war auch keine Hilfe, kaum gewürzt und halbgar wie es war, nach strengen diätetischen Kriterien ausgewählter Fisch und Gemüse. Polidori sagte: »Kein Salz, kein Öl, kein Garnichts, lieber Roberto. Bei einer derart spartanischen Version der gesunden Küche kommen einem Zweifel, ob es nicht besser wäre, ein bißchen früher zu sterben.«

Seine Frau fand das überhaupt nicht lustig. »Essen wir nicht deinetwegen so, Marco?« Er gab keine Antwort, trommelte bitter lächelnd mit den Fingern auf die Tischdecke. Eine Flasche Weißwein stand auf dem Tisch: ab und zu liebäugelte ich mit ihr als einem möglichen Ausweg aus der Situation, aber niemand öffnete sie.

Dann war das Essen zum Glück zu Ende. Polidori sah auf die Uhr und stand auf: »Na schön, wenn wir wollen, können wir uns jetzt aufmachen.«

»Läßt du mir vielleicht ein paar Minuten, damit ich mich fertigmachen kann?« sagte seine Frau; kalte Wut blitzte aus ihren Augen.

Wir warteten im Wohnzimmer auf sie, fast verloren in dem großen, hohen Raum. Polidori schien es peinlich zu sein, mich mit seinen Eheproblemen belastet zu haben: »Tut mir leid, Roberto.«

»Mach dir keine Gedanken«, sagte ich in so solidarischem Ton, wie ich konnte.

Er ging an der Glasfront auf und ab, fragte: »Was macht dein Buch?«

»Es fällt mir ein bißchen schwer, in die richtige Stimmung zu kommen«, sagte ich.

»Da bist du nicht der einzige«, meinte er. Dann trat er dicht zu mir, die Hände in den Jackentaschen, und erklärte:

»Das Schreckliche an einer Familie oder jeder anderen verfestigten Geschichte ist, daß alles so selbstverständlich hingenommen wird. Es ist selbstverständlich, daß man zum Essen nach Hause kommt, keiner ist überrascht oder freut sich darüber. Alle die Gesten, die früher so rar und so wertvoll waren, werden zur Selbstverständlichkeit.«

Ich sah ihn an und dachte an manche Augenblicke, in denen auch ich das Alltagsleben mit Caterina, ja sogar die Vertrautheit zwischen uns wie eine Falle empfunden hatte. Ich sagte: »Schrecklich, ja.«

»Aber wir wollen es ja selber so«, fuhr er fort. »Wir versuchen das, was uns lieb ist, festzuhalten, es so dauerhaft und sicher wie möglich zu machen, es vor den Gefahren der Zeit und vor jeder Veränderung und vor unseren wechselnden Launen zu bewahren. Es ist ja auch eine schöne Idee, daß zwei Menschen vertrauensvoll in einer gesicherten Beziehung zusammenleben, ohne die gegenseitigen Verdächtigungen und Erpressungsversuche und falschen Schmeicheleien in einer nicht stabilen Beziehung. Aber es ist nur eine Idee; in Wirklichkeit bauen wir um uns herum einen Käfig aus gegenseitigen Gewißheiten, und unterdessen ist das, was wir bewahren wollten, durch die Gitterstäbe schon entschlüpft.«

Er schaute durch die Glasfront hinaus und schwieg ein paar Sekunden. Dann sagte er in verändertem Ton: »Es ist unglaublich, aber wenn man sich in eine Frau verliebt, meint man, daß sie von Luft lebt, schwerelos und ohne Mühe, daß sie nichts zu essen braucht und sich allein von ihren überraschenden Eigenschaften ernährt.«

»Ja«, sagte ich und hatte dabei Maria Blini vor Augen, so wie sie vor zwei Tagen mit mir durch die Stadt gelaufen war.

Er begann wieder: »Du bist so von ihrer Schwerelosigkeit begeistert, daß du alle deine Energien darauf verwendest, sie zu einem festen Bestandteil deines Lebens zu machen, und gar nicht merkst, wie du auf diese Weise ihre Balance veränderst und dazu beiträgst, daß ihr Gewicht bemerkbar wird. Dann kommen ihre psychosomatischen Krankheiten zum Vorschein, ihre Eltern, ihre körperlichen und charakterlichen Mängel und ihre Ansprüche. Und es sind ja zum größten Teil berechtigte Ansprüche, aber das macht sie nur noch mehr zur Last, bis sie dich erdrückt und du nur noch davonlaufen willst, um dir irgendwo jemand Leichteres zu suchen.«

Ich wußte nicht, was ich dazu sagen sollte, denn ich hatte keine große Erfahrung mit Frauen, die zuerst leicht waren und dann zur Last geworden sind, aber ich sah immer noch Maria Blini vor mir und dachte, daß ich alles daransetzen würde, ihre psychosomatischen Krankheiten und ihre Eltern kennenzulernen, mich von ihr erdrücken zu lassen. Ich sagte mir, daß Polidori aufgrund seines Alters und seiner Rolle und der Generation, zu der er gehörte, von den Frauen ein ganz anderes Bild hatte als ich; er sah sie mehr unter dem Gesichtspunkt des Rollengegensatzes, des Geschlechterkampfs, Mann contra Frau. Ich hatte mich bei Caterina nie von ihren Ansprüchen erdrückt gefühlt. Wir hatten immer ein gleichberechtigtes Verhältnis gehabt, wie zwischen zwei Freunden oder Weggefährten, große überraschende Veränderungen hatte es bei uns nicht gegeben. »Meinst du nicht, daß es darauf ankommt, wer die Frau ist? Und wer der Mann?« fragte ich Polidori.

Er sah mich an. »Ich fürchte, es sind ziemlich unerbittliche Muster, die sich stets wiederholen, Roberto.«

Gleich darauf kam seine Frau herein, festlich gekleidet und ausgehbereit, noch schöner und eleganter und förmlicher als vorher; ohne auch nur zu lächeln, sagte Polidori zu ihr: »Wir haben gerade von dir gesprochen.«

Das Fest war in einem antiken Gebäude am Tiber; am Trottoir waren vier, fünf große dunkle Limousinen geparkt, die Fahrer standen rauchend und plaudernd an der Hauswand. Der Eingang glich einer dunklen, seit Jahrhunderten feuchten Grotte. Als wir die breite Treppe hinaufstiegen, sagte Polidori leise zu mir: »Du wirst sehen, was für eine Mumie die Hausherrin ist.« Seine Frau machte »Pst«, warf ihm einen eher alarmierten als wütenden Blick zu.

Vor der Tür veränderten beide ihren Gesichtsausdruck, wenn auch nur ein wenig: als holten sie tief Luft, bevor sie sich ins Wasser stürzten, ihr Blick wurde härter. Ich folgte ihnen durch den Vorraum und die Garderobe in einen großen, mit Fresken bemalten Saal voller Leute.

Auf den ersten Blick wirkte es, als habe man über dem Saal einen riesigen Fernsehapparat ausgeschüttet und Politiker und Ansagerinnen, Schauspieler und Schauspielerinnen und Sänger und Philosophen und Schriftsteller und Assistentinnen, die redeten und lachten und gestikulierten, unter die Dutzende von namenlosen Gästen gestreut. Aber auch die Namenlosen hatten ihrer Kleidung und ihrem Benehmen nach eine gewisse Erfahrung mit dem Fernsehen und schienen sich unter der Prominenz behaglich zu fühlen. Es war nicht die Vertrautheit des einfachen Zuschauers, sondern eine echte Verbundenheit, die davon herrührte, daß sie dieselben Speisen aßen und dieselbe Luft atmeten, tagtäglich durch dieselben Straßen gingen.

Als Polidori eintrat, gab es nur wenige so aufgeregte Reaktionen, wie ich sie damals in Mailand nach der Theateraufführung bemerkt hatte: die Blicke richteten sich mit mäßigem und durch die Gewöhnung stumpf gewordenem Interesse auf ihn, die Kontaktgier, die die Augen der Mailänder Damen zum Glänzen und ihre Stimmen zum Beben brachte, war hier kaum zu beobachten. Sie kamen auf ihn zu und umarmten ihn und küßten ihn und sagten ihm mit Komplimenten und Interessebekundungen beladene Sätze, aber diese ganze Überschwenglichkeit wirkte oberflächlich, wie eine selbstgefällige Inszenierung.

Und es gab außer ihm noch viele andere Interessenpole: man brauchte nur den Kopf zu wenden, um sie zu sehen, im Mittelpunkt der Grüppchen von Schwätzern und Schöntuern. Der Außenminister war da, umringt von Damen mittleren Alters und langbeinigen Mädchen, die sich an ihn drängten und ihn zu berühren versuchten, beim kleinsten Scherz, den er machte, in Gelächter ausbrachen. Der Senatspräsident war da, der wie ein Luftschiff schwankte und dabei mit seinen kleinen Händen die Pralinen nahm, die ihm eine alte Dame reichte; der stellvertretende Ministerpräsident und dicht neben ihm sein Sekretär und Leibwächter; der Parteivorsitzende der Christdemokraten mit seinem Stockfischgesicht. Auch die Schauspielerin Paola Murletti war da, die wie eine mittellose Sirene gekleidet war, Cinzia Palma, die Moderatorin der Sendung »Kindertränen«, die jede Woche in einem anderen Waisenhaus gedreht wird, und der Präsident des Staatsfernsehens, der um ein zu großes junges Mädchen herumschwänzelte, und der fünfundvierzigjährige, aber wie ein Fünfzehnjähriger gekleidete neapolitanische Sänger Gimmi Melito, der Architekt Remo Testa, der Denkmäler und Nippesfiguren und Bühnenbilder und Schlafstädte entwarf, und Livio Longo, der ehemals junge Komiker, den Enrica Dalatri im Restaurant so freudig begrüßt hatte.

Ihren verschiedenen Rollen entsprachen minimale Unterschiede in ihrem Verhalten, doch die Blicke und das Gehabe waren bei allen mehr oder minder gleich. Das einzige, woran man sie deutlich erkennen konnte, war die Art, sich zu bewegen: die Politiker gestikulierten weniger, wechselten seltener den Ausdruck, hielten an der einmal erkorenen Stelle Hof; die Prominenten anderer Sparten wechselten häufiger den Platz, schwirrten durch den Saal, saugten gierig die jeweilige Stimmung in sich auf, um sie in ihren Gesichtszügen widerzuspiegeln. Im Mittelpunkt des Interesses standen dabei unverkennbar die Politiker, alle anderen umkreisten sie auf Umlaufbahnen, die sich nach der Subalternität staffelten.

Wenn man sie alle zusammen sah, machten sie den Eindruck einer inzestuösen Großfamilie oder eines Bienenstocks mit aufeinander abgestimmten Aufgaben; der zu erbeutende Nektar und Pollen waren die öffentlichen Gelder und der Schweiß der braven Bürger, die jene nur aus dem Fernsehen oder der Zeitung kannten. Ich war beeindruckt, die Minister und Parteisekretäre so aus der Nähe zu sehen, durch deren Hände, die jetzt Gläser hielten oder andere Hände schüttelten, jeden Tag Entscheidungen gingen, die sich auf das Leben von Millionen von Italienern auswirkten. Sie machten den Eindruck, als wanderten sie von einem Fest zum anderen, immer mit derselben Frechheit und Arroganz.

Polidori und seine Frau hatte ich gleich am Eingang im Gedränge aus den Augen verloren, so schlenderte ich allein umher, dicht an der Wand entlang, schnappte Gesprächsfetzen auf, beobachtete das Hin und Her von Blicken und Gebärden. Ich trank Wein, nur um irgend etwas zu tun, und mit dem leichten Schwips, den ich davon bekam, erschien mir das Schauspiel um mich herum noch irrwitziger.

Nach etwa einer Stunde stand plötzlich Polidori hinter mir, sagte: »Versteck dich doch nicht so, Roberto.« Er schien sich nicht unbehaglich zu fühlen, wirkte nur leicht aufgekratzt: er hatte ein Glas Rotwein in der Hand und drei junge Mädchen im Schlepptau.

Mit einer vagen Handbewegung stellte er sie mir vor, leerte sein Glas in drei Schlucken und zog mich am Arm mit sich fort, bevor ich auch nur eine von ihnen begrüßen konnte. Anscheinend reagierte er genauso empfindlich auf Alkohol wie ich: der Wein machte ihn mitteilsamer, aber auch härter und bissiger als sonst. Mit eisernem Griff schob er mich durch die Menge, nannte mir leise die Namen der weniger bekannten Persönlichkeiten, erklärte mir, was sie machten. »Ich habe schon seit einer ganzen Weile vor, einen Politroman zu schreiben«, sagte er. »Ohne viel zu erfinden, auf die bloßen Tatsachen gestützt, die allen verfügbar sind, und mit denen, die du hier rumstehen siehst, als Protagonisten. Keine falschen Namen, keine Verschleierung. Es gibt hier so viele Ingredienzien; jeder amerikanische oder englische Polit-Thriller würde dagegen wie Spülwasser erscheinen. Zur Zeit lege ich mir ein kleines Archiv an, nicht anders als sie selbst. Es ist eine regelrechte Gang, jeder hat irgendwelche Daten im Tresor seines Notars hinterlegt, mit denen er notfalls seine Kumpane erpressen kann.«

Von einigen hatte ich in der Zeitung gelesen, im Zusammenhang mit irgendwelchen Skandalen, die dann vertuscht worden waren oder im Sande verlaufen sind; von anderen hatte ich noch nie etwas gehört. Polidori zeigte mir zum Beispiel den Präsidenten einer Entwicklungshilfeorganisation und sagte: »Mit dem Geld, das die Äthiopier vor dem Hungertod retten sollte, ist er einer der reichsten Männer Roms geworden. Und natürlich hat er dem Vorsitzenden seiner Partei großzügige Geschenke gemacht.« Er zeigte mir einen Bauunternehmer mit spitzem Schakalgesicht, der ein Geschäftspartner des Ministerpräsidenten war. »Ein echter Krimineller, in einem anderen Land säße er bestimmt im Gefängnis. Und sein Kompagnon ebenfalls, bei allem, was er in den letzten fünfundvierzig Jahren getan hat.

Statt dessen gilt er als geistreicher Mann. Er schreibt sogar Bücher, und es gibt Leute, die sie kaufen.«

Es schien ihm Spaß zu machen, mich zu schockieren: mit lauerndem Blick beobachtete er meine Reaktionen, sagte: »Diese Stadt ist der Magen Italiens, lieber Roberto. Der aufgeblähte, gierige Magen, der dem ganzen Körper Nahrung und Blut entzieht und nie satt wird und nur Schlacken und Abfall produziert.«

Er zeigte mir verschiedene Politikertypen: »Man kann die Christdemokraten ganz leicht von den Sozialisten unterscheiden, wenn man einen Blick dafür hat. Sie stehlen und betrügen und plündern alle mit der gleichen Frechheit, aber ihre Physiognomien, ihre Körper sind völlig verschieden.«

»Zum Beispiel?« fragte ich und nahm mir im Vorbeigehen noch ein Glas Wein von einem Tablett. Mir erschienen sie alle gleich widerwärtig, fast obszön in ihrer Überheblichkeit, die aus jeder ihrer Gebärden sprach; ich konnte keine großen Unterschiede feststellen.

Polidori erklärte: »Nun, die Christdemokraten sind seit fünfundvierzig Jahren ununterbrochen an der Macht, länger als irgendwo sonst auf der Welt. Nicht einmal in Rumänien hat ein und dieselbe Machtgruppierung so lang durchgehalten. Nicht mal in Albanien oder in den Arabischen Emiraten. Die Macht ist genauso ein Teil ihres Körpers wie das Knochengerüst und das Nervensystem. Und sie tragen sie zur Schau, auf ihre zurückhaltende, blutleere Art, sie sind Meister der Doppelzüngigkeit und der versteckten Andeutung. Sie gelangen über die Kanäle der Kurie und der katholischen Verbände nach oben, an ihnen haftet immer noch der Staub aus den Vorzimmern der Provinzbischöfe. Schau sie dir einmal genau an, sie haben fast alle schmale Lippen und von chronischem Feuchtigkeitsmangel ausgetrocknete Nasen. Ihre Bewegungen sind starr, die Gelenke von Arthrose steif, die Schultern schmal, und ihre Knie beugen sie nur auf den atlasbezogenen Polstern des Betstuhls.«

»Und die Sozialisten?« fragte ich. Wir standen gerade vor einem, den ich kannte, rotgesichtig lehnte er an einer Frau, deren Busen den Ausschnitt ihres Kleides zu sprengen drohte, so zusammengepreßt war er.

»Die Sozialisten sind so wie er«, sagte Polidori und deutete mit dem Kinn auf ihn. »Sie sind erst später an den reich gedeckten Tisch der Macht gelangt und wollen eilends nachholen, was sie versäumt haben.« Auch er griff sich ein neues Glas, nahm einen tiefen Schluck; ich sah, daß seine Augen glänzten. »Sie haben diese wulstigen Lippen und fetten Hände und fleischigen Nasen und gedunsenen Wangen. Verglichen mit den Christdemokraten sind sie eine neue Generation, sie haben weniger Hemmungen, sie tun nicht einmal mehr, als wollten sie den Schein wahren. Sie sind die ersten italienischen Politiker, die es ganz offen treiben, nach zwanzig Jahren Masturbation im Dunkel der Sakristeien. Sie sind jünger und gewiß moderner, weniger provinziell, aber im Grunde genauso unehrlich, und sie haben einen Hang zum Kulturfaschismus. Sie haben ihre kleinen Goebbels und ihre kleinen Speers, ihre Kampfhunde und Proskriptionslisten, und dabei geben sie sich die ganze Zeit unvoreingenommen und europaverbunden.«

»Dann sind die Christdemokraten ja noch besser, oder?« fragte ich ihn. Wir schlängelten uns zwischen den aufeinander einredenden, lachenden und gestikulierenden Gästen durch, es gab reichlich Anschauungsmaterial um uns herum.

»Nein, besser sind sie nicht«, sagte er. »Die Christdemokraten sind Monster. Die schwarze Seele der Scheinheiligkeit und der italienischen Feigheit. Sie leben von Betrug und Ausflüchten, von Intrigen, Versäumnissen, Lügen und Wortbrüchen, von der zum politischen System erhobenen Doppelzüngigkeit. Auf ihr Konto gehen fünfundvierzig Jahre Zusammenspiel mit der Mafia, nie ganz aufgegebene Umsturzpläne, Bombenanschläge gegen Unschuldige, fehlgeleitete Sicherheitsdienste, Zensur und Pressionen und Drohungen und heimliche Erpressung, Diebstahl und Vergeudung in erschreckendem Ausmaß. Und dazu geistige und menschliche Mittelmäßigkeit, graue Trostlosigkeit abseits von den Weltströmungen.«

Polidoris Reden und sein Tonfall weckten in mir zusammen mit dem Wein ein Gefühl des Abscheus und der Überreiztheit, während wir durch das Gedränge all der Schwätzer und Voyeure, der Höflinge und Schöntuer mit ihren Schweins- oder Wolfsgesichtern oder Schakals-, Schlangen- oder Schafsmienen von Saal zu Saal gingen. Ich war überrascht, denn abgesehen von allgemeinen Bemerkungen über die Allmacht der Parteien in unserem Land hatte ich von ihm nie klare politische Äußerungen gehört; soviel ich wußte, war in seinen Büchern nie von Politik die Rede. Überdies wurde er von allen, die er kurz zuvor als Monster bezeichnet hatte, freundlich begrüßt, sobald wir uns näherten. Sie lächelten sich zu, schüttelten sich wie alte Bekannte die Hände, und das machte die Atmosphäre noch unwirklicher.

Einigen stellte er mich als »der Schriftsteller Bata« vor, als stünde ich für ihn auf der gleichen literarischen Rangstufe wie er selbst. Ich fühlte mich jedesmal geschmeichelt, trotz des Abscheus, den ich vor ihnen empfand. Sie sagten »Hallo«, drückten mir die Hand, lächelten mir mit lauer Herzlichkeit zu, die so rasch, wie sie aufschien, wieder erlosch.

Polidori hielt sich bei jedem gerade so lange auf, daß ich mir ein Bild machen konnte, dann zog er mich weiter zu anderen Punkten der fürstlichen Wohnung. Er wies mich auch auf Besonderheiten der Einrichtung hin, auf Bilder an den Wänden, den Blick aus dem Fenster auf die Loggia im Erdgeschoß. »Die Herrin des Hauses, diese Mumie, hat verwandtschaftliche Beziehungen zum Vatikan. Jahrhundertelange Güteranhäufung im Schatten der finsteren Erpressungsmethoden des Katholizismus.«

Er trank noch mehr Wein und ermunterte auch mich immer wieder zum Trinken, während wir uns zwischen Fernsehregisseuren und wie Pappmachépuppen bemalten Ehefrauen von Untersekretären bewegten, und ich hatte das Gefühl, in eine Art Hexenschloß in einem perversen Lunapark geraten zu sein, in dem man nicht einem Blick, nicht einer Gebärde begegnete, die nicht abstoßend gewesen wären. Der Präsident des Staatsfernsehens erzählte von einem lahmenden Pferd, Cinzia Palma unterhielt ein paar junge Burschen, indem sie einen Kameramann nachäffte, der sie angefleht hatte, nicht mehr zu rauchen, der Architekt Testa spöttelte über einen Aufstand in einem Viertel von Mailand, wo ein Kunstobjekt von ihm aufgestellt worden war. Worte und Blicke voller Zynismus und Gleichgültigkeit kreuzten sich im Stimmengewirr; keiner war wirklich erstaunt über irgend etwas, keiner wirklich interessiert oder amüsiert über irgend etwas. Polidori schien unter all diesen von Heuchelei und Arroganz gegenüber der Welt erfüllten Figuren der einzige kritische Mensch zu sein, und es war geradezu wohltuend, in seiner Nähe zu sein, alles im Lichtstrahl seiner Urteile zu sehen.

Er zeigte mir den Kritiker Bianconi und seine Lebensgefährtin; während wir uns ihnen näherten, fragte er mich: »Hast du einmal ein Gedicht von ihm gelesen? Kutteln für tuberkulöse Katzen, dabei bildet er sich ein, in einem kristallenen Turm der reinen Literatur zu leben, von dem er gläserne Körbchen herabläßt mit seinen Urteilen über das, was die anderen machen.«

Gleich darauf begrüßte er ihn mit der gleichen gespielten Herzlichkeit, mit der alle auf diesem Fest miteinander umgingen, stellte mich wieder als den Schriftsteller Bata vor.

»Was schreiben Sie denn?« fragte mich Bianconi, blaß und nervös erbebend vor lauter Selbsteingenommenheit. Seine Frau, die feucht und schwammig wie ein ungenießbarer Fisch war, starrte mich mit ihren ausdruckslosen Augen an.

Polidori sagte: »Du wirst sehen. Er wird ein bißchen frischen Wind in die erstarrte Literaturszene bringen.«

»Nur zu, nur zu, wir können es kaum erwarten«, antwortete Bianconi mit einem allzu dünnen Lächeln um die kaum vorhandenen Lippen.

Polidori zog mich schnell weiter: »Er wird außer sich sein über dich, du wirst schon sehen, Roberto.«

Der Gedanke, mich zum Komplizen zu haben, vergnügte ihn, und sein Vergnügen steckte mich an. Ich bewunderte ihn wegen seiner Wesensart und weil er dank seines Prestiges und seiner Intelligenz alles sagen konnte, was er wollte und wem er wollte; wegen der Art, wie die Frauen und Mädchen ihn anblickten. Ich hatte das Gefühl, ihn besser zu kennen, seit ich gesehen hatte, wo er arbeitete und wo er aß, und seit ich seine Frau und seine Kinder kennengelernt hatte; ich glaubte schon etwas besser zu verstehen, was in ihm vorging. Ich dachte an seine ausführlichen Anmerkungen in meinem Roman, an den völligen Mangel an diplomatischer Vorsicht, als er mit Bianconi über mich gesprochen hatte, und ich war beinahe berauscht von diesen Freundschaftsbeweisen, von der Uneigennützigkeit, mit der er sich für mich verwandte.

Seine Frau dagegen schien sich viel besser in die Atmosphäre des Festes einzufügen: ab und zu sah ich sie, wie sie sich mit jemandem unterhielt, und an ihren Blicken und Gebärden war zu erkennen, wie sie sich bemühte, sich der allgemeinen Stimmung anzupassen. Einmal deutete Polidori auf sie und sagte zu mir: »Ihr gefällt es, das ist das Schlimme. Manche von ihnen betrachtet sie sogar als Freunde. Sie ruft sie an und schickt ihnen Weihnachtsgeschenke. Sie legt enormen Wert darauf, bei ihnen gut angesehen zu sein, und tut alles, um sich ihre Gunst zu erhalten.«

Ich fragte mich, weshalb ein Mann wie er mit einer Frau lebte, die so anders war; warum er sich nicht jemand Leichteres suchte, wie er sagte. Aber ich wußte so gut wie nichts über sein Gefühlsleben; ich hatte keine Ahnung, was hinter den Spannungen steckte, die das Abendessen bei ihm so schwierig gemacht hatten.

Dann wurde er plötzlich von einer gutaussehenden Blondine geschnappt, die keinerlei Absicht zeigte, ihn wieder loszulassen: er sagte zu mir »Bis später, Roberto«, und ließ sich von ihr fortziehen.

Ich ging allein weiter durch die Säle mit den Deckenfresken. Ohne Polidori war ich eine Art Unsichtbarer, ich konnte zugehen, auf wen ich wollte, ohne daß mir auch nur ein einziger Blick entgegenkam; aber es machte nicht mehr soviel Spaß wie vorher mit Polidori, ich fühlte mich verloren, niedergedrückt von der Fremdheit der Situation. Es amüsierte mich nicht mehr besonders zuzuhören, wie der Regisseur Furchiati ohne jede Spur von Scham seinen neuen Film pries, oder den Verkehrsminister zu beobachten, der an einem Fenster stand und Pudding aß, oder dabeizustehen, wenn sich die Kriecher und Flittchen, die Hofnarren, Diebe und verbeamteten Verbrecher gegenseitig frohe Weihnachten wünschten.

Schließlich beschloß ich zu gehen. Ich hätte mich gern von Polidori verabschiedet, aber ich konnte ihn unter den Hunderten von Leuten, die der Riesenfernseher ausgeschüttet hatte, nirgends mehr entdecken. Dafür stieß ich auf seine Frau Christine, die mit jemandem plauderte, und bat sie, ihn von mir zu grüßen. »Aber sicher«, sagte sie zerstreut und sah mich an, als erinnere sie sich nicht genau, wer ich war.

Ich schob mich durch die Menge bis zum Ausgang, lief in langen Sätzen die breite Treppe hinunter, die rechts und links von Nischen mit Marmorbüsten gesäumt war – vermutlich die Vorfahren der Hausherrin. Ich durchquerte die düstere und muffige Vorhalle, und gerade als ich durch das Haustor trat, kam ein Schwarm neuer Gäste herein, und mit ihnen Maria Blini.

Diesmal erkannte sie mich zuerst, während ich, um niemanden grüßen zu müssen, mit gesenktem Blick hinausschlüpfen wollte. »He, wo willst du hin?« hörte ich ihre Stimme sagen, und dann sah ich sie vor mir, mit ihrem schimmernden blonden Haar und einem Funkeln in den kastanienbraunen Augen.

»Nach Hause«, sagte ich und hatte nicht mehr die geringste Lust heimzugehen. Ich war ganz verwirrt, sie so nah vor mir zu sehen, nachdem ich soviel an sie gedacht hatte; ich wußte nicht, wie ich reagieren sollte.

Sie stand in der Nähe der Haustür, im gleichen kurzen schwarzen Mantel wie immer, und sah mich an. »Freut mich, dich zu sehen«, sagte sie. Sie schien ein bißchen blau zu sein, durchströmt von den elektrisierenden Reizen irgendeiner vorausgegangenen Situation.

»Mich auch, sehr«, sagte ich; und schaffte es sogar, nur

einen kleinen Teil meiner Freude auf meine Worte zu übertragen. »Schade, daß du erst jetzt kommst.«

Sie schlug mir nicht vor, wieder mit hinaufzukommen, wie ich gehofft hatte. Das Mädchen und die beiden Männer, die mit ihr gekommen waren, standen in der Vorhalle, blickten zu uns herüber, um zu sehen, wie lange unsere Begrüßung noch dauern würde. Einer von ihnen schien mir Luciano Merzi zu sein, aber ich hatte weder die Zeit noch das Interesse, ihn genauer zu betrachten.

Maria sagte zu ihnen: »Sekunde, ich komme gleich«; ich nahm ihre ungeduldigen Blicke, ihre Köpfe mit den glatten schwarzen Haaren kaum wahr. Sie schob mich durch die Haustür hinaus, spontan wie ein kleines Mädchen, als habe sie mir nur rasch etwas Persönliches mitzuteilen; aber draußen vor der Tür drückte sie mir ihre Hände auf die Brust, sagte noch einmal: »Ich freue mich wirklich, dich zu sehen.«

Ich war von dieser Geste und von meinen Gefühlen völlig überwältigt: von ihrer Lebendigkeit, von ihrem sanften und strahlenden Wesen, das alle meine Vorstellungen noch übertraf. Sie stand so dicht vor mir, daß ich ihren warmen Atem spürte, ich spürte, wie sich ihre Brust unter dem Mantel hob und senkte; ich legte meine Hand auf ihre Hüfte, und sie küßte mich auf den Mund. Und obwohl dieser Kuß nur eine Sekunde dauerte, verlor ich dabei jeden Bezug zu Raum und Zeit, mein ganzes Bewußtsein bestand nur noch aus Tast- und Geschmacksempfindungen. Ihr Mund schmeckte süß und bitter, nach chinesischen Mandarinen und Erdbeerhonig; der Druck unserer Körper vermischte sich mit der Konsistenz ihres Haars, ihres Nackens unter meinen Fingern.

Es dauerte wirklich nur eine Sekunde, und gleich darauf löste sie sich von mir und schaute mich an, noch ein wenig aus dem Gleichgewicht und mit halb geöffneten Lippen. Sie sagte: »Laß von dir hören. Ruf mich an.«

»Aber ich habe deine Nummer nicht«, entgegnete ich, voller Angst bei dem Gedanken, wir könnten uns noch einmal trennen, ohne vorher eine praktikable Verbindung hergestellt zu haben.

Sie zog das Kärtchen irgendeines Restaurants aus der Tasche, ritzte gegen die Hauswand gestützt mit einem Schlüssel ihre Nummer hinein.

Dann streckte einer der glatthaarigen Männer den Kopf zur Tür heraus, fragte: »Was ist?« Maria sagte »Ich komme«, gab mir das Kärtchen, und einen Augenblick lang berührten sich unsere Hände, dann huschte sie davon, verschwand in der Haustür.

Immer noch fassungslos, stand ich auf der gepflasterten Straße im historischen Zentrum Roms, im gelben Licht der zwei Lampen an der Hauswand, und fühlte mich so, wie ich mich noch nie im Leben gefühlt hatte, auch wenn ich es mir manchmal vorgestellt hatte und ich mitten in der Nacht mit genau dem gleichen verlangsamten Herzschlag aufgewacht war.

Die Fahrer und Leibwächter bei den großen dunkelblauen Dienstautos spähten aus dem Dunkel zu mir herüber und grinsten; ich sagte zu ihnen: »Kümmert euch lieber um die widerlichen Scheißkerle, die ihr durch die Gegend chauffiert.«

II

Techniken der Eroberung

Elf

Montag abend kam ich zurück nach Mailand. Unter den rußgeschwärzten Arkaden vor dem Bahnhof war die Luft noch kälter und schmutziger, als ich sie in Erinnerung hatte, aber ich achtete nicht weiter darauf. Ich war in einem fieberigen Zustand, ich hatte keinen Hunger, ich fühlte die Müdigkeit nicht, konnte nicht stillhalten. Auf meinen Lippen spürte ich noch die Lippen von Maria, am ganzen Körper ihren Körper, der sich einen Augenblick lang gegen meinen geschmiegt hatte, in der Nase hatte ich noch ihren leicht würzigen Geruch. Im abgasgeschwängerten Dunst blickte ich um mich, und mir war, als spiegelte sich mein Gefühlsaufruhr in den unbekannten Gesichtern wider, um als etwas noch Verwirrenderes zu mir zurückzukehren.

Vorn am Bahnsteig wartete Caterina auf mich: eine hübsche, gutgekleidete, nüchterne junge Mailänderin, etwas nervös vom langen Warten an einem so unangenehmen Ort. Es gab mir einen Stich ins Herz, als ich sie sah: ihre vertrauten, mir innerhalb von wenigen Tagen so weit entrückten Gesichtszüge, die so anders waren als die Gesichtszüge, die meine Gedanken während der ganzen Fahrt beschäftigt hatten.

Sie küßte mich auf die Wangen: »Eine Stunde zehn Minuten Verspätung, und sie sagen es nicht einmal an, diese Halunken.« Sogar ihr Tonfall schien mir einer Welt anzugehören, die ich beinahe vergessen hatte; es war sonderbar, ihn außerhalb der stofflosen Dimension unserer allabendlichen Telefongespräche zu hören.

Ich glaube, sie merkte gar nicht, was mir durch den Kopf ging, denn sie fing sofort an, von Leuten und Orten unseres Mailänder Lebens zu erzählen, als zweifle sie nicht daran, daß ich nach meiner Rückkehr aus Rom noch derselbe war wie bei der Abreise. Wir stiegen die breite graue Treppe hinab in den hektischen Lärm der Stadt, und mein Gehirn registrierte nur einen kleinen Teil von dem, was sie mir sagte.

Aber die Stadt war mir natürlich genauso vertraut wie sie; wie unser altes klappriges Auto, sobald wir eingestiegen waren. Ich hatte fast alle Elemente um mich, aus denen mein Leben bis vor zehn Tagen bestand, und doch besaß mein Leben der letzten zehn Tage schon Kraft genug, um damit zu konkurrieren. Ich war hin und her gerissen zwischen alten und neuen Empfindungen; zwischen der Vertrautheit des Wohlbekannten und dem Reiz des gerade erst Erahnten.

Caterina fuhr und erzählte dabei, und plötzlich fragte sie: »Hörst du mir überhaupt zu?« »Doch«, sagte ich, »ich höre dir zu. Ich bin nur ein bißchen müde.«

Unsere Wohnung kam mir dunkel vor, zu vollgepfropft mit persönlichen Dingen; mit wenigen Schritten hatte ich alle Möglichkeiten unserer vierundfünfzig Quadratmeter ausgeschöpft, ich strich umher wie eine Katze im Hühnerhof. Jedes Detail dieser Wohnung, die Caterina und ich zusammen eingerichtet hatten, kannte ich auswendig, und doch fühlte ich mich nicht wirklich hierhergehörig. Es war, als sei ich von einem Virus befallen, von einem Fremdheitserreger, der meine Vertrautheit mit den Dingen und Personen, die ich am besten kannte, angriff und eine Trennwand zwischen ihnen und meinen Gefühlszuständen schuf.

Als Reaktion darauf antwortete ich viel zu laut auf Caterinas Fragen, übertrieb die Kontraste in meinen Schilderungen, bis sie falsch klangen. Ich war bestrebt, ihr ein gänzlich negatives Bild meiner Situation in Rom zu vermitteln, mich als Opfer der Verhältnisse darzustellen. Die Redakteure von *360°* waren in meinem Bericht eine kleine Gangsterbande, das Hotel auf dem Hügel ein Gefängnis, die Stadt eine von Schmarotzern und kriminellen Politikern bevölkerte Enklave.

Caterina hörte mir zu, hin und wieder lächelte sie nervös: vielleicht mit einem Körnchen Bewunderung für mich, weil ich mich auf ein derartiges Abenteuer eingelassen hatte. Wir kannten uns so gut und seit so langer Zeit; sie hatte wohl gar nicht mehr gedacht, daß ich noch einmal für eine Überraschung gut sein könnte.

Ich klappte den Koffer auf, und ihr Blick fiel sofort auf das Päckchen mit der Lockente aus bemaltem Holz, die ich für Maria gekauft hatte. Sie sah mich ohne ein Wort an, aber sie war gerührt, ich kam nicht oft auf die Idee, ihr ein Geschenk zu machen. Es blieb mir nichts anderes übrig, als es ihr zu geben. Ich sagte: »Aber erst morgen aufmachen.« Ich hatte mich so darauf gefreut, es Maria zu schenken; mir kamen fast die Tränen.

Caterina zog sich Rock und Bluse aus, um sich feinzumachen; wir sollten zu einem vorweihnachtlichen Essen zu Freunden fahren. Halbnackt ging sie an mir vorbei, um in der Schublade nach frischer Unterwäsche zu kramen, und ich faßte sie am Arm und zog sie an mich, gab ihr einen beinahe verzweifelten Kuß.

Sie sagte »Wir haben keine Zeit«, versuchte aber nicht ernsthaft, sich loszumachen, ich spürte ihre feuchte Haut unter meinen Handflächen. Als ich rückwärts ans Bett trat, kam sie mir nach; wir ließen uns auf unsere altbekannten Decken fallen, preßten uns aneinander und faßten uns unter die Kleider, berührten uns mit der Gier zehntägigen Getrenntseins. Und gerade als wir so gierig waren, fast nackt und von tiefen Atemzügen und erwartungsvoller Erregung durchströmt, überfiel mich mit einem Schlag die ganze vorhersehbare Vertrautheit der Gesten, die jetzt folgen mußten, wie eine Welle, die mein Verlangen hinwegschwemmte und mich von Traurigkeit erfüllt zurückließ.

Ich sah auf die Uhr, sagte zu Caterina: »Du hast recht, wir haben keine Zeit. Wir müssen uns anziehen, und dann nichts wie los.«

Sie rieb sich immer noch mit geschlossenen Augen an mir, sagte: »Doch, wir haben Zeit.«

»Nein, haben wir nicht!« rief ich. Wie ein Verrückter sprang ich auf, lief ins Bad, um zu duschen.

Caterina kam mir nach: »Darf man wissen, was du hast, Roberto?« Sie war verwundert und gekränkt und beunruhigt; ich zog den Duschvorhang zu und hatte ein so schlechtes Gewissen, daß ich nicht wußte, was ich ihr antworten sollte.

»Ich will bloß nicht zu spät kommen, Caterina«, sagte ich, Aufrichtigkeit heuchelnd, mit erhobener Stimme im Wasserrauschen.

Sie blieb sekundenlang reglos stehen, und ich glaubte durch den undurchsichtigen Plastikvorhang ihre Ratlosigkeit zu erkennen; dann ging sie hinaus.

Ich kam mir vor wie ein Verbrecher, der skrupellos auf ihren und unseren gemeinsamen Gefühlen herumtrampelte, im Namen anderer Gefühle, von denen ich noch kaum etwas wußte. Seit wir uns kannten, hatte es zwischen uns nie viele dunkle Bereiche oder unerforschte Geheimnisse gegeben; der Gedanke, daß es jetzt welche gab, brachte mich in einen regelrechten Gefühlszwiespalt. Die eine Hälfte von mir wollte hinauslaufen und naß wie ich war Caterina in den Arm nehmen und sie um Verzeihung bitten, die andere Hälfte dachte nur an Maria Blini und war für alles andere unempfänglich. Aber die zweite Hälfte war stärker als die erste: die Erinnerung an Marias Lippen so stark, daß alles dagegen verblaßte, es mit unwiderstehlicher Gewalt in den Hintergrund drängte.

Später bei unseren Freunden würdigte Caterina mich keines Blicks, sie tat, als höre sie nicht zu, als ich wieder anfing, von Rom und von Polidori und meinem Schein-Job bei *360°* zu erzählen. Unsere Freunde waren neugierig, aber in ihren Blicken standen moralische Urteile geschrieben, die um so härter ausfielen, als ich ihren Standpunkt und diese moralischen Urteile lange Zeit geteilt hatte. Mich diesen etwas bornierten Ansichten jetzt wieder gegenüber zu sehen, rief in mir den gleichen Unwillen hervor, den ich gegenüber meinem alten Selbst empfand, das auf Informationen aus zweiter Hand angewiesen war und keine Möglichkeit gehabt hatte, die Dinge aus eigener Erfahrung kennenzulernen. Es ärgerte mich, daß sie sich eine Meinung über Polidori gebildet hatten, ohne ihn zu kennen oder seine Bücher gelesen zu haben, nur aufgrund des Images, das er als Wahlrömer und Erfolgsautor in der Öffentlichkeit hatte. Es ärgerte mich, daß sie mich, ohne es auszusprechen, schon für teilweise korrumpiert hielten, nur weil ich mein Gehalt von einer vom Fremdenverkehrsminister subventionierten Zeitschrift bezog; mich ärgerte die Voreingenommenheit, mit der sie mich ausfragten.

Meine Reaktion darauf war, daß ich meine Schilderung in schon fast provokanter Weise ausschmückte: ich beschrieb genüßlich die Untätigkeit, die in der Redaktion herrschte, den wie ein kränklicher Gangster aussehenden Direktor, und hob besonders hervor, daß ich die Hälfte meines Gehalts schwarz erhielt. Ich stellte mich nicht mehr als Opfer dar wie gegenüber Caterina; ich brüstete mich fast damit, in eine derartige Situation geraten zu sein. Ich spielte den Überlegenen, lachte, ergötzte mich an ihrer Empörung.

Die Mädchen interessierten sich mehr als die Männer für Polidori, trotz ihrer vorgetäuschten Abneigung gegen ihn. Vermutlich hatten auch sie seine Bücher nicht gelesen, aber über sein Aussehen und seinen Ruf als Frauenheld, sein Auftreten wußten sie allerhand; ihre Stimmen klangen sensationslüstern, als sie mich fragten, ob er wirklich so sei. Ich versuchte gar nicht erst, mich kurz zu fassen: in aller Ausführlichkeit beschrieb ich seinen Blick und sein metallisch schimmerndes Haar, seine athletische Gestalt, die Art, wie er ging, die Stoffe seiner Anzüge; sogar das Innere seines namenlosen Autos, seine geschmeidige, lässige Fahrweise.

Gierig sogen sie alle diese Details auf, auch wenn sie sich bemüßigt fühlten, Witze über ihn zu machen, und beim Zuhören so zu tun, als interessiere er sie nicht weiter. Ich fragte mich, was genau sie so an Polidori faszinierte; mir schien, daß es weniger sein Ruhm und sein schriftstellerisches Können war als sein grenzenloses Interesse an Frauen: die fast obsessive Neugier, die aus seinen Romanen wie aus seinem Blick sprach, verfehlte ihr Ziel nicht, selbst wenn man ihn bloß auf dem Foto sah.

Ich erzählte ihnen von den zwei Dachterrassen seiner Wohnung oben auf dem Hügel jenseits des Flusses, von seinen Kindern und seiner Frau Christine und hatte dabei keineswegs das Gefühl, sein Privatleben auszuplaudern; ich merkte, wie engagiert meine Stimme klingen mußte.

Einige unserer Freunde kannten Rom, aber sie hatten von dieser Stadt ein ganz oberflächliches Bild, getrübt durch die Optik junger linker Mailänder, die gegen alles waren, was in der Hauptstadt geschah. Ihre touristischen oder geschäftlichen Reisen nach Rom hatten ihnen lediglich bestätigt, was sie ohnehin schon über die Arroganz und Gleichgültigkeit und die unersättliche Gier der Römer dachten; sie neigten dazu, diese Ansichten zu verallgemeinern, und hielten es für ausgeschlossen, daß jemand in einer solchen Umgebung leben und arbeiten und dabei gegen ihren Einfluß immun bleiben konnte.

Mir wurde klar, daß ich bis vor kurzem genauso gedacht hatte, jetzt aber glaubte ich, eine aufgeschlossenere Weltsicht zu haben. Mir war, als hätte ich jahrelang vor einem verschlossenen Garten voller unterschiedlicher Farben und Empfindungen und Möglichkeiten gestanden, bis Polidori mir, ohne eine Gegenleistung zu verlangen, das Tor geöffnet hatte. Ich wollte nur möglichst schnell dorthin zurückkehren: in die reiche, noch unbekannte Vegetation eindringen, der duftenden Spur Maria Blinis folgen bis in ihr Herz.

Ich kam fast um vor Verlangen, das Kärtchen mit ihrer Nummer hervorzuziehen, sie anzurufen und ihre Stimme zu hören; ich mußte mich bemühen, den Kopf nicht allzu oft zum Telefon umzudrehen. Am Morgen hatte ich versucht, sie von meinem Appartement aus anzurufen, dann noch einmal von der Stadt aus, und zuletzt im Lärm und Gewimmel auf dem Bahnhof, aber sie war nicht dagewesen. Ich hatte immer nur den Anrufbeantworter mit ihrer Stimme vom Band gehört, die angesichts der Vorstellung, auf einen Apparat zu sprechen, leicht befangen klang; ich hatte ihr drei nicht minder verlegene Nachrichten hinterlassen. Ich fragte mich ständig, ob es sein konnte, daß sie mich über Nacht schon wieder vergessen hatte, ob es nur eine von mir mißverstandene nächtliche Anwandlung eines hübschen und beschwipsten Mädchens gewesen war, ähnlich den rein physischen Herzlichkeitsbekundungen, die ich bei ihren Schauspielerkollegen an dem Premierenabend in Mailand gesehen hatte. Heimlich befühlte ich das Kärtchen in meiner Tasche, zärtlich gerührt von der Unregelmäßigkeit der Ziffern, die ich im Zug wieder und wieder gelesen hatte, bis sie sich wie eine Melodie in meinem Kopf festgesetzt hatten. Ich hatte ihre Bewegungen, mit denen sie, gegen die Hausmauer gestützt, mit dem Schlüssel diese Zahlen in das Kärtchen einritzte, in sehr lebendiger Erinnerung, ebenso wie ihren verhangenen Blick, als sie wegging, zu Luciano Merzi oder wer der Mann, der auf sie gewartet hatte, sonst war. Es war mir nicht ganz unangenehm, den Augenblick, in dem ich wieder mit ihr sprechen konnte, hinauszuschieben; ich versuchte den Schwebezustand auszukosten, bevor ich möglicherweise erkennen mußte, daß die Empfindungen des vergangenen Abends sich nie wiederholen würden. Aber ich war nervös; es fiel mir schwer, mich weiter am Gespräch zu beteiligen.

Irgendwann sagte der Gastgeber, der ein Schulfreund von mir war: »Für mich ist dein Polidori ein großer Opportunist. In seinen Büchern gibt er sich als Querdenker und Ruhestörer, aber im wirklichen Leben ist er ein Staatsschriftsteller und genießt es. Er hat es immer verstanden, geschickt zwischen einer Partei und der anderen zu lavieren, ohne sich je mit irgend jemandem anzulegen, nur damit sein Name exportfähig bleibt. Er hat noch nie zu irgend etwas einen dezidierten Standpunkt eingenommen.«

Ich wußte, daß er das zumindest teilweise sagte, um mich zu reizen, trotzdem antwortete ich: »Polidori ist einer der wenigen wirklich guten Schriftsteller, die es auf der Welt gibt. Es mag ja sein, daß ihm die Politiker nachlaufen, aber er spielt ganz bestimmt nicht ihr Spiel, er verachtet sie tausendmal mehr als du. Nur betrachtet er die Dinge nicht voller Neid und Frust von außen und aus der Ferne, sondern versucht sie kennenzulernen, um mitreden zu können.«

Ich mußte es in sehr gereiztem Ton gesagt haben, denn mein ehemaliger Schulkamerad sah mich beinahe besorgt an, und Caterina in der anderen Ecke des kleinen Wohnzimmers hob den Kopf.

Zwölf

Den Weihnachtstag verbrachten wir bei meiner Familie, und ich mußte zum dritten Mal von Polidori und von Rom erzählen. Meine Schwestern und meine Mutter waren sehr neugierig, mein Vater in seiner zurückhaltenden Art eher skeptisch. Daß ich einen sicheren Arbeitsplatz aufgegeben hatte und Hals über Kopf nach Rom gegangen war, beunruhigte ihn; auch hatte ich ihn nie etwas von meinem Roman lesen lassen, er hatte keine Vorstellung, welche Möglichkeiten mir in dieser Richtung offenstanden. Aber es war Weihnachten; sorgenvolle Gedanken gingen in Umarmungen und Geschenken unter, in den altbekannten Rollenspielen und bis zum Überdruß wiederkehrenden Familienphrasen.

Aber Maria Blini konnte ich nicht vergessen: als Kontrast zu der so vertrauten Atmosphäre, in der ich mich bewegte, fiel sie mir alle paar Minuten ein, brachte mein Herz zum Rasen. Ich wußte so gut wie nichts von ihr und verfügte auch nicht über genügend Anhaltspunkte für ernsthafte Erwartungen, aber gerade das ließ meine Aufmerksamkeit mitten in einem Gespräch abschweifen, erfüllte mich mit jäher Angst, die mich dazu brachte, aufzuspringen und ans nächste Fenster zu laufen. Meine große Schwester sagte zur jüngeren: »Roberto ist so komisch, findest du nicht auch?« Und der Gedanke, daß man erraten konnte, was mir durch den Kopf ging, freute mich beinahe, anstatt mich zu beunruhigen.

Kurz vor dem Essen ging ich unter dem Vorwand, ein Geschenk holen zu müssen, das ich im Auto liegenlassen hatte, auf die Straße hinunter. Ich rannte wie ein Besessener zur nächsten Telefonzelle, aber das Telefon war kaputt, die Münzen, die ich einwarf, fielen unten wieder heraus. Ich mußte so schnell ich konnte zurücklaufen, keuchend die Treppe zur Wohnung meiner Eltern hinaufsteigen und Caterinas verwundertem Blick standhalten.

Abends bei ihren Eltern in den Bergen wiederholte ich die gleiche Szene, als Vorwand hatte ich absichtlich ein als Geschenk verpacktes Buch im Auto gelassen. Wieder rannte ich zur nächsten Telefonzelle, mit den schweizerischen Münzen schon in der Hand und mit klopfendem Herzen: diesmal funktionierte es, aber am anderen Ende der Leitung war wieder nur Marias Anrufbeantworter. Ich hinterließ keine Nachricht mehr, denn ich fürchtete, sie könnte sie alle auf einmal vorfinden und sich von einem Verrückten verfolgt fühlen; ich hatte ihr auch nichts Bestimmtes zu sagen und keine Nummer, unter der sie mich zurückrufen konnte. Ich fragte mich, was sie wohl gerade machte, ob sie in Rom oder woanders war, bei ihrer Familie oder bei Luciano Merzi mit seinem geschniegelten Haar. Voller Eifersucht und Ungeduld und Verzweiflung, so weit von ihr weg zu sein, rannte ich über den hartgefrorenen Schnee; hätte beinahe das Buch im Auto vergessen, das mir als Alibi diente.

Vormittags fuhren Caterina und ich Ski; es war der erste schneereiche Winter seit Jahren, und die Pisten waren überfüllt. Nachmittags und abends lasen wir die Bücher von Polidori, die ich vor der Abfahrt in Rom gekauft hatte. Es war mir peinlich, daß er meinen einzigen Roman so aufmerksam und interessiert gelesen hatte, während ich zu den seinen nur über vage Eindrücke aus zweiter Hand verfügte. Mich überkam eine regelrechte Gier, meinem beschämenden Unwissen abzuhelfen; ich fuhr immer seltener Ski und las immer mehr, von morgens bis spät in die Nacht: fast ein ganzes Buch pro Tag, eins nach dem anderen in chronologischer Reihenfolge.

Und wie ein wirklicher Ignorant erlebte ich eine große Überraschung, denn Polidoris Romane waren viel lebendiger und interessanter, als ich sie mir vorgestellt hatte. Die frühen Werke seiner argentinischen Periode waren von einer fast experimentellen Kargheit, die neuesten strebten fast allzu bewußt nach sprachlicher Perfektion, aber die mittleren waren voller Farbe und Witz und Leidenschaft. Das schien mir die wahre Stärke seiner Bücher zu sein: die Anteilnahme, die Freude an den Figuren und Geschichten, die Gefühle, die den Stil beherrschten und nach ihrem Pulsschlag formten. Auf jeder Seite war ich von neuem erstaunt, wie groß die Bandbreite der Gefühlszustände und Lebenssituationen war, die Polidori in Literatur umgesetzt hatte; ich kam mir jetzt noch dümmer und plumper und ungebildeter vor, weil ich sie nicht früher gelesen hatte und ihm so unwissend meinen unvollendeten Romanversuch gegeben hatte.

Ich versuchte auch herauszufinden, welche seiner Geschichten autobiographisch waren oder zumindest sein wirkliches Leben zur Grundlage hatten; die entsprechenden Stellen las ich doppelt aufmerksam, gefesselt von dem komplexen Wechselspiel zwischen Männern und Frauen, das in allen seinen Werken im Mittelpunkt stand. Meine immer wieder zu Maria schweifenden Gedanken erzeugten in mir eine seltsame Übersensibilität, während ich das Geflecht von Anziehungskräften und angeborenen Impulsen, rationalem Denken und gesellschaftlichen Regeln entschlüsselte, auf das Polidori in jedem Roman zurückkam, jedesmal mit einem anderen Ansatz. Aus der Abgeschiedenheit des Chalets in Pontresina wirkten die Bücher seiner mittleren Schaffenszeit auf mich wie auf das Leben gerichtete Infrarotferngläser; ich las sie, als könnte ich ihnen irgendeine lebenswichtige Information entnehmen.

Auch Caterina las Polidoris Bücher, und auch ihr gefielen diejenigen am besten, die er zwischen seinem dreißigsten und vierzigsten Lebensjahr geschrieben hatte. »Da spürt man, daß er Lust am Schreiben hatte«, sagte sie. »Er hatte etwas zu erzählen und hatte Freude daran. Seit der *Mimetischen Umarmung* ist alles, was er schreibt, irgendwie kalt und distanziert.« Es war das einzige Buch von ihm, das sie gelesen hatte, bevor ich ihm begegnet war, sie hatte geglaubt, daß alle so seien. Sie sagte: »Man hat den Eindruck, als sei das Schreiben für ihn nur noch eine Pflichtübung, um den Standard aufrechtzuerhalten und zu zeigen, daß er auch noch da ist. Aber er ist nicht mehr mit dem Herzen dabei.«

Damit hatte sie recht, doch auch die letzten Bücher von Polidori waren voller scharfsinniger und unkonventioneller Beobachtungen, geschrieben in einer nahezu vollkommenen Sprache. Aber sie konzentrierten sich mehr auf den Stil als auf die Lebendigkeit des Inhalts und waren so exakt und sorgfältig konstruiert, daß sie eher wie kunstvolle Essays als wie Romane wirkten. Ich hätte gern gewußt, was diesen Wandel herbeigeführt hatte und wann er eingetreten war; ob es eine nicht mehr umkehrbare Entwicklung oder nur eine vorübergehende Phase war. Ich fragte mich, ob irgendeine Enttäuschung oder das Ende einer Liebe oder eine aufreibende Situation daran schuld sein konnte.

Zwei- oder dreimal versuchte ich noch, heimlich Maria Blini anzurufen, dann ließ ich es bleiben. Ich dachte weiter an sie, aber immer mehr wie an eine Art exotisches Traumbild. Meine Beziehung zu Caterina war verläßlich und fest in der Zeit verwurzelt: der Mangel an Aufregendem war eng verquickt mit Zärtlichkeit, die Langeweile mit Vertrautheit. Wir kamen gut miteinander aus in diesem gedämpften und weltfernen Weihnachtsklima.

Am dritten Januar las ich abends in meinem Zimmer *Der Atem der Zikaden* von Polidori und hörte dabei leise *Blonde on Blonde* von Bob Dylan, als Caterinas Mutter mit aufgeregtem Blick hereingestürzt kam und sagte: »Marco Polidori ist am Telefon und will dich sprechen.«

Ich ging an den Apparat, fast ein wenig verdrossen bei der Vorstellung, daß zwei so weit auseinander liegende Teile meines Lebens in Kontakt kommen sollten. Aber Polidoris Stimme klang noch herzlicher als bei unserer letzten Begegnung; die Freude, sie wieder zu hören, setzte das Karussell meiner Gedanken und Wünsche von neuem in Gang.

»Gutes neues Jahr, alter Knochen!« sagte er. Ich antwortete: »Danke, ebenfalls, alter Knochen.« Caterinas Eltern und ihr Bruder im Wohnzimmer drehten die Köpfe zu mir herum, aber ich war glücklich, daß sie hörten, wie freundschaftlich wir miteinander umgingen.

Er fragte mich, ob ich an meinem Buch gearbeitet hätte; ich sagte nein. Er sagte, er habe auch nichts von all dem geschafft, was er sich vorgenommen hatte, er sei von den Feiertagen und den Kindern und einer schrecklichen Sylvesterparty, die Christine um jeden Preis hatte geben wollen, vollkommen erledigt gewesen. Es war seltsam, mit ihm zu sprechen, nachdem ich zehn Tage lang seine Bücher gelesen hatte; mein Kopf war voll von den Atmosphären seiner Romane, in den Ohren hatte ich noch den Rhythmus seiner geschriebenen Sätze, ich glaubte alles im Licht seiner Betrachtungsweise zu sehen.

Polidori fragte: »Warum kommst du nicht her, statt in

Pontresina zu bleiben? Das ist doch nur ein Ort für alte Schweizer. Bring deine Frau mit, ich würde sie gern kennenlernen. Tage wie diese wird es erst in einem Jahr wieder geben.«

Er sagte es in drängendem Ton, als wüßte er, daß sich die Gelegenheit nie wieder in dieser Weise bieten würde; und mit einem Beiklang unterschwelliger Enttäuschung bei dem Gedanken, ich könnte mich möglicherweise nicht entschließen, sie zu ergreifen, solange es möglich war.

Also sagte ich: »Na gut, vielen Dank.« Obwohl ich dachte, daß Caterina gern die letzten beiden Tage in den Bergen ausgenützt hätte und ihre Eltern vielleicht gekränkt waren, wenn wir früher als geplant abfuhren. Doch sein Ton hatte mich angesteckt; hierbleiben zu müssen erschien mir plötzlich unerträglich.

»Prima, Roberto«, sagte Polidori, und er schien sich wirklich zu freuen; er erklärte mir, wie ich zu seinem Landhaus kam.

Dreizehn

Wir brauchten mit unserem klapprigen vw sieben Stunden von Pontresina bis Florenz und dann noch eine Stunde von Florenz bis zu der kleinen Ortschaft auf den Hügeln, die Polidori mir genannt hatte. Als wir ankamen, war es bereits dunkel; von den Hunderten mühsam zurückgelegter Kilometer wie gerädert, mit mechanischen Vibrationen im Kopf und im Körper gingen wir in eine Bar, um ihn anzurufen.

Es meldete sich Christine Polidori in ihrem freundlich-förmlichen Ton; sie gab mir sofort ihren Mann. Polidori sagte: »Wir wollten gerade eine Suchaktion starten, wir dachten schon, ihr seid in irgendeinem Acker steckengeblieben.« Dann sagte er, wir sollten in der Bar bleiben, in der wir waren, er würde uns sofort abholen kommen. »Schön, daß ihr da seid, Roberto«, sagte er noch.

Wir blieben eine Viertelstunde in der Bar, dann gingen wir hinaus auf den kleinen Platz außerhalb der Stadtmauer, wo wir das Auto geparkt hatten. Es war ein mittelalterliches Städtchen mit gut erhaltenen Steinhäusern; bei Nacht, angestrahlt von kleinen Scheinwerfern, sah es sehr hübsch aus, aber wir wagten nicht, es zu besichtigen, aus Angst, wir könnten Polidori verfehlen. Caterina stampfte vor Kälte mit den Füßen, blickte um sich: »Wann kommt er bloß?« Ich erklärte ihr, daß er nie sehr pünktlich war. »Das sehe ich«, sagte sie. Aber sie war gespannt, ihn kennenzulernen, sie war ohne das geringste Bedauern von ihren Eltern weggefahren.

Ich freute mich, sie dabei zu haben wie bei fast allen meinen Reisen im Erwachsenenalter, und gleichzeitig fühlte ich mich weniger frei, als ich gewollt hätte. In ihrer Nähe war es schwieriger für mich, anders zu sein, als sie mich kannte: es war, als hätte ich an meiner Seite eine Zeugin und Garantin einer Form von mir, die ich verändern wollte, und dieser Gedanke machte mich nervös. Aber ich hatte sie gern, und daß ich sie mitgenommen hatte, wog wenigstens zum Teil die Schuldgefühle wieder auf, die ich wegen Maria und dem ganzen von Maria bewohnten Territorium hatte: wegen der Vielfalt an Gelegenheiten und Sehnsüchten und Möglichkeiten, die Polidori mir eröffnet hatte und die ich allein ausprobieren wollte. Wir gingen auf dem kleinen Platz auf und ab, verfolgten gespannt die wenigen Autoscheinwerfer, die auf der Straße auftauchten, ohne uns gegenseitig mitzuteilen, was uns durch den Kopf ging.

Ich fragte mich auch, ob Polidoris Unpünktlichkeit nur mit seiner Künstlernatur zusammenhing oder ob sie noch andere Gründe hatte: ob er den Wartenden damit nicht in einen Zustand leichter Unsicherheit versetzen, allzu direkte Ansprüche abwehren wollte. Ich fragte mich, ob wir vielleicht in der falschen Ortschaft oder in der falschen Bar waren, ob wir ihn nochmals anrufen sollten.

Schließlich kam er doch, und sobald ich ihn erblickte, versuchte ich mich völlig locker zu geben, so als hätte ich ohne jede Ungeduld noch eine weitere Stunde warten können. Es war kein bewußtes Verhalten, sondern eine Art instinktiver Reaktion auf das Bild, das er meiner Meinung nach von mir hatte.

Statt mit seiner markenlosen grünen Limousine war er mit einem kotbespritzten alten Landrover gekommen; er trug eine gefütterte Segeltuchjacke und Gummistiefel. Er sah damit ganz anders als sonst aus, aber ohne verkleidet zu wirken: er legte dieselbe Gleichgültigkeit gegenüber Äußerlichkeiten an den Tag wie immer.

Diesmal entschuldigte er sich: »Tut mir leid, aber ich bin am Telefon aufgehalten worden, als ich gerade zur Tür hinauswollte. Irgendein wichtigtuerischer Bürgermeister, der mir unbedingt die Ehrenbürgerschaft von Bordeaux verleihen will. Wer weiß wieso, was habe ich denn mit Bordeaux zu tun?«

In seiner galanten Art, die ich schon auf dem Fest in Rom beobachtet hatte, gab er Caterina die Hand, sagte zu ihr: »Du bist noch hübscher und mailändischer, als Roberto dich in seinem Buch beschreibt.«

»Das ist nicht sie, im Buch«, wehrte ich etwas zu schwach ab.

»Schon gut«, sagte Polidori. »Trotzdem ist sie viel hübscher und viel mailändischer.« Er betrachtete sie immer noch, so wie man ein Kunstobjekt betrachtet; als sei seine Bewunderung ebenso edel wie ihr Gegenstand, ohne plumpe Aufdringlichkeit.

»Du machst mich ganz verlegen«, sagte Caterina; aber seine Komplimente schmeichelten ihr, sie lächelte, und ihre Stimme klang weicher und leichter als der professionelle Medizinerton, den sie sonst in der Öffentlichkeit hatte.

Dann begrüßte Polidori auch mich: »Schön, daß du gekommen bist.« Wir umarmten uns mit der kräftigen Umarmung von Mann zu Mann, die wir beim ersten Mal, als er mich im Hotel abholte, eingeführt hatten.

»Ich fahre voraus«, sagte er. Dann sah er wieder Caterina an, fragte: »Hast du Lust, bei mir mitzufahren? Roberto fährt hinter uns her.« Und zu mir: »Es macht dir doch nichts aus, Roberto?«

»Nein, nein«, sagte ich; und Caterina ging ohnehin schon auf den Landrover zu; sie drehte sich nur kurz nach mir um.

Wir fuhren aus dem Städtchen hinaus und einige Kilometer auf einer schmalen, kurvenreichen Provinzstraße, die der welligen Landschaft folgend bergauf und bergab führte. Ich behielt die roten Schlußlichter des Landrovers im Auge, fragte mich, worüber Caterina und Polidori sich wohl unterhielten. Auf den Flanken der Hügel lag Schnee, und da und dort tauchten die Lichter eines kleinen Dorfs oder einzelner Häuser auf, aber es war zu dunkel, als daß man viel hätte sehen können.

Nach etwa zehn Kilometern verließ Polidori die asphaltierte Straße und bog in einen zwischen zwei Reihen Zypressen ansteigenden Feldweg ein. Mit Mühe und Not folgte ich ihm mit meinem alten Volkswagen, der im Schlamm und Schneematsch schlingerte und leer lief und schließlich ganz steckenblieb; ich hupte wie ein Verrückter, aus Angst, Polidori und Caterina könnten weiterfahren und mich hier sitzenlassen. Polidori wendete, holte ein Drahtseil hervor und machte es in Sekundenschnelle und mit einem praktischen Geschick, das ich ihm gar nicht zugetraut hätte, an meinem Auto fest. »Halb so schlimm«, sagte er, »das passiert fast jedesmal.« Caterina sah durch das Autofenster neugierig zu mir herüber wie zu einem Fremden; und obwohl ich in sieben Jahren so gut wie nie eifersüchtig gewesen war, spürte ich leisen Unmut bei dem Gedanken, daß sie lieber mit Polidori als mit mir gefahren war. Polidori setzte sich wieder ans Steuer seines Landrovers, schleppte mich wie eine Ladung Schrott den Hügel hinauf.

Oben machten wir halt, aber außer den Lichtern auf einer hellen Steinmauer war vom Haus kaum etwas zu sehen. Wir stiegen aus, und zwei große Hunde kamen auf uns zugestürzt, die Polidori freudig begrüßten und Caterina und mich dumpf anknurrten. »Das sind Freunde.

Freunde«, sagte Polidori; er faßte Caterina und mich am Arm, um es ihnen verständlich zu machen, drückte ihre großen Schnauzen an unsere Beine. Die beiden Hunde beschnupperten uns; Polidori sagte: »Keine Angst, die zerfleischen nur meine Feinde«, und öffnete das Tor.

Wir gelangten in kein normales Haus, sondern eine ganze renovierte Klosteranlage mit Kreuzgang und einem italienischen Garten und schön geschwungenen Bogenfenstern, die auf den Garten gingen. Nach der endlosen Autobahnfahrt und dem letzten Stück auf dem dunklen, schlammigen Feldweg war es wie eine Vision: traumhaft harmonische Linien und Proportionen, von warmen Lichtern erhellt. Caterina und ich blieben beide mit dem gleichen verdutzten Gesichtsausdruck am Eingang stehen, weder ihr noch mir fiel ein passender Kommentar ein.

Polidori merkte es und sagte, wie immer alles herunterspielend: »Als ich das Ding vor zwölf Jahren kaufte, glaubte ich eine kapitale Dummheit begangen zu haben.«

»Wieso? War es sehr heruntergekommen?« fragte ich ihn, bemüht, zu unserem vertraulichen Ton zurückzufinden.

»Ziemlich«, sagte Polidori. »Vor allem aber war es düster und tot. Ein solches Haus muß von viel Leben erfüllt sein, wenn es freundlich wirken soll. Es muß voller Licht und voller Geräusche und menschlicher und tierischer Wärme sein, nur dann fühlt man sich darin wohl.«

Es war kein sehr großes Kloster; nur wenige Mönche oder Nonnen konnten hier gelebt haben, und das machte es noch anheimelnder. Polidori hatte es renoviert, ohne sich von strengen stilistischen Erwägungen einengen zu lassen: es gab bunte Teppiche auf den Fußböden, großformatige moderne Bilder an den Wänden, eine gut funktionierende Zentralheizung. Er ging uns durch eine Diele voraus zu einem Raum, aus dem uns Stimmen und Musik entgegenklangen. »Toll«, sagte Caterina alle paar Schritte. Polidori fragte: »Gefällt es dir wirklich?«, als sei er sich dessen nicht ohnehin schon gewiß.

Seine Familie war in einem großen Wohnzimmer voller Licht und Geräusche und Wärme von Menschen und Tieren, wie er gesagt hatte. Seine drei Kinder waren da, liefen im Kreis herum und spielten mit einer elektrischen Eisenbahn, das Kindermädchen Maggie und seine Frau saßen vor einem großen Kamin, in dem ein Feuer brannte, und ein Junge mit dunklem Strubbelhaar saß auf einem Sofa und las. Außer den zwei weißen Hunden, die uns ins Haus gefolgt waren, gab es noch drei weitere von verschiedener Größe und Musik aus einer wundervollen Stereoanlage.

Christine Polidori stand auf und begrüßte uns; Polidori machte sie mit Caterina bekannt und stellte uns die anderen im Raum vor. Der dunkelhaarige Junge war sein Sohn aus erster Ehe, er hieß Roberto, wie ich. Er sah ganz anders aus als die jüngeren, blonden und fast nordisch wirkenden Kinder, aber die Augen und die Form der Nase hatte er von Polidori; es war verblüffend, sie nebeneinander zu sehen. Polidori bemerkte mein Gesicht, als ich hörte, daß der Junge genauso hieß wie ich, und lächelte. Der Junge, der eine mißtrauische, störrische Miene machte, sah mich an, ohne zu versuchen, freundlich zu tun, gab mir nicht die Hand. Er war siebzehn oder achtzehn; trug alte Jeans und ausgetretene Tennisschuhe, so als ob er dadurch den Kontrast zur schnieken Wohlanständigkeit seiner drei kleineren Geschwister noch verstärken wollte.

Ich und Caterina wechselten ein paar höfliche Worte mit Christine, dann führte uns Polidori in unser Zimmer. Auf dem Flur meinte er: »Was für eine Erleichterung, daß ihr hier seid. Bis gestern früh hatte ich Gäste, die unausstehlich waren, ich wäre am liebsten davongelaufen und hätte sie allein gelassen.«

Bevor wir ins Obergeschoß hinaufgingen, führte er uns durch das ehemalige Kloster: er zeigte uns die große Küche, ein Musikzimmer und einen Gymnastikraum, ein kleines Hallenbad; einen Raum mit Freskofragmenten aus dem fünfzehnten Jahrhundert an der Decke. Er machte die Türen auf, ohne sich mit diesen Räumen, die uns mit Bewunderung erfüllten, brüsten zu wollen; irgendwann sagte er: »Ich weiß nicht, ob man es sieht, aber vor zwölf Jahren, als ich anfing, es zu renovieren, glaubte ich sehr daran. Ich wollte so was wie das ideale Haus erschaffen. Jetzt kümmert sich Christine darum, und sie macht es sehr gut, es ist ihr Haus geworden.«

Doch man merkte ihm an, daß ihm das Haus nicht so gleichgültig war, wie er uns glauben machen wollte: man brauchte ihn nur anzusehen, wenn er uns einen Geheimgang zeigte oder ein besonders schönes Fenster oder das kleine Gewächshaus mit Gewürzkräutern.

Caterina war völlig hingerissen von ihm, keine Spur mehr voreingenommen wie damals, als ich ihr von meiner ersten Begegnung mit ihm erzählte. Sie lächelte, wenn er sprach, stellte Fragen zur Architektur des ehemaligen Klosters und hörte ihm so interessiert zu, wie sie es bei mir fast nie tat. Polidori seinerseits wandte sich mehr an sie als an mich, erzählte ihr immer neue, faszinierende Einzelheiten, streifte ihren Arm, wenn er ihr etwas zeigte. Als wir ins Lesezimmer traten, sagte er zu mir: »Menschenskind, Roberto, weißt du, daß du eine wunderbare Frau hast? Du verdienst es gar nicht.«

»Weiß ich«, sagte ich; dabei hatte ich gerade vor einem Augenblick gedacht, wie sehr es mir gefallen hätte, mit Maria Blini hier zu sein, den grenzenlosen Zauber ihrer unbekannten Persönlichkeit mit dem des Ortes verbinden zu können. Es freute mich, daß Polidori von Caterina so begeistert war, aber es machte mich auch nervös; ich war angespannt, müde von der Reise, verwirrt von meinen widerstreitenden Gefühlen.

In den Regalen im Lesezimmer standen wissenschaftliche Bücher aller Art: Wörterbücher, Enzyklopädien, Geschichtswerke und Atlanten, daneben Handbücher über Autos und Fotoapparate und Pistolen, Ratgeber für Kaninchenzüchter und Perlenzüchter, Abhandlungen über Kindererziehung und Gartenbau und Bienenzucht, Bände über Magnetwellen und Augendiagnose, über die Geschichte der Kreuzzüge und die Geschichte der Tartaren und die Geschichte des Teils der Toskana, in dem wir uns befanden. Polidori sah, daß mein Blick an einem Stapel ausländischer Telefonbücher hängenblieb: »Die brauche ich ab und zu wegen der Namen.« Romane waren nur wenige da, fast alle alt; kaum einer von nach 1960.

Unser Zimmer war sehr schön, mit zwei Bogenfenstern auf den Kreuzgang, wo sich an den italienischen Garten ein Gemüsegarten und dann eine bis an den dunklen Wald reichende Wiese anschloß. Polidori zeigte uns alles Nötige, dann ließ er uns allein, sagte, wir sollten hinunterkommen, wenn wir fertig seien. Kaum hatte er die Tür hinter sich geschlossen, sah mich Caterina mit leuchtenden Augen an, sagte »Wunderbar«.

»Er?« fragte ich.

»Das Haus, du Blödian. Aber er auch, ja. Er ist viel netter, als ich erwartet hatte.«

»Wieso, wie hast du ihn dir vorgestellt?« fragte ich sie, während ich das alte Holzbett betrachtete und mir ausmalte, wie es wäre, wenn ich mit Maria darin schlafen könnte.

»Mehr wie einen berühmten Schriftsteller, ganz von sich selbst eingenommen. Und nicht so natürlich, mehr wie einen professionellen Schürzenjäger. Vielleicht weil ich *Die mimetische Umarmung* im Kopf hatte und den Romanhelden für eine Art Selbstporträt hielt.«

In meinem Gefühlskonflikt war ich stolz, sein Freund zu sein, ihr zeigen zu können, daß er mich als Schriftsteller schätzte und so vertraulichen Umgang mit mir hatte, daß er mich sogar in dieses Haus einlud.

Das Abendessen war vorzüglich, es gab fast ausschließlich Erzeugnisse des eigenen Landguts, von einer Einheimischen zubereitet, ganz ohne die spartanische Kargheit der Mahlzeit bei ihm in Rom, aber die Atmosphäre war trotzdem nicht gerade einfach. Es gab ein ganzes Netz von Spannungen: zwischen Polidori und seiner Frau und dem englischen Kindermädchen und den Kindern und Roberto junior: Blicke voller Groll, Sätze, in denen kaum verhohlene Wut mitschwang. Die Kinder aßen wie die Ferkel, die englische Nurse wies sie in ihrem häßlichen Cockney-Akzent ständig zurecht; der junge Roberto aß mit gesenktem Kopf wie ein Fremder, den man auf der Straße aufgelesen hatte; Polidoris Frau beklagte sich über die Unfähigkeit der Italiener, einen übersichtlichen Eisenbahnfahrplan herauszubringen; ihr Mann sah sie haßerfüllt an. Caterina schien von alledem nichts zu merken, sie versuchte, in ihrer wohlerzogenen Art Konversation zu machen, obwohl niemand zuhörte, und machte mich damit so nervös, daß ich ihr immer wieder dazwischenredete, wütend über ihren Mangel an Einfühlungsvermögen und über die vielfältigen Spannungen zwischen den anderen; ich unterbrach sie mitten im Wort.

Hin und wieder unternahm Polidori einen krampfhaften

Versuch, uns zu unterhalten, machte irgendeine Bemerkung, gab einen Witz oder eine Geschichte zum besten; aber seine Familie war wohl das einzige Publikum in ganz Italien, das für seine Erzählkünste unempfänglich war. Sein Sohn Roberto schien besonders feindselig gegen ihn: er stützte sich zu Christines Entsetzen mit den Ellenbogen auf den Tisch und antwortete nicht, wenn Polidori mit ihm sprach. Caterina fragte ihn, welche Schule er besuche, und ihre höflichen Bemühungen regten mich noch mehr auf; Roberto Polidori murmelte »Lyzeum«, ohne sie anzusehen.

Polidori sagte: »Vielleicht, weil ich ihm, seit er sechs ist, immer gesagt habe, daß das Lyzeum nichts taugt und daß irgendeine zielgerichtetere Ausbildung tausendmal besser wäre.«

»Auf was für ein Ziel gerichtet, in seinem Alter?« fragte Christine Polidori.

Das Kindermädchen tadelte die Kinder: »Ihr dürft doch nicht einfach aufstehen, ohne zu fragen!«

Caterina sagte: »Was für eine wunderschöne Kommode, dort drüben an der Wand.«

Nach dem Essen fragte mich Polidori, ob ich Lust hätte, ein bißchen frische Luft zu schnappen; wir traten in den Kreuzgang hinaus, ohne uns etwas überzuziehen, gingen im Schnee durch den weitläufigen Garten. Die beiden weißen Hunde folgten uns, liefen voraus und wieder zurück.

»Schon wieder so ein schreckliches Abendessen. Tut mir leid, Roberto.«

»Es war vorzüglich«, sagte ich, um die Sache nicht zu dramatisieren.

»Ich hab nicht das Essen gemeint«, sagte er trocken und sah zum bedeckten Himmel hinauf. »Wir inszenieren ein

Bilderbuch-Weihnachten mit allem Drum und Dran, und dahinter steckt so viel Groll und Bitterkeit, daß wir nicht mal mehr miteinander reden können.«

»Aber das passiert doch in allen Familien, besonders an den Feiertagen. Du hättest sehen sollen, wie es bei uns zu Hause an Weihnachten zuging.«

Er ging nicht darauf ein; er sagte: »Mein ältester Sohn haßt mich, jedesmal, wenn wir uns sehen, wird es schlimmer. Er hat mir nie verziehen, daß ich seine Mutter verlassen habe, er hält mich für eine Art Mörder.«

»Wann hast du dich denn von deiner ersten Frau getrennt?« fragte ich. Wir gingen auf das Dunkel des Waldes zu, und er hatte das Thema selbst angeschnitten, deshalb hatte ich keine Skrupel, ihm eine so direkte Frage zu stellen.

»Als Roberto fünf war«, sagte er. »Zwölf Jahre ist das jetzt her.« Er zog einen Stock aus dem Schnee, warf ihn durch die Luft, aber die Hunde fanden ihn nicht, sie kamen zurück und sahen uns fragend an. »Es ist bestimmt nicht so einfach, mit einer Art Geistervater aufzuwachsen, der jeden Abend anruft, aber nur alle zwei, drei Monate in persona erscheint, der im Fernsehen und in der Zeitung zu sehen ist, aber nie da ist, wenn man ihn braucht.«

Die großen weißen Hunde rannten vor und zurück, der verharschte Schnee knirschte unter ihren Pfoten. Ich machte mir von Polidoris Vorleben die unterschiedlichsten Vorstellungen, die ich mir aus den Geschichten seiner Bücher, die ich vor kurzem gelesen hatte, zusammenreimte.

»Und bevor ich auszog, war es wahrscheinlich noch schlimmer«, fuhr er fort, »weil ich die ganze Zeit fürchterlich mit seiner Mutter gestritten habe. Ich glaube nicht, daß er schöne Erinnerungen an diese Zeit hat.« Er lachte in die Dunkelheit, schritt kräftig aus. »Lieber Himmel, diese geballte Wut zwischen uns. Ich erinnere mich, wie wir einmal in einem Hotel in Paris gestritten haben, bis ich sie irgendwann am Hals packte und am liebsten erwürgt hätte, so unverrückbar waren ihre Standpunkte. Ich wäre dazu imstande gewesen. In diesem Augenblick wurde mir klar, wie so was passieren kann, man braucht gar kein Verbrecher zu sein. Und Roberto war dabei und heulte wie verrückt.«

»Meinst du, daß er sich daran erinnert?« fragte ich und versuchte ihn mir in einer so gewalttätigen Szene vorzustellen.

»Vielleicht nicht an diesen speziellen Vorfall, aber alles zusammen hat sein Verhalten mir gegenüber mitgeprägt. Immer wenn er mich ansieht, ist mir, als mache er mir Vorwürfe, auch wenn er nie etwas sagt. Er verhält sich, als ob er mich für unmittelbar verantwortlich betrachtet für alles, was ihm an sich und an seinem Leben und an der Welt mißfällt.«

»So ist es doch fast immer, oder?« sagte ich. »In seinem Alter, meine ich.«

»Mag sein«, entgegnete Polidori. »Deshalb fühle ich mich aber nicht minder schuldig. Ich weiß sehr wohl, daß er mir wahrscheinlich auch dann etwas vorzuwerfen hätte, wenn ich wie ein guter Ehemann und vorbildlicher Vater die ganze Zeit mit der Familie unter einem Dach gelebt hätte. Aber ich brauche ihn nur zu sehen, und schon fällt mir alles wieder ein, was ich ihm und seiner Mutter und mir selbst angetan habe. Die Ausflüchte und Lügen und ständigen Hintergedanken und Nebengedanken, die mich den ganzen Tag beherrscht haben, wenn ich mit ihnen zusammen war. Die Zeit, die ich ihnen vorenthalten habe, um sie an Leute zu verschwenden, an die ich mich heute nicht mal mehr erinnere.«

Ich hielt ihm entgegen: »Man kann auf viele verschiedene Arten abwesend sein. Mein Vater ist zum Beispiel nie von zu Hause weggegangen, aber er hatte keine Ahnung, wie er sich mir mitteilen sollte, oder er hat es nie wirklich versucht. Wir haben eigentlich nie über irgend etwas Wichtiges gesprochen, und doch war er immer da, ich sah ihn jeden Tag.«

»Ich weiß, ich weiß«, antwortete Polidori. »Und dein Vater hätte seinem Vater wahrscheinlich auch alles mögliche vorzuwerfen, denn sicher ist es seine Schuld, daß dein Vater nie mit dir reden konnte. Eine endlose Kette nicht zugelassener Liebe und unglücklicher Umstände und Unfähigkeit, sich mitzuteilen, aber das befreit dich alles nicht von deinem schlechten Gewissen.«

»Das glaube ich auch«, sagte ich und fragte mich, welche der Erzählungen, die er über die Kindheit geschrieben hatte, mit seiner wirklichen Kindheit übereinstimmten.

»Kinder wachsen nicht gleichmäßig heran. Sie machen schubweise Fortschritte, du kannst es nie vorhersehen. Du bist ein, zwei Monate weg, und wenn du zurückkommst, sind sie ganz andere Persönlichkeiten, mit völlig anderen Verhaltensweisen und Wesenszügen als denen, die du kanntest. Du weißt auf einmal nicht mehr, wie du sie behandeln sollst. Sie sehen Dinge, für die sie sich vorher überhaupt nicht interessierten, und haben das Interesse an dem verloren, worauf sie früher ganz versessen waren. Bei Roberto habe ich das alles verpaßt, und ich merkte es. Ich versuchte auf zwei Tage zu konzentrieren, was ich während meiner monatelangen Abwesenheit versäumt hatte, dabei wußte ich, daß es zwecklos war. Aber ich konnte nichts dagegen machen, ich hatte einfach das Bedürfnis, frei und unabhängig zu sein.«

»Dafür bist du mit deinen kleineren Kindern sehr

viel zusammen«, sagte ich zu ihm. Mir war kalt ohne Jacke; ich fragte mich, wie lange er wohl noch spazierengehen wollte.

»Nein«, begann Polidori wieder. »Vielleicht ist es der Groll meines ältesten Sohns, der sich wie eine ansteckende Krankheit auf mich überträgt, aber manchmal glaube ich, daß ich sie gar nicht liebe. Es macht mich wütend, daß sie alles als so selbstverständlich hinnehmen, eine Familie zu haben, eine ordentliche Wohnung, ständige Zuwendung und Spielzeug und Geschenke und Kleider und zu essen und alles, was sie brauchen oder nicht brauchen. Manchmal schaue ich sie an und finde sie so scheußlich verwöhnt. Ich hätte Lust, ihnen alles aus der Hand zu reißen, sie für ein paar Stunden in die Kälte hinauszujagen. Sie kommen mir so träge vor, abgestumpft durch ihr bequemes Leben. Manchmal stelle ich mir vor, wie sie sein werden, wenn sie größer sind, dumm und verzogen wie so viele Kinder von berühmten Leuten.«

»Findest du nicht, daß es ein bißchen verfrüht ist, das zu sagen? Die Ärmsten –«, antwortete ich. Aber es stimmte, daß in ihrem Verhalten etwas Befremdliches war, so als seien sie gerade einer Keksreklame entsprungen.

»Nein, es ist nicht verfrüht«, sagte Polidori. »Wenn du Roberto in ihrem Alter gesehen hättest, der war von einem ganz anderen Schlag. Jetzt sagt er keinen Ton, nicht einmal, wenn du ihm den Arm verdrehst, aber du solltest einmal seine Zeichnungen sehen. Schwierigkeiten fordern die Intelligenz heraus, Bequemlichkeit erzeugt nur Unmotiviertheit und Trägheit. Es sind sowieso viel mehr Christines Kinder als meine. Ich bin nur der Geldgeber und Motor der ganzen Sache, ansonsten kommen sie sehr gut allein zurecht. Es gibt so was wie einen ungeschriebenen Vertrag zwischen uns, ein Abkommen, welche Rollen wir auszufüllen, und welche Leistungen wir gegenüber der Welt zu erbringen haben.«

Mir war nicht ganz klar, inwieweit er die Situation übertrieb; inwieweit die Dunkelheit und Kälte ringsum sich auf seine Stimmung legte.

Er schwieg einige Sekunden, dann blieb er stehen und sagte in verändertem Ton: »Armer Roberto, erst dieses schreckliche Abendessen, und dann gehe ich dir auch noch mit diesem Geschwätz auf die Nerven.«

»Ach was«, antwortete ich. »Es interessiert mich.« Jetzt kam auch noch ein leichter Wind auf, mir war das Essen im Magen gefroren.

»Nett von dir, aber ein Schriftsteller wie du sollte niemals nett sein. Er sollte sich nie von irgendwem langweilen lassen. Er müßte *Schluß damit!* rufen, sobald er sich belästigt fühlt, und alle zum Teufel schicken.«

Ich lachte mit um die Brust geschlungenen Armen und sah zu dem hell erleuchteten Haus hinüber.

»Machen wir einen Wettlauf?« fragte Polidori, und wir liefen zu den Lichtern und der Wärme und den Spannungen zurück, zusammen mit den großen weißen Hunden, die neben uns her rannten.

Vierzehn

Am Morgen kam Polidori in das Zimmer, wo ich und Caterina frühstückten, mit einer schönen Azalee, die er für Caterina aus dem Gewächshaus geholt hatte. Er sah aus, als ob er schon stundenlang auf den Beinen wäre; er fragte: »Habt ihr Lust, draußen einen kleinen Rundgang zu machen?« Caterina war gerührt über die Blume: ihre Wangen hatten sich gerötet.

In der trockenen Kälte gingen wir mit raschen Schritten hinter ihm her um das Haus herum. Das Gut war fünfundzwanzig Hektar groß, mit einem Waldstück und einem Obstgarten und einem Weinberg und Feldern, auf denen Viehfutter angebaut wurde, einem Hühnerhof, Schafställen und einer Koppel mit Unterstand für drei kleine Pferde und zwei Shetland-Ponys, nahebei zwei Häuschen, in denen die Bauern wohnten, die alles bewirtschafteten. Die Hügellandschaft war wunderschön; und in der Ferne war das mittelalterliche Städtchen zu sehen, wo wir uns am ersten Abend getroffen hatten.

Polidori gab uns halb anteilnehmend, halb zerstreut Erläuterungen: zu den verschiedenen, jetzt kahlen Bäumen, den schneebedeckten Feldern. Caterina war begeistert, sie sagte immer wieder: »Das ist der schönste Ort, den ich je gesehen habe.«

»Du kannst herkommen, wann du willst«, sagte Polidori, »mit Roberto oder ohne ihn. Du kennst ja den Weg.« Es klang fast wie eine galante Einladung, und Caterina sah ihn mit einem sonderbaren kleinen Lächeln an; aber ich war sicher, daß es nur eine Bekundung seiner Zuneigung zu mir war und zu denen, die mir nahestanden. Zudem schien er nicht sehr heiter gestimmt; mir war nicht klar, ob er uns herumführte, weil es ihm Spaß machte oder weil er sich als Gastgeber dazu verpflichtet fühlte oder weil er sich von seiner Familie fernhalten wollte. Sein Sohn Roberto schlief noch, die drei Kinder spielten mit der Mutter und dem Kindermädchen und den Hunden im Schnee.

Hinter den ehemaligen Schweineställen des Klosters, die zu Treibhäusern für Blumen und Gemüse umgebaut worden waren, gingen wir Bogenschießen. Polidori war sehr geübt, seine Pfeile trafen fast immer in die Mitte der Stroh-Zielscheibe. Er erklärte Caterina die richtige Haltung, faßte sie an der Schulter, am Handgelenk, hob ihr das Kinn hoch, sagte: »Der Pfeil darf nicht von dir abgeschossen werden, er muß ganz von selbst losfliegen.« Caterina nickte aufmerksam; und ihre Aufmerksamkeit machte mich eifersüchtig, noch mehr als ihr Blick.

Als wir ins Wohnzimmer zurückkamen, in dem auch seine Frau saß, fragte mich Polidori: »Hättest du Lust, mit nach Arezzo zu kommen? Ich soll dort schon seit zwei Monaten irgendeinen blöden Preis abholen, ich kann es nicht länger rausschieben.«

»Entschuldige, aber das ist doch erst abends«, sagte seine Frau, angespannt wie ein Flitzbogen.

»Schon, aber vorher kommt der ganze andere Klimbim«, erwiderte er im gleichen Ton. »Die Stadtbesichtigung und die Reden und so weiter.«

Seine Frau sah aus, als wollte sie weitere Einwände machen, aber Polidori sagte zu Caterina: »Es wird sterbenslangweilig, sonst hätten wir alle zusammen hinfahren können. Aber wir kommen auf jeden Fall heute nacht zurück.«

Caterina sah uns an, auch sie ziemlich befremdet; Polidori und ich gingen rasch zur Tür.

Während wir dann in seiner namenlosen Limousine, die er aus einer Garage im Städtchen geholt hatte, über die Autobahn fuhren, fragte er mich: »Fühlst du dich nicht auch gleich viel leichter?«

Ich lachte nur, denn es war ja seine Familie, und ich hatte noch nicht genug Zeit gehabt, mich wirklich erdrückt zu fühlen.

»Roberto«, sagte er, »bring dich um Gottes willen nie in eine solche Lage. Jetzt bist du noch frei wie ein Vogel.«

»So frei bin ich auch nicht«, sagte ich. Und das stimmte; wenn ich darüber nachdachte, wurde mir klar, wie eng ich an Caterina gebunden war, durch die Bande der Vertrautheit und der jahrelangen Gewohnheit und der Ehrlichkeit und durch meine Schuldgefühle und unsere gegenseitige Abhängigkeit.

»Doch, du bist frei«, sagte Polidori. »Willst du deine materiellen Verpflichtungen und Belastungen etwa mit meinen vergleichen? Die Häuser und Autos und das Personal und die Kleidung und Schulen und Reisen und all das? Und Caterina ist eine selbständige junge Frau, jedenfalls ist sie noch in einer autonomen Phase ihres Lebens, sie erstickt dich bestimmt nicht mit ihren Ansprüchen.«

»Das stimmt«, sagte ich und dachte dabei an Caterinas Blick vorhin in Polidoris Wohnzimmer. »Ich habe aber auch viel weniger Bewegungsfreiheit. Bevor ich dich kennengelernt habe, fühlte ich mich ziemlich eingeengt.«

Er schüttelte den Kopf, während er mit hoher Geschwindigkeit auf der Überholspur fuhr: »Wenn ich in deiner Lage wäre, könnte ich von nichts leben, wie ich es jahrelang gemacht habe. Dann wäre ich nicht auf die Verträge mit Zeitungen und Theatern und all den anderen Mist angewiesen. Ich würde nur schreiben, wenn ich wirklich Lust dazu hätte. Vielleicht würde ich überhaupt nicht mehr schreiben, sondern durch die Welt reisen, um neue Orte und neue Frauen kennenzulernen.«

»Verdienst du denn mit deinen Büchern nicht genug?« fragte ich.

»Was heißt genug?« fragte Polidori. »Genug für zwei Familien und drei oder vier halbe Familien und einen kleinen Rest eigenen Spielraum? Ein Schriftsteller verdient nie genug, jedenfalls einer wie ich, soviel man ihm auch bezahlt. Vielleicht habe ich auch das falsche Genre gewählt und hätte lieber von Anfang an verwickelte Spionagegeschichten vor internationalem Hintergrund konstruieren sollen. Oder ich habe den falschen Beruf gewählt und hätte Politiker werden sollen oder Drogendealer oder Waffenschieber.«

Ich schaute zu ihm hinüber, um zu sehen, ob er es ernst meinte; ich wurde nicht schlau aus ihm. »Wie ist es denn zu diesen vielen Verpflichtungen gekommen?« fragte ich ihn.

»Es ergibt sich so«, sagte er. »Du brauchst nur ein bißchen das Leben auszuprobieren. Es genügt, irgendeinen Augenblick festhalten zu wollen und der Versuchung nachzugeben, ihm mehr Dauer zu verleihen.«

»Und vor Christine war es anders?« fragte ich.

Er sah mich einen Augenblick lang an: »Vor Christine, das heißt drei Viertel meines Lebens, bin ich vor jeder stabilen Situation geflüchtet. Ich wollte in keiner Stadt länger bleiben, und ein Haus zu kaufen – davon wollte ich nicht einmal etwas hören. Ich mietete mich kurzfristig irgendwo ein, nie länger als für ein paar Monate, und noch lieber wohnte ich im Hotel. Nicht aus Abenteuerlust, sondern weil mir jede Entscheidung wie ein brutaler und willkürlicher Ausschluß aller anderen Möglichkeiten vorkam. Meine erste Frau wäre fast verrückt geworden, weil sie mit mir immer in irgendwelchen Provisorien leben mußte.«

»Das kann ich mir vorstellen«, sagte ich. Ich überlegte, ob ich mich Caterina gegenüber je so verhalten hatte; sicher war sie diejenige gewesen, die eine gemeinsame Wohnung haben und heiraten wollte, damit ihre Eltern zufrieden waren, aber es kam mir nicht vor, als hätte es bei uns je einen so klaren Rollengegensatz oder frontal aufeinanderprallende Wünsche gegeben.

»Am Anfang war es auch keine echte Entscheidung, denn wir hatten keine Lira«, fuhr Polidori fort. »Meine Bücher brachten damals noch nichts ein, wir lebten von dem Geld, das ich mit Übersetzungen und sie als Sekretärin verdiente. Wir wohnten bei Freunden oder in Mietwohnungen, aus denen wir nach zwei, drei Monaten hinausgeworfen wurden, in Triest und dann in Paris und in Rom und in Mailand. Für eine Künstlerbiographie paßt das jetzt natürlich sehr gut, nicht wahr? Aber für meine Frau war es damals alles andere als lustig, sie wünschte sich nur eine feste Bleibe.«

»Und wann wurde es anders?« fragte ich. Ich wollte etwas über sein Leben und seinen Weg als Schriftsteller erfahren, nicht nur über seine Ehe; ich dachte immer noch an die Atmosphären und die Milieus und die Helden seiner Romane, die ich gerade gelesen hatte.

»Als der Film, den Jacques D'Arnette nach *Flußsteine* gedreht hat, in die Kinos kam«, sagte Polidori. »Plötzlich lief mir die Presse nach und auch die Verleger, sie gaben mir hohe Vorschüsse, meine Bücher wurden übersetzt, man bat mich, Drehbücher und Artikel zu schreiben und all das. Und als alles gut lief, erwartete meine Frau, daß wir uns endlich etwas Stabiles aufbauten nach all den mühsamen und trostlosen Jahren der Unsicherheit. Statt dessen habe ich sie drei Jahre lang in einem römischen Hotel hausen lassen und mich dann aus dem Staub gemacht.«

»Was meinst du damit?« fragte ich. Ich konnte mir den Augenblick des Übergangs, in dem der arme und unbekannte Schriftsteller plötzlich in ganz Italien literarischen Ruhm erlangte, nur schwer vorstellen. Ich hatte nur ein paar Fotos aus den *Prospettiva*-Archiven im Kopf, auf denen er am Eingang einer Bar in Paris lehnt, mager und mit einer Zigarette zwischen den Lippen, in einem viel zu weiten Anzug.

»Ich bin nach Paris zurückgegangen, um mit Reyat ein Drehbuch nach *Das Hinterland der Attraktion* zu schreiben. Ich hab mir eine eigene Wohnung genommen. Meine Frau blieb mit dem neugeborenen Roberto in Rom. Ich besuchte sie einmal im Monat, dann alle zwei oder drei Monate, dann überhaupt nicht mehr.«

»Wollte sie nicht mit nach Paris kommen?« fragte ich. Die Parallelen zu meiner eigenen Situation, abgesehen von dem neugeborenen Baby und den gemeinsam verlebten Jahren der Armut, erschreckten mich.

»Natürlich hätte sie gewollt«, sagte Polidori. »Ich war es, der eine Art Mauer zwischen uns aufbaute, als gäbe es äußere Gründe, uns zu trennen. Dann wurde die Distanz immer größer, bis wir uns schließlich wie Fremde ansahen. Dann ist sie mit dem Kind nach Turin gegangen. Ende.«

Ich sah ihn von der Seite an, und es machte mich betroffen, daß seine Stimme nach all der Zeit immer noch voller Bedauern war.

»Die Jahre unserer Ehe waren die schlimmsten meines Lebens. In Südamerika hatte ich noch weniger Geld und weniger Sicherheiten, aber ich war allein, und da machte es mir gar nichts aus. Nichts zu besitzen gab mir damals ein Gefühl von Freiheit. Ich glaubte, rings um mich freie Horizonte zu sehen, jede noch so flüchtige Gelegenheit im Flug erhaschen zu können. In Italien dagegen und als verheirateter Mann kam ich mir wie im Gefängnis vor, wie in einem ausweglosen Albtraum. Meine Frau konnte bestimmt nichts dafür, aber ich habe in jenen Jahren schreckliche Rachegelüste angestaut, und sobald ich konnte, bin ich davongelaufen wie ein Verrückter.«

»Aber wieso hast du noch mal geheiratet?« fragte ich.

»Wer weiß«, sagte er. »Vielleicht wollte ich all das ausprobieren, was ich beim ersten Mal nicht getan hatte. Am Anfang war ich auch verliebt. Ich dachte nicht mehr an die Belastung. Ich dachte nicht, daß die unangenehme Erinnerung an die alte Ehe die neue vergiften könnte.«

Wir fuhren sehr schnell, aber das Auto war stabil, und er hatte es im Griff; ich war unbesorgt. »Christine tut und sagt jetzt manchmal genau das gleiche wie die Mutter von Roberto, so als folge sie demselben Drehbuch, und ich würde ihr am liebsten sagen, sie solle aufhören, ihr sagen, daß ich das schon einmal gesehen habe, noch dazu in einer besseren Besetzung. Die Rollen sind einfach stärker als die Personen, Roberto. Die Personen passen sich den Rollen an, nicht umgekehrt. Polizisten verhalten sich überall auf der Welt wie Polizisten, und wenn es nicht genügend Kontrollinstanzen gibt, werden sie leicht zu Folterknechten, ganz gleich, was für einen Charakter der einzelne hat.«

»Und Schriftsteller sind und bleiben Schriftsteller?«

»Wenn sie wirklich welche sind«, antwortete Polidori.

Lange Zeit schwiegen wir. Er blieb immer auf der Überholspur; fuhr dicht an die Autos vor ihm heran, betätigte die Lichthupe und überholte eins nach dem anderen.

Ganz unvermittelt fragte er mich: »Hast du dir je darüber Gedanken gemacht, wie du dich am liebsten umbringen würdest, wenn du es tun müßtest?«

»Weiß nicht«, sagte ich. »Ich hab nie näher darüber nachgedacht.«

»Ich habe mich mit allen in der jeweiligen Lebensphase in Frage kommenden Methoden auseinandergesetzt.«

»Und welches ist deine Lieblingsmethode?« fragte ich ihn. Ich versuchte, den gleichen Ton wie er anzuschlagen, so als ob wir uns über Schreibtechniken unterhielten, aber es war mir nicht sonderlich angenehm, in einem Auto, das mit hundertachtzig über den leicht vereisten Asphalt raste, solche Gespräche zu führen.

»Es kommt auf die augenblickliche Verfassung an«, sagte Polidori. »Und auf die Jahreszeit und auf den Ort. Außerdem muß man immer zwischen der abstrakten Idee und ihrer Realisierbarkeit unterscheiden. Mir würde es zum Beispiel gefallen zu ertrinken, bei Sonnenuntergang ins offene Meer hinauszuschwimmen. Aber dafür gibt es keine durchführbare Methode. Du mußt zuerst so weit vom Ufer wegschwimmen, bis du völlig erschöpft bist, aber dann könnte es sein, daß irgendein unkontrollierbarer Überlebenstrieb in dir erwacht und du dich wie ein Irrer abstrampelst, um nicht unterzugehen. Letztlich eine ziemlich anstrengende und unharmonische Methode, glaube ich.«

»Welche dann?« fragte ich und schielte dabei auf die immer noch weit nach rechts ausschlagende Nadel des Kilometerzählers.

»Als Kind wollte ich mich mit einer Pistole erschießen, das kam mir sehr männlich und literarisch vor. Aber wenn du nicht genau triffst, riskierst du, jahrelang als Idiot dahinzuvegetieren.«

»Eben«, sagte ich, ohne ein richtiges Lächeln zustande zu bringen.

Er deutete auf das Handschuhfach vor mir. »Mach mal auf.« Ich öffnete die Klappe, und zwischen Straßenkarten und ein paar CDs lag eine Pistole, eine Automatik aus poliertem Metall. Erschrocken zog ich die Hand zurück.

Er lachte: »Du kannst sie ruhig rausnehmen. Keine Angst, sie ist gesichert. Ich habe auch einen Waffenschein, der Polizeipräsident hat ihn mir vor ein paar Jahren ausgestellt, weil ich immer wieder Drohbriefe erhielt. Sie ist nicht besonders schön, aber wenn du sie dir genau ansiehst, hat sie doch etwas Faszinierendes, wie jeder perfekte Mechanismus, wie eine Uhr oder ein Schloß.«

Ich nahm sie in die Hand; ihr kaltes, unheilvolles Gewicht gefiel mir überhaupt nicht, so wenig wie der leichte Geruch nach Metall und Schmieröl und Schießpulver. »Hm« sagte ich und legte sie ins Handschuhfach zurück.

»Dann ist da noch das Problem, wie du hinterher aussiehst«, sagte er. »Wenn du zum Beispiel mit dem Auto in einer Kurve geradeaus weiterfährst oder dich aus dem Fenster stürzt oder dich in Brand steckst, bist du in keinem besonders schönen Zustand, wenn du gefunden wirst. Auch das ist zu bedenken. Denn letztlich tut man es doch hauptsächlich der anderen wegen, oder?«

»Sicher«, sagte ich, den Haltegriff umklammernd und mit steifen Beinen.

»Wenn ich emotionslos drüber nachdenke, ziehe ich letztlich die sanfteren Methoden vor, Gas oder eine Plastiktüte über dem Kopf oder eine Überdosis Heroin. Schlaftabletten nimmt nur, wer gerettet werden und von Freunden und Verwandten umringt im Krankenhaus aufwachen will.«

»Und du willst nicht gerettet werden?« fragte ich ihn. Ich hätte ihn gern dazu gebracht, das Thema zu wechseln, aber ich wußte nicht wie; ich hoffte, er würde wenigstens etwas langsamer fahren.

»Ich spreche von Methoden, wirklich Schluß zu machen,

nicht von Inszenierungen. Aber ein kleines bißchen Neugier ist wahrscheinlich trotzdem immer dabei; ich würde gern wenigstens für einen kurzen Augenblick zurückkehren, um die Reaktionen zu sehen.«

»Aber wieso solltest du es überhaupt tun?« fragte ich jetzt ziemlich schroff.

»Nun, ich glaube, früher oder später sieht man sich mit der Frage konfrontiert«, sagte Polidori, »sofern man sich nicht wie ein Gefangener dem unkontrollierbaren Plan des Lebens ausliefern will. Aber jetzt habe ich bestimmt noch nicht vor, mich umzubringen. Es gibt noch ein paar Dinge, die ich vorher machen will.«

Wir überholten zwei oder drei schwere Autos, die ohnehin schon sehr schnell fuhren; er lächelte. »Stell dir vor, ich würde auf einmal verschwinden und alles in der Schwebe lassen: all die Telefonate, die ich erledigen muß, und die Termine mit den Agenten und Anwälten und Verlegern, die Besprechungen mit der Bank und mit der Sekretärin und die Kommunikationsversuche mit meinen Kindern und die Streitereien mit meiner Frau und die Ausflüchte gegenüber den anderen Frauen. Das wäre so, als würde der für ein Elektrizitätswerk oder einen Staudamm verantwortliche Angestellte davonlaufen, ohne jemandem ein Wort zu sagen. Es wäre so etwas wie eine kriminelle Handlung. Alle wären eher empört als betrübt.«

Eine Stunde später verließen wir die Autobahn; ich fragte ihn, wo genau er seinen Preis abholen mußte. Polidori sagte: »Den haben sie mir schon letzten Monat nach Rom gebracht. Jetzt fahren wir zu einer Freundin von mir. Sie ist Fallschirmspringerin.« Er versuchte nicht, sich zu rechtfertigen oder mir nähere Erklärungen zu geben.

Ich sah ihn an, ob er vielleicht einen Scherz machte, doch

er sagte nur: »Eine sehr interessante Frau, du wirst sehen. Zuerst machte sie es nur am Wochenende, aber mit der Zeit hat es sie gepackt wie eine Art Droge. Ihre Familie ist vermutlich ganz verzweifelt, aber sie interessiert sich für nichts anderes. Ich weiß nicht, wie viele Sprünge sie absolviert hat, sie ist jetzt sogar Ausbildungsleiterin.«

Wir fuhren auf der Provinzstraße durch eine Hügellandschaft, die weniger schön war als die Gegend um sein Haus. Ich ärgerte mich, daß er mich nicht früher über das wahre Ziel dieser Fahrt aufgeklärt hatte, gleichzeitig freute es mich, von ihm zur Tarnung mitgenommen worden zu sein: es schien mir ein Mittel, unsere Beziehung zu vertiefen und unsere Freundschaft zu bereichern, ihr neue Nahrung zu geben. Polidori schob eine CD mit alten Blues-Stücken für Hammondorgel in die Stereoanlage; wir schwiegen, eingetaucht in die gluckernden Swing-Wellen. Wir waren die Südseite der Hügel hinabgefahren, wo kein Schnee mehr lag; die Landschaft ringsum war winterlich kahl und dürr.

Schließlich kamen wir zu einem kleinen Flugplatz; Polidori fuhr durch das Tor und parkte neben einer Art Baracke, bat mich, zu warten. Er ging auf ein paar Techniker im Overall zu, die mit einem Gabelstapler manövrierten, und fragte sie etwas; dann winkte er mich zu sich. Ich fragte mich, ob er mich vor allem mitgenommen hatte, um vor seiner Frau ein Alibi zu haben, oder weil es ihm Spaß machte, mich bei diesem Ausflug dabeizuhaben, aber ich machte mir keine großen Gedanken deswegen: ich ließ mich einfach von meiner Neugier leiten und ging hinter ihm her.

In einem großen Raum saßen etwa dreißig Personen an Tischen wie in der Fahrschule, Männer und Frauen zwischen achtzehn und vierzig, die alle sehr sportlich und ziemlich blöde aussahen. Vollkommen konzentriert hörten sie einem Typen zu, der mit einem Zeigestab auf große Schautafeln mit geometrischen Figuren deutete und dabei mit französischem Akzent Zahlen herunterrasselte. Neben ihm stand ein junges Mädchen mit einem kastanienbraunen Pferdeschwanz; Polidori setzte sich in die letzte Bank und bedeutete mir, Platz zu nehmen, zeigte mit einem halben Lächeln auf sie.

Besonders hübsch war sie nicht mit ihren eng beieinander stehenden Augen, den hohen Wangenknochen und dem im Verhältnis zum Körper zu kleinen Kopf, aber sie hatte eine ausdrucksvolle Art dazustehen, kaum merklich mit den Füßen wippend dem Franzosen zuzuhören. Als sie Polidori sah, grüßte sie ihn nicht: warf ihm nur einen kurzen Blick zu, wobei sich ihr Gesichtsausdruck nur für eine knappe Sekunde veränderte. Polidori sagte zu mir: »Wenn du siehst, wie sie sich aus dem Flugzeug stürzt, hältst du sie für eine verantwortungslose Irrsinnige, in Wirklichkeit aber ist es eine sehr kontrollierte Form von Irrsinn, wie jeder echte Irrsinn.«

Zwanzig Minuten lang saßen wir wie unwissende, unaufmerksame Schulbuben in unserer Bank und verstanden kein Wort von dem, was erklärt wurde. Wir betrachteten vor allem Polidoris Fallschirmspringerin. »Ihr Vater hat eine Mountainbike-Fabrik bei Pesaro. Er stellt die Fahrräder nicht selbst her, sondern läßt sich die Teile aus Korea kommen, er baut sie nur zusammen und klebt ein paar Abziehbilder drauf. Ein reiner Familienbetrieb mit den Geschwistern und Schwägern und Neffen in den Schlüsselpositionen. Er verdient Milliarden und zahlt keine Lira Steuern. Seine Werbung macht er selbst, bei kleinen Privatsendern. Du siehst ihn eine halbe Stunde lang auf dem Bildschirm, wie er mit Feuereifer erklärt, was für eine tolle Sache seine Fahrräder sind, und seine Telefonnummer bleibt die ganze Zeit eingeblendet. Das ist die italienische Provinz, Roberto.«

»Wo hast du sie eigentlich kennengelernt?« fragte ich.

»In Pesaro, bei einem Fest anläßlich einer Literaturpreisverleihung. Da waren alle diese heimlichen Reichen aus der Provinz, ehemalige Handwerker und Kaufleute, die unglaubliche Geldmengen scheffeln, indem sie all die rechtsfreien Räume in diesem Land ausnützen, das keine ausreichenden gesetzlichen Bestimmungen und Kontrollmöglichkeiten und keine Grundsätze hat. Sie schürfen in diesen Leerräumen und machen sie zu wahren Goldgruben, unter Umgehung der unzähligen bürokratischen Beschränkungen, die in Italien jede offene Initiative hemmen. Sie sind es, die unser Land mit diesem Teppich aus Werksgebäuden und Lagerhallen und Gewächshäusern und Parkplätzen überzogen haben, unter dem es erstickt. Und in ihrer Einkommenssteuererklärung am Jahresende ist nichts davon zu sehen, sie geben sich als Handelsreisende oder Arbeitslose aus. Sie häufen gewaltige Reichtümer an und haben dabei keinerlei soziale Verpflichtung, sie nehmen Dienstleistungen in Anspruch, die von den Millionen kleiner Steuerzahler, den Opfern des Finanzamts, finanziert werden. Und sie behalten ihr biederes und schlichtes und kleinbürgerliches Aussehen; wenn du sie kennenlernst, glaubst du fast immer, es mit rechtschaffenen Leuten zu tun zu haben. Cecilia ist die zweite Generation, sie ist schon viel komplizierter.«

Es amüsierte ihn, sie von weitem zu beobachten, noch dazu in meinem Beisein, während sie sich unseren Blicken nicht entziehen konnte. Die anderen taten, als ob wir gar nicht da wären; sie achteten nur auf die Ausführungen des Franzosen, baten ihn ständig um weitere, noch eingehendere Erläuterungen.

Dann war der Franzose fertig, und alle standen auf und diskutierten miteinander. Cecilia ging zur Tür; Polidori sagte »Hej«, streckte den Arm aus. Sie gab ihm einen flüchtigen Kuß auf die Wange, sagte: »Gehen wir raus.«

Wir folgten ihr durch den mit Linoleum ausgelegten Korridor auf den asphaltierten Platz. Ich hielt mich diskret ein paar Schritte hinter ihnen, aber es gab keinen großen Austausch von Zärtlichkeiten zwischen ihnen, bis auf ein paar Berührungen der Hände, leise Worte. Cecilia behandelte Polidori mit einer merkwürdig schroffen und wenigstens teilweise auch selbstsicheren Schüchternheit; sie fragte ihn: »Was guckst du denn so?« Er wandte sich zu mir, fragte: »Warum kommst du nicht her?« und stellte uns vor.

Wir gingen in die Bar in dem kleinen Flughafen, setzten uns auf die Hocker am Tresen und tranken Mineralwasser ohne Kohlensäure. Cecilia erzählte, daß sich die Gruppe auf einen Wettkampf in Südafrika Ende des Monats vorbereite. Dann erklärte sie: »Der Typ, der die Schautafeln erklärt hat, ist Antoine Bérard, ein echtes Genie.«

Polidori lächelte, als sie das sagte; er sah sie mit der bewundernden Aufmerksamkeit an, die er gegenüber Frauen immer hatte, ließ sich technische Einzelheiten erklären, wahrscheinlich nur, weil er sie sprechen hören wollte.

Sie nuschelte ein wenig, aber als ich sie jetzt aus der Nähe sah, verstand ich, daß er sie interessant fand. Sie hatte eine schlummernde Körperlichkeit, die der seinen nicht unähnlich war: eine besondere Art, beinahe lässig, aber doch mit angespannten, reaktionsbereiten Muskeln den Kopf zu drehen oder den Arm zu heben; jedenfalls konnte man sich kaum einen größeren Gegensatz vorstellen als zwischen ihr und Christine Polidori. Es schien ihr auch nicht weiter zu imponieren, daß der berühmte Schriftsteller von zu Hause durchgebrannt war, um sie zu besuchen, auch wenn sie sich durch seine Neugier und sein Verhalten, seine ständigen, gezielten Fragen geschmeichelt fühlte.

Dann sah sie auf die Uhr: »Ich muß los. Wir wollen noch springen, bevor die Sonne weggeht.«

Und Polidori fragte mich: »Hättest du nicht Lust, es zu probieren, Roberto? Springen wir mit?«

»Ich hab es noch nie im Leben gemacht«, sagte ich, beim bloßen Gedanken daran entsetzt.

»Man kann doch nicht einfach so springen«, sagte Cecilia trocken. »Man muß erst eine Ausbildung machen, was glaubst du denn? Und im Winter springen normalerweise nicht einmal wir.«

Aber Polidori hatte es sich in den Kopf gesetzt, wahrscheinlich schon von Anfang an. »Du hast es mir versprochen, du Ekel. Sagtest du nicht, daß es auch ohne Kurs geht, im Huckepackverfahren mit dem Lehrer?«

»Doch, aber eine Vorbereitung ist trotzdem nötig, und dazu haben wir jetzt keine Zeit.«

Ich blickte zwischen ihm und ihr hin und her, bald in Panik, bald beruhigt, wie ein Hase, der fast in der Falle sitzt, aber ich wußte von Anfang an, daß sich Polidori durchsetzen würde. Er packte Cecilia am Handgelenk: »Ach bitte, hör doch auf, wir sind extra deswegen hergekommen. Auf unsere eigene Verantwortung; wenn du willst, geben wir es dir schriftlich.« Er zog sie ein Stück beiseite, redete aus nächster Nähe auf sie ein, bis sie schließlich nachgab: »Na gut, aber mit mir kann nur einer kommen, ich muß Antoine fragen, ob er den andern übernimmt.«

»Sag ihm, daß ich ein Buch über Fallschirmspringer schreibe und ihn zum Helden der ganzen Geschichte mache«, verlangte Polidori.

»Blödmann«, antwortete sie, ging aber zu Antoine, um

mit ihm zu reden, und ich hoffte mit aller Kraft, daß er sich weigern würde, aber sie kam schon nach fünf Minuten zurück und nickte mit dem Kopf. Die Sache war entschieden, es gab kein Zurück mehr.

Wir gingen hinaus auf den asphaltierten Platz, Polidori drückte meinen Arm: »Du hast doch keine Angst, Roberto?«; und ich sah mich schon tot und am Boden zerschmettert, nickte, ohne auch nur einen Ton herauszubringen.

Dann schlüpften wir in die wattierten Anzüge und in die Stiefel und Gurte; Cecilia und der Franzose erklärten uns unglaublich rasch, wie wir aus dem Flugzeug springen und welche Körperhaltung wir in der Luft einnehmen sollten, wie man die Knie anwinkelt, um den Aufprall auf der Erde abzufangen. Während dieser ganzen Prozedur war mir, als würde ich jemand anders beobachten, als kämen die Stimmen und Bewegungen von weither. Trotz allem aber maß ich meine Reaktionen auch jetzt an Polidori, zwang mich, sein Spiel mitzuspielen, ihn nicht zu enttäuschen.

Er sah mich an, sagte »Na?« Er lächelte; in seinem Fliegeranzug sah er wie ein Söldner aus. Er deutete auf Cecilia, die mit ihren Vorbereitungen beschäftigt war, fragte: »Ist es nicht ein schöner Gedanke, sich blind einer Frau wie ihr anzuvertrauen?«

Wieder nickte ich, weil ich kein Spielverderber sein wollte, aber als wir mit etwa fünfzehn anderen Fallschirmspringern fast im Laufschritt auf ein altes Transportflugzeug zugingen, dessen Propeller sich bereits drehten, sagte ich zu ihm: »Ich hab Angst vorm Fliegen, sogar bei einem Linienflug.«

»Ich auch«, antwortete Polidori. »Gerade deshalb lohnt sich der Versuch. Verschaffen wir uns doch mal einen kleinen Kick. Das bringt unseren Kreislauf in Schwung, Roberto.« Er drückte meinen Arm noch fester, schob mich vorwärts.

Bald waren wir in der Luft, und das Flugzeug schraubt sich unter tausendfachen metallischen Vibrationen mühsam in die Höhe. Ich krallte mich in die Sitzbank, blickte in die gleichmütigen oder gar fröhlichen Gesichter der anderen Fallschirmspringer, die mir genauso Angst machten wie alles übrige. Ich hörte Cecilia zu Polidori gewandt rufen: »Bist du wirklich sicher, daß du es willst?« Und er rief: »Ja, ganz sicher!« Dann rief er zu mir herüber: »Und du, Roberto?« »Ja«, rief ich mit der Stimme eines Sterbenden.

In Wirklichkeit war ich alles andere als sicher. Je mehr wir uns dem entscheidenden Moment näherten, desto idiotischer kam ich mir vor, mich darauf eingelassen zu haben. Ich hatte für diese Art Nervenkitzel überhaupt nichts übrig; ich fand die Gesichter der Fallschirmspringer keineswegs lustig und auch nicht die furiosen Vibrationen des klapprigen Flugzeugs, die mir in den Ohren dröhnten wie eine gigantische Käsereibe und mich von Kopf bis Fuß zittern ließen. Ich war voller Angst, und mit dieser Angst stieg ein immer heftigerer Groll gegen Polidori in mir auf: weil er mich ohne Vorwarnung in diese Situation hineingezogen hatte und meine aufrichtigen Freundschaftsgefühle, die kindliche und sentimentale Bewunderung, die ich für ihn hegte, in dieser Weise ausgenutzt hatte. Sein Gerede über Selbstmordarten fiel mir wieder ein, seine Art, alles aus der Distanz zu beurteilen, und ich sagte mir, daß ich ganz anders war als er und überhaupt keinen Grund hatte, mich zu zwingen, so wie er zu sein. Ich sah ihn im ohrenbetäubenden Lärm bleich und angespannt neben seiner Fallschirmspringerin sitzen und hätte am liebsten irgend etwas zu ihm hinübergerufen, ihm Vorwürfe gemacht, ihm befohlen, mich zurückzubringen.

Dann waren wir in der richtigen Höhe, ich sah, wie die anderen mit den Fingern das O. K.-Zeichen machten wie Statisten in einem Kriegsfilm, irgend jemand schob die Luke auf, und während der Lärm noch lauter wurde und ein Windstoß hereinfegte, sah ich einen Ausschnitt der Landschaft unter uns. Und bevor ich Zeit zum Überlegen hatte, stürzte sich einer nach dem andern hinaus, als sei es etwas ganz Normales und Notwendiges, Cecilia rief Polidori noch ein paar Anweisungen zu, koppelte sich an ihn an, und sie gingen mit kleinen Schritten auf die Leere zu und waren im nächsten Augenblick verschwunden. Der Franzose mit seinem Naziverbrechergesicht koppelte sich an mich an, brüllte mir irgend etwas zu, das ich nicht verstand, deutete auf meine Knie und auf die Gurte, während ich durch die Brille nicht einmal mehr seine Augen sah, und schob mich auf die weit offene Luke zu, und die Landschaft unten war überbelichtet und unscharf wie eine häßliche, billige Riesenansichtskarte, und die Luft prallte mir mit wilder Gewalt entgegen, und er stieß mich in den Rücken und gleichzeitig mit den Knien in beide Beine, und ich flog hinaus.

Und ich war mir absolut sicher, daß es mit mir aus und vorbei war, ohne die geringste Aussicht auf Rettung, auch weil ich ganz allein flog, ohne den Franzosen und ohne Gurt und ohne Fallschirm, und ich schien weniger hinabzufliegen als vielmehr in einem Wahnsinnstempo horizontal vorwärts gerissen zu werden, wie auf einem völlig außer Kontrolle geratenen Motorrad in Schräglage, und ich bekam keine Luft mehr und konnte weder Arme noch Beine bewegen, ich spürte einen heftigen Druck auf der Brust und im Gesicht und in der Kehle. Dann verdichtete sich die Angst in mir und kristallisierte sich wie die Feuchtigkeit in einem Tiefkühlgerät, ich hatte das Gefühl, mich nicht mehr bewegen zu können, und mein Groll gegen Polidori war von einer grellweißen Intensität. Es war ein sich in keiner Weise artikulierender Groll im Reinzustand, während ich reglos einem so ganz und gar grundlosen Ende entgegenstürzte; es war, als sei ich bis in die letzte meiner zu Eis erstarrten Fasern von diesem Groll durchdrungen.

Dann tat es einen gewaltsamen Ruck, und ich spürte, wie ich ebenso gewaltsam wieder nach oben gerissen wurde, und gleich darauf hing ich in der Luft, immer noch sehr hoch über der Erde, ich fror entsetzlich und konnte weder den Franzosen noch den Fallschirm sehen, ich sah nur die Leinen an meinem Gurt, und mir schien, daß sie jeden Augenblick reißen und mich aus dieser Höhe wie einen Stein nach unten plumpsen lassen könnten.

Statt dessen schwebte ich ziemlich langsam hinab, und als ich dicht über einem kahlen Feld war, hörte ich hinter mir den Franzosen brüllen, ich solle die Beine anziehen, und obwohl ich sie anzog, bekam ich einen heftigen Stoß ab, aber ich war auf der Erde, befreite mich wie ein Verrückter aus den Leinen, schnallte den Gurt auf, riß mir die Brille und die Mütze vom Kopf.

Und sonderbarerweise wich im gleichen Augenblick, in dem ich frei und wohlbehalten auf meinen Füßen stand, der schiere Groll, den ich gegen Polidori empfunden hatte, einem ebenso intensiven Gefühl der Dankbarkeit, das sich aus der allgemeinen Euphorie nährte, die an die Stelle der Angst getreten war.

Er stand etwa fünfzig Meter von mir entfernt neben Cecilia, die die Leinen seines Fallschirms entwirrte; er kam auf mich zu, und wir umarmten uns so ausgelassen wie dem Tod Entronnene. »Hat es sich nicht gelohnt, Roberto?« fragte er.

»Doch«, sagte ich, »es hat sich gelohnt.«

Danach fuhren wir gemächlich die kurvige Straße entlang, mit dem leisen Blues im Hintergrund, und Polidori redete und redete. Seit ich ihn kannte, hatte ich ihn noch nie so heiter und mitteilsam erlebt, so ganz ohne die leichte Düsterkeit, die sonst nie von ihm zu weichen schien. Er war wie ich noch ganz von dem Gefühlsaufruhr erfüllt, den der Sprung in uns erzeugt hatte, fragte: »Kommt es dir auch so vor, als würdest du alles schärfer sehen? Als würdest du die Töne viel klarer hören?« Zudem war er froh, der Last seiner Familie entronnen zu sein; es machte ihm Spaß, mit mir und Cecilia durch die südliche Toscana zu fahren. Er erzählte uns von Gegenden, die er gesehen hatte, von Leuten, die er kennengelernt hatte, und beeindruckte mich wie immer mit seinen messerscharfen Beobachtungen. Sogar Cecilia konnte nicht anders, als ihre Gleichgültigkeit gegenüber allem, was nicht mit Fallschirmspringen zu tun hatte, aufzugeben und ihm zuzuhören. Eine Zuhörerin wie sie schien Polidori zu stimulieren: er spielte mit den Farben und arbeitete scharfe Kontraste heraus, raffte die Zeit, verkürzte die Perspektiven, um ihre schwer zu gewinnende Aufmerksamkeit zu fesseln. Aber er wollte nicht als einziger reden: er stellte ihr Fragen über das Privatleben ihrer Fallschirmspringerkollegen, über die Arbeit ihrer Familie; lotete ihre Ansichten über die Welt aus. Es war zugleich ein Flirt, aber so abwechslungsreich und phantasievoll, daß ich mich nicht ausgeschlossen oder überflüssig fühlte.

Wir fuhren zu einem schönen alten Dorf, wo er in einer Kirche Fresken aus dem 16. Jahrhundert anschauen wollte; später, als es schon dunkel war, suchten wir eine Burg, die Machiavelli in einem seiner Bücher schildert, fanden sie aber nicht. Die Stimmung zwischen uns war intensiv und ausgelassen, eine regelrechte Reisestimmung, immer wieder angeheizt durch irgendeine kleine Beobachtung, irgendeine Besonderheit, auf die wir unterwegs stießen und die Polidori aus seiner Sicht, in seinem launigen Tonfall kommentierte.

Abends kehrten wir in einer Locanda ein, die von außen viel ländlicher aussah, als sie innen war. Polidori zeigte mir die Speisekarte, auf der Ravioli vom Seebarsch und Hase mit Kumquat standen, sagte: »Du liebe Güte, die haben sich auch schon von den Allgemeinplätzen der Kritiker verderben lassen.« Der Besitzer erkannte ihn und hielt eine kleine Rede über die Kochkunst; die Ironie in Polidoris Blick entging ihm.

Cecilia weigerte sich rigoros, Alkohol anzurühren, aber Polidori und ich tranken Wein. Polidori erzählte, daß er vor zwanzig Jahren eine Zeitlang beinahe Alkoholiker gewesen sei, dann habe er aufgehört zu trinken, außer bei besonderen Gelegenheiten. »Jetzt ist mein Organismus überhaupt nicht mehr daran gewöhnt und wirklich in der Lage, die Wirkung wahrzunehmen«, sagte er. Aus dem gleichen Grund esse er manchmal zwei oder drei Tage lang nichts oder verzichte einen ganzen Monat auf Sex. »Das Schlimmste ist die Gewöhnung«, fuhr er fort, »wenn das, was du tust, nichts Überraschendes mehr hat. Wir sollten immer versuchen, alles, was zur Selbstverständlichkeit geworden ist, aus unserem Leben auszuschließen und einige Zeit vergehen lassen, bevor wir wieder damit anfangen. Eine Woche auf elektrisches Licht oder einen Monat lang auf das Telefon verzichten, ab und zu mal eine Nacht auf der nackten Erde schlafen.«

Cecilia sagte: »Wieso, was denkst du, wo ich schlafe, wenn ich irgendwo zum Fallschirmspringen unterwegs bin?«

Polidori war belustigt und schon leicht beschwipst; er erwiderte nur: »Das ist auch eine Möglichkeit.« Er erzählte uns, daß er mit den Schlafphasen experimentiert habe, weil er nur die uninteressanten Stunden verschlafen und die übrige Zeit wachbleiben wollte. »Ich habe es jahrelang ausprobiert, bis ich schließlich den richtigen Rhythmus fand. Ich schlief morgens von drei bis sechs und nachmittags von zwei bis fünf. Ich habe die unnützen Stunden ausgeschaltet und war in der übrigen Zeit hellwach. Tiere in freier Wildbahn machen es normalerweise auch so.«

»Wenn ich mitten im Training stecke und aufs äußerste angespannt bin, dann schlafe ich auch in den freien Stunden, ohne lang herumexperimentieren zu müssen.«

Wieder sah er sie mit seiner unvoreingenommenen Neugier an; dann sagte er: »Sicher. Für mich wurde es dann aber zu kompliziert, mit den Kindern und allem. Oder vielleicht hat sich die Langeweile in meinem Leben so breitgemacht, daß ich am liebsten die meiste Zeit verschlafen hätte. Wer sagt übrigens, daß der Schlaf uninteressant oder weniger interessant als der Wachzustand ist?«

Cecilia schien verwirrt über die Eigenwilligkeit und Vielschichtigkeit, die hinter diesen beiläufig hingeworfenen Äußerungen steckte. Ich war fasziniert; ich glaubte es zum ersten Mal im Leben mit einem Menschen zu tun zu haben, der erwachsener und unendlich viel verwirklichter und anerkannter war als ich und sich trotzdem nicht die ganze Zeit hinter Wortbarrieren oder hinter seiner Position oder seinem Alter verschanzte, hinter den Regeln der Welt, so wie sie ist. Ich war fasziniert von Polidoris Neigung, alle anerkannten Tatsachen in Frage zu stellen, und von der Freiheit, die ihm dadurch zufiel; von dem Gedanken, daß dieses Verhalten zu seiner Tätigkeit als Schriftsteller gehörte. Ich hörte ihm zu, während er von einem Thema zum nächsten überging und soviel Energie in seine Worte legte, als ob ihm meine und Cecilias Aufmerksamkeit weit mehr wert sei als die einer ganzen Gruppe von Intellektuellen, und das Licht seiner unkonventionellen Ansichten, seine Neugier, die keine festgesetzten Grenzen kannte, schien auch mich zu inspirieren.

Der Rotwein, den man uns brachte, schmeckte ihm nicht besonders, trotzdem trank er ihn in großen Schlucken und schenkte auch mir ein, um die Stimmung anzuheizen, sie dicht und lebendig zu erhalten, nicht abflauen zu lassen. Cecilia war schon von Natur aus ziemlich seltsam; obwohl sie nichts trank, schien sie uns nicht von außerhalb zu betrachten. »Sie braucht sich nicht chemisch zu stimulieren, siehst du nicht, was für Augen sie hat?« sagte Polidori zu mir; und sie fragte: »Was für Augen habe ich?«; und wir lachten und sahen uns alle drei an, mit dem Gefühl, uns ein Stück Zeit und Raum erobert zu haben, ganz für uns allein.

Beim Hinausgehen gab er Cecilia die Autoschlüssel und sagte, es sei besser, wenn sie fahre. Er setzte sich neben sie, ich nahm im Fond Platz. Cecilia fuhr viel schärfer als er, das schwere Auto zeigte, was an Pferdestärken in ihm steckte.

»Wartet«, sagte Polidori, »ich hab genau die passende Musik für diesen Augenblick.« Er schob eine Mozart-CD in die Stereoanlage, drückte auf eine Taste, um das Stück zu suchen, das er haben wollte. »Menuett aus der *Serenata notturna* in D-Dur, KV 239.« Er drehte den Ton lauter; das Wageninnere wurde von einer Musik erfüllt, die wunderschön war und auch ergreifender und trauriger als die Stimmung, die bis zu diesem Augenblick zwischen uns geherrscht hatte. Polidori wandte sich zu mir, dann zu Cecilia, versuchte vor allem ihre Reaktion zu erkennen. Sie nickte, aber die Musik entsprach so wenig ihrem Wesen, daß sogar ich mich fragte, was sie ihr mitzuteilen vermochte.

Beim Rondo, das als nächstes kam, fixierte Polidori sie

aus nächster Nähe und fragte: »Willst du mir nicht sagen, was in diesem schönen Kämpferinnenkopf vorgeht?« Sie gab keine Antwort, sie wußte nicht, was sie darauf sagen sollte.

»Weißt du, was ich mich wirklich frage? Ob diese Musik deinen Vater rühren kann. Oder die da?« Er ließ die CD ein Stück vorlaufen, zum Andante aus dem *Divertimento* in D-Dur, KV 136. »Oder ist er nur von den Schlagern ergriffen, mit denen er seine Werbespots im Fernsehen unterlegt? Oder folgt er noch simpleren inneren Klängen? Metall auf Metall, Holz auf Holz, ding dong, ding dong?«

»Was geht dich mein Vater an?« fragte Cecilia, und ihre Stimme klang nicht mehr belustigt.

Polidori drehte den Ton noch lauter, bis die harmonischen Schwingungen der Geigen und Celli fast so stark waren wie die Disharmonien in dem alten Flugzeug, aus dem wir gesprungen waren. Polidori sagte: »Ich frage mich wirklich, ob sich auch ein Landschaftszerstörer oder ein Putschgeneral oder ein Staatslügner oder einer dieser pomadisierten Hominiden in den Samstagabend-Sendungen von dieser Musik ergriffen fühlt? Ganz gleich, was er ist? Erreicht die Botschaft in den Klangwellen ihr Ziel, auch wenn einer es nicht will? Auch ohne daß er es merkt? Oder gibt es Codes, die man entschlüsseln muß, braucht man dazu ein Empfangssystem, das einige eben einfach nicht haben?«

Wir fuhren noch ein Stück mit den vollen Orchesterklängen, die unser Trommelfell und Zwerchfell in Schwingungen versetzten, und auch ich verstand nicht ganz, was ihm durch den Kopf ging, was diese Aggressivität in seiner Stimme ausgelöst hatte. Schließlich meinte Cecilia: »Dreh leiser, bitte«, und er nahm die CD ganz heraus; die Stimmung zwischen uns sackte in sich zusammen wie ein Fallschirm am Boden.

Später, nachdem wir Cecilia bei ihrem Auto abgesetzt hatten und auf der Autobahn wieder in Richtung Norden zu seinem ehemaligen Kloster fuhren, bemerkte Polidori: »Unglaublich, wie vergänglich die Dinge sind. Sie sind von so kurzer Dauer, und je besser du sie kennst, um so kürzer dauern sie, du siehst schon am Anfang das Ende. Und doch machen wir das Spiel immer wieder mit und zwingen uns jedesmal, daran zu glauben, ist es nicht so?«

»Ja«, antwortete ich, »was sollen wir sonst tun?«

Er fuhr langsamer als bei der Herfahrt, mit auf das Allernötigste beschränkten Bewegungen. »Vielleicht müßte man wie ein buddhistischer Erleuchteter zur wirklichen Gelassenheit gelangen, zu der Erkenntnis, wie vergänglich alles ist und wie sentimental es ist, sich mit soviel Muskelkraft an die materielle Welt zu klammern. Wie sentimental es ist, daß wir uns so völlig mit dem identifizieren, was wir sind, oder noch schlimmer, mit dem, was wir haben. Mit unseren Häusern oder unseren Autos oder unseren Kleidern, unseren jeweiligen Rollen. Findest du nicht auch?«

»Ich weiß nicht«, sagte ich. »Ich glaube, ich war von der materiellen Welt schon ziemlich weit weg, nicht weil ich mich als Erleuchteter dafür entschieden hätte, sondern weil ich sie immer nur im Fernsehen und auf den Seiten von *Prospettiva* gesehen habe.« In Wirklichkeit hatte ich Maria Blini vor Augen, wenn ich von der materiellen Welt sprach: ihren Atem, als sie sich vor dem alten römischen Palazzo im Dunkeln an mich gelehnt hatte.

Polidori lachte: »Manchmal kann man sich mit ein paar kleinen Übungen vor Augen führen, wie hinfällig alles ist, ohne daß man sich gleich wie die buddhistischen Mönche in den Anblick verwesender Leichen zu versenken braucht.

Da gibt es unendlich viele Möglichkeiten. Versuche zum Beispiel ein Stück Rasen perfekt zu pflegen. Oder ein Aquarium mit Fischen und Algen. Es kann auch ein Zimmer sein, das du sauberhalten willst. Die Beziehungen in einer Familie, die Temperatur deiner Gefühle. Versuche einmal darauf zu achten, welche unablässigen Bemühungen jedes noch so kleine Gleichgewicht erfordert, und wie leicht die Zeit es zerstört, sobald du in deinen Bemühungen oder deiner Sorgfalt nachläßt, wie sie es auslöscht, als sei es nie dagewesen. Du mähst das Gras immer wieder mit aller Sorgfalt, du harkst und bewässerst und walzt es Tag für Tag, und dann kümmerst du dich mal zwei Wochen lang nicht mehr darum, und schon entspricht nichts mehr dem geistigen Bild, das du von deinem Rasen hattest.«

»Aber der Rasen ist immer noch da, oder nicht?« fragte ich. »Er nimmt nur eine andere Form an. Auch wenn das Gras zu hoch wird oder verkümmert oder verdorrt, bleibt es doch ein Rasen.«

»Aber das einzige, was von dir stammte, war doch die Form«, meinte Polidori. »Und gerade von der bleibt nichts übrig. Daß das Gras weiterwächst, ist nicht von Belang. Damit hast du selbst gar nichts zu tun.«

Wir blieben lange stumm; nur das Rauschen des Winds an der Windschutzscheibe war zu hören, das Surren des starken, schallgedämpften Motors, der auf mittleren Touren lief.

Als es nur noch wenige Kilometer bis zu seinem Haus waren, fragte er mich in völlig verändertem Ton: »Sag mal, schaffst du es eigentlich, zu deiner Frau Caterina vollkommen aufrichtig zu sein?«

»Hm«, sagte ich, »früher schon, glaube ich. Jetzt hat sich die Situation allerdings verändert. Seit ich in Rom bin.«

Es war spät geworden, und ich hatte den Eindruck, daß es zwischen uns nicht mehr viele Filter gab, nachdem ich seine Bücher gelesen hatte und wir uns zusammen aus dem Flugzeug gestürzt hatten. Ich empfand nicht mehr das leise Unbehagen wie früher, als ich, immer wenn ich mit ihm sprach, meine Sätze so zu formulieren versuchte, als würde ich sie schreiben.

Er meinte: »Ich habe nämlich immer die Vorstellung, daß die junge Generation weniger falsch als meine ist, aber ich weiß nicht, ob es stimmt.«

»Ich weiß es auch nicht«, sagte ich. Es drängte mich, ihm von Maria zu erzählen, ihn zu fragen, was ich tun sollte; aber er schien nicht in Zuhörstimmung. Wenn man ihm etwas erzählte, achtete er manchmal auf jedes Wort und jede Nuance, gab einem durch sein Interesse das Gefühl, Bedeutsames zu sagen, um einem dann von einem Augenblick zum andern ungeduldig das Wort abzuschneiden.

Er begann wieder: »Ich meine damit nur, daß ihr eher dazu neigt, eine klare Entscheidung zu treffen, wenn ihr zwischen zwei Menschen hin- und hergerissen seid. Ihr versucht nicht, alle beide zu halten.«

»Ich weiß nicht«, sagte ich wieder. »Es ist mir noch nicht oft passiert.« Ich überlegte, ob er erriet, was mir durch den Kopf ging, oder ob er nur an seine eigenen Affären dachte. Ich fragte ihn: »Wieso, wie macht es denn deine Generation?«

»Wir sind vielleicht eher bereit, annehmbare Kompromisse zu suchen, Energien in ein Gleichgewicht zu investieren, auch wenn es nur mit Mühe zu erhalten ist. Wir wollen weder die Ehefrau noch die Geliebte verlassen und bemühen uns verzweifelt darum, daß alle beide zufrieden sind. Übrigens sehr italienisch, angesichts einer Alternative keine klare Entscheidung zu fällen, und ihr seid schon viel weniger italienisch als wir. Ihr seid ein internationales Gewächs.«

»Meinst du nicht, daß du verallgemeinerst?« fragte ich. Zum ersten Mal, seit wir uns kannten, brachte er den Altersunterschied zwischen uns ins Gespräch, und das behagte mir nicht; es war, als wollte er mich plötzlich auf Distanz halten.

»Doch, ich verallgemeinere«, sagte er. »Aber im allgemeinen ist es so, glaube ich. Ihr habt nicht mehr diesen Instinkt wie der Hahn auf dem Hühnerhof, der keine seiner Hennen aufgeben will und es auch schafft, wenn er sehr eifrig ist. Ihr dagegen sitzt jeder in eurem Einzelkäfig, wie in einer Legebatterie.«

»Ich weiß nicht, ob der Hühnerhof eine so tolle Gesellschaftsform ist«, entgegnete ich.

»Es ist aber die Form der meisten Tiergesellschaften und auch der menschlichen, jedenfalls bis vor kurzem. Die Kleinfamilie ist eine ziemlich neue Erfindung, was denkst du denn? Ein einziger Mann und eine einzige Frau, die sich von morgens bis abends gegenseitig bedrängen und glauben, alles voneinander bekommen zu müssen, was die Welt zu bieten hat. Und wenn es nicht klappt, sind sie voller Wut und Groll und lassen alles sausen, um unter genau den gleichen Bedingungen mit jemand Neuem von vorne anzufangen.«

»Ist es denn nicht ein natürlicher Instinkt, sich als Paar zusammenzutun?« fragte ich. Ich war müde und durcheinander, ich sah Caterina und Maria Blini vor mir: sie geisterten durch dieses Gespräch, und ich vermochte keine von beiden festzuhalten.

»Doch«, sagte Polidori, »aber für sich genommen wäre es ein zeitlich begrenzter Instinkt, der sich verschiebt oder sich jedenfalls weiterentwickelt. Wir dagegen wollen ihn im

Eisschrank der Ehe oder des Zusammenlebens einfrieren, ihn ein Leben lang so fortdauern lassen, wie er am Anfang war. Gesellschaftlich gesehen ist es das einfachste, und man braucht dazu weniger Kraft, weniger Platz, weniger Zeit, weniger Phantasie.«

»Andererseits weiß ich nicht, wie viele Frauen bereit wären, wie Hennen zu leben.«

»Vielleicht kommt es auch darauf an, wer der Hahn ist, oder?« fragte Polidori mit einem Lächeln um die Lippen. »Frauen sind anders als Männer. Sie haben völlig andere innere Mechanismen. Es ist eine der größten Dummheiten der siebziger Jahre gewesen zu behaupten, daß Männer und Frauen gleich sind. Frauen sind komplizierter und intelligenter und sensibler als Männer, aber sie haben andere Instinkte und andere Bedürfnisse, sie suchen etwas anderes. Sie haben den Instinkt, sich an einen einzigen Mann zu binden, wenn es einer ist, der genug Energie hat.«

»Und wenn er nicht genug Energie hat?« fragte ich.

»Dann geht es ganz einfach nicht«, sagte er lachend. »Polygamie kommt eben nicht für jeden in Frage, Roberto. In keiner Tiergesellschaft und auch nicht in den menschlichen Gesellschaften, in denen es sie noch gibt. Sie kommt nur für den in Frage, der Kraft und Geist genug hat, um sie sich leisten zu können. Sonst gäbe es ein schreckliches Durcheinander.«

Diese Gedanken kannte ich zum Teil schon aus seinen Romanen; schon beim Lesen hatte ich nicht ganz verstanden, inwieweit sie paradox oder symbolisch waren und inwieweit er wirklich daran glaubte. Sein Ton schwankte ständig zwischen Anteilnahme und Distanziertheit, zwischen Ironie und Aggressivität. Ich dachte an seine Frau Christine, an die Pistole im Handschuhfach vor mir, an die merkwürdige Art, wie er Cecilia, die Fallschirmspringerin, behandelt hatte, an seine galante Zuvorkommenheit gegenüber Caterina.

Er sagte: »Ich würde gern ein Buch darüber schreiben. Die Geschichte einer Ehe, die sich auflöst, und mit ihr löst sich auch die Geschichte auf, ihre Bruchstücke streben in tausend verschiedene Richtungen auseinander. Nur fehlt mir dazu die nötige Distanz, so wie dir zu deiner Geschichte, als du in Mailand warst. Nur mit dem Unterschied, daß ich nicht in eine andere Stadt umziehen, sondern ein neues Leben anfangen müßte.«

Aber dann wollte er nicht weiter darüber reden; er schob eine CD in die Stereoanlage: Michael Bloomfield, der auf seiner E-Gitarre einen zwölftaktigen Blues improvisierte, geschmeidig und von strömender Energie.

Als wir das Auto endlich in der Garage abgestellt hatten und mit dem Landrover bei seinem Haus ankamen, war es halb drei, sämtliche Hunde fingen zu bellen an.

Polidori holte aus dem Kofferraum eine samtbezogene Schachtel mit dem Preis, den er angeblich abholen sollte und der ihm schon in Rom verliehen worden war. Er öffnete sie unter der Lampe in der Diele und zeigte mir die vergoldete Figur, einen geflügelten Widder; auf dem Sockel war sein Name eingraviert. Dann holte er aus seiner Hosentasche zwei kleine Päckchen aus einem Schmuckgeschäft, sah sie kurz an und gab mir eins davon, sagte: »Für Caterina. Sag ihr, du hast es in Arezzo gekauft.«

»Aber das geht doch nicht«, protestierte ich und wollte es ihm zurückgeben.

»Laß das, Roberto«, sagte er. »Erzähl ihr keine Einzelheiten. Sag ihr nur, daß die Feier langweilig und die Stadt sehr schön war, daß wir viel gegessen haben.«

»Einverstanden«, gab ich nach, immer noch zögernd

wegen des Päckchens in meiner Hand; wir verabschiedeten uns mit der üblichen kurzen und kräftigen Waffenbrüder-Umarmung.

Als ich schon auf der Treppe war, sagte Polidori: »Roberto?«

»Was ist?« fragte ich, über das Geländer aus altem Holz gelehnt.

»Danke«, sagte Polidori.

Fünfzehn

Als Caterina und ich zum Frühstück herunterkamen, war Christine Polidori nervöser, als ich sie je erlebt hatte. Wir hörten sie hinten im Korridor das Kindermädchen und die Kinder anschreien; dann kam sie und fragte uns, ob wir etwas brauchten, und mir schien, daß sie auch uns feindselige Blicke zuwarf.

Sie stellte mir Fragen über die Preisverleihung in Arezzo; wie Polidori mir empfohlen hatte, antwortete ich so vage wie möglich. Ihrem Ton nach zu urteilen, glaubte sie mir nicht recht und hatte sich auch durch das Geschenk aus dem Juweliergeschäft nicht besänftigen lassen, während es Caterina völlig aus der Fassung gebracht hatte.

Ich hatte es ihr gleich beim Aufwachen aufs Kopfkissen gelegt; widerstrebend hatte sie danach gegriffen, denn sie war immer noch eingeschnappt, weil Polidori und ich sie nicht auf unseren Ausflug mitgenommen hatten. Dann packte sie es aus, und eine kleine Schachtel kam zum Vorschein, und in der Schachtel waren zwei wunderschöne alte goldene Filigran-Ohrringe. Sie ließ sie vor Überraschung beinahe fallen; rief: »Spinnst du?« Aber ich war selbst fassungslos, und ich war ein schlechter Lügner; ich lächelte ihr völlig unnatürlich zu, sagte: »Ein kleines Mitbringsel.«

Aber die ganze Sache machte ihr keine reine Freude: noch beim Frühstück, während wir Zwieback mit Honig aßen, sah sie mich mit ihren wunderschönen Ohrringen an den Ohren leicht beunruhigt an.

Christine sagte uns, daß Polidori schon frühmorgens

nach Florenz gefahren war, um seinen Sohn zum Bahnhof zu bringen. »Keine Ahnung, wann er zurückkommt«, sagte sie; und es war klar, daß er häufig unter irgendeinem Vorwand verschwand.

Am Nachmittag kam er zurück. Er begrüßte flüchtig seine Frau und seine Kinder, kam zu mir und Caterina an den Kamin. Er schien in bester Laune; »Wie schön, wenn man nach Hause ins Warme kommt und Freunde da sind«, sagte er zu Caterina. »Ist der Winter nicht eine herrliche Jahreszeit?«

»Doch«, pflichtete Caterina ihm bei, keine Spur mehr beleidigt.

Polidori berührte einen der Ohrringe, als sähe er ihn zum ersten Mal; dann sagte er: »Roberto hat Geschmack, aber erst an deinen Ohren kommen sie richtig zur Geltung. Dir würden sogar zwei Stückchen Blech gut stehen.«

Und wieder zuckte unangebrachte und ungerechtfertigte Eifersucht in mir auf, als ich Caterinas Blick sah.

»Wollen wir ein Stück spazierengehen, solange es noch hell ist?« fragte Polidori.

Zu dritt gingen wir hinaus, warm eingemummt in Jacken und Stiefel, die für Gäste zur Verfügung standen, liefen mit den weißen Hunden durch den Wald. Wie immer bestimmte Polidori das Tempo; als Caterina stehenblieb, um sich einen zersplitterten Baumstamm anzusehen, sagte er: »Weiter, nicht zurückbleiben. Wenn du stehenbleiben willst, mußt du zuerst ein Stück vorausrennen, wie die Hunde.« Sie lachte und ging sofort weiter; ich fragte mich, wie sie reagiert hätte, wenn ich sie so angetrieben hätte.

Polidori sagte: »Christine wird schrecklich wütend, wenn wir zusammen spazierengehen, sie sagt, ich mache immer nur Zwangsmärsche. Aber Spaziergänge im Schlenderschritt finde ich unerträglich. Und mit den Kindern ist es noch schlimmer, so als müßtest du ständig eine innere Bremse ziehen. Und mein Großer weigert sich aus purem Trotz, auch nur zehn Meter zu laufen. Wenn ich laufe, dann will ich wirklich laufen. Ich will meine Beinmuskeln spüren, mein Herz klopfen spüren und müde nach Hause zurückkommen.«

»Ich auch«, sagte Caterina; sie hätte ihm in allem recht gegeben.

Polidori begann wieder: »Heutzutage legt doch jeder so wenig Kraft in alles, was er tut. Sogar in die Stimme und in die Gesten. Alle sind darauf bedacht, nur ja nicht aus der Fassung zu geraten, sich keine Blöße zu geben, sich nicht zu verausgaben. Aber dann gehen sie womöglich ins Fitneßcenter, um Kalorien zu verbrauchen oder quälen sich mit irgendeiner Schlankheitsdiät oder joggen wie die Blöden.«

Und Caterina: »Da hast du wirklich recht. Roberto will sich auch nie bewegen. Er würde am liebsten immer mit dem Auto rumfahren.«

»Stimmt doch gar nicht«, protestierte ich, von jäher Wut erfüllt beim Gedanken, daß sie mich auf die Form von mir festnageln wollte, die ihr wohlbekannt war. »Was für einen Blödsinn erzählst du da. Vielleicht laufe ich nur mit dir nicht. Vielleicht ist es mir zu langweilig, mit dir zu laufen.«

»Na, na, ihr werdet doch nicht streiten?« beschwichtigte Polidori.

»Ach, er ist ein bißchen hysterisch«, erklärte Caterina, ohne mich anzusehen. »Bei der kleinsten Bemerkung geht er in die Luft.«

»Ja«, sagte Polidori, »aber unter seiner rauhen Schale ist er sehr anhänglich. Gestern mußte ich zwei Stunden opfern, um mit ihm die Ohrringe für dich kaufen zu gehen.«

Caterina gab keine Antwort; aber auch die Geschichte mit den Ohrringen begann mir auf die Nerven zu gehen, am liebsten hätte ich die Sache klargestellt und ihr gesagt, daß sie ein Geschenk von Polidori waren.

Er wechselte das Thema, sagte zu Caterina: »Seltsam, daß du Augenärztin bist. Wenn man dich so ansieht, hält man dich für eine Träumerin, aber mit einer gewissen Präzision in deinen Bewegungen, oder einer besonderen Klarheit. Man merkt, daß deine Arbeit mit dem Blick zu tun hat.«

»Ja?« meinte sie geschmeichelt.

Polidori sagte: »Vor zwei Jahren bin ich auf einmal kurzsichtig geworden, und ein berühmter Kollege von dir hat mir eine Brille verschrieben. Aber ich hatte keine Lust, sie aufzusetzen, und so habe ich meine Sehschärfe wiedergewonnen.«

»Wie das?« fragte Caterina verblüfft.

»Ich habe mir einfach Tag für Tag immer wieder gesagt, daß ich ausgezeichnet sehe. Man kann auf diese Weise jede Krankheit loswerden. Oder sie sich zuziehen, was weit weniger Willenskraft erfordert.«

»Klar«, sagte Caterina, obwohl ich wußte, daß sie in diesem Punkt ganz andere Ansichten hatte.

Dann gingen wir ein Stück bergab, und sie lief mit den Hunden voraus. Polidori sagte zu mir: »Viele Grüße von Cecilia.«

»Hast du sie wiedergesehen?« fragte ich, ohne zu bedenken, wie unangenehm ihm allzu direkte Fragen waren.

Er zeigte zum bedeckten Himmel hinauf; sagte: »Heute wird nichts aus dem Fallschirmspringen.« Er hob eine Handvoll Schnee auf, preßte ihn zu einer Kugel und warf sie auf einen der weißen Hunde, der auf ihn zustürmte. »Findest du es nicht auch manchmal schrecklich, wie simpel unsere Grundmuster sind? Wenn du mal darauf achtest?«

»Welche Grundmuster?« fragte ich. Daß er Cecilia wiedergesehen hatte, überraschte mich; am Abend zuvor war ich fast sicher gewesen, daß sich sein Interesse für sie erschöpft hatte.

»Zum Beispiel daß wir immer das wollen, was wir nicht kriegen können, und verschmähen, was man uns gibt. Daß wir denen nachlaufen, die sich uns entziehen, und uns denen entziehen, die uns nachlaufen. Das ist schon bei einem Dreijährigen so. Und es findet keine Weiterentwicklung statt, da kann man noch so alt werden und noch so viele Erfahrungen sammeln. Wir schaffen es lediglich, die Oberfläche komplizierter zu gestalten und uns bestimmte Verhaltensweisen anzueignen, das Grundmuster aber bleibt dasselbe, eine Art Gesetz der Waage, wenn eine Waagschale nach oben geht, senkt sich die andere, unvermeidlich und ganz automatisch.«

»Ja«, sagte ich und versuchte dabei herauszufinden, wie sich diese Überlegungen auf mich und Caterina anwenden ließen; und auf Maria Blini. Ich fragte mich, wo er Cecilia wiedergesehen hatte, was sie gemacht hatten.

Polidori ging ein Stück vor mir, er sah mich nicht an. Dann drehte er sich um: »Kennst du diese Momente der blanken Angst, wenn du um eine Frau wirbst? Wenn alles gesagt ist, was zu sagen ist, und die Situation stagniert und du etwas tun mußt, um auf eine andere Ebene zu gelangen?«

»Ja«, sagte ich, obwohl mit Maria Blini sie diejenige gewesen war, die den entscheidenden Schritt getan hatte. Um Caterina hatte ich eigentlich nicht werben müssen, es war eine gleichberechtigte Begegnung gewesen, ich konnte mich nicht erinnern, daß einer von uns die Initiative ergriffen hätte.

Polidori fuhr fort: »Du bist in der Schwebe in glasklarer Luft, auf der Kippe zwischen dem rationalen und dem irrationalen Teil deines Wesens. Und du wartest nur auf den richtigen Augenblick, um die Sache ins Rollen zu bringen, einen Kontakt zwischen den beiden Körperfeldern herzustellen, und dich dann von der Kettenreaktion mitreißen zu lassen, die dieser Kontakt auslöst. Es ist wie ein Sprung ins Nichts und genauso riskant, stimmt's?«

»Ja«, sagte ich wieder, aber mir war etwas unbehaglich zumute, denn Caterina war nur ein paar Meter vor uns, und er sprach nicht eben leise.

»Der kurze Augenblick«, fügte er hinzu, »in dem eine gedachte Geste zur vollzogenen Geste wird. Dieser Sekundenbruchteil voller Ungewißheit und Angst. Aber es ist eine der angenehmsten Arten von Angst, die es gibt.«

Caterina war stehengeblieben und wartete auf uns, sie kraulte einen der großen Hunde am Kopf und blickte uns entgegen; ich hoffte nur, daß Polidori das Thema wechselte.

Polidori sagte: »Und gleich darauf läßt du dich von diesem lächerlichen Besitzerstolz packen, du meinst alles im Griff zu haben, was sich dir noch vor einer Sekunde entzog. Du möchtest endlich auf deine Kosten kommen, nicht wahr? Solange es geht.«

»Worüber redet ihr?« fragte Caterina, halb kokett, halb mißtrauisch, im Bewußtsein, daß Polidoris Blick auf ihr ruhte.

»Über Frauen«, antwortete er im Ton eines charmanten Kompliments.

Abends aßen wir zu viert, und diesmal war die Atmosphäre gelöster, Polidori war immer noch guter Laune. Er bemühte sich, auch seine Frau ins Gespräch einzubeziehen, redete ungezwungen, war fast nie zerstreut. Er erzählte von einem falschen Matisse, den ihm ein Freund, ein Kunstfälscher, geschenkt hatte und den er an seinen japanischen Verleger weiterverschenkt hatte, ohne ihm zu sagen, daß es eine Fälschung war, so daß der Verleger, als er das Bild später verkaufen wollte, ins Gefängnis kam. Er verfügte über ein scheinbar unerschöpfliches Repertoire an Geschichten dieser Art, wahren Geschichten, die wie erfunden klangen, die er aber tatsächlich erlebt hatte. Und er verstand sie zu erzählen: verstand den Moment und die Menge der Details genau richtig zu bemessen, die wesentlichen Elemente hervorzuheben und den Rest gnadenlos wegzulassen. Sogar seine Frau, der seine Geschichten sicherlich nicht neu waren, hörte gespannt zu, nur noch eine leichte Spur von Groll in den Augen.

Als wir dann vom Tisch aufstanden, sagte er, daß er am nächsten Vormittag nach Rom zurückfahren wolle, und zu mir und Caterina: »Ihr könnt hierblieben, wenn ihr wollt«, als stelle er uns das ganze Haus und das ganze Anwesen zur Verfügung. Wir erklärten eilig, daß wir ebenfalls abreisen müßten; es war schon der fünfte Januar, und wir hatten noch nichts hinsichtlich der Rückfahrt geplant, sein Entschluß traf uns völlig unvorbereitet.

Und innerhalb weniger Minuten fiel die weihnachtliche Trägheit, die Caterina und mich noch verbunden hatte, von uns ab, ließ uns in der Kälte unserer jeweils verschiedenen Pläne zurück. Caterina fragte mich, ob ich vorhätte, das Auto nach Rom mitzunehmen oder ob ich es ihr lassen wolle, und ich war darüber so verwirrt, daß ich nicht wußte, wie ich ihre Frage deuten sollte, mir schienen viel dramatischere Entscheidungen dahinterzustecken. Wieder ging ich auf einen Abgrund zu, und wieder war es ein Abgrund, von dem ich geträumt hatte; wieder versuchte ich mich dagegen zu stemmen und strebte doch vorwärts.

Schließlich meinte Caterina, daß sie lieber mit dem Zug zurückfahre; wir sahen im Fahrplan nach, und die Art, wie ihr langer Zeigefinger die winzigen gedruckten Ziffern entlangfuhr, erfüllte mich mit Bedauern und Verlustangst, mit dem Gefühl, vor vollendeten Tatsachen zu stehen. Ich dachte auch an die Reisevorbereitungen von Polidori und seiner Familie: wie ganz anders sie sein mußten, obwohl sie parallel zu den unseren verliefen.

Ich rief Bedreghin in Rom an und fragte ihn, ob ich bei ihm wohnen könne, und während ich die Nummer wählte, fand ich diese Idee alles andere als verlockend. Er antwortete in dem Ton, den ich in Erinnerung hatte, nicht freundlich und nicht direkt: »Ja, ich habe es dir doch schon zugesagt.« Er nannte mir die Adresse; ich schrieb sie in mein Notizbuch, unter das I von Ich.

Dann schlüpfte ich zu Caterina ins Bett, und wir vermieden es, über irgend etwas zu sprechen, dumpf und undramatisch wie die Dinge sich entscheiden, ohne daß man etwas entscheidet.

Sechzehn

Viel hatte ich mir von Bedreghins Wohnung nie erwartet, aber als ich mit dem auf der langen Fahrt heißgelaufenen vw in Rom ankam und mich durchzufragen begann, geriet ich in einen ziemlich deprimierenden Teil der Stadt. Es war nicht allzu weit vom Zentrum entfernt, aber auch nicht nah, von kleinlicher und schäbiger Wohlanständigkeit, überflutet von einem scheinbar richtungslosen und ziellosen Verkehr. Die Gesichter, die ich auf den Gehsteigen sah, waren desinteressierte und selbstzufriedene Gesichter von Ministeriumsangestellten und von Gattinnen, Großmüttern und Kindern von Ministeriumsangestellten, die zu kleinen Besorgungen unterwegs waren oder auch nur gemächlich ihr Territorium durchschritten. Das Licht, das den Raum sättigte, ohne Schattenzonen übrigzulassen, die drückende Hitze, die durch das Autofenster zu mir hereindrang, verschlimmerten die spießige Schäbigkeit der Häuser noch. Das ganze Szenarium hatte eine ungesunde Ausdünstung, süßlich wie der Geruch der Abgase und beißend wie der feine Staub, der jede Oberfläche bedeckte.

Bedreghin wohnte in einem alten, aus drei Blöcken bestehenden grauen Mietshaus an einem trichterförmigen Platz, auf den vier oder fünf lange, abfallende, stark befahrene Verkehrsstraßen mündeten. Ich fragte die argwöhnische Hausmeisterin, in welchem Stock Bedreghin wohnte; sie musterte mich ein paar Sekunden lang, bevor sie sagte »Im fünften«. Schon beim Anblick der Briefkästen im Parterre krampfte sich mein Herz zusammen, beim Hinauffahren gaben mir der käfigartige Aufzug und das Treppenhaus den Rest.

Bedreghin machte auf, sagte »Grüß dich, Bata«, mit einem mißtrauischen Flackern in den wäßrigen Augen; kraftlos drückte er mir die Hand. Dann fragte er: »Soll ich eine Wohnungsführung machen?« Er hatte Pantoffeln an den Füßen, schlurfte über die schwarzweißen Bodenfliesen.

Die Wohnung bestand aus zwei Zimmern, Bad und Küche, sie war eng und finster und in einer Art pseudo-antikem Stil eingerichtet: dunkle Holztäfelung an der Decke und den Wänden, Fenster mit bleigefaßten sechseckigen kleinen Scheiben. Alles war voller Staub und voller Autolärm, der von einem Platz heraufdrang, wo der Verkehrsstrom von den bergab führenden Straßen her nie abriß. Ich öffnete ein Fenster, mußte es aber sofort wieder schließen, der stechende, süßliche Gestank und der Lärm und das Licht waren unerträglich.

Bedreghin schien auf die pseudo-antike Wohnungsausstattung ziemlich stolz zu sein: »Die Wohnung hat einem Onkel von mir gehört. Er war Oberst bei der Finanzpolizei und hat sie mir überlassen, als er nach Treviso zurückging.«

Das Zimmer, das er mir zugedacht hatte, war noch dunkler als das andere und noch ungünstiger geschnitten, es enthielt ein paar alte, nicht zusammenpassende Stühle und einen Tisch und einen Schrank, alles genauso dunkel wie die Deckentäfelung und die Fensterrahmen. Ich ließ mir einen Lappen und einen Besen geben, versuchte ein bißchen Staub zu beseitigen, bevor ich meinen Koffer öffnete.

Später, nachdem Bedreghin mich informiert hatte, wieviel Miete ich bezahlen mußte und wie wir uns den Kühlschrank teilen sollten, setzten wir uns in die häßliche Küche und plauderten ein wenig. Er erzählte mir, daß er nur ein paar Tage im Veneto geblieben sei, weil man den Abgabetermin für das Filmdrehbuch, an dem er gerade arbeitete, vorverlegt hatte, und er sich mit verdoppeltem Tempo daranmachen mußte. Er sah tatsächlich müde aus: sein alterndes Jungengesicht war grau und schlaff, sein großer, plumper Körper hing halb auf dem mit eingetrockneter Milch und Tomatensoße überkrusteten Tisch.

Er wollte unbedingt wissen, was ich in den Ferien gemacht hatte, und um ihn zufriedenzustellen, mußte ich ihm erzählen, daß ich bei Polidori in der Toskana gewesen war. Er schien sehr erstaunt: »Donnerwetter, ihr klebt ja regelrecht aneinander.«

»Wir sind gute Freunde«, sagte ich. Er sah mich ohne ein Wort an, in seinen Augen schwamm wieder eine Spur Argwohn und humorloser Ironie.

Später gab er mir den Zweitschlüssel zu seiner Wohnung und ging in einem Geheimpolizei-Mantel mit Gürtel um die Taille und Mokassins mit Plateausohlen anstelle der Pantoffeln zu einer Verabredung mit einem Filmproduzenten wegen des Drehbuchs.

Als ich allein war, räumte ich meine Kleider in den Schrank, stellte meine Schreibmaschine auf den Tisch und legte den Ordner mit meinem unvollendeten Roman daneben. Ich ging durch die kleine dunkle Wohnung, und sie erschien mir nicht gerade als großer Schritt nach vorn im Vergleich zu meinem Hotelappartement oben auf dem Hügel oder mit Caterinas und meiner Wohnung in Mailand, aber mir war klar, daß sie ein weiterer Schritt weg von meinem alten Selbst war.

Bedreghins Zimmer war abgeschlossen; im Kühlschrank lag nur ein halbes Päckchen Käsescheibletten und eine Tüte H-Milch, ein vertrockneter Rest Mozzarella-Brot in einer Plastikschale aus einem Schnellimbiß. In mir stieg ein so heftiger Schwall von Verzweiflung auf, daß ich mein Notizbuch holte und Marias Nummer heraussuchte.

Feige wie ich war, hatte ich sie unter der Rubrik »Fotokopien« eingetragen, aus Angst, daß Caterina sie entdecken könnte; das Kärtchen, auf dem Maria sie damals bei dem Fest mit ihrem Schlüssel eingeritzt hatte, war in meinem Führerschein versteckt. Mit pochendem Herzen drehte ich die Wählscheibe, aber ich glaubte mir keine großen Hoffnungen machen zu dürfen, ich war sicher, daß ich wieder nur den Anrufbeantworter antreffen würde.

Statt dessen nahm sie selbst ab: sagte »Ja?« mit merkwürdig atemloser und besorgter Stimme.

Ich antwortete nur »Endlich« und konnte kaum fassen, daß ich es geschafft hatte. »Ich bin's, Roberto Bata. Entschuldige die vielen Nachrichten, die ich wie ein Irrer auf dein Band gesprochen habe.«

»Es waren ja nur vier«, sagte sie in scherzhaftem Ton, dem man aber anhörte, daß sie an aufdringliche Anrufe von Verehrern gewöhnt war. »Ich dachte, du hättest gleich wieder das Interesse verloren.«

Jedes ihrer Worte rief mir unsere Begegnung bei dem Fest in Erinnerung; ich hatte das Gefühl, als ob ihre Lippen nur wenige Zentimeter entfernt wären.

»Ich hab nicht das Interesse verloren. Keineswegs. Verlange ich zuviel, wenn ich dich um ein Wiedersehen bitte? Ist es ein ganz unmögliches Ansinnen?« Ich bemühte mich verzweifelt, unbefangen zu wirken, und merkte, daß es mir nicht gelang, daß ich wie ein Papagei redete.

Maria sagte: »Weiß nicht, kommt drauf an. Wann würdest du mich denn sehen wollen?«

»Jetzt gleich«, antwortete ich, von dem leicht grausamen Unterton in ihrer Stimme noch mehr aus der Deckung gelockt.

»Ich wollte gerade weggehen. Vielleicht heute abend, ich weiß noch nicht genau.«

Sie schien unentschlossen, und schon allein diese Vorstellung ließ mein Herz noch schneller schlagen. Ich fragte: »Und wann weißt du es? Wovon hängt es ab?«

Sie erklärte: »Ich bin halb verabredet, aber es ist noch nicht sicher.«

»Sag es mir, wann du willst. Auch im letzten Moment«, antwortete ich und wußte, daß Polidori recht hatte, als er vom Gesetz der Waage sprach, daß man den verfolgt, der einem davonläuft, und vor dem flieht, der einen verfolgt, aber ich konnte nichts dagegen machen, ich hatte nur den Wunsch, sie zu sehen. Ich sagte: »Ich bin zu Hause. Ruf mich an, falls wir uns sehen können, auch noch um acht. Ruf mich an, ich hole dich ab.«

Sie schien nicht ganz überzeugt, erwiderte aber: »Na gut, ich ruf dich an.« Sie ließ sich meine Telefonnummer geben, legte auf.

Dann wußte ich nicht mehr, was ich tun sollte. Ich nahm meinen Roman aus der Plastikhülle, knipste die Lampe an. Ich überflog die getippten Seiten und fand nichts als boshafte Schilderungen Mailands und der Beziehungen in der *Prospettiva*-Redaktion, meiner durch einen allzu durchsichtigen Schleier der Fiktion gefilterten Beziehung zu Caterina. Nichts von dem, was mich jetzt bewegte, keines der Gefühle, von denen mein Kopf voll war und die mir im Blut kreisten.

Trotzdem versuchte ich weiterzuarbeiten, weil ich es Polidori versprochen hatte und weil ich nichts anderes zu tun hatte. Ich verbesserte ein paar Dialoge, strich da und dort Adjektive durch, die mir beim Wiederlesen peinlich waren. Aber mir kam einfach keine Idee, wie ich weitermachen sollte, und ich konnte mir keinen Schluß vorstellen.

Nachdem ich Polidoris Romane gelesen hatte, fand ich meine Geschichte plump und zu simpel: mit nur einem Blickwinkel und einem einzigen Erzählstrang, ohne Verwicklungen und ohne Reiz und ohne Raffinement.

Zuletzt war ich zu hungrig, ich ging hinunter und trat auf den trichterförmigen Platz, in den Lärm und die Helligkeit hinaus. Ich aß vier Thunfischsandwiches in einer trostlosen großen Bar voller Stammgäste, die rauchten und Kaffee tranken und mit den Barkeepern scherzten, danach ging ich auf einer der Verkehrsstraßen ein Stück den Hang hinauf. Der Touristenrummel der Altstadt und die ruhige Abgelegenheit des Hotels auf dem Hügel jenseits der Brücke waren in weiter Ferne; hier gab es nichts als schäbige, ordinäre Trostlosigkeit: kleine Supermärkte und Schreibbüros und Kfz-Werkstätten, neofaschistische Parolen an den Mauern, Notar- und Arztschilder neben den Haustüren. Es war zwei Uhr, und niemand war unterwegs; die alten Mauern dünsteten Gerüche von Tomatensoße und chemischen Reinigungsmitteln aus, die Gebäude waren wie Behälter einer langen und dumpfen Agonie. Das Gefühl der Fremdheit, das ich für diesen Ort empfand, war so stark, daß es mir in den Lungen wehtat und mich zwang, so schnell zu gehen, wie ich konnte.

Als ich in Bedreghins pseudoantike Wohnung zurückkam, fühlte ich mich nicht erleichtert, die Atmosphäre drinnen schien sich von der draußen in nichts zu unterscheiden. Die Lebensspuren, die Bedreghin und vor ihm sein Onkel hinterlassen hatten, waren ebenso deprimierend wie die draußen in den Straßen; es war zwecklos, nach Zuflucht bietenden Winkeln zu suchen.

Aus dieser Perspektive gehörte Polidori einer fast unwirklichen Dimension des guten Geschmacks und des Wohlgefühls an: ich dachte an seine Erzählungen und an sein Haus in der Toskana und seine Kleidung und seine Gebärden wie an eine Fata Morgana. In einer Art Untergangsstimmung rief ich bei ihm an, begierig darauf, mich an seine Wesensart zu klammern und einen Halt zu finden.

Ich hörte seine Stimme vom Anrufbeantworter, aber kaum hatte ich meinen Namen gesagt, antwortete er selbst, genauso herzlich wie am Morgen, als wir uns verabschiedeten. Er sagte: »Roberto, wohin hat es dich verschlagen? Ich hab im Hotel nach dir gefragt, aber die wußten nichts.«

Ich erklärte ihm, daß ich ein Zimmer bei Bedreghin gemietet hatte, weil das Hotel zu teuer und zu abgelegen war.

»Bei Bedreghin?« fragte er ungläubig. »Aber da gehst du doch an Depressionen zugrunde. Hast du nicht gesehen, wie er ist, dieser Bedreghin? Wie bist du denn darauf gekommen?«

Ich sagte nur: »Die Wohnung ist wirklich nichts Besonderes«, erschrocken über die Enttäuschung, die ich aus seinem Ton herauszuhören glaubte, so als hätte ich etwas getan, das seinen Erwartungen nicht entsprach. »Ich wollte einfach weniger Geld ausgeben und in einer nicht so unpersönlichen Umgebung wohnen.«

»Aber man sollte nie weniger ausgeben«, entgegnete Polidori. »Was du sparst, das fressen die Mäuse, das holt sich das Finanzamt. Dann schon lieber mehr ausgeben, immer ein bißchen über den eigenen Verhältnissen leben. Das ist die einzige Möglichkeit, sich von der Trostlosigkeit nicht verschlingen zu lassen, und es hilft einem auch, kreativ zu sein. Menschenskind, Roberto, du bist Künstler. Du mußt an deinem Buch arbeiten. Trostlosigkeit kann auch interessant sein, aber nicht diese Art von Trostlosigkeit. Die ist nur deprimierend. Wenn du eine weniger unpersönliche Umgebung willst, hättest du es mir nur zu sagen brauchen, ich hätte dir geholfen, eine anständige Wohnung zu finden.«

Ich hatte ihn angerufen, weil ich Zuspruch brauchte, und war nicht darauf gefaßt, derart angegriffen zu werden. Die Schroffheit in seiner Stimme, die sich jetzt zum ersten Mal gegen mich richtete, verletzte mich: der scharfe Ton, der jede Spur von Herzlichkeit auszulöschen, ja darüber hinaus sogar die Basis unserer Freundschaft in Frage zu stellen schien. Ich kam mir töricht und mittelmäßig vor, unfähig, mich in der Welt zurechtzufinden; sah mich bereits verschlungen von der sichtbaren und spürbaren und riechbaren Trostlosigkeit des Zimmers, in dem ich saß. Ich sagte zu ihm: »Ich hatte nicht vor, lange hier zu bleiben. Es ist nur ein Provisorium.«

»Jede Wohnung ist ein Provisorium«, antwortete Polidori. »Ein Grund mehr, sie sorgsam auszuwählen.« Aber dann wechselte er den Ton, in seiner verwirrenden Art, den Ton zu wechseln. »Na ja, es ist immerhin eine Erfahrung. So lernst du eine andere Seite von Rom kennen, vielleicht lohnt es sich sogar.«

Das gab mir wieder etwas Mut, aber ich fühlte mich immer noch unbehaglich, wußte nicht, was ich sagen sollte. Ich starrte auf die scheußliche Reproduktion eines Van-Gogh-Gemäldes an der Wand, am liebsten wäre ich aufgestanden und hätte sie abgehängt.

Polidori sagte: »Heute abend habe ich leider schon einen Termin, aber falls ich mich loseisen kann, rufe ich dich an, dann könnten wir zusammen essen gehen.«

Jetzt schien er es vor allem eilig zu haben. Ich wollte ihm noch schnell meine neue Nummer geben; er sagte, die habe er schon, und beendete das Gespräch: »Stürz dich nicht gleich aus dem Fenster, Roberto, es ist eine Wohnung wie jede andere, so schlecht ist sie auch wieder nicht, du wirst sehen.«

Verwirrt legte ich auf. Ich konnte mir nicht erklären,

weshalb Polidori so verärgert gewesen war; weshalb er dann wieder seine Meinung geändert hatte; was für Erwartungen er an mich stellte. Ich nahm die Van-Gogh-Reproduktion von der Wand und versteckte sie in einer dunklen Ecke; ich riß das Fenster auf, mußte es aber auch diesmal gleich wieder zumachen. Maria Blini schien mir der einzige Halt und Trost in einem unentzifferbaren Panorama; mit konzentrierter Intensität hoffte ich auf einen Anruf von ihr.

Gegen sechs Uhr abends kam Bedreghin erledigt und in miesester Laune von der Drehbuchbesprechung zurück. Ich hörte, wie er seine Zimmertür aufschloß, irgend etwas auf den Boden warf und wieder abschloß. Dann kam er zu mir, denn es gab nur einen Telefonanschluß in der Wohnung, und der befand sich in meinem Zimmer. Er sagte: »Ich schließe bei mir immer ab, weil meine ganze Arbeit rumliegt«, als ob es durch diese Erklärung für mich weniger beleidigend wäre.

Er bat mich auch, ihn beim Telefonieren allein zu lassen; von der Küche aus hörte ich ihn schimpfen: »Was zum Teufel kann ich dafür, wenn die Außenaufnahmen jetzt auf einmal nach Paris verlegt werden. Das ist doch nicht meine Schuld, Himmel nochmal. Die erste Abschlagszahlung ist trotzdem fällig.« Schon in der Redaktion war mir aufgefallen, daß er sich vor allem, wenn es um berufliche Angelegenheiten ging, an den römischen Tonfall anzupassen suchte, der schlecht zu seinem venetischen Grunddialekt paßte.

Immer noch aufgebracht kam er in die Küche: »Diese Hurensöhne, keinen Augenblick darfst du ihnen den Rükken kehren. Dich einmal anzuschmieren reicht ihnen nicht, verstehst du? Das Prinzip besteht darin, dich zwei- und drei- und viermal auszuschmieren, wenn sie es schaffen, und dabei lächeln sie dich die ganze Zeit an, als ob du ihr bester Kumpel wärst. Du wirst es auch noch erleben, wenn du mal ein paar Aufträge kriegst.«

Ich sah ihn an, wie er am Kühlschrank stand, in seinem Anzug, der zu blau war, um dunkelblau zu sein, mit dem abgewetzten Hemd und den zu langen Hosen, und merkte, daß hinter seinem arroganten und plumpen und ängstlichen Gehabe auch eine Spur Verletzlichkeit steckte. Das ständige Auf-der-Hut-sein, das einsame Leben mit zu wenig Schlaf und schlechtem Essen in der engen dunklen und staubigen Wohnung mußte ihn zermürbt haben.

Er fing sich jedoch rasch; gleich darauf lächelte er wieder auf seine humorlose, spöttische Art: »Ich hab dein Meisterwerk drüben auf dem Tisch gesehen.«

Ich sagte: »Ich arbeite noch dran, ich bin noch nicht fertig«, ging hinüber und legte meinen Roman in die Schublade, schlug die Tür hinter mir zu und warf mich auf die schmale, wacklige Liege, um auf Marias Anruf zu warten.

Aber sie rief nicht an. Es wurde halb acht und acht und halb neun; nichts. Ich ging auf und ab, öffnete das Fenster einen Spalt und schaute auf den jetzt dunklen, aber immer noch lärmerfüllten Platz hinunter. Polidori hatte sich auch nicht gemeldet, ich glaubte einem Abend purer Trostlosigkeit entgegenzusehen. Bedreghin ging hinunter, um sich irgend etwas aus dem Schnellimbiß zu holen, als er wiederkam, fragte er: »Machst du eine Abmagerungskur, Bata?« Und schon schloß er sich wieder mit seinen fettigen Tüten und seiner geheimnisvollen Arbeit in seinem Zimmer ein.

Um neun versuchte ich sie anzurufen, ohne echte Hoffnung, sie anzutreffen. Sie antwortete jedoch fast sofort, in noch beunruhigterem Ton als am Nachmittag. Ich sagte zu ihr: »Ich war sicher, daß du ausgegangen bist.«

»Bin ich nicht«, antwortete sie.

»Wolltest du gerade weggehen?« fragte ich.

»Ich weiß nicht«, sagte sie. Sie schien hin und her gerissen, in nicht gerade heiterer Stimmung. Dann schlug sie unvermittelt vor: »Willst du, daß wir uns sehen?«

Ich fragte sofort, wo ich sie abholen solle, schrieb mir die Adresse auf ein Blatt meines Romans, das ich ohne hinzusehen aus dem Ordner gezogen hatte. Dann rannte ich die Treppen hinunter, ich fühlte mich plötzlich vollkommen unempfindlich gegen die Trostlosigkeit.

Ich fuhr so schnell ich konnte durch den Stadtverkehr, hielt alle fünf Minuten an, um irgendeinen Passanten nach dem Weg zu fragen; schließlich ließ ich das Auto unter den Platanen am Tiber stehen, ging zu Fuß zu dem kleinen Platz, den Maria mir am Telefon beschrieben hatte. Es war kein richtiger Platz, sondern nur eine gepflasterte Verbreiterung der Straße mit einem kleinen weißen Tempel auf einer Erhöhung, der auf den ununterbrochen am Tiber entlangströmenden Verkehr blickte; hinter dem kleinen Tempel sah man die alten Häuser von Trastevere. Ich blickte besorgt nach rechts und links; versuchte mir vorzustellen, aus welcher Richtung sie kommen mußte. Ich verstand nicht, warum sie sich nicht vor ihrem Haus mit mir verabredet hatte; warum sie mich über ihre Angelegenheiten so im dunkeln ließ.

Dann sah ich sie mit ihrem ausholenden, geschmeidigen Gang aus einer Seitenstraße kommen, ihre Haare schimmerten im Licht der Straßenlaternen. Ein paar junge Kerle, die bei einem Auto standen, starrten sie aufdringlich an. Ich ging ihr entgegen, wir gaben uns die Hand; einen Augenblick lang verharrten wir unschlüssig, dann beugte ich mich vor und küßte sie zuerst auf die eine, dann auf die andere Wange.

Ich konnte kaum glauben, daß sie wirklich gekommen

war: ich betrachtete sie, ohne zu wissen, wo ich beginnen sollte. Sie hatte die Hände in den Taschen ihres kurzen Mantels vergraben, wirkte unentschlossen und nervös. »Wohin gehen wir?« fragte sie.

»Wohin du willst«, sagte ich, und mir war klar, daß ich ihr ohne zu zögern sofort einen Ort hätte vorschlagen müssen, aber ich wußte nicht welchen, ich war zu aufgewühlt, sie vor mir zu haben.

Sie protestierte: »Nein, entscheide du«, als wolle sie auf keinen Fall eine Verantwortung auf sich nehmen, die bei mir lag. Sie schaute sich um, schnupperte in die Luft, ohne eine Spur der freundschaftlichen Vertrautheit bei unserer Begegnung damals auf der Straße oder der physischen Wärme vor dem Haus nachts bei dem Fest.

So sagte ich: »Gehen wir da lang« und führte sie aufs Geratewohl in eine enge Gasse. Ich hätte ihre Anspannung gern durch Worte gelöst und ein Gespräch in Gang gebracht, aber ich traf weder den richtigen Ton noch das richtige Thema; ich kam mir steif und unnatürlich wie ein Stockfisch vor. Ich beschrieb ihr den trichterförmigen Platz bei Bedreghins Haus; sie sagte »Schrecklich«, lächelte aber kaum.

Ich schilderte ihr Bedreghins Wohnung, Bedreghin in seiner Wohnung; sie hatte einen nervösen Gang, sah nicht nach rechts oder links, ich wußte nicht einmal, ob sie mir zuhörte. Zwei Wochen lang hatte ich davon geträumt, sie wiederzusehen, und jetzt, wo ich es geschafft hatte, entglitt mir die Situation; meine Augen suchten nach einem Restaurantschild, als gehe es um Leben und Tod.

Endlich sah ich eins, aber ehe ich vorschlagen konnte hineinzugehen, meinte Maria: »Das ist eine Touristenfalle.« »Weiß ich«, sagte ich, »wir suchen was anderes.« Aber sie war immer angespannter und ich der Panik nahe; ich kam mir linkisch und anmaßend vor, nicht im mindesten qualifiziert, ein Mädchen wie sie zum Essen auszuführen. Ich glaubte mich ins rechte Licht rücken, ihr etwas beweisen zu müssen, und hatte nichts als Worte zur Verfügung und einen unfertigen Roman, dessen Veröffentlichung in weiter Ferne lag; ich fand kein Instrument, mit dessen Klängen ich ihre Ohren hätte bezaubern können. Ich ging auf dem holprigen Pflaster neben ihr her, völlig verkrampft bei jeder Geste, die ich machte, und bei jedem kleinen Satz, den ich sagte, mir fehlte der Mut, mich bei ihr unterzuhaken, und die Unbefangenheit, mit ihr zu plaudern.

Dann kamen wir auf einen Platz mit einem beleuchteten Brunnen und einer Kirche mit bemalter Fassade und einem Restaurant. Ich zeigte es Maria; sie sagte: »Da ist es ungemütlich und außerdem zu teuer.« Aber ich war verzweifelt, ich wollte nur irgendwo Zuflucht finden; und ich stellte mir vor, daß Polidori mich aus der Ferne beobachtete, einen Anflug von Enttäuschung im Blick.

»Macht nichts«, antwortete ich, »komm, so schlecht ist es gar nicht«, und ich zog sie zum Eingang.

Wie das Restaurant von innen war, sah ich kaum, aber zum Glück gab es Platz, und das Licht war gedämpft, wir setzten uns an einen Tisch in einer Ecke. Maria erklärte, sie habe keinen Hunger, sie wolle nur eine Gemüsesuppe. Ich bestellte zwei, dazu eine Flasche von dem Wein, den Polidori bei dem Abendessen mit der Fallschirmspringerin ausgesucht hatte. Als er gebracht wurde, sagte sie: »Ich trinke nicht«, und ich hielt es für ein Zeichen einer umfassenderen Ablehnung meiner Person. Artig und kerzengerade saß sie da mit ihren wohlproportionierten Formen, blickte zur Seite oder blickte auf den Tisch, außer Reichweite meiner Worte.

Wieder stellte ich mir vor, Polidoris gnadenlosem Blick

ausgesetzt zu sein. Ich sagte zu ihr: »Ich trinke sonst auch nicht, aber wir folgen doch keinen festen Regeln, oder?« Ich füllte ihr Glas, hob das meine, um sie zu zwingen, das gleiche zu tun. »Auf dich«, sagte ich.

Sie lächelte widerstrebend und hob ihr Glas, befeuchtete kaum die Lippen. Ich versuchte mich an ihrem Lächeln festzuhalten, wie jemand, der sich an einer Welle im Meer festzuhalten versucht, die schon vorüber ist, und mit Armen und Beinen kämpft, um sie wieder einzuholen. Ich hatte Polidoris gewandtes Auftreten vor Augen, die intensive Aufmerksamkeit, mit der er Caterina oder Cecilia angesehen hatte; die Art, wie er mühelos und ohne jede Hast Interesse weckte. Nicht, daß ich ihn nachzuahmen suchte; ich benutzte ihn als Anhaltspunkt, maß meinen Tonfall an seinem.

Ich erzählte Maria von meinem Besuch in Mailand, natürlich ohne Caterina zu erwähnen; erzählte ihr von Pontresina; von der Gegend Roms, in der Bedreghin wohnte. Ich redete die ganze Zeit von Dingen, die nichts mit uns beiden zu tun hatten, aber ich formulierte meine Beobachtungen in der unvorhersehbarsten Weise, die mir einfiel, ich versuchte meinen Scharfsinn und meinen Humor hervorzukehren, versuchte natürlich zu sein. Mein Ton wurde lockerer, und nach und nach entspannte sie sich, ihr Blick kam dem meinen weniger widerstrebend entgegen. Und sie trank, fast ohne daß ich es bemerkte, in großen, unvorsichtigen Schlucken. Ich schenkte ihr immer wieder nach, paßte auf, daß ihr Glas nie leer wurde.

Der Zwischenraum zwischen uns wurde wärmer und weicher, unsere Worte begannen zu zerfließen, ihre Konturen zu verlieren. Bald schienen sie mir nur noch Klangwert zu haben, aber sie loteten die Distanz zwischen uns aus und rührten an verborgene Gedanken, gaben allem, was wir sehen und hören konnten, zusätzliche Farben und Schattierungen. Weder sie noch ich hörten jedem Satz bis zu Ende zu; wir fielen uns gegenseitig ins Wort, in einem Wechselspiel zwischen Fluchten nach vorn und ebenso raschen Rückzugsbewegungen. Ich war mir meiner Gesten immer weniger bewußt, versenkte mich immer mehr in die Nuancen ihrer Stimme, in ihr Mienenspiel.

Die Teller mit der Suppe standen vor uns, aber wir rührten sie fast nicht an, das Hantieren mit dem Besteck war ein bloßer Vorwand. Ab und zu maß ich mit den Augen den Abstand, der meine rechte Hand von ihrer linken trennte: die Hindernisse, die der Brotkorb und die Gläser bildeten. Ich ließ meine Fingerkuppen über den Stoff der Tischdecke und die verstreuten Brotkrümel gleiten, schob sie millimeterweise vor, während ich mit ihr redete und sie ansah und ihr Wein nachschenkte. Ich hatte keine Eile, ich war ganz unbesorgt; selbst wenn ich eine ganze Nacht gebraucht hätte, um sie zu erreichen, wäre ich glücklich gewesen. Mir fiel ein, was Polidori über den Schritt gesagt hatte, den man an einem bestimmten Punkt wagen mußte, um die Leere zu überwinden, aber das galt wohl nur für weitaus kühlere Situationen als diese; mir schien, daß man sich nur an der Welle festzuhalten brauchte, sie nicht loslassen durfte.

Schließlich stießen meine Fingerspitzen an die ihren, und ich spürte die Berührung der beiden Körperfelder, von der Polidori gesprochen hatte: den seltsamen Tumult der Empfindungen, der ganz punktuell begann und sich im Nu über den ganzen Körper ausbreitete, wie ein tiefer Schauer, der ein Kribbeln auf der Haut auslöst. Marias Hand war glatt und warm und ein wenig feucht, als ich aufhörte, ihr über den Handrücken zu streichen und meine Hand unter die ihre schob, Handteller an Handteller, und unsere Finger sich fester verflochten, als ich erwartet hatte.

Wir sahen uns in die Augen und redeten weiter, und die Wörter, die wir sagten, hatten sich unseren Händen noch nicht angepaßt, sie waren auf den Pfaden von vorhin zurückgeblieben. Aber wir hörten jetzt gar nicht mehr auf sie; wir aßen nicht mehr und hatten aufgehört, irgendwelche Haltungen einzunehmen. Wir sahen uns so einfach und direkt an, daß es fast primitiv war, fern von jedem Versuch, zu filtern oder zu rationalisieren.

Ich hatte von dem, was geschah, nur fließende Eindrücke: die Konsistenz ihrer Haare, so wie ich sie mir vorstellte, und die glatte Wölbung ihres Unterkiefers, die Intensität ihres Blicks, das leicht schiefe Lächeln ihrer schönen vollen Lippen, die lustigen kleinen Grimassen, die wie durch ein Wunder wieder in ihrem Mienenspiel erschienen waren. Dann ging der Wein zur Neige, und ich winkte dem Ober, eine neue Flasche zu bringen, sie aber sagte: »Genug, mir dreht sich schon der Kopf.« Und in dem gelösten Zustand, in dem ich mich befand, hatte ich Angst, sie könnte plötzlich wieder nüchtern werden, ihre Hand der meinen entziehen.

Statt dessen sah sie mich ein bißchen verloren an, blaß und vom Wein verwirrt: »Wollen wir nicht gehen?«

»Doch, natürlich. Gleich«, antwortete ich, obwohl ich keine Ahnung hatte, wohin wir gehen sollten, und ich mich an die Atmosphäre gewöhnt hatte wie ein Fisch ans Aquarium. Ich stand auf und zog ihr den Stuhl zurück, und auch mir drehte sich der Kopf, ich konnte kaum noch gerade stehen. Ich ging zur Kasse, um nicht warten zu müssen, bezahlte, ohne die Rechnung auch nur anzusehen; ich wollte nur zu Maria zurück, nicht länger als ein paar Sekunden fern von ihr sein. Als ich taumelnd an unseren Tisch zurückkam, war sie nicht mehr da; mit einem vermutlich ziemlich verzweifelten Gesichtsausdruck schlängelte ich mich zwischen den anderen Gästen durch, sah, wie sich die Gesichter nach mir umdrehten.

Sie stand draußen vor der Tür und blickte über den Platz: ein blondes junges Mädchen mit den Händen in den Taschen ihres schwarzen Mantels. Ich legte ihr den Arm um die Taille, und sie lehnte sich an meine Schulter; mit unsicheren Schritten gingen wir über das Pflaster.

Ein paarmal sagte sie: »Ich hab zuviel getrunken«, es schien ihr aber nicht zu mißfallen. Ihr Blick war beinahe so wie in der Nacht, als wir uns vor dem Haus trafen, in dem das Fest stattfand, nur mit einem zusätzlichen Anflug von Besorgtheit oder Melancholie.

Ich tat mein Möglichstes, um sie aufzuheitern: drückte sie an mich und flüsterte ihr ins Ohr, was mir gerade einfiel, und der Gedanke, daß sie so nah bei mir war, berauschte mich weit mehr als der Wein, den ich getrunken hatte. In einer Art ängstlicher und grenzenloser Euphorie kommentierte ich die Gebäude, an denen wir vorbeikamen, und die Gesichter der Leute, die uns begegneten; erzählte ihr bis ins Detail von meinen Empfindungen damals in Mailand, als ich sie zum ersten Mal sah; wie sehnlich ich mir gewünscht hatte, sie wiederzusehen.

Gleichzeitig überlegte ich, wohin ich mit ihr gehen könnte, aber mir fiel nichts ein. Ich hatte keine Lust, andere Leute um mich zu haben, und hätte nie gewagt, sie in Bedreghins öde Wohnung einzuladen, aber es war kalt und der Himmel hatte sich mit großen dunklen Wolken bezogen, wir konnten wirklich nicht mehr lange ziellos herumlaufen. Ich redete dicht an ihrem Ohr, versunken in ihren Geruch und in den Schimmer ihrer Haare, und alle paar Schritte packte mich die Angst, alles könne so jäh enden wie das erste Mal, als wir zusammen durch die Stadt gelaufen waren.

Statt dessen kamen wir in eine enge Gasse mit niedrigen

alten Häusern, an deren Mauern streunende Katzen entlangstrichen, und sie sagte: »Wenn du willst, können wir zu mir raufgehen.«

Sie sagte es so natürlich, daß es wie eine rein freundschaftliche Einladung klang, aber ihre Stimme war sehr nah und rief in mir das gleiche Kribbeln hervor wie die erste Berührung unserer Hände. »Wenn du willst«, sagte ich, ihre Hüfte umfassend und immer noch ungläubig.

Sie zog einen Schlüsselbund hervor, suchte im schwachen Licht der Gasse nach dem richtigen Schlüssel, schloß hastig auf, zur Seite spähend, als fürchte sie, von jemandem überrascht zu werden.

Drinnen führte eine enge graue Steintreppe aus dem feuchten, leicht muffig riechenden Erdgeschoß des alten Hauses nach oben. Ich folgte Maria die Stufen hinauf und wunderte mich, wieviel sicherer sie sich bewegte, jetzt, wo sie zu Hause war. Ich hoffte bloß, daß die Atmosphäre zwischen uns nicht draußen vor der Haustür geblieben war, denn wir liefen rasch die kurzen Stiegen hinauf, nach wenigen Sekunden waren wir im letzten Stock, und Maria schloß auf.

Wir traten in ein kleines Wohnzimmer, das durch keinen Vorraum, nur durch die Holztür vom Treppenhaus getrennt war. Maria knipste eine Lampe an und schüttelte ihre Schuhe ab, warf ihren Mantel über einen Stuhl. »Bin gleich wieder da«, sagte sie und verschwand auf einer kleinen Holztreppe nach oben.

Die Decke war niedrig, die Maße waren auf das Minimum beschränkt, aber angenehm und wohnlich; es gab Bücher auf Wandregalen und auf dem Boden und auf einem Sofa; Musikkassetten lagen ohne Hüllen herum, Zeitschriften, ein alter Wollpullover. Auf einem kleinen Tisch am Fenster lagen weitere Bücher, daneben Hefte und einige

Bände eines Englischkurses, Manuskripte in Schnellheftern. Zwei Stufen führten in die winzige Küche hinunter, die im gleichen Zustand der Unordnung war. Ich dachte an die schlampige und schäbige Unordnung in Bedreghins Wohnung, und dies hier erschien mir als das genaue Gegenteil davon, eine Unordnung voller lebendiger Gefühle: jeder Gegenstand, den Maria liegenlassen hatte, wo er gerade war, drückte Neugier und Unruhe und unbeschwerte Fröhlichkeit aus. Vorsichtig bewegte ich mich durch den engen Raum, betrachtete ihre Sachen, so wie ich ihre Gesichtszüge betrachtet hatte. Ich war gerührt, hier drinnen zu sein, obwohl ich sie noch so wenig kannte, in der Höhle, von der aus sie in die Welt hinausging und in die sie sich wieder zurückzog, nachdem alle andern sie gesehen hatten.

Dann kam sie herunter, sie hatte sich die Haare gekämmt und die Strümpfe ausgezogen, ihre Beine waren weiß und wohlgeformt, so wie ich sie aus dem Theaterstück in Erinnerung hatte. Mir war, als sähe ich sie zum ersten Mal ganz und aus der Nähe, ohne einen Tisch oder andere Leute oder einen Mantel dazwischen, und ihre Proportionen waren so harmonisch, daß sich meine Gedanken noch mehr verwirrten und ich fast atemlos ihre Bewegungen verfolgte.

»Willst du Musik hören?« fragte sie; suchte ohne meine Antwort abzuwarten aus den herumliegenden Kassetten eine aus, schob sie in den Kassettenrekorder, der in einer Ecke auf dem Boden stand. Sie kniete sich davor und stellte den Ton ein und schien selber erstaunt über die seltsamen Zupf- und Trommeltöne, die aus dem Lautsprecher kamen. Es war afrikanische Musik, eine Frauenstimme begann eine Art hypnotischen, immer wiederkehrenden Singsang, der perfekt zu den Empfindungen paßte, die mein Blut durchströmten wie das Summen von Bienen oder wie ein unterirdisches Beben.

Um nicht herumzustehen und sie anzustarren, setzte ich mich aufs Sofa, und sie setzte sich auf den Sessel, blieb aber nur eine Sekunde lang sitzen, stand wieder auf und schaute aus dem Fenster, hob ein Buch vom Boden auf, legte es auf den Tisch. Sie war wieder nervös, ganz ohne die weiche und verwirrte Trägheit, in der wir uns im Restaurant mit solcher Leichtigkeit nahegekommen waren; mir schien, daß sich mit ihren Bewegungen auch ihre Stimmung verändert hatte und sich die Leere zwischen uns wieder aufgetan hatte, noch unüberwindlicher als zuvor.

Sie fragte mich: »Möchtest du einen Malzkaffee oder sonst irgendwas zu trinken?«

Ich sagte ja, aber während ich sie betrachtete, zwei Schritte vor mir, sah ich mich schon mit der leeren Kaffeetasse in der Hand und im Begriff zu gehen, und in mir schoß eine solche Panik hoch, daß ich ohne zu überlegen die von Polidori beschriebene Methode des Sprungs ins Nichts anwandte. Ich sagte »Warte«, stand auf und faßte sie am Arm und zog sie an mich, drückte mit geschlossenen Augen meinen Mund auf ihren.

Sie öffnete halb die Lippen und kam dicht zu mir, und unsere Zungen glitten übereinander, und wir glitten ebenso geschmeidig aufeinander zu, fuhren uns mit den Händen durch die Haare und über den Rücken und über die Hüften und die Arme in einem wahren Rausch der Gefühle.

Wir küßten uns lange in dem kleinen unordentlichen Wohnzimmer, das wie eine gemütliche Höhle war, wechselten beständig die Position, gierig und unersättlich wie zwei Verhungernde, und unterdessen fing es draußen zu regnen an: durch das Fenster sahen wir die Blitze, wir hörten den Donner, hörten das Wasser, das von allen Seiten auf unsere Höhle prasselte. Das Gewittergrollen mischte sich in die Töne der Zupf- und Schlaginstrumente der nordafrikanischen Musik, im gleichen hypnotischen und überraschenden Rhythmus wie unsere Gesten.

Dann kam ein Donnerschlag, der lauter als die anderen war und das Haus in seinen alten Fundamenten erzittern ließ. Maria löste sich von mir, sagte: »Warte, ich mach zu.« Sie zog die Rollos hinunter, sagte: »Gehen wir nach oben.«

Ich folgte ihr auf der schmalen Holztreppe in ein Zimmer mit Fenstern ringsum, das nicht größer als das Wohnzimmer war und gut zur Hälfte von einem Bett ausgefüllt wurde. Der Regen pladderte gegen die dunklen Fensterscheiben und auf die Dachziegel über unseren Köpfen, trommelte und plätscherte und rauschte, bis die Musik darin unterging und nur noch die monotone Frauenstimme zu hören war.

Maria zog die dunkelblauen Vorhänge zu und sah mich an, und ich umarmte sie erneut, wir fielen aufs Bett und wälzten uns eng umschlungen von einer Seite zur andern, rieben uns aneinander und küßten uns, als wollten wir uns gegenseitig auffressen, voller Ungeduld, die Stoffe wegzuziehen, die uns bedeckten, und mit den Händen über jede Vertiefung der nackten Haut zu fahren. Und als ich ihr alles ausgezogen hatte, blickte ich wie erstarrt auf ihre Formen, die so nah vor mir waren und viel weicher, als sie unter den Kleidern wirkten und als ich sie aus dem Theaterstück in Erinnerung hatte: auf das matte Weiß ihres Halses und der Brüste und des Bauchs, der Schenkel und Waden und der schmalen Fesseln und der Füße. Ich kniete über ihr und betrachtete sie: mein Blick folgte der Rundung ihrer Schulter und der Vertiefung der Achselhöhle, kreiste über ihre Brüste, wie es meine Fingerkuppen hätten tun können. Dann streckte ich die Hand aus, um eine ihrer Brüste zu streicheln, und beugte mich vor, um sie zu küssen, und die ganze Zeit war mir ihr Blick bewußt, ihre halb geöffneten Lippen und der Rhythmus ihres Atems; ihr leichter Geruch nach Honig und frischem Brot und süß schmeckendem Schweiß.

Aber ich war immer noch zweifelnd und ungläubig, während ich sie küßte und berührte und mich im Rhythmus des afrikanischen Singsangs und des Regens an ihr rieb. Sie tat nicht viel, küßte mich nur und preßte mir ab und zu die Hand auf den Rücken: sie lag flach ausgestreckt da, fast ohne sich zu bewegen, sie erwartete, daß ich mich bewegte. Ich küßte sie auf die Ohren und am Hals, leckte ihr die Nasenspitze und den Nabel und die Knie und verstand nicht, was nicht in Ordnung war: warum ihre Energie verflogen und ihr Gesicht so teilnahmslos war.

Dann klingelte das Telefon. Maria sagte »Entschuldige«, rollte sich auf die Seite und schaltete den Anrufbeantworter ein; bevor sie den Ton abdrehte, hörte ich den Anfang ihrer Ansage vom Band, die mir so oft geantwortet hatte.

Gleich darauf rollte sie sich wieder zu mir, aber ihr Blick war jetzt noch sonderbarer und abwesender als vorher. Der Anrufbeantworter neben uns nahm eine lange Nachricht auf: wir hörten beide, wie sich das Band drehte, auch wenn die Stimme am anderen Ende der Leitung in der inneren Mechanik des Geräts verborgen blieb. Ich versuchte sie wieder zu küssen, ließ meine Hand mit leichtem Druck über die Wölbung der Hüfte gleiten und die Beine hinab, ohne an irgendeinem Punkt allzu lange zu verweilen. Aber ich konnte tun, was ich wollte, es war zwecklos, ihre Zerfahrenheit lenkte auch mich ab.

Ich streichelte ihren Bauch, der seidenglatt und straff wie eine kleine Trommel war, fuhr mit den Fingern weiter hinab bis zu den zarten Härchen in der Leistenbeuge, und als ich gerade dort angelangt war, blieb der Anrufbeantworter mit einem leisen Ruck stehen. Maria preßte ihre festen Schenkel zusammen; beinahe erschrocken zog ich die Hand zurück und sah, wie sie den Kopf auf dem Kopfkissen abwandte mit tränennassen Augen.

Ich sprang auf, mit jäh gefrorenem Herzen, fragte sie: »Was ist?« Ich wollte sie dazu bringen, mich anzusehen, ich war verstört und besorgt und voller Unbehagen.

Sie sagte: »Ach nichts«; versuchte sogar zu lächeln, aber es gelang ihr nicht besonders gut. Sie setzte sich auf und zog das Laken über sich.

Ich saß neben ihr wie eine Art unfreiwilliger Verbrecher, ohne zu begreifen, was ich eigentlich falsch gemacht hatte. Ich sagte: »Tut mir leid.«

Maria trocknete sich mit einem Zipfel des Lakens die Tränen und antwortete: »Du kannst doch nichts dafür«, diesmal mit einem richtigen, wenn auch zerbrechlichen Lächeln. Drunten hatte die nordafrikanische Musik zu spielen aufgehört, und es fiel kaum noch Regen.

Ich saß da und sah sie minutenlang aus der Nähe an und sah sie nicht an, dann sammelte ich meine Kleider ein und begann mich anzuziehen. Maria streifte sich nur ihren Rock und den schwarzen Pulli über, verschwand in dem kleinen Bad neben dem Schlafzimmer. Ich zog mir das Hemd und die Hose an und Strümpfe und Schuhe; tappte durch das Zimmer, mit immer noch brennenden Lippen und dem Geschmack von Marias Mund auf der Zunge und dem Gefühl ihrer Haut an den Fingerkuppen und ihrem Duft in der Nase, mein Blut zirkulierte langsam, war wie schwerer Wein.

Sie kam mit gewaschenem Gesicht aus dem Bad, blaß und ungeschminkt wie ein kleines Mädchen, sah mich wortlos an.

Ich war gerade dabei, mir die Schuhe zuzuschnüren, und sagte zu ihr: »Ich gehe, es ist schon spät«, im normalsten Ton, den ich zustandebrachte.

Ich hoffte, sie würde mich auffordern zu bleiben, aber sie tat es nicht. Sie sagte nur: »Verzeih mir, Roberto«, dann begleitete sie mich, der ich jede Unbefangenheit verloren hatte, noch bis zur Holztreppe.

Im unteren Zimmer gab sie mir einen Kuß auf die Wange, nachdem sie schon die Wohnungstür aufgemacht hatte, und auch ich gab ihr einen; aber ich war schon draußen, rannte die Treppe hinab ins Erdgeschoß des alten Hauses.

Ich lief rasch zu der Stelle, wo ich das Auto stehenlassen hatte, es regnete jetzt wieder viel stärker. Ich begann zu rennen, zwischen den Pfützen und den Sturzbächen aus den überquellenden Regenrinnen hindurch, aber bald war ich so durchnäßt, daß ich es aufgab und in normalem Tempo weiterging, während das kalte Wasser meine Haare tränkte und mir in den Kragen rann und meine Schuhe aufweichte. Ich versuchte herauszufinden, in welchem Sinn Maria »Verzeih mir« gesagt hatte: ob sie damit für ein kleines Gefühlstief Abbitte tun wollte oder jede Möglichkeit eines Wiedersehens ausschloß.

Siebzehn

Am nächsten Morgen erwachte ich mit einem Gefühl noch größerer Ratlosigkeit, voll sehnsüchtigem Verlangen, durchsetzt mit Ungewißheit. Mein Kopf war voll von Worten und Gebärden, die mir im Schlaf durchs Gehirn geschwirrt waren, ich vermochte nicht mehr zu unterscheiden, welche wirklich und welche nur eingebildet waren. Ich wußte nicht mehr, was mit Maria Blini passiert war und weshalb. Ich hätte gern mit ihr gesprochen, aber das Telefon war mir ein zu unpersönliches Mittel, und ich fand nicht den Mut, zu ihr zu gehen.

So ging ich mit Bedreghin zum Frühstücken hinunter in die große trostlose Bar auf dem trichterförmigen Platz. Er hatte mich spätnachts heimkommen hören und meine patschnassen Kleider im Bad hängen sehen: er belauerte meinen Gesichtsausdruck, während er seinen Cappuccino ohne Schaum schlürfte und ein Cremehörnchen nach dem anderen verschlang. »Haben wir's ordentlich getrieben, kaum in Rom zurück?« provozierte er mich. »Laß mich in Ruhe«, fuhr ich ihn an, so schroff, daß er die Hände hob und sagte: »Schon gut, schon gut, ich bitte vielmals um Entschuldigung.« Dann fuhren wir durch den höllischen Morgenverkehr zur Redaktion, er mit dem Motorrad und ich im Auto, damit wir voneinander unabhängig waren.

In der Redaktion heuchelte ich die gleiche Freude über das Wiedersehen wie Geroni und Zancanaro und die beiden Frauen, die jetzt nach dem Urlaub noch stärker geschminkt und aufgedonnert waren. Für die Zeitschrift gab es immer noch nichts zu tun; es herrschte der gleiche Leerlauf wie vor Weihnachten.

Ich zog mich in mein Zimmer zurück, nahm meinen Roman aus dem Hefter und begann darin zu blättern. Aber so verwirrt und ratlos, wie ich nach der Nacht mit Maria war, empfand ich einen regelrechten Widerwillen gegen jede Seite, die ich geschrieben hatte: gegen jeden meiner eindimensionalen, von kalten und weit zurückliegenden Gefühlszuständen durchwobenen Sätze. Der Gedanke, daß ich so lange auf einer dermaßen schmalen Gefühlsskala blockiert gewesen war und sie mit so obsessiver Beharrlichkeit auf meine Geschichte übertragen hatte, stimmte mich traurig. Mein Roman war ein detailliertes Zeugnis eines Teils meines Lebens, von dem ich so schnell wie möglich Abstand gewinnen wollte; er war mir peinlich und erfüllte mich mit Unbehagen, ich empfand keinerlei Sympathie mehr dafür.

Es ging nicht nur darum, einen Schluß zu finden und da und dort etwas zu korrigieren; nein, die ganze Geschichte kam mir kalt und starr vor, die Hauptperson, hinter der ich mich versteckt hatte, erschien mir als frustrierte und von Groll erfüllte Holzpuppe. Ich sah ständig Marias Bewegungen und Blicke in der vergangenen Nacht vor mir, und ich erinnerte mich an Polidoris Romane: an das Wechselspiel von Licht und Schatten und die unvorhersehbaren Variationen und die ständig wechselnden Perspektiven. In meinem Buch war alles viel zu simpel, holzschnittartig schwarzweiß, ohne Schattierungen und ohne Hintersinn, jeder Satz hatte nur seine eng begrenzte Bedeutung. Vielleicht war es gerade das, was Polidori mit seiner preziösen Kunstsprache daran interessant fand; aber mein Buch entsprach mir nicht mehr, seitdem wir uns begegnet waren und mein Leben sich zu verändern begann.

Ich hätte das Manuskript weggeworfen, wenn ich Polidori nicht Dank geschuldet und mich verpflichtet gefühlt hätte, ihn nicht zu enttäuschen. Meiner Ansicht nach blieb mir nichts anderes übrig, als von vorn anzufangen und alles neu zu schreiben. Ich begann ein Handlungsschema zu skizzieren und hatte dabei ein Gefühl geistiger und sogar körperlicher Anstrengung wie seit meiner Schulzeit nicht mehr: ich machte mir Notizen, wie ich die Personen und die Beziehungen zwischen ihnen entwickeln und aus verschiedenen Blickwinkeln darstellen, wie ich die Zeiten voneinander absetzen könnte. Tausendmal lieber hätte ich statt dessen über Maria Blini geschrieben: jedes ihrer Worte und jede ihrer Gesten seit ich sie in Mailand im Theater gesehen hatte, zu Papier gebracht. Ich hätte lieber bis ins kleinste Detail die vergangene Nacht geschildert und nach den Ursprüngen von Marias plötzlichen Tränen gesucht. Aber schon der bloße Gedanke an sie erfüllte mich mit Unruhe: ich wollte sie sehen, nicht über sie schreiben.

Ich beschloß, sie anzurufen, und während ich die Nummer wählte, überlegte ich, was ich ihr sagen könnte, ohne aufdringlich zu wirken und Erklärungen von ihr zu verlangen. Es war nicht einfach, mein Herz schlug sehr rasch, während ich überlegte; ich verwählte mich zweimal, und am Ende war sie nicht da. Ich sprach auf ihren Anrufbeantworter: »Ciao, ich bin's, Roberto, ich wollte dir nur guten Morgen sagen.« Doch noch während ich es aussprach, merkte ich, wie unsicher meine Stimme war, durchsetzt von dem sehnlichen Wunsch, sie wiederzusehen.

Dann ging ich im Zimmer auf und ab und hätte gern eine Möglichkeit gefunden zu erfahren, was Maria Blinis Leben so kompliziert machte. Ich dachte an Luciano Merzi mit seinem straff zurückgekämmten Haar, an sein selbstsicheres Gimpelgesicht, seine immer ein Ziel fixierenden

Glupschaugen. Ich sah ihn vor mir, in der Mailänder Wohnung nach der Theateraufführung und wie er in Rom, wenn er es gewesen war, den Kopf zur Tür herausgestreckt und nach Maria Ausschau gehalten hatte: wie ein junger, mafioser Impresario, der sich seiner Kontrolle über sie nur bis zu einem gewissen Grad sicher ist. Ich stellte mir vor, wie er in der Nacht bei ihr angerufen hatte; stellte mir die halb drohend, halb mitleidig klingende Nachricht vor, die er auf dem Anrufbeantworter hinterlassen hatte. Ich stellte mir vor, wie Maria die Nachricht abhörte, während ich die Treppen hinunterlief, und der bloße Gedanke daran ließ mir das Blut in den Schläfen hämmern; weckte in mir den Wunsch, Luciano Merzi in seiner Wohnung aufzustöbern, auf der Straße auf ihn loszugehen.

Das Telefon klingelte, ich riß den Hörer von der Gabel, sagte »Ja?« mit halb erstickter Stimme.

Es war Polidori: »Du klingst so komisch, Roberto, ist was?«

»Wieso? Ich sitze gerade an meinem Buch.«

»Tut mir leid, wenn ich dich störe, aber hättest du nicht Lust, mit mir essen zu gehen? Ich hol dich in zehn Minuten ab.«

Ich sagte zu, ich hatte nicht die geringste Lust, noch länger hier drinnen zu sitzen. Ich ließ mir erklären, wo ich auf ihn warten sollte, und ging sofort hinaus.

Im Vorraum stand Bedreghin und rauchte mit Zancanaro eine Zigarette; als er sah, daß ich meine Jacke anhatte, erklärte er: »Heute gehen wir aber früh.«

»Ich treffe mich mit Marco Polidori«, antwortete ich, und er ließ das vielsagende Funkeln aus seinen Augen verschwinden, das Grinsen wich von seinen Lippen.

In wenigen Minuten war ich an der Tiberbrücke, die Polidori mir genannt hatte, ich wartete inmitten der konzentrierten Abgase, die der an beiden Seiten des Flusses entlangflutende Autostrom erzeugte. Nach einer Viertelstunde sah ich das große grüne Auto ohne Namen, Polidori lächelte mir hinter der Windschutzscheibe entgegen.

»Du siehst aus, als kämst du aus einer Zentrifuge, Roberto«, begrüßte er mich. »Was hast du letzte Nacht gemacht? Ich hab dich bei Bedreghin angerufen, aber du warst nicht da.«

»Nichts Besonderes. Ich bin ausgegangen.«

»Mit wem?« fragte er. Er schien belustigt, aber wachsam, musterte mich mit seinem Laserblick.

»Mit einer Freundin«, antwortete ich.

»Donnerwetter, du hast dir aber schnell eine angelacht.«

»Es ist nicht so, wie du denkst, und außerdem kannte ich sie schon von früher.«

»Und?« fragte er.

»Nichts«, sagte ich. »Wir sind zusammen essen gegangen.«

»Muß ja ein furchtbares Essen gewesen sein«, meinte Polidori lachend. »Nach deinem Gesicht zu urteilen.«

Abwehrbereit versteifte ich mich, von seiner hartnäckigen Neugier in die Enge getrieben; doch dann veranlaßte mich die Ungewißheit, die ich in mir hatte, ihm alles zu erzählen. »Nein«, erwiderte ich, »beim Essen ging alles gut, und auf dem Heimweg waren wir in bester Stimmung und bei ihr zu Hause auch noch. Aber auf einmal hat sie ohne ersichtlichen Grund zu weinen begonnen.«

»Zu weinen?« sagte Polidori. Er sah mich jetzt mit einem wärmeren Ausdruck an, vielleicht auch besorgt wegen meines Tons.

»Ja, sie hat geweint«, wiederholte ich. »Wir waren im Bett, und plötzlich merkte ich, daß ihr die Tränen in den Augen standen.« Ich wunderte mich, daß ich so ins Detail ging, aber irgend etwas an seinem Interesse ließ meine Verlegenheit schwinden, so daß es mir ganz natürlich schien, mit ihm zu reden: seine Erfahrung und seine Vorurteilslosigkeit, sein jahrelanges Einfühlen in erlebte und geschriebene Geschichten, in analysierte und zergliederte und wieder zusammengefügte und schließlich zu Literatur gewordene Geschichten. Ich hatte nicht das Gefühl, zuviel von mir oder von Maria preiszugeben; ich stellte ihm nur die puren Fakten dar, legte sie ihm gewissermaßen vor, damit er sie deuten konnte.

Er fragte: »Was für ein Leben führt sie? Weißt du, ob sie einen andern hat?«

»Weiß ich nicht«, sagte ich. Schon seine Fragen zu beantworten war ein Trost für mich: so wie wenn man dem Arzt die Symptome einer noch nicht diagnostizierten Krankheit schildert. »Wahrscheinlich schon. Ich habe sie ein paarmal mit einem Typen gesehen, der sich sehr besitzergreifend verhielt.«

»Ein fieser Typ?« fragte Polidori.

»Ja, ekelhaft«, sagte ich. »So was wie ein Agent, irgendein mieser kleiner Produzent, ein Kriechertyp. Er wich ihr nicht von den Hacken, als hätte er Angst, sie könne ihm davonlaufen.«

»Liegt dir viel an ihr?« fragte Polidori. »Auch wenn es Schwierigkeiten geben sollte?«

»Sehr viel«, antwortete ich. »Ich glaube, mich hat's noch nie so erwischt. Obwohl wir uns gestern erst zum vierten Mal gesehen haben. Ich kann an nichts anderes mehr denken.«

Er lächelte, aber es war ein Lächeln, das seiner Anteilnahme keinen Abbruch tat. »Gut, dann darf es dir nichts ausmachen, wenn sie einen anderen hat. Du mußt eben davon ausgehen, daß du besser bist.«

»Aber ihr macht es was aus«, sagte ich. »Ich glaube, sie fing an zu weinen, nachdem er angerufen hatte. Das Telefon klingelte, und da begann sie zu weinen.«

Polidori blickte auf den Verkehr. »Du hättest nicht mit zu ihr gehen dürfen. Du hättest sie irgendwo anders hin bringen sollen, nur nicht zu ihr nach Hause.«

»Aber es war ihre Idee«, protestierte ich. »Ich hatte mir vorher gar nichts überlegt, es geschah alles ganz überraschend. Wir kamen aus dem Restaurant, und ich wußte nicht, wohin ich mit ihr gehen sollte, und sie fragte, ob ich mit zu ihr kommen möchte.«

Polidori sagte: »Manche Frauen neigen dazu, sich in ihre Höhle zurückzuziehen, der Gedanke, das Terrain unter Kontrolle zu haben, beruhigt sie. Aber dann ist ihre Höhle voll von Gegenständen und vom Widerhall früherer Gebärden und Anrufe und Gedanken, die können jede Leidenschaft innerhalb von Minuten verfliegen lassen.«

Ich sah ihn unverwandt an, auf seine Stimme konzentriert, so als würde ich einer ärztlichen Diagnose zuhören.

»Meinst du, ich hab alles für immer kaputtgemacht?« fragte ich.

Er lächelte erneut: »Nein, ich glaube nicht. Wenn sie so an dir interessiert ist, daß sie dich mit in ihr Bett genommen hat, glaube ich das nicht. Sofern du dich nicht wie ein Idiot verhältst.«

»Was muß ich tun«, fragte ich, »um mich nicht wie ein Idiot zu verhalten? Heute früh habe ich bei ihr angerufen, aber sie war nicht da. Ich hab ihr eine Nachricht hinterlassen, und die ist wohl ziemlich sentimental ausgefallen.«

»Wichtiger ist, zu wissen, was du nicht tun darfst. Du darfst ihr nicht nachlaufen und schon gar keine sentimentalen Nachrichten hinterlassen. Mache dich rar, überlasse es ihr, an dich zu denken. Du darfst ihr nicht das Gefühl geben, daß du sie verfolgst, sie nicht merken lassen, daß du verfügbar bist. Denk an das Gesetz der Waage, Roberto. Es ist lächerlich und kindisch, ich weiß, aber wir folgen alle diesen Verhaltensmustern.«

»Ich würde so gern mit ihr sprechen«, sagte ich.

»Zu welchem Zweck? Um Erklärungen zu erbetteln? Um sie zu überzeugen, daß du interessant bist? Das ist nicht die richtige Taktik, Roberto.«

»Was ist die richtige Taktik? Ich möchte es genau wissen«, sagte ich. Seine Sachlichkeit machte mir angst und beruhigte mich zugleich; ich war nicht in der Lage, das Problem unter dem Gesichtspunkt von Taktiken oder allgemeingültigen Regeln zu sehen, ich sah nur Maria.

Polidori erklärte: »Sorge dafür, daß sie an dich denkt, und halte dich zurück. Schicke ihr Blumen, aber dann mach gar nichts mehr. Konzentriere dich auf dein Buch, spiel den Künstler. Und inzwischen suchst du dir eine anständige Wohnung, denn was immer für ein Mädchen sie ist, wenn du sie zu Bedreghin mitnimmst, siehst du sie wirklich nicht mehr.«

Wir fuhren jetzt nicht mehr den Tiber entlang, sondern auf einer den Windungen einer langen Mauer folgenden Straße bergauf bis auf den Gipfel eines der Hügel Roms. Ich dachte immer noch über Polidoris nüchterne Betrachtungen über mich und Maria nach, aber sie überzeugten mich nicht.

Er sagte: »Wir essen mit Oscar Sasso. Seit er gehört hat, daß du in Rom bist, will er dich unbedingt kennenlernen.«

»Freut mich«, antwortete ich, auch wenn es nicht ganz stimmte. Ich hatte das Gefühl, mit meinem Buch wieder bei Null angelangt zu sein, ich hatte noch nicht mit der Neufassung begonnen; ich wußte nicht, wie ich mich in der Öffentlichkeit darüber äußern sollte.

Polidori bog in eine kleine Seitenstraße, parkte das Auto an der Bordsteinkante. Er schloß die Wagentüren nie ab: er drückte auf eine kleine Fernbedienung und ging davon, als würde ihm das Auto überhaupt nichts bedeuten, und man hörte die Schlösser zuschnappen.

»Mit Sassi zu essen ist jedesmal eine Tortur. Ich bin immer froh, wenn es endlich vorbei ist. Trotzdem verehrt er mich auf seine völlig verquere Art. Er ist einer meiner größten Förderer, seit mindestens zwanzig Jahren. Ich verdanke ihm mehr Literaturpreise als jedem anderen, und jetzt betreibt er zusammen mit Boulanger und Steltmann die Sache mit dem Nobelpreis, die mir allerdings ziemlich peinlich ist.«

»Das wußte ich nicht«, sagte ich, während wir die stark befahrene Via Veneto überquerten.

Polidori erklärte: »Ich glaube, er weiß genau, daß ich viel zu jung bin für einen Bewerber, der weder aus der Dritten Welt kommt noch politisch verfolgt ist, aber für ihn ist es vielleicht eine Herausforderung, sich zum Motor eines solchen Unterfangens zu machen. Er meint, daß ich in einem Land der abgehobenen Literaten der einzige Schriftsteller bin, der das Schreiben als Handwerk versteht, und vielleicht hat er sogar recht, aber damit allein kommt man natürlich nicht gegen all die geopolitischen Zwänge an.«

Wir gingen durch ein paar sehr vornehme Straßen, in denen es keine Geschäfte und kaum Passanten gab, dann zeigte er mir das Restaurant. Sein Gesicht war angespannt, als wir uns dem Eingang näherten: vor der Tür sagte er: »Wenn es nicht deinetwegen wäre, hätte ich gern darauf verzichtet. Aber es ist wichtig, daß du ihn kennenlernst, für dein Buch kann es ausschlaggebend sein.«

»Oh, danke«, sagte ich, aber es tat mir leid, daß er ein

solches Opfer für mich brachte, außerdem hätte ich auch gern darauf verzichtet.

Der Oberkellner begrüßte uns mit der gespielten Ehrerbietung, die mir in Rom schon mehrmals aufgefallen war: er sagte »Dottor Polidori«, deutete eine Verbeugung an, führte uns zu dem Tisch, an dem Oscar Sasso saß.

Oscar Sasso hatte sich seine spärlichen mausgrauen Haare sorgsam über den runden Schädel gekämmt und wirkte viel gepflegter als auf den Fotos, die er an die Zeitungen schickte. Er legte ein schon halb zerkrümeltes Grissino weg und stand auf, um Polidori zu umarmen: »Spät kommt ihr, doch ihr kommt.«

»Entschuldige, aber ich mußte zuerst Roberto abholen, er kennt sich in Rom noch nicht aus.« Er zwinkerte mir rasch zu; ich lächelte bestätigend. Er stellte uns vor: »Roberto Bata, Oscar Sasso.«

Oscar Sasso drückte mir die Hand, fixierte mich mit seinem stechenden Blick durch die Brillengläser: »Skandalös jung, dieser Bata.«

»So jung auch wieder nicht«, sagte ich; aber er hatte sich schon zu Polidori gewandt: »Diese jungen Kerle schreiben, bevor sie überhaupt was gelesen haben.« Er hatte eine näselnde Kopfstimme wie ein alter Moralapostel und ein selbstgefälliges Lächeln.

Polidori kam mir zu Hilfe: »Oscar kennt keine Gnade.« Er setzte sich, und ich setzte mich auch; Sasso setzte sich und freute sich, als gnadenlos zu gelten.

Das Restaurant hatte das gleiche Flair zurückhaltender Vornehmheit wie die Straßen draußen. Wir studierten die Speisekarte, Sasso drangsalierte den Oberkellner fünf Minuten lang, bevor er sich für eine Weinsorte entschied und Nudelsuppe und Bollito misto bestellte. Polidori verlangte nur eine Scheibe Schwertfisch und grünen Salat; ich verlangte das gleiche, obwohl ich hungrig war; sozusagen als ein Minimum an Parteinahme. Als der Wein kam, bestand Sasso darauf, auch uns einzuschenken; zu Polidori gewandt, erhob er sein Glas, sagte »*Per aspera ad astra*«.

Polidori meinte: »Trinken wir lieber auf Roberto.« Er prostete mir zu; mit kalter Miene folgte Sasso seinem Beispiel, sah mich dabei kaum an.

Dann unterhielten sie sich über Bücher, die sie gerade lasen oder vor kurzem gelesen hatten. In Wirklichkeit riß Sasso das Gespräch sofort an sich, redete pausenlos und warf mit Buchtiteln und Zitaten und Namen um sich, die seine Stimme in Spott oder Bosheit oder Ehrerbietung hüllte und wie wertvolle Abfallprodukte zwischen seine Sätze schüttete. Er war eine Bibliotheksratte, wie Polidori sagte, ein Schnell-Leser, der Bücher mit fast krankhafter Gier verschlang: es gab anscheinend keinen Titel, durch den er sich nicht bis zur letzten Seite durchgefressen hatte, um ihn dann in der Öffentlichkeit genüßlich und mit kleinen Blitzen neurotischer Befriedigung in den Augen wieder von sich zu geben. Er bremste seinen Redestrom nicht einmal, als seine Suppe kam; er schaffte es, den Löffel in den Atempausen in den Mund zu schieben, ohne eine Sekunde zu verlieren.

Polidori hielt mit; aber es war leicht zu sehen, wie unbehaglich ihm zumute war; ich verstand allmählich, was er mir über Autoren, für die Schreiben ein Handwerk war, und abgehobene Literaten gesagt hatte. Ich beobachtete, wie er mit Oscar Sasso sprach, und bei aller Brillanz und Bildung und Weltläufigkeit merkte man, daß er sich auf einem Terrain bewegte, das nicht das seine war. Seine Urteile über Bücher anderer beruhten mehr auf seinem ruhelosen Geschmack als auf systematischem Überblick, seinen Kenntnissen lagen die Neugier und das instinktive Interesse zugrunde, die ihn veranlaßt hatten, die Wege und Stationen der Literatur auf unsystematische Weise zu erforschen. Ich hörte seiner Stimme die Spannung und leichte Unsicherheit an, wenn er Sassos kategorischen Behauptungen über Autoren oder Bedeutungen oder absolute Werte etwas entgegenzusetzen versuchte, und das erfüllte mich mit Sympathie und Solidaritätsgefühlen für ihn; ich wünschte mir nur, daß die Diskussion in einen Streit ausartete, damit ich für ihn Partei ergreifen, über Sasso mit seinem akademischen Dünkel herfallen konnte.

Aber Polidori spielte mit, und Sasso schien glücklich, ihm zu zeigen, wer der Überlegene war: als wolle er sich auf diese Weise schadlos halten für den Ruhm und die große Leserschaft und die hohen Auflagen und das Geld und die Frauen und Häuser und alles andere, was Polidori nicht zuletzt seinen, Sassos, Rezensionen verdankte. Er rächte sich mit seinem nahezu unbegrenzten Repertoire an Zitaten und Vergleichen und Rückgriffen und Urteilen anderer über wieder andere, mit einer unnatürlichen, aber hochentwickelten Fähigkeit, sich in einer kalten Welt der Namen und Titel und Daten zu bewegen. Mir schien, daß ihn manche Autoren weniger ihrer Werke als ihres Namens wegen interessierten: je holpriger und fremder sie für mediterrane Ohren klangen, desto genüßlicher sprach er sie mit seiner Fistelstimme aus. Er tat, als halte er es für selbstverständlich, daß sie Polidori ebenso geläufig waren wie ihm selbst, dabei wußte er vermutlich sehr wohl, wenn dem nicht so war; dann bohrte und stichelte er und versuchte ihn aus der Deckung zu locken, rasend vor Rachgier, mit Fetzen immer obskurerer Buchseiten zwischen seinen Rattenzähnen.

Ab und zu versuchte Polidori, das Gespräch auf näher liegende Themen zu lenken: entwarf eines seiner unerbittlichen Prominentenporträts, setzte zu einer seiner verblüffenden Erzählungen an. Sasso jedoch schnitt ihm solche Auswege sofort ab und zog ihn von neuem in die staubigen Gänge seiner Gelehrsamkeit; schoß ganze Garben weiterer lateinischer und deutscher und altgriechischer Zitate ab, machte Anspielungen und stellte Fragen, die Polidori nicht beantworten konnte, ohne sich eine gefährliche Blöße zu geben.

Brotstückchen knabbernd, hörte ich ihnen zu und beobachtete sie, fasziniert, wie verschieden ihre Haare und ihre Hände und ihre Kleider und ihr Tonfall und ihre Sitzhaltung und ihre Denkweise und ihre Lebensauffassung waren. Und doch hatte Sasso über Polidoris Bücher begeisterte Kritiken geschrieben, förderte ihn und hoffte sogar, ihm früher oder später zum Nobelpreis für Literatur zu verhelfen. Zwischen ihnen bestand eine Art gegenseitiger Abhängigkeit aus beruflichen Interessen und sich überschneidenden Ambitionen und vermutlich auch aus Neugier. Trotzdem tat es mir leid, daß Polidori diese Tortur über sich ergehen lassen mußte; ich hatte ein schlechtes Gewissen, wenn ich daran dachte, daß er es auch nur teilweise meinetwegen tat.

Dann kam der Ober mit dem Schwertfisch und dem grünen Salat für mich und Polidori, ein anderer schob einen Servierwagen mit dem Bollito misto für Sasso an den Tisch. Polidori sagte: »Entschuldige, Oscar, wir sollten jetzt über Roberto reden.«

»Reden wir über Roberto«, erwiderte Sasso, abgelenkt vom Kellner, der auf einem Brett die gekochten Fleischstücke aufschnitt. In Wirklichkeit hatte er mir schon von Anfang an immer wieder rasche Blicke zugeworfen; vielleicht amüsierte es ihn, daß ich bei seinem Vortrag den Zuhörer spielte.

Ich hätte mich am liebsten aus dem Staub gemacht; ich kratzte mit der Gabel über das Tischtuch.

Sasso sagte: »Marco hat so rückhaltlos begeistert über Ihr Buch gesprochen, daß es für mich, wenn ich es lese, unvermeidlich eine schreckliche Enttäuschung sein wird.« Er betrachtete die Hühner- und Rindfleischtranchen und die Wurstscheiben auf seinem Teller, aber er wartete auf eine Reaktion, er vibrierte vor Ungeduld.

»Schon möglich«, sagte ich. Ich hatte nie mehr als ein paar Zeilen seiner Rezensionen gelesen und keinen seiner Essays, aber ich hielt es für nicht sehr wahrscheinlich, daß meine Geschichte ihn entzücken würde.

Polidori sagte: »Roberto ist fast beschämend bescheiden für einen, der an das glaubt, was er macht.« Er sah mich an wie ein Trainer oder älterer Bruder; ich spürte den physischen Schutz, den mir seine Gegenwart bot.

»Bescheidenheit ist die lästigste aller Tugenden«, erwiderte Sasso. Und hinter seinem dünnen, schmallippigen Lächeln konnte ich die Macht erkennen: die Macht, um einen, der schrieb, eine Aureole zu malen, nach Bedarf Tiefgründigkeit und Komplexität und Brillanz in ihn hineinzudeuten.

Polidori sagte: »Sein Buch wird keine Enttäuschung. Es ist das beste, was ich seit Jahren gelesen habe. Lebendig und eindringlich und spröde und aktuell. Dagegen machen sich all die Schreibübungen der braven Musterschüler, die ihr in diesen Jahren lanciert habt, wie Grießbrei aus.«

»Zwei oder drei sind gar nicht schlecht«, meinte Sasso. »Die Sormetto oder Nipi zum Beispiel, oder Fulcini, der übrigens im Mai bei Rizzoli mit wunderschönen Erzählungen herauskommen wird, die Einführung habe ich geschrieben. Die anderen, die armen Hunde, sind von den Verlagen kaputtgemacht worden und von der Presse und den Vorschüssen, die man ihnen gegeben hat. Der Kulturbetrieb hat sie verschlissen, noch bevor sie aus den Kinderschuhen heraus waren.«

»Auch ihr habt euer Teil dazu beigetragen«, sagte Polidori. »Ihr pickt euch irgendeinen ehemaligen Klassenprimus und ein paar depressive Knaben heraus, jubelt sie zu kleinen Genies hoch, und beim zweiten Buch werft ihr sie wie ein ausgedientes Spielzeug in die Abstellkammer.«

Doch statt beleidigt zu sein, lächelte Sasso, und mir wurde klar, daß sie wirklich ein sehr vertrauliches Verhältnis zueinander hatten: eine Art verquere, in den Jahren verwurzelte, lockere Freundschaft.

»Und wann lassen Sie mich etwas lesen?« fragte mich Sasso. »Möchten Sie sich zuerst hinter der Überzeugung verschanzen, ein unanfechtbares Meisterwerk geschrieben zu haben?«

Ich antwortete: »Ich weiß nicht recht, ich arbeite noch dran. Ich habe heute angefangen, alles neu zu schreiben.«

Polidori sah mich verdutzt an, denn ich hatte ihm noch nichts davon gesagt; Sasso sagte: »Besuchen Sie mich doch, wenn Sie eine überzeugende Fassung haben, dann werfe ich einen Blick auf das Wunderwerk.«

»Gern«, sagte ich, obwohl mich der bloße Gedanke mit Schrecken erfüllte.

Gleich darauf lenkte Sasso das Gespräch wieder auf Gefängniswärter und schwerverdaulich und Skotenjarmk und Pruskienciewsky; Polidori mußte sich erneut auf feindlichem Terrain verteidigen; ich wandte mich den Resten meines Schwertfischs zu.

Als wir das Lokal verließen und Oscar Sasso mit seinem nervösen Schritt davongeeilt war, hakte sich Polidori bei mir unter, und wir überquerten rasch die Straße. »Hast du ihn gehört? Und er läßt keinen Augenblick locker, der verdammte Kerl.«

Wir lachten wie zwei kleine Jungen, die aus der Schule davongelaufen waren, auch wenn unsere Beziehungen zu Sasso natürlich nicht vergleichbar waren. Ich fragte Polidori: »Ist er denn immer so?«

»Immer«, sagte Polidori, und trotz allem klang Bewunderung in seiner Stimme mit. »Wir machen diese fürchterlichen gemeinsamen Essen nun schon seit zwanzig Jahren. Er ist wahnsinnig eifersüchtig auf mich, aber er hat mich auch sehr gern. Er ist ein hochintelligenter Mensch und ungeheuer gebildet obendrein.«

»Das merkt man«, sagte ich; aber auf diese Art Bildung war ich nie neidisch gewesen; mir war nicht klar, inwieweit Polidori es war.

Er sagte: »Jedenfalls kann er deinem Buch zum Erfolg verhelfen. Wenn er sich in den Kopf setzt, daß du seine Entdeckung bist. Weißt du, Kritiker sind wie Kinder, die von jedem körperlichen Spiel ausgeschlossen sind und sich tödlich langweilen. Sie haben ein schreckliches Bedürfnis nach Ersatzbefriedigung, denn der einzige Spaß, der ihnen sonst noch bleibt, ist, sich gegenseitig zu zerfleischen. Ich habe ihm versprochen, daß er dein Buch als allererster lesen darf, und er schleckt sich schon jetzt die Finger danach.«

Ich sagte »Danke«, auch wenn ich nicht den Eindruck hatte, daß Sasso sich sonderlich für mich interessierte.

»Hör auf, dich zu bedanken, ich komme mir schon vor wie eine Art Pfadfinder.« Er ließ meinen Arm los. »Wollen wir ein paar Schritte laufen? Wir müssen ohnehin in dieselbe Richtung.«

Wir gingen zusammen über die Via Veneto und bogen dann in die engeren Seitenstraßen. Ihm ging immer noch die Unterhaltung mit Sasso durch den Kopf: »Findest du es nicht auch ungesund, in dieser Weise über Bücher zu reden? Als ob sie erstarrte Monumente in der Literaturgeschichte wären? Als ob sie schon geschrieben worden wären, bevor sie geschrieben wurden?«

»Doch«, sagte ich. Beim Schreiben meines Romans hatte ich nie an das Umfeld gedacht, zu dem er einmal gehören würde. Ich hatte ihn wie ein echter Naiver geschrieben, als wäre ich der erste Mensch auf der Welt, der ein Buch schreibt, als wüßte ich nicht, daß auch außerhalb der verhaßten *Prospettiva*-Redaktion eine organisierte Geographie existierte.

Polidori sagte: »Auch sie haben derart simple Verhaltensmuster, und wenn sie sich noch so große Mühe geben, sie kompliziert erscheinen zu lassen. Sie tun, als hätten sie alles schon immer gewußt, sie wundern sich über nichts. Wenn du sie reden hörst, meinst du, daß sie die Bücher immer zum zweiten Mal lesen, du erfährst nie, wann sie sie zum ersten Mal gelesen haben. Als Kinder vielleicht, Tausende und Abertausende von Bänden.«

Ich lachte, während wir eine leicht abfallende Straße hinuntergingen.

Polidori sagte: »Oscar meine ich damit gar nicht. Er ist noch besser als seine Kollegen, auch wenn es auf den ersten Blick nicht so aussieht. Und dann warst heute du dabei, da fühlte er sich bemüßigt, noch mehr aufzudrehen, sein ganzes Repertoire auszuspielen.«

Wir bogen auf halber Höhe nach rechts in eine wieder schräg ansteigende Straße mit Schaufenstern von Lederwarengeschäften und Boutiquen und reichen Touristen vor den Schaufenstern; am Ende der Straße sah man die Fahnen einiger Nobelhotels. Polidori sagte: »Zwischen zwei ausgewachsenen männlichen Exemplaren derselben Gattung muß es einfach Konkurrenzkampf geben. Kampf um die

Vorherrschaft, schlicht und einfach. All die Versuche, die wir jeden Tag machen, um einen so starken Trieb zu unterdrücken, führen nur zu schrecklichen, ungelösten Spannungen. Ob es zwei sind, die sich gar nicht kennen, oder Arbeitskollegen oder Freunde, es ist immer das gleiche. Eine wirklich gleichberechtigte Freundschaft ist unter dem Gesichtspunkt des rein animalischen Verhaltens völlig unnatürlich.«

»Läßt sich so was denn nicht überwinden?« fragte ich. Diese pseudowissenschaftlichen Betrachtungen, auf die er immer wieder zurückkam, befremdeten mich; und der Gedanke, daß er mich stillschweigend in der untergeordneten Rolle sah, mißfiel mir.

Er sagte: »Ich glaube nicht, auch wenn wir es ständig versuchen. Das ist ja das Anstrengende an einer Freundschaft, findest du nicht? Die Suche nach einem Gleichgewicht, das ständig neu ausbalanciert werden muß, und das Bemühen, die Machttriebe und Revierverteidigungstriebe und die anderen Instinkte zu kompensieren, die unter unserer rationalen Oberfläche alle noch vorhanden sind.« Er mußte meine Gedanken erraten haben, denn er fügte hinzu: »Es gibt auch andere Fälle, wie zwischen dir und mir, wo es keinen Konkurrenzkampf gibt, weil keiner dem anderen das Revier streitig machen will. Wir haben vieles gemeinsam, aber wir sind zum Glück verschiedene Tiere. Wir fressen nicht das gleiche Gras.«

»Hoffentlich«, sagte ich; und ich hatte wirklich nicht das Gefühl, daß es ungelöste Spannungen zwischen uns gab, auch wenn mir meine geballte Wut damals beim Absprung mit dem Fallschirm noch in Erinnerung war. Aber sie war nur die Kehrseite meiner Dankbarkeit und Bewunderung für ihn gewesen; ich schämte mich, wenn ich daran dachte.

Dann blieb er vor einer grüngestrichenen Haustür stehen, zog einen Schlüsselbund hervor. Er schien zu zögern, ob er sich verabschieden sollte oder nicht; meinte: »Was sagtest du vorhin? Du willst dein ganzes Buch neu schreiben?«

»Ich habe es mir jetzt nach dem Urlaub noch mal angeschaut; es ist soviel drin, was nicht geht.«

Er war sehr verwundert: »Aber das stimmt doch nicht. Es ist genau so, wie es sein soll.«

»Aber es ist so plump«, sagte ich. »Alles wird von einem einzigen Gesichtspunkt aus geschildert. Es ist zu simpel, ohne Nuancierungen.«

Polidori sagte: »Paß bloß auf, daß du nicht auch in die Falle tappst, Roberto. Das Komplexe muß innen drin sein, nicht äußerlich. Dein Buch ist alles andere als simpel.«

Aber ich hatte viel zu sehr seine Bücher im Kopf, um ihm zu glauben, mein eigenes wirkte dagegen beinahe wie das stümperhafte Tagebuch eines Heranwachsenden. Ich stellte mir vor, daß Maria es las und nichts darin fand, das sie erstaunte oder rührte oder in mich verliebt machte. Ich sagte: »Ich muß alles überarbeiten.«

»Überarbeite es, aber versuche es nicht zu perfekt zu machen. Das kann gar nicht gelingen, Roberto. Perfekte Bücher gibt es nicht. Du kannst zehn Jahre lang daran herumfeilen, du würdest es trotzdem am liebsten neu schreiben, wenn du es dann wieder in die Hand nimmst. Besser, du vergißt es und läßt es seinen Weg gehen und schreibst ein neues. Das ist gesünder.«

»Schon, aber ich muß es trotzdem überarbeiten. Ich hab schon damit angefangen.«

Polidori lächelte: »Du selbst mußt davon überzeugt sein.«

Ich fragte mich, wie weit er mit seinem Buch war, ob er

sich zwischen Politik und Ehe entschieden hatte; in welcher Form er es schrieb im Vergleich zu denen, die ich gelesen hatte; aus welchen persönlich erlebten Geschichten er dabei schöpfte. Ich hätte ihn gern danach gefragt, aber unsere Vertraulichkeit hatte noch Grenzen, auch wenn sie sich nach und nach ausdehnten.

Er sagte: »Arbeite dran, aber laß dich durch nichts ablenken. Schalte alles Störende aus. Vertrödle deine Zeit nicht mit Bedreghin oder den anderen in der Redaktion, lies keine Bücher und Zeitungen, verzichte aufs Fernsehen. Konzentriere dich ganz auf deinen Roman, so intensiv du kannst.«

»Ich werde es probieren«, antwortete ich, auch wenn es mir nicht gerade einfach erschien.

»Nein«, sagte Polidori. »Wenn du sagst, daß du es probierst, dann hast du den Geist der Geschichte schon verloren. Tu's ganz einfach. Du mußt so was wie eine Schutzhülle um dich herum schaffen und dich mit deinem Buch darin einkapseln.«

»Mach ich«, sagte ich, als ginge es darum, ihm einen Gefallen zu tun.

Wir umarmten uns. »Und deinem Mädchen schickst du einen Blumenstrauß und schreibst den kürzesten und knappsten und melancholischsten Gruß dazu, der dir einfällt. Aber ruf sie nicht an, mach dich unauffindbar. Sorge dafür, daß sie dir nachlaufen muß, wenn sie an dir interessiert ist.«

»Mach ich«, sagte ich wieder.

Er sah mich noch einen Augenblick an, eine Hand in der Hosentasche, die andere auf dem Türknauf, dann verschwand er im Haus.

Den ganzen Nachmittag saß ich in meinem Zimmer in der Redaktion von *360°* und arbeitete an meinem Buch. Ich fing noch einmal ganz von vorne an, es schien mir die einzig mögliche Lösung. Ich hatte nicht vor, es perfekt zu machen; ich wollte nur etwas weniger schlicht und direkt schreiben und Raum schaffen für die Gefühle, die mein Blut durchströmten.

Bedreghin und die Dalatri störten mich kein einziges Mal: auch sie saßen zurückgezogen in ihren Zimmern und waren mit ihren eigenen Angelegenheiten beschäftigt. Allmählich gewöhnte ich mich an diese Scheinredaktion, sie kam mir als Arbeitsplatz gar nicht mehr so schrecklich vor.

Ab und zu löste sich ein Bild von Maria aus dem Hintergrund meiner Aufmerksamkeit und schob sich vor meine Gedanken: ein Blick oder eine Geste von ihr, ein Wort, das sie gesagt hatte. Ich war versunken in die Erinnerungen an den Abend mit ihr, und manchmal schien mir, als könnten sie mich beim Schreiben leiten und anspornen; manchmal löschten sie meine Geschichte gänzlich aus.

Ab und zu überkam mich der Drang, zum Telefonhörer zu greifen und sie anzurufen, aber Polidoris Ratschläge hielten mich davon ab. Ich wußte nicht einmal, ob es gute Ratschläge waren, und ich hatte ihm auch nicht viel von ihr erzählt, aber ich versuchte mich daran zu halten.

Um fünf, als wir das Büro verließen, verabschiedete ich mich von der Dalatri und von Bedreghin und ging zu Fuß durch die Straßen, bis ich ein Blumengeschäft fand. Ich suchte einen Strauß kleiner orangefarbener Rosen aus, mit frischen, festen Knospen, die mich an Marias Lippen erinnerten. Die Blumenverkäuferin gab mir ein Grußkärtchen in einem kleinen Kuvert, und ich mußte ein paar Minuten überlegen, schließlich schrieb ich: »Aus heilloser Ferne, Roberto.«

Beim Verlassen des Ladens fragte ich mich, ob das in Polidoris Augen wohl der richtige Satz war und ob Maria ihn nicht pathetisch und irritierend finden würde; ob er nicht erst wirklich heillose Folgen nach sich ziehen würde.

Achtzehn

Bedreghin hatte eine englische und eine italienische Ansage auf seinem Anrufbeantworter, die so förmlich und bürokratisch klangen, als erwarte er Anrufe aus irgendeinem Ministerium oder von einem Funktionär des staatlichen Fernsehens. Um Polidoris Ratschläge wirklich ganz konsequent zu befolgen, hatte ich zu ihm gesagt: »Falls eine Maria anruft, bin ich nicht da.«

Ich glaubte nicht, daß sie wirklich anrufen könnte, aber schon allein der Gedanke, ihr nicht zu antworten, tat mir in der Seele weh. Bedreghin hatte mich mit seinen blaßblauen Augen voller zwei- und dreideutiger Gefühle angeblickt und gesagt: »No problem, Mister Bata, es ist immer der Anrufbeantworter dran.«

Freitag abends waren wir an einem Tiefpunkt unseres Zusammenlebens in der pseudoantiken Wohnung angelangt und alle beide hungrig. Bedreghin hatte mich gleich am ersten Tag darauf hingewiesen, daß er nicht die Absicht habe, gemeinsame Mahlzeiten zu organisieren, weil das Einkaufen und das Abrechnen der Ausgaben und die Einigung über den Speiseplan zu kompliziert seien. Wie zu erwarten, bekamen wir jedoch beide mehr oder weniger gleichzeitig Hunger: jeder holte sich etwas aus dem Kühlschrank und setzte sich an den langen schmalen Tisch, fast ohne den andern anzusehen, ganz auf die eigenen Bewegungen konzentriert wie ein Unterseebootmatrose.

Abends vergaß Bedreghin all seine Feinschmeckerneigungen, die er an den Tag legte, wenn wir auf Kosten der

Redaktion zu Mittag aßen; er holte tiefgefrorene Bohnen, ein kaltes Hähnchen oder ein hartgekochtes Ei hervor und schlang es stumm hinunter, mit breit auf die Tischplatte aus künstlichem schwarzem Marmor aufgestützten Ellenbogen. Aus der Nähe betrachtet, tat er mir leid: die Unruhe, die hinter seiner scheinbaren Selbstsicherheit steckte, weckte in mir den Wunsch, freundlicher mit ihm zu reden, mich nicht so abweisend oder aggressiv zu verhalten. Das war nicht einfach, denn sobald ich irgend etwas zu ihm sagte, ging er auf Distanz, und auf seinen Lippen und in seinen Augenwinkeln zeigte sich wieder das spöttische, humorlose Lächeln. Er betrachtete mich als von den Umständen begünstigten Grünschnabel, vermied es, mir irgendeine direkte Information zu geben. Er rauchte unentwegt, sogar beim Essen zwischen zwei Bissen: ich lehnte am Fenster, eingehüllt in den Tabaksqualm, den er ausstieß, und den von der Straße zusammen mit dem Lärm aufsteigenden süßlichen Autogestank; ich versuchte, möglichst flach zu atmen.

Dann ging er Zigaretten holen, und ich hörte, daß er seine Zimmertür nicht abschloß. So lief ich hinüber, sobald der Aufzug hinunterfuhr, um mich ein bißchen bei ihm umzusehen. In seinem Zimmer war es noch unordentlicher als in der übrigen Wohnung, noch trostloser und schlampiger: gebrauchte Kaffeetassen standen herum, Teller voller Zigarettenstummel, in den Ecken lagen schmutzige Strümpfe und Unterhosen und Hemden, ein Pornoheftchen, zerrissene Briefumschläge, Kontoauszüge neben dem zerwühlten Bett. Auf dem Schreibtisch lagen rings um einen tragbaren Computer und einen Drucker einige Ausgaben von 360° und Stapel verschiedener anderer Zeitungen und Zeitschriften mit Merkzetteln zwischen den Seiten, Manuskripte in Klarsichthüllen, auf dem Fußboden lagen zerknüllt einzelne Seiten verstreut.

Ich sah mir die Zeitungen und Zeitschriften näher an: auf jeder markierten Seite standen Artikel von Marco Polidori: kurze Erzählungen, Reportagen in Tagebuchform, Reisebeschreibungen. Auch auf den Manuskripten in den Klarsichthüllen stand sein Name, ebenso auf einem Drehbuch mit dem Titel *Ablenkungsmanöver* in einem Spiralhefter.

Ich war so neugierig geworden, daß ich nicht auf das Geräusch des Aufzugs achtete, und als ich Bedreghin die Wohnungstür aufschließen hörte, blieb mir keine Zeit mehr, sein Zimmer zu verlassen.

Er ertappte mich auf der Türschwelle; fuhr mich an: »Was zum Teufel machst du da?« – mit vor Überraschung und Wut geweiteten Pupillen.

»Ich wollte nur mal gucken«, sagte ich. »Du sperrst immer ab, als ob du da drin wer weiß was für einen Schatz verborgen hältst.«

Aber er war nicht zum Scherzen aufgelegt: auf seinen dicken Beinen ging er durch das Zimmer, blickte prüfend über den Schreibtisch und sagte: »Verdammte Scheiße, wer zum Teufel hat dir das erlaubt? Kann man nicht einen Augenblick rausgehen, ohne daß du rumspionierst?«

»Ich hab nicht rumspioniert«, sagte ich. »Alles, was ich gesehen habe, sind deine schmutzigen Unterhosen. Was hast du eigentlich zu verbergen?« Ich versuchte, einen scherzhaften Ton beizubehalten, aber seine panische Reaktion hatte mich stutzig gemacht, ich fragte mich, was es mit den Manuskripten in seinem Zimmer auf sich hatte.

Bedreghin sagte: »Ich habe überhaupt nichts zu verbergen, es ist mein Arbeitskram, und ich will nicht, daß irgendjemand seine Nase hineinsteckt. Wenn du bei mir eingezogen bist, um rumzuschnüffeln, kannst du das Geld für die Miete zurückhaben und dir was anderes suchen, Herrgott noch mal, Bata.«

»Keine Angst, ich tu's nicht mehr«, sagte ich. »Beruhige dich.«

Aber er beruhigte sich mitnichten: er umkreiste weiter den Schreibtisch, schlug die Plastikhefter aufeinander und klopfte mit hektischen Handbewegungen den Stapel gerade. Dann schob er mich hinaus und knallte mir die Tür vor der Nase zu, drehte den Schlüssel im Schloß zweimal um.

Völlig verdattert blieb ich im Flur stehen; dann ging ich in die Küche, wusch meinen Teller und mein Besteck, ging in mein Zimmer und rief Caterina in Mailand an. Sie war gerade im Begriff auszugehen, sie war mit den Freunden, die wir an Weihnachten besucht hatten, fürs Kino verabredet. Ihre Stimme schien keine unausgewogenen Gefühle auszudrücken, keine Sehnsucht nach mir oder Eifersucht, sie schien sich nicht einsam zu fühlen und schlug auch nicht vor, daß wir uns sehen sollten, jetzt, da die Woche zu Ende war. Das beruhigte mich irgendwie, statt mich zu beunruhigen: ich wunderte mich, wie wenig sie mir fehlte, nachdem wir sieben Jahre lang gemeinsam Pläne gemacht und die Welt kommentiert und uns gegenseitig geholfen und alles, was wir erlebten, miteinander besprochen hatten. Ich fühlte Zuneigung zu ihrer Stimme und vermißte die mühelose Dichte unserer Gespräche, aber ich hatte keinerlei echte körperliche Sehnsucht; bei aller Unsicherheit und Ungewißheit war ich froh, allein zu sein.

Keiner von uns konnte sich zu einem wärmeren Ton durchringen, keiner sagte etwas, das den Rahmen des Informationsaustauschs verließ, den wir uns angewöhnt hatten, seit ich in Rom war, als seien unsere Telefonate eine Pflicht, ein kleines Ritual, das wir absolvieren mußten, bevor wir uns anderen Dingen zuwenden durften. Eigentlich hatte ich sie fragen wollen, wie sie über unsere jetzige Situation dachte: ich hätte ihr gern von Maria Blini erzählt und von ihr gehört, was wir ihrer Meinung nach tun sollten. Aber unsere sich überkreuzenden Berichte über das, was wir unternommen hatten, und über das Klima und das Wetter in Mailand und Rom spulten sich wie von selbst ab; wir hörten sie uns an, als ob zwei andere Personen sprächen, bis wir schließlich auflegten.

Dann klopfte Bedreghin an meine Tür, unter dem Vorwand, telefonieren zu müssen. »Tut mir leid, daß ich vorhin so ausgerastet bin, aber in Arbeitsdingen verstehe ich keinen Spaß.«

Ich sagte: »Macht nichts, keine Sorge.«

Er sagte: »Es ist nur eine Frage des Prinzips. Eine Frage der Korrektheit.« Er fingerte an der Stuhlkante herum, warf mir ständig forschende Blicke zu, wahrscheinlich, um herauszufinden, was sich hinter meinem Verhalten verbarg. Er wirkte so angespannt und verlegen in seinem hellblauen Hemd und den Anzughosen und den braunen Pantoffeln, daß ich plötzlich lachen mußte.

Statt in mein Gelächter einzustimmen, versteifte er sich noch mehr; sogar sein Blick schien zu erstarren. Einige Sekunden vergingen, dann fragte er: »Was weißt du?«

»Worüber?« fragte ich. »Was soll ich denn wissen?«

Er wirkte völlig entnervt: »Mensch, Bata, tu doch nicht so.«

»Meinst du die Manuskripte auf deinem Schreibtisch?« fragte ich, um zu sehen, ob ich etwas aus ihm herauskriegen konnte.

»Ach Quatsch«, sagte er, und wieder tat er mir beinahe leid. Er beobachtete meinen Gesichtsausdruck, mit geweiteten Pupillen und Nasenlöchern, wie ein fettes Kaninchen im Wolfsrevier; er wußte nicht, ob er sich ganz herauswagen oder sich so schnell wie möglich wieder in seine Höhle zurückziehen sollte.

Aber mir ging immer noch kein Licht auf, ich wußte nicht, in welche Richtung ich ihn lenken sollte; ich sagte zu ihm: »Vielleicht ist es einfacher, wenn du es mir erklärst.«

Er fixierte mich weiter mit höchster Wachsamkeit; dann sagte er: »Da gibt es nichts zu erklären. Ich tippe ihm hin und wieder ein paar Artikel, um ein paar Lire dazuzuverdienen. Am Drehbuch mache ich bloß ein paar Änderungen, nach seinen Notizen.«

Er wandte den Blick nicht von mir, während er sprach, versuchte zu erkennen, ob er mich überzeugt hatte. Ich lächelte, um die Lage zu entschärfen: »Ist doch deine Sache. Was geht mich das an?«

Er wiederholte: »Es ist nur eine Frage der Korrektheit«; er sah müde aus, in seinem Blick war jetzt keine Spur von Ironie mehr. »Also dann bis später, Bata.« Dann schlurfte er in sein Zimmer zurück, ohne telefoniert zu haben.

Doch nach diesem Ereignis war die Atmosphäre in der häßlichen Wohnung noch um eine Nuance eigenartiger; es war Freitag abend, und ich wußte nicht, was ich tun sollte; im Zustand völliger Verunsicherung ging ich zwischen Bett und Fenster und Tisch hin und her. Ich dachte immer noch an Maria, an das pathetische Kärtchen, das ich ihr zusammen mit den Rosen geschickt hatte und auf das sie in keiner Weise reagiert hatte; ich starb vor Verlangen, sie anzurufen, aber es war Wochen her, seit ich bei ihr gewesen war, und um mich an Polidoris Theorien vom Gesetz der Waage zu halten, hatte ich mich nicht mehr bei ihr gemeldet. Ich hatte nichts zu tun, um mich abzulenken; Polidori hatte nichts mehr von sich hören lassen, mein Roman lag in seiner Klarsichthülle auf dem Tisch, aber nachdem ich den ganzen Tag daran gearbeitet hatte, mochte ich jetzt nicht einmal mehr an ihn denken. Ich fragte mich, wo der innere Druck geblieben war, der mich zwei Jahre lang getrieben hatte, fast jeden

Abend nach dem anstrengenden Arbeitstag bei *Prospettiva* noch zu schreiben: rückblickend erschien es mir als Wahnsinnsunternehmen, geboren aus einem Mangel an echten Emotionen in meinem Leben.

Wieder klopfte Bedreghin an meine Tür, er hatte sich seinen fast dunkelblauen Anzug und seine Mokassins angezogen. Er lächelte, vermutlich um einen Schlußstrich unter die Diskussion von vorhin zu ziehen: »Entschuldige, ich müßte mal telefonieren. Wir haben Freitag abend, verdammt. Was ist mit dir, machst du dich nicht auf die Socken?«

»Ich wollte gerade los«, sagte ich, auch wenn ich nicht die leiseste Vorstellung hatte, wohin ich gehen sollte.

Bedreghin erklärte: »Ich hab mir eine Tänzerin vom *Fantastico* angelacht, einen Hintern hat die, da flippst du aus. Wenn nicht alles schiefgeht, schaffe ich es heute nacht, sie aufs Kreuz zu legen.«

»Viel Glück«, sagte ich, während ich mir die Schuhe zuschnürte.

Er meinte: »Ich kann sie ja mal fragen, ob sie nicht eine Freundin für dich hat, dann gehen wir zusammen aus.«

»Vielleicht«, antwortete ich; ich fand es traurig und zugleich rührend, daß er sich jetzt auf so plumpe Weise bei mir anzubiedern versuchte. Ich verabschiedete mich rasch, um sein Telefongespräch nicht mithören zu müssen, rannte die Treppe hinunter.

Ich stieg ins Auto und fuhr durch die Stadt; in den Straßen stauten sich die Autos voller vergnügungssüchtiger Jugendlicher. Sie überholten einander in den engen Gassen, schnitten sich gegenseitig den Weg ab, fuhren dicht aneinander heran, um sich durch die Wagenfenster beäugen zu können, aufgeputzt und erwartungsvoll, sehr von sich eingenommen und aggressiv bei der geringsten Provokation.

Sie bewegten die Köpfe hin und her im Takt der Discomusik, die Fensterscheiben und Karosserie vibrieren ließ, warfen brennende Zigarettenstummel hinaus, tauschten Gesten und Blicke, beschleunigten mit einem Ruck und zogen lange Lärmfahnen hinter sich her.

In diesem immer wieder stockenden Strom ließ ich mich nach Trastevere treiben, stellte das Auto fast an derselben Stelle ab, wo ich Maria getroffen hatte, ging zu Fuß durch die engen Gassen bis dorthin, wo sie wohnte. Ich wußte, daß Polidori es mißbilligt hätte und daß es ein Akt der Verzweiflung war, Freitag abends unangemeldet bei ihr aufzutauchen; aber ich hatte keine Lust mehr, irgendeiner Taktik zu folgen, ich wollte mit ihr sprechen.

Schon vor ihrer Haustür zu stehen verursachte mir Herzflattern, obwohl ich eigentlich kaum Hoffnung hatte, sie anzutreffen. Ich blickte mich um und nahm die Eigentümlichkeit des Ortes in mich auf: die halbzahmen Katzen, die unter die geparkten Autos huschten, die klapprigen, mit dicken Ketten gesicherten Mofas, die Bettücher an den zwischen den Häusern gespannten Wäscheleinen, die überquellenden Mülltonnen; den halb angenehmen, halb unangenehmen Geruch des alten Stadtteils. Im spärlichen Licht suchte ich auf der Gegensprechanlage nach der Taste mit dem Namen »Blini«, drückte sie lange; niemand antwortete. Ich fragte mich, ob Luciano Merzi mit den gelfeuchten Haaren bei ihr war; ob sie mit ihm ausgegangen war.

Die Sprechanlage sah ziemlich heruntergekommen aus, und einen Augenblick lang hoffte ich, daß sie nicht funktionierte. Ich rief laut »Maria!« Aber schon beim zweiten Mal schaute im Nachbarhaus eine dicke Frau zum Fenster heraus, schrie mich an: »Was brüllst du so rum, du Spinner?«

»Ich rufe eine Freundin«, sagte ich. »Außerdem ist es erst elf.«

»Elf oder zwei, wo glaubst du, wo du bist?« schrie sie; und einen Stock höher wurde ein zweites Fenster aufgerissen, und ein alter Mann brüllte herunter: »Idiot! Bist du bald fertig?«

Ich rief noch einmal »Maria!«, diesmal wie ein Verrückter, mehr aus Verzweiflung, als um mit meiner Stimme ihre Mansardenwohnung zu erreichen.

Zwei, drei weitere Fenster gingen auf, und aus jedem brüllte jemand »Idiot!« und »Was hast du hier zu suchen?« und »Zum Teufel mit dir« und ähnliche Beschimpfungen, die in der stillstehenden Luft der engen Gasse widerhallten. Die Dicke schüttete einen Topf Wasser herunter, und ich konnte gerade noch zur Seite springen und dem Guß ausweichen; die herumlungernden Katzen schossen nach allen Seiten davon.

Auch ich machte mich davon, aus Angst, daß sich die Situation noch verschärfen könnte, aber ich wurde von Verzweiflung ergriffen. Ich sah Marias kleine Mansardenwohnung vor mir, in die sie nachher Luciano Merzi mitnehmen würde, so wie sie mich mitgenommen hatte: mein Kopf war voll von Bildern all der in den kleinen Zimmern herumliegenden Gegenstände, jedes einzelne schmerzlich scharf wie eine Fotografie.

Ziellos lief ich umher, mit der höchst vagen Hoffnung, ihr zufällig zu begegnen. Mir wurde bewußt, wie sehr ich mich schon von Caterina entfernt hatte, und dieser Gedanke machte meine Verzweiflung noch quälender, gab ihr einen tragischen Beigeschmack, den sie sonst vielleicht nicht gehabt hätte. Ich versuchte mir vorzustellen, wie es wäre, nach Mailand zurückzukehren und Maria zu vergessen, oder gar in die Zeit zurückzukehren, bevor ich sie und Polidori kennenlernte. Es kam mir vor, als ob meinem Leben damit alles Licht und alle Farbe und die Luft zum

Atmen genommen würden, als würden die Fenster verriegelt und eine schwere Tür zugeschlagen. Lieber hätte ich eine der Selbstmordmethoden angewandt, von denen Polidori gesprochen hatte, oder mich in irgendeinen unerforschten Teil der Erde geflüchtet. Mit solchen Gedanken im Kopf lief ich durch die Gassen in Trastevere, dicht an den Häusermauern entlang, und jedesmal, wenn ich im trüben Licht eine blonde Frauengestalt sah, hoffte ich, es möge Maria sein. Aber es waren immer dralle Mädchen mit geschminkten Gesichtern und gefärbten Haaren und ausgepolsterten Schultern; auf ihren hohen Absätzen stöckelten sie am Arm ihrer Männer an mir vorbei, ohne die Enttäuschung, die sie in mir weckten, auch nur zu bemerken.

Auf der Piazza, wo ich mit Maria gegessen hatte, saßen junge Leute und Touristen und Betrunkene auf den Stufen um den Brunnen; ein paar Südamerikaner machten Musik, sangen und klatschten in die Hände, deuteten Tanzschritte auf dem Pflaster an; Grüppchen von Spaziergängern, die um diese Stunde immer spärlicher wurden, blieben stehen und hörten zu. Auch ich blieb vielleicht eine halbe Stunde stehen, obwohl ich fror und die Musik, die sie auf Gitarren und Tamburins spielten, wirr und eintönig war.

Plötzlich kam mit röhrendem Motor ein Auto der Carabinieri angefahren, die Carabinieri sprangen mit vorgehaltenen kleinen Maschinenpistolen heraus und schrien: »Weg da, weg mit euch!« und trieben die stehenden und sitzenden Leute auseinander. Fast alle ließen sich widerstandslos oder nur leise murrend verjagen, auch wenn es einige Minuten dauerte, bis die Stufen um den Brunnen geräumt und der Platz fast menschenleer war.

Als ich zu Hause ankam, war es ein Uhr, aber der Verkehr strömte immer noch die Straßen hinauf und hinunter, nur schneller und bedrohlicher als vorher. Mit wirrem Kopf ging ich auf die Haustür zu, und da stand Maria Blini im Halbdunkel zwischen der Wand und den geparkten Autos.

Ich hatte in den letzten Stunden so intensiv an sie gedacht, daß ich an eine Vision glaubte, als ich sie vor mir sah: ich spürte, wie mir die Knie weich wurden, sagte »Hej?«. Noch dazu bildeten die Straßenlaternen nur kleine Lichtkreise; die Autoscheinwerfer schnitten Streifen aus dem Dunkel, die mich blendeten.

Aber sie war es wirklich, schon ganz nervös wegen der Dunkelheit und dem Straßenverkehr; sie sagte: »Schon mindestens fünf haben mich gefragt, wieviel ich nehme.«

Der Gedanke, daß sie zu so später Stunde in einer so düsteren Ecke auf mich gewartet hatte, jagte mir nachträglich einen fürchterlichen Schrecken ein; ich packte sie am Arm, fragte: »Seit wann bist du da?«

»Seit einer halben Stunde oder so«, sagte sie. »Ich wollte es gerade aufgeben.«

»Und wie hast du hergefunden?« fragte ich sie, mit der Empfindung, Zeit und Gefühle unwiderruflich vergeudet zu haben.

Maria sagte: »Im Telefonbuch steht nur ein Bedreghin, ich brauchte keinen Detektiv dazu.« Aber sie wollte nicht länger hier draußen stehen. »Können wir nicht reingehen?«

Ich öffnete ihr die Tür, als gäbe es eine Möglichkeit, die halbe Stunde, die sie gewartet hatte, zurückzuholen; führte sie durch den düsteren Hausflur zu dem Käfigaufzug und hatte nur Augen für sie, ich ging ganz in ihr auf. »Ich habe dich den ganzen Abend gesucht, ich war vor deinem Haus«, sagte ich zu ihr und konnte immer noch nicht glauben, daß ich sie gefunden hatte.

»Ich war weg«, antwortete sie, ohne mir in die Augen zu sehen. Ich hielt sie eng umfaßt, gab ihr ein paar Küsse auf das duftende Haar; ich hatte das Gefühl, ihr nicht nahe genug kommen zu können.

Oben in der Wohnung sah sie sich um, aber die Details der pseudoantiken Einrichtung, auf die ich sie aufmerksam machte, schienen sie nicht zu interessieren oder zu amüsieren. Sie schien zu frieren, irgendeinen Zufluchtsort zu suchen. In der Küche fragte ich sie, ob sie etwas trinken wolle; sie sagte »Einen Kräutertee« und ging mit ihrem leichten Schritt in mein Zimmer hinüber.

Aber in den Wandschränken in der Küche gab es keinen Kräutertee, und Bedreghin war zum Glück noch nicht da, ich fand nichts. So ging ich zu ihr in mein Zimmer, wo sie am Fenster stand und auf den trichterförmigen Platz hinabsah, ich legte ihr die Hand auf die Schulter, und sie drehte sich um, wir küßten uns im Verkehrsgetöse, das in Wellen heraufstieg. »Tut mir leid, tut mir so leid, daß du so lange unten warten mußtest.«

Dann setzten wir uns auf das Bett, das schon für einen allein eng und wacklig war, aber es schien keine Platz- oder Stabilitätsprobleme zwischen uns zu geben. Ich hatte sie zu dicht vor mir, um sie so anschauen zu können, wie ich gewollt hätte; ihr Atem und die Konsistenz ihres Körpers unter meinen Händen und ihr Honiggeruch vermischten sich in mir mit jeder kleinen kreisenden und gleitenden und atemlosen Bewegung. Noch nie hatte ich so langsam und so sehnsüchtig und mit so klopfendem Herzen geliebt, so versunken in die Gesten und Körperschwingungen und sich überlagernden Rhythmen; und doch war eine sonderbare, schwer zu überbrückende Distanz zwischen ihr und mir, eine Art dunkler Traurigkeit in ihrem Blick, die mich mit Angst und Sehnsucht erfüllten, mit Worten ohne Form.

Aber wir hielten nicht inne; wir machten weiter, als

müßten wir gegen eine Strömung anschwimmen, und ich spürte meine Knie auf der rauhen Bettdecke, ich spürte die zarte Weichheit in Marias Achselhöhlen und innen an ihren Schenkeln, ich spürte ihre kleinen Ohren und ihr glattes Haar und ihre Lippen auf den meinen und ihre Hände auf meinem Rücken und die Helligkeit ihrer Haut und das Dunkle ihrer Augen, ihren Atem, der wie der meine immer tiefer wurde, immer heißer und feuchter und näher, bis er stockte und sich fast ins Unendliche dehnte und dann hinabstieg auf den Stufen einer inneren Treppe, die sich rasch auflöst.

Wir blieben auf dem Bett liegen, das jetzt wieder eng und wacklig war. Ich sah ihr in die Augen und hatte Angst, sie wieder voller Tränen zu sehen, aber sie waren es zum Glück nicht. Sie fragte »Was guckst du?« und zog einen Augenblick auf ihre lustige Art die Nase kraus.

Und ich Trottel fragte sie: »Wieso hast du neulich nachts geweint?« Sofort verdüsterte sich ihr Blick wieder. Ich rüttelte sie an der Schulter: »Willst du mir nicht sagen, was los ist, Maria?«

Maria antwortete: »Ich bin müde, laß mich ein bißchen schlafen.« Sie drehte sich zur Seite, und ich wußte ganz genau, daß es einen anderen Mann in ihren Gedanken gab, mit dem Gesicht und dem Körper von Luciano Merzi, der mir so verhaßt war.

Sie war wirklich müde: schon nach zwei Minuten bewegte sie sich nicht mehr, ich hörte sie leise und langsam atmen, mit angewinkelten Beinen und um das Kopfkissen geschlungenen Armen. Es kam mir wie ein Wunder vor, daß sie in meinem Bett schlief, und es hätte mir sehr gefallen, neben ihr zu schlafen, aber ich konnte nicht. Ich war zu aufgewühlt und durcheinander und fürchtete, sie mit der geringsten Bewegung zu stören, das Bett war zu schmal. Ich zwang mich, reglos auf dem Rücken liegenzubleiben, während mir Bilder von dem, was eben geschehen war, und von dem, was ich jetzt vielleicht hätte tun müssen, durch den Kopf zogen, Bilder von Klarstellungen und Entscheidungen und Verfolgungsjagden im Dunkeln.

Als ich Bedreghin heimkommen hörte, stand ich auf und zog meine Hosen an, ging auf den Flur hinaus, um ihm zu sagen, daß er mich morgens nicht stören solle.

Er war allein; sein Gesicht sah mitgenommen und alles andere als zufrieden aus. »Du bist noch auf?« fragte er mich. Ich sagte »Pst!«, mit dem Zeigefinger vor den Lippen. Er sah mich an und sagte: »Na wunderbar, bin ich also wieder der einzige Trottel in ganz Rom, der keine Möse abgekriegt hat, nicht mal gegen Geld.«

Er schlurfte ins Bad, kam nach ein paar Minuten wieder heraus, noch verdrehter und erledigter, unsicher auf den Beinen. Ich folgte ihm in die Küche, wo er sich an den Wasserhahn hängte und gierig trank: das Wasser rann ihm über den Hals und aufs Hemd, tropfte auf den Fußboden.

Ich sah ihn durch den Schleier meiner aufgewühlten Gefühle hindurch mit einer Art distanzierter Neugier an; er sagte: »Was gibt es da zu glotzen?«

Ich antwortete nicht, mir schien, daß wir alle beide jenseits von artikulierten oder in Rollen aufteilbaren Gesprächen waren. Er schlug mit der flachen Hand an einen Schrank, sagte: »Was für eine beschissene Scheißstadt, mitsamt ihren Einwohnern.« Er ließ sich auf einen der alten Stühle plumpsen, faßte sich mit beiden Händen an den Kopf; sagte: »In acht Jahren hab ich mich nicht daran gewöhnen können, aber jetzt ist es mir auch scheißegal, denn im Mai hol ich mir meine Verlobte aus Treviso, und dann können mich alle mal.« Zwischen seinem aufgesetzten pseudorömischen Akzent schlug immer wieder sein venezianischer Dialekt durch: voller Selbstmitleid dehnte er jedes Wort in einer Art wütendem Lamento in die Länge.

Ich sagte zu ihm: »Wenn du aber auch den Tänzerinnen von *Fantastico* nachläufst und nichts anderes im Sinn hast, als sie aufs Kreuz zu legen, wie du selber sagst. Du hast nur von ihrem Hintern geredet, als gäbe es nichts anderes.« Ich erinnerte mich nicht einmal mehr, wann er mit mir darüber gesprochen hatte; es schien mir unglaublich lang her zu sein.

Bedreghin sagte: »Was weißt du denn davon?« In seinen Augen glomm Groll auf die ganze Welt. Er grunzte irgend etwas Unverständliches, dann sagte er: »Das Miststück hat mich doch selbst angemacht und mir schöngetan, schon in der Bar, als wir uns das erstemal sahen, berührte sie mit den Füßen meine Beine und fummelte mir am Hals rum. Aber nur, solange sie glaubte, ich könne wer weiß was für einen Einfluß auf das Drehbuch nehmen. Mindestens zehnmal hat sie mich angerufen und mit ihrer zuckersüßen falschen Stimme gebettelt, damit ich ihre Rolle ein bißchen aufbessere und noch ein paar Dialoge dranhänge, und als ich ihr sage, daß ich sie beim Regisseur und beim Produzenten nicht durchsetzen kann, kommt auf einmal raus, daß sie mit dem Choreographie-Assistenten verlobt ist und nach Hause muß. Freitag nachts um drei, nachdem sie mir einen Liter Whisky eingeflößt hat und ich nicht mehr klar sehen kann, diese Hure in einer Hurenstadt.«

Ich machte die Küchentür zu, denn ich wollte nicht, daß dieser vulgäre Wortschwall zu Maria drang, nicht einmal, wenn sie schlief. »Meinst du nicht, daß das eine Verallgemeinerung ist?« fragte ich ihn.

»Eine Verallgemeinerung ist vielleicht deine Großmutter, Bata«, sagte er noch aufgebrachter, mit schriller Stimme. »Hast du eine Ahnung, wie es hier in Rom zugeht. Solange sie glauben, sie können dich ausnützen, lächeln dich alle an und klopfen dir auf die Schultern und tun, als wären sie deine besten Freunde, und sobald sie dich nicht mehr brauchen, jagen sie dir das Messer in den Rücken.«

»Glaubst du, daß es in Treviso oder in Mailand oder New York oder Tokio viel besser ist?« fragte ich ihn.

Bedreghin torkelte auf mich zu und packte mich am Arm, sagte: »Komm mit, Bata, ich zeig dir was, komm mit, und dann reden wir weiter.«

Er zog mich in sein Zimmer hinüber, und ich bemerkte seinen nach Knoblauchsoße und Alkohol riechenden Atem, die Ausdünstung seiner verbitterten, plumpen Gestalt. Er schloß die Tür auf und ging zum Schreibtisch, kramte zwischen den Klarsichthüllen und den Zeitungs- und Zeitschriftenstapeln. *»Kleines Prager Tagebuch. Die Lichter von Addis Abeba. Nächte im Wald der Gefühle«*, las er vor und hielt mir die Manuskripte vor die Nase, zu hastig und zu wütend, als daß ich etwas sehen konnte. »Er hat es dir ja sowieso schon gesagt, stimmt's? Denn der allerletzte Idiot in Rom bin ich.« Mit seinen Schaufelhänden kramte er wütend in den Papierstapeln, sagte: »Nicht schlecht, die Titel, was? Hör zu: *Der fliehende Mond.* Oder: *Kollusion zwischen Staaten. Ablenkungsmanöver.* Oder der hier: *Die Rolle meiner Kindheit beim moralischen Verfall Italiens.*«

»Wer soll mir was gesagt haben?« fragte ich, auch wenn mir langsam etwas dämmerte, und ich es in Wirklichkeit schon am Nachmittag geahnt hatte, aber nicht hatte glauben wollen.

Bedreghin sagte: »Polidori, Menschenskind, hör doch auf, mich zu verarschen. Daß ich ihm das ganze Zeug geschrieben habe, ich, der gutmütige Trottel, der mit Lob abgespeist wird, wenn er seine Sache gut macht und schön den Mund hält, denn Geld braucht er sowieso nicht viel, er ist ja noch so jung und muß noch viel lernen und kann dankbar sein, wenn man ihm überhaupt eine Chance gibt.«

Ich starrte auf die über den ganzen Tisch verstreuten Reiseberichte und Kurzgeschichten und Reportagen, während Bedreghin immer langsamer weiterkramte, und mir war nicht klar, ob meine Verwirrung mehr auf meine Ungläubigkeit oder meine überstrapazierten Gefühle oder auf die späte Stunde zurückzuführen war. Ich wollte nur zu Maria zurück, die in meinem Zimmer in meinem Bett lag. Ich sagte zu Bedreghin: »Was redest du da? Was hast du für ihn geschrieben?«

Er ließ den letzten Stapel Zeitschriften auf den Boden fallen, sagte: »Alles. Bis auf das, was ihm die Dalatri schreibt. Denn der große Polidori hat eine Schreibhemmung, der Ärmste, aber er muß weiter seine zwei Milliarden Lire im Jahr verdienen, denn wie soll er sonst seine Familie und seine Frauen und seine Wohnungen und Häuser und alles unterhalten?«

Aber ich wollte es immer noch nicht glauben, ich schaffte es nicht, die nötigen Denkschritte zu vollziehen. »Was für einen Mist erzählst du da, Bedreghin? Heute nachmittag hast du gesagt, du tippst ihm die Artikel nur ab, machst ein paar Änderungen am Drehbuch.«

»Ich habe sie geschrieben und abgetippt«, sagte Bedreghin. »Und wenn der gnädige Herr erfährt, daß ich eine Kopie zurückbehalte, kriegt er einen epileptischen Anfall, aber ich habe Kopien von allem, was ich in den letzten vier Jahren für ihn geschrieben habe, Drehbücher und Artikel und Werbespots und was sonst alles.«

»Was für Werbespots?« fragte ich ihn. Mir schien, daß er jetzt wirklich wirres Zeug faselte, aber seine Erbitterung und der tiefe Groll in seiner Stimme und in seinem Blick waren echt.

»Für Fiat und für Magenbitter und für Kekse, mit der Geheimhaltungsklausel im Vertrag, damit sein Image als großer Schriftsteller keinen Schaden leidet. Die Gesichter dieser Hurensöhne in der Mailänder Werbeagentur möchte ich sehen, wenn die erfahren würden, daß sie das ganze Geld für die Ideen von Giulio Bedreghin bezahlt haben. Oder die Chefredakteure der Zeitschriften.«

Er lachte, aber es war ein Lachen der Verzweiflung; er erregte Mitleid, wie er in dem unordentlichen und schmutzigen Zimmer auf und ab ging. »Und er macht überhaupt nichts?« fragte ich zweifelnd und voller Vorbehalte.

»Er wählt aus«, sagte Bedreghin. »Er entscheidet, was geht und was nicht geht, und macht dich zur Schnecke, wenn ihm was nicht paßt. Du hast nicht mal die Freiheit, zu machen, was du willst, denn du mußt dich an die Ideen halten, die er im Kopf hat, obwohl er sie nicht mal richtig ausdrücken kann und keine Zeile schreiben kann, du mußt eine Witterung haben wie ein Jagdhund, um rauszufinden, was er gemeint hat, auch wenn er es einen Augenblick vorher selber noch nicht wußte.«

»Und sonst macht er nichts?« fragte ich.

»Nein«, sagte Bedreghin. »Bis auf die wenigen Male, wo er eine Inspiration hat für ein, zwei Seiten und sie dir übers Telefon diktiert, bevor ihm wieder die Lust vergeht.«

»Aber er schreibt die Bücher«, sagte ich, auch nur einen leisen Zweifel von mir weisend. »Die schreibt er doch selber.«

»Was die Bücher betrifft, mußt du die Dalatri fragen«, sagte Bedreghin. »Dafür bin ich nicht intelligent oder gut genug. Ich bin für den Kleinkram recht, auch wenn es manchmal ein Spot ist, für den er ein Vermögen kassiert in dieser beschissenen Scheißstadt.«

Ich lehnte mich gegen die Wand; es war halb drei Uhr

morgens, und die Gedanken schwirrten durch meinen Kopf, wie ich es noch nie erlebt hatte, vermischt mit Gefühlen, gebremst von Zweifeln.

Ich dachte an das, was Polidori mir über das Schreiben gesagt hatte, an die Ratschläge, die er mir gegeben hatte; an seine Verärgerung, als ich ihm sagte, daß ich bei Bedreghin eingezogen sei.

Ich fragte Bedreghin: »Und warum machst du es?« Ich wollte eine Lüge in seinen Augen sehen, krankhafte Geltungssucht eines betrunkenen Mythomanen; aber ich sah nur Groll und Verbitterung und Müdigkeit.

»Was zum Teufel soll ich denn machen, deiner Ansicht nach? Soll ich versuchen, das Zeug unter meinem eigenen Namen an den Mann zu bringen? Was glaubst du, wieviel sie mir bezahlen würden, angenommen, sie wollen überhaupt etwas davon wissen?« Er war am Ende, die Flut seines Zorns verebbte in Niedergeschlagenheit; er ließ sich aufs Bett fallen, blieb vornüber gebeugt sitzen und schnaufte so schwer, als stünde er kurz davor, sich zu übergeben.

Das Seltsame war, daß ich die Bedeutung seiner Worte verdrängte, sobald er verstummt war: ich ließ sie zwischen meinen Gedanken versickern, als ob ich sie nie aufgenommen hätte. Ich sah Bedreghin an, und er kam mir vor wie ein frustrierter Kollege, der von Groll und Vergeltungssucht erfüllt war, genau wie ich selbst bis vor drei Monaten. Ich war zu müde und durcheinander, um irgendeinen klaren Gedanken zu fassen, aber ich wußte, daß ich nicht bereit gewesen wäre, für ihn auszusagen, wenn er mich darum gebeten hätte.

Ich sagte: »Nimm's nicht so schwer, Bedreghin.« Ich beugte mich vor und klopfte ihm auf die Schulter; aber unser Verhältnis war nicht sehr freundschaftlich, und die Geste mißlang mir, weil er tiefer saß, als ich gedacht hatte.

Bedreghin sagte: »Ja, ja. Du hast gut reden, dir läuft alles glatt, weil Polidori sich in den Kopf gesetzt hat, daß du ein echter Schriftsteller bist. In dir glaubt er sich selbst zu sehen, wie er vor fünfundzwanzig Jahren war, und diese Vorstellung begeistert ihn.«

Möglicherweise hatte er zumindest teilweise recht, aber ich war ohnehin nicht bereit, ihm zu glauben; und seine Stimme war nicht mehr energisch genug, sein Blick war nur wäßrig. Ich sagte zu ihm: »Versuch zu schlafen, Bedreghin. Du wirst sehen, morgen geht es schon besser«, ging hinaus und machte die Tür hinter mir zu.

In meinem Zimmer schob ich einen alten Sessel ans Bett, in dem Maria schlief, setzte mich und betrachtete sie im matten Schein der Tischlampe. Sie hatte sich die Bettdecke bis über den Kopf gezogen und bewegte sich ein wenig, vielleicht, weil das Licht sie störte: ich sah nur ein paar Strähnen ihres weizenblonden Haars und hörte sie atmen, und schon das rief in mir das überwältigende Gefühl hervor, die Irrealität eingeholt und festgehalten zu haben. Bedreghins Probleme schienen mir meilenweit entfernt: vor mir glaubte ich wie durch einen Dunstschleier ein reines Phantasiebild zu sehen. Ich glaubte, eine Dimension des Lebens erreicht zu haben, von der ich weiter nur geträumt hätte, wenn Polidori nicht gewesen wäre; ich hätte alles getan, um nur nicht wieder zurück zu müssen.

III

Techniken der Besitzergreifung

Neunzehn

Maria wachte so früh auf, daß ich das Gefühl hatte, am äußersten Bettrand eben erst eingeschlafen zu sein: ich nahm nur vage ihren warmen Körper wahr, der aus den Laken schlüpfte und von einem Augenblick auf den anderen nicht mehr da war. Dann hörte ich durch die Wand das Wasser im Bad rauschen und zwang mich aufzustehen; ich stolperte durch das staubige Zimmer und zog mich in den schmalen Lichtstreifen, die durch die Ritzen der Fensterläden sickerten, wie eine Art Schlafwandler an.

Als Maria wieder hereinkam, saß ich benommen am Tisch und versuchte einen klaren Kopf zu bekommen. Sie dagegen schien bereits hellwach, ihre Bewegungen waren wieder so nervös wie am Abend zuvor, als sie unten an der Haustür auf mich wartete. Ich stand auf und umarmte sie; sie gab mir einen flüchtigen Kuß auf die Wange und entzog sich meinen Händen, sagte: »Ich muß gehen, aber wieso schläfst du denn nicht weiter? Es ist erst acht.«

»Ich bin nicht mehr müde«, sagte ich, obwohl ich mir nicht einmal sicher war, ob ich wach war. »Ich bringe dich nach Hause. Aber wollen wir nicht zuerst frühstücken?«

Sie sagte »Wenn du willst«, aber sie sprach sehr leise und wich mir immer wieder ins Halbdunkel aus, und ich wußte, daß nichts im Kühlschrank war; ich zog mir die Schuhe an.

Als wir durch die Haustür ins Freie traten, prallten wir vor dem Licht beide fast zurück; Maria zog eine Sonnenbrille aus der Tasche und setzte sie auf. Jetzt am hellen Tag sah sie beinahe zerbrechlich aus, zu leicht und zart gegen die wuchtigen Gebäude des Stadtviertels um uns herum. Als ich ihr die Autotür öffnete, war ich seltsam verlegen, so als reiche das, was in der Nacht zwischen uns geschehen war, für ein dauerhaftes Vertrauen nicht aus.

Auf den Straßen war noch kaum Verkehr; ich fuhr mitten auf der Fahrbahn, ohne an mein Verhalten zu denken: ich drehte immer wieder den Kopf zu Maria und sah sie an. Aber ihr Schweigen lähmte mich; ich ließ zehn Minuten verstreichen, bevor ich fragte: »Na, wie sieht es aus? Du bist mit einem andern zusammen, stimmt's? Jetzt könntest du es mir auch sagen.«

Hinter ihrer dunklen Brille versteckt, wandte sie sich zu mir; sie brachte kein Wort heraus, ich sah, daß ihre schönen Lippen zitterten. Sie so in die Enge zu treiben kam mir fast wie ein Verbrechen vor, aber der Gedanke, sie nach Hause zu bringen und alles weiter so im unklaren zu lassen, war mir unerträglich: »Sag es mir doch, Maria. Ich weiß sowieso schon, wer es ist.«

Einen Augenblick lang schienen meine Worte sie schwankend zu machen, dann schaute sie hinaus, fuhr sich mit der Hand durchs Haar: »Du weißt überhaupt nicht, wie es zwischen uns steht. Wir sind gerade dabei, uns zu trennen. Oder jedenfalls trennt er sich von mir.«

»Was soll das heißen, er trennt sich von dir?« fragte ich. »Du würdest dich sonst wohl nicht von ihm trennen?« Die Eifersucht brannte mir im Herzen und im Bauch, ich vermochte meinen Ton nicht mehr zu kontrollieren. Ich hatte gehofft, sie würde sagen, daß sie mit niemand zusammen sei, obwohl ich wußte, daß dem nicht so war; ich hatte gehofft, mich in punkto Luciano Merzi oder wer es sonst war, getäuscht zu haben. Ich fragte: »Und was heißt, ihr seid dabei, euch zu trennen? Ist es schon passiert oder passiert es grade oder könnte es bloß irgendwann mal passieren?«

»Es ist schon passiert, glaube ich«, sagte sie. »Wenn ich doch zu dir gekommen bin.«

»Aber wieso bist du dann so angespannt?« sagte ich, hin und her geworfen wie auf einer Woge zwischen Erleichterung und Ungewißheit. »Wieso willst du dann schon nach Hause? Wenn er so blöd ist, sich von einer so wunderbaren Frau wie dir zu trennen?« Ich legte ihr eine Hand auf die Schulter, aber sie blieb stocksteif, ich nahm meine Hand bald wieder weg.

Sie sagte: »Ich muß noch darüber nachdenken. Ich habe keine Lust, die Dinge einfach so laufen zu lassen. Er war ein zu wichtiger Teil meines Lebens, ich kann das nicht alles in einer halben Stunde vergessen.« Bedauern lag in ihrer Stimme, Bedauern in der Art und Weise, wie sie mit ihren schönen, angespannten Gesichtszügen aus dem Fenster sah, mit den Gedanken bei einem andern. Mit einer Art Mitleidsgeste, die mir das Blut gefrieren ließ, strich sie mir mit der Hand über das Knie und sagte: »Tut mir leid, Roberto.«

Und wieder einmal versuchte ich mir vorzustellen, daß Polidori mir zusah; ich sagte zu ihr: »Mach dir keine Gedanken«, im unbesorgtesten und vernünftigsten Ton, den ich zustande brachte. »Ist ja nichts weiter passiert. Es hat Zeit.« Es kostete mich schreckliche Mühe, aber ich zwang mich dazu: ich lächelte sogar, redete von etwas anderem. Ich hätte am liebsten das Auto angehalten und sie umarmt und sie um Bestätigungen und Versicherungen gebeten, statt dessen plauderte ich gespielt munter und fröhlich über den Roman, von dem ich gerade die zweite Fassung zu schreiben versuchte. Ich konzentrierte mich wie ein Schauspieler auf meine Stimme und meine Gesten und war dabei von Eifersucht vergiftet beim Gedanken, daß Luciano Merzi ein wichtiger Teil ihres Lebens war und sie ihm so sehr nachtrauerte.

Dann waren wir vor ihrem Haus; sie beugte sich zu mir herüber, gab mir einen oberflächlichen Kuß und trat rasch ins Haus, und die Gasse war wieder wie ausgestorben, bis auf die halb verwilderten Katzen. Ich fuhr davon, und die körperliche Sehnsucht war viel stärker, als ich mir bis vor einer Minute vorgestellt hatte.

Zu Hause schlief Bedreghin immer noch, ich hörte ihn durch die Tür seines Zimmers schnarchen. Ich rief Caterina an, aus Angst, daß sie mich anrufen könnte, und riß sie aus dem Schlaf und hatte ihr nichts Neues zu sagen seit gestern abend, dafür glaubte ich mich mit jedem Wort zu verraten.

Dann hatte ich einen ganzen römischen Samstag vor mir, ungefähr zehn Kilometer von dem einzigen Menschen entfernt, mit dem ich ihn gern verbracht hätte; so holte ich mein Buch hervor und arbeitete weiter. Ich versuchte meinen Wunsch, bei Maria zu sein, und meine Eifersucht und meine Unruhe in Gründe zum Schreiben umzuwandeln, aber während ich meine alte Geschichte durchlas und Seite für Seite neu schrieb, merkte ich, daß es nicht so einfach war. Die Stimmung, in der ich jetzt schrieb, war völlig anders als die tiefe Verbitterung, von der sich die erste Fassung genährt hatte. Es bestand jetzt keine ausschließliche Beziehung mehr zwischen mir und meiner Geschichte; es war jetzt eine viel bewußtere Tätigkeit und mehr nach außen gerichtet, an ein Publikum, das die Gesichter von Maria und von Polidori und von anderen hatte, die ich noch nicht einmal kannte. Ich achtete viel mehr auf die Form und ihre möglichen Variationen; ich arbeitete langsam und bedächtig, auf die Zeiten und Erzählebenen konzentriert; ich wechselte in jedem Kapitel den Standpunkt und das erzählende Ich. Ich wollte der Welt zeigen, daß ich ein Schriftsteller war, ich wollte mir Maria auf Dauer verdienen, mit Hilfe einer anerkannten Rolle. Es kostete mich Mühe, aber ich wußte, daß ich längst nicht mehr so unerfahren und weltfremd wie früher war; ich wußte, daß die neue Version meines Romans lesbar war und ich mich ihrer nicht zu schämen brauchte.

Gegen eins klopfte Bedreghin an meine Tür; ich sagte: »Komm nur rein.«

Er kam in seinem gestreiften Schlafanzug herein, blickte sich vorsichtig um; fragte: »Schon rausgeworfen?«

»Sie hatte was vor«, sagte ich, eine Hand auf den Blättern, mit deren Hilfe ich sie mir zurückholen wollte.

Er machte ein paar schlurfende Schritte durchs Zimmer, kratzte sich am Kopf; sagte: »Hör mal, du wirst doch nicht herumerzählen, was ich dir heute nacht gesagt habe?« Er sah immer noch angeschlagen aus, obwohl er geschlafen hatte; mir schien, daß seine Hände leicht zitterten.

»Nein, nein, ich erzähl es keinem«, sagte ich. Während ich es sagte, wurde mir klar, daß ich jetzt eine gewisse Macht über ihn hatte: sie übertrug sich von seinem Blick auf meine Stimme, gab mir einen selbstsichereren Ton.

Bedreghin sagte: »Weißt du, er kommt einem so umgänglich vor, aber er läßt nicht mit sich spaßen. Schon wenn ihm eine Kleinigkeit nicht paßt, macht er dich fertig, geschweige denn, wenn diese Sache rauskommt. Wenn das rauskommt, kann ich zum Nordpol gehen.«

Wir kochten uns gemeinsam Spaghetti, aßen sie nur mit einem Stück Butter und einem Rest geriebenen Parmesan. Bedreghin erzählte mir, wie er Polidori kennengelernt hatte, kurz nachdem er von Treviso nach Rom gekommen war. Er hatte eine von Polidoris Erzählungen zu einem Theaterstück umgearbeitet und es ihm gebracht, und schon ein paar Tage später hatte Polidori ihn angerufen und gesagt, das Stück gefalle ihm nicht, ihm dafür aber vorgeschlagen, ein Drehbuch zu schreiben.

»Das Theaterstück sei Mist, sagte er, und obwohl ich zwei Monate daran gearbeitet hatte, fühlte ich mich geehrt, daß Marco Polidori sich herabließ, mich anzurufen, und daß er so offen zu mir war. Dann gab er mir dieses Drehbuch, das irgend jemand für ihn verfaßt hatte, das ihm aber nicht gefiel, und erklärte mir, wie ich es umschreiben sollte, so als wolle er nur feststellen, was ich konnte. Aber nach einer Woche sah er, daß ich etwas von der Sache verstand, und sagte mir, ich könne weitermachen. Ich machte Freudensprünge, du hättest mich sehen sollen. Und er brachte es immer fertig, dir das Gefühl zu vermitteln, als mache er die Hauptarbeit, auch wenn er nichts tat, als zu lesen, was ich geschrieben hatte, und wegzustreichen, was ihm nicht paßte, und mir immer wieder neue Anweisungen zu geben; und wenn er es satt hatte, sagte er, er habe keine Zeit mehr, sich Gedanken darüber zu machen. Und ich fühlte mich auch noch geschmeichelt, wenn ich ein Drehbuch unter seinem Namen schreiben durfte und obendrein Geld dafür bekam. Es erschien mir wie ein Traum, Himmel noch mal, ich glaubte es mit einem solchen Start weiß Gott wie weit zu bringen. Stattdessen sitze ich jetzt immer noch hier in der Scheiße und kann mich nicht mal beklagen, denn ich bringe es immerhin auf vier, fünf Millionen Lire im Monat, die Hälfte von der Zeitschrift und die Hälfte direkt von ihm.« Sein Zorn der vergangenen Nacht hatte sich inzwischen gelegt und war einer sonderbaren Mischung aus Groll gegen Polidori und Bewunderung für ihn gewichen, die jedes seiner Worte steif klingen ließ und schwer aussprechbar machte. »Er ist ein Vampir, so einen wie ihn findest du selten. Er hat diese besondere Taktik, so wie wenn er einer Frau den Hof macht und ihr das Gefühl gibt, daß sie eine

Königin ist und im Mittelpunkt der Welt steht, und dann bumst er sie. Nur daß er es mit jedem so macht und immer in einer leicht abgewandelten Weise, je nachdem, worauf er aus ist. Er kann zu niemandem ein normales Verhältnis haben, ein bloßes Arbeitsverhältnis oder ein Freundschaftsverhältnis. Er hat das Bedürfnis, dich zu erobern, und wenn er dich erobert hat, saugt er dir das Blut aus und macht dich zu einer Art Leibeigenen. Er kann auch sehr nett sein, wenn ihm danach ist, er beutet dich nicht nur aus. Und auch wenn du genau weißt, was für ein Scheißkerl er ist, legt er dich immer wieder rein. Du kannst dich dagegen wappnen wie du willst und dir schwören, daß du nicht mehr drauf reinfällst, und dann redet er mit dir und guckt dich mit diesem Blick an, und schon bist du wieder angeschmiert.«

»Bist du sicher, daß du ihn so genau kennst?« fragte ich und dachte, wie anders mein eigenes Verhältnis zu Polidori war; Bedreghins Standpunkt schien mir von Frustration verzerrt.

»Wer kennt ihn schon genau«, sagte Bedreghin. »Natürlich war ich nie so dick mit ihm befreundet wie du, mich hat er nie zu sich nach Hause eingeladen oder so was. Aber wir waren viel zusammen. Fast ein Jahr lang habe ich den Chauffeur für ihn gemacht, weil er nicht mehr selber fahren wollte. Hol mich ab, sagte er, dann können wir über die Arbeit reden, und ich holte ihn ab, und dann redete er manchmal kein Wort mit mir, und ich mußte ihn hierhin und dorthin chauffieren, zu einer seiner Frauen oder wo er sonst etwas zu erledigen hatte.«

Aber ich hatte keine Lust, mir derart giftige und mißgünstige Reden über Polidori anzuhören; und selbst wenn es stimmte, daß er Bedreghin wie einen Chauffeur und Sekretär behandelt hatte, schien mir, daß dieser ihm dafür noch dankbar sein mußte. Von seinen mythomanischen Enthüllungen der letzten Nacht glaubte ich kein Wort; ich hatte keine Lust, mir weiter sein Gejammer anzuhören. »Hör zu, mich interessieren diese Geschichten nicht«, sagte ich zu ihm.

Er sah mich mit seinem scheinheiligen Blick an, sagte: »Okay, okay. Nimm ihn nur in Schutz.«

Ich aß den letzten Rest der pappigen Spaghetti, spülte meinen Teller und meine Gabel ab, ging in mein Zimmer und arbeitete weiter.

Um zehn versuchte ich Maria anzurufen. Mein Blut war vergiftet von der Vorstellung, daß sie irgendwo in Rom bei Luciano Merzi war, ihm Erklärungen gab oder abverlangte und sich mit ihm zu versöhnen, ihm erneut ihr Leben zur Verfügung zu stellen versuchte. Sie war nicht zu Hause.

Ich rief immer wieder an, in Abständen von einer halben Stunde. Ich wählte die Nummer und wartete, bis unter Klicken und Knacken anderer Leitungen die Verbindung hergestellt war, und wenn ich endlich das Tuten hörte, blieb mir fast das Herz stehen. Ihr Apparat hatte einen besonderen Klang: die dünne, eigenwillige Stimme eines altmodischen Telefons, ich hätte es unter tausend anderen erkannt. Aber sie war noch nicht nach Hause gekommen; nach den ersten Worten des Anrufbeantworters legte ich auf, kehrte zu meinem Buch zurück.

Um Mitternacht beschloß ich, es ein letztes Mal zu probieren, erledigt wie ich war von den vielen vergeblichen Versuchen und von meinen Ängsten und der Anstrengung des Schreibens.

Sie nahm ab; sagte »Ja?« in ihrer gewohnten, fast beunruhigten Art.

»Ich wollte dir nur hallo sagen«, antwortete ich. Ich bemühte mich um einen heiteren und freundschaftlichen Ton, ich merkte, wie sentimental ich zu dieser späten Stunde klang.

Maria sagte: »Ich bin eben erst nach Hause gekommen. Ich gehe ins Bett.« Ihre Stimme war klar und deutlich vor Unabhängigkeit, es beruhigte mich in keiner Weise, daß sie jetzt wenigstens zu Hause war.

Ich fragte: »Könnte ich nicht kurz bei dir vorbeikommen? Nur für fünf Minuten.«

»Ich bin zu müde«, sagte sie. Ich glaubte sie gähnen zu hören, und ihre Stimme klang so unabhängig, daß mich plötzlich die Angst überfiel, sie könnte gerade von Luciano Merzi gekommen sein oder auf ihn warten, oder er könnte schon da sein und unser Gespräch mithören.

Ohne jede Würde bedrängte ich sie weiter, ohne mich im geringsten an Polidoris Ratschläge zu halten: »Bloß fünf Minuten. Ich geh gleich wieder.«

Aber mein drängender und verzweifelter Ton ließ sie nur noch härter werden: »Ach nein, ich bin todmüde.«

»Und morgen?« fragte ich.

»Morgen geht es nicht«, sagte sie. »Da muß ich nach Terni, ich habe einen Termin mit einem Regisseur.«

»Wann kommst du zurück?« fragte ich.

»Wahrscheinlich sehr spät«, sagte sie. »Zur Zeit geht es wirklich schlecht, weißt du, ich habe zwei, drei Sachen am Laufen und bin furchtbar beschäftigt.« Sie sprach, als ob wir Bekannte oder Nachbarn wären: nur ein wenig hastiger und nervöser als bei einer ganz neutralen Unterhaltung.

Ich war von ihrem Verhalten wie vor den Kopf geschlagen, ich wußte nicht, wie ich darauf reagieren sollte; ich sagte: »Kann ich dich dann am Montag anrufen?«

»Probiere es, wenn du Lust hast«, antwortete Maria.

Ich hätte sie gern gefragt, ob sie Lust hatte, aber ihrer Stimme nach wohl nicht viel. Ich verabschiedete mich und blieb flach auf dem Bett liegen, starrte die pseudoantike Zimmerdecke an und versuchte zu begreifen.

Zwanzig

Sonntag abend hatte ich weitere sechs Seiten meines Romans umgeschrieben, wenn auch mit großer Mühe. Ich kam nur zögernd voran, immer wieder unterbrochen von Marias Bild und von der Erinnerung an unsere Berührungen, von ihrem Geruch nach Brot und Honig, den ich zwischen den Laken meines Betts immer noch wahrzunehmen glaubte; von ihrem kalten Ton bei meinem Anruf letzte Nacht. Ich mußte mich zwingen, von diesen Empfindungen loszukommen und zur rekonstruierten und gefilterten Atmosphäre der zweiten Version meines Romans zurückzukehren; und ich hätte gern auf diese Atmosphäre und auf das Schreiben überhaupt verzichtet, wenn Maria sich nur gemeldet hätte. Jetzt, wo es draußen dunkel war, wurde die körperliche Sehnsucht fast unerträglich; ich fragte mich immer wieder, was Maria wohl gerade machte, wo und mit wem. Aber sie anzurufen traute ich mich nicht mehr; meine einzige Hoffnung war, daß sie mich anrief.

Statt dessen rief Polidori an: »Was hast du heute abend vor? Wollen wir zusammen essen gehen?«

»Gern«, antwortete ich, obwohl ich lieber in der Nähe des Telefons geblieben wäre. Ich fragte ihn, wo wir uns treffen sollten; er sagte, er käme mich abholen.

Ich wartete eine Viertelstunde auf dem trichterförmigen Platz. Als er kam, sagte er lachend: »Roberto, hier kannst du nicht bleiben. Der miese Bedreghin wäre allein schon schlimm genug, aber die Gegend ist ein Graus.«

»So schlimm ist sie auch wieder nicht«, antwortete ich.

»Sie hat ihren eigenen, desolaten Reiz, wenn man erst eine Weile hier wohnt.« In Wirklichkeit hatte sie den für mich erst, seitdem Maria hiergewesen war: so als hätte ihre Anwesenheit die deprimierenden Häuserblöcke weniger erdrückend werden lassen, als hätte ihre Anwesenheit sie mit einem freundlichen Lichtschein erwärmt.

Polidori lächelte: »Ich weiß, vor allem, wenn man dafür empfänglich ist. Aber es ist krankhaft und gefährlich, Roberto.«

Ich sah ihm beim Fahren zu, von neuem fasziniert, wie sehr seine Gesten gegen das Chaos und jede aufreibende Alltäglichkeit gefeit schienen, und fragte mich, ob die Hauptgefahr für ihn nicht darin bestand, daß Bedreghin mir erzählen könnte, was er mir bereits erzählt hatte.

Er sagte: »Als ich das erste Mal nach Rom kam, ohne eine Lira in der Tasche, wohnte ich bei einer ehemaligen Schulkameradin, einer molligen, zweiundzwanzigjährigen Triestinerin. Sie wollte Schauspielerin werden und war mit einem heruntergekommenen römischen Adligen verheiratet, lang und dürr wie ein Stockfisch. Sie wohnten in einem düsteren alten Haus in der Nähe des Vatikans. Sie waren ständig in Geldnot, weil keiner von beiden arbeitete, und als ich bei ihr anrief und ihr sagte, daß ich nicht weiß, wo ich schlafen soll, haben sie mir ein Zimmer vermietet. So wohnte ich in einem finsteren Loch an einem langen dunklen Korridor, der einem Maulwurfsgang glich, mit einer einzigen Dreißig-Watt-Birne, weil die Hausleute Strom sparen wollten. Am Anfang hatte ich vor, nur ein paar Wochen dort zu bleiben, und dann bin ich ein ganzes Jahr geblieben, und die Trostlosigkeit der Wohnung hat mich völlig verschlungen, es war wie eine Droge, wie eine Art Bann, du kommst nicht mehr davon los. Du glaubst in ein anderes Leben einzutreten, und je trostloser es ist und je weiter von deinem eigenen entfernt, desto mehr zieht es dich an.«

»Stimmt«, sagte ich und dachte dabei an die morbide Faszination, die Bedreghins Pantoffeln auf mich ausübten, die Art, wie er beim Essen am Tisch saß, seine jämmerlichen Liebesabenteuer.

Polidori sagte: »Ich hatte dieses Untermietersyndrom entwickelt, als wäre ich Kafka im Haus seiner Eltern oder Dostojewskij bei irgendeiner Zimmerwirtin. Später habe ich das ganze Material dann für die *Rattenspuren* verwendet, nur nach Venedig verlegt.«

»Ah ja«, sagte ich und war froh, seine Bücher gelesen zu haben, auch wenn er es keineswegs als Selbstverständlichkeit betrachtete, daß ich sie alle kannte.

Polidori sagte: »Ein Jahr lang habe ich ein Hundeleben geführt, aber kein so romantisches wie Miller im Paris der dreißiger Jahre oder wie ich selbst in den sechziger Jahren in Buenos Aires. Es war ein trauriges und ganz gewöhnliches Hundeleben, eine Art Lebensstillstand in Erwartung einer Gelegenheit, wieder herauszukommen. Das war Neunundfünfzig, Italien war ein engstirniges, moralistisches Land, grau wie ein Bürgersteig. Und ich hatte keine Lira und hatte noch nichts veröffentlicht, du machst dir keine Vorstellung, wie schwierig es unter diesen Umständen war, eine Frau zu erobern. Ich las bei *Il Tempo* Korrektur, mein Gehalt reichte kaum für die Miete und für eine einzige Mahlzeit am Tag. Abends saß ich mit hungrigem Magen in meinem Zimmer und schrieb, und durch die Wand hörte ich meine Vermieter, die in der Küche saßen und mein Geld verpraßten.«

Mir wurde klar, wieviel schwieriger sein Weg gewesen sein mußte, ohne Anhaltspunkte und ohne Sicherheitsnetz, ohne jemanden, der ihm half, so wie er mir half.

Er sagte: »Lustig war es nicht, das schwöre ich dir. Es war eine von jenen Situationen, die du erst Jahre später verarbeiten kannst, weil du sie dann umformst und verdichtest und weil sie dich dann an deine Jugend erinnert, aber wenn du mittendrin steckst, ist sie trist und zäh. Nicht einmal das unerträglichste Buch könnte die zähe Langsamkeit dieses Jahrs in Rom schildern. Noch jetzt brauche ich nur durch den Stadtteil zu fahren, wo ich damals wohnte, und sofort fällt mir wieder diese Ausdünstung von Langeweile und Geiz ein und der Staub auf den scheußlichen düsteren Bildern an den Wänden. Das einzige, was ich tun konnte, war schreiben, aber was ich schrieb, war ohne Kontraste und ohne Licht, ich war auf dem besten Weg, ein römischer Cesare Pavese zu werden.«

»Und dann?« fragte ich.

»Dann habe ich in einem Lokal eine argentinische Tänzerin kennengelernt und zum ersten Mal in meinem Leben erkannt, was lebendig sein heißt. Ich war wahnsinnig verliebt, ich hörte auf zu schreiben und verlor meinen Job als Korrektor, und ihr Impresario, ein Ganove, der hinter ihr her war, ging mit dem Messer auf mich los.« Lachend zeigte er mir eine Narbe am Kinn: »Er wollte mir die Kehle durchschneiden, der Scheißkerl.«

»Und dann«, fragte ich weiter, erstaunt, wie sehr sich seine und meine Geschichte zu gleichen schienen, wenn man davon absah, daß die Zeiten anders und schwieriger gewesen waren und seine Begabung größer.

»Die Überfahrt hat sie mir bezahlt«, fuhr Polidori fort. »Wir gingen nach Buenos Aires, und nach zwei Monaten hat sie mich sitzenlassen, aber ich bin acht Jahre dort hängengeblieben; seitdem versuche ich, mich nie wieder von einer toten Situation verschlingen zu lassen, um keinen Preis.«

Wir waren in einem Außenbezirk der Stadt angelangt, mit Straßen breit wie Autobahnen und gewaltigen, wie Bühnenbilder von De Chirico ins Nichts geklotzten weißen Gebäuden. Polidori hielt auf einem Parkplatz an einem künstlichen See; wir gingen in ein Restaurant, das in Amerika hätte sein können, wenn nicht die Gesichter der Gäste gewesen wären.

Wir aßen gegrillten Fisch mit Salat, wie immer, wenn er nicht ausnahmsweise beschloß, sich gehen zu lassen. Er fragte: »Was macht dein Buch?«

»Na ja, ich komme voran«, sagte ich. »Ich bin ganz zufrieden. Ich ändere es ein bißchen, so wird es interessanter, denke ich.«

Er sagte: »Ändere aber nicht zu viel, Roberto. Es war doch schon sehr gut, so wie es war. Du solltest nur überflüssige Adjektive und Adverbien rausstreichen, wenn du merkst, daß sie einen Satz zu schwerfällig machen und den Gesamtrhythmus stören. Versuche auf den Klang zu hören. Literatur ist eine mentale Musik aus Farben und Phrasierungen und Kadenzen und Subkadenzen, die auf ein inneres Ohr wirken, auch wenn die Hälfte aller Schriftsteller ohne den Gehörsinn auszukommen meinen und schreiben, als ob sie taub wären.«

Ich hörte seiner klaren Stimme zu und kam mir dumm und schäbig vor, daß ich Bedreghins giftigen Bosheiten überhaupt Beachtung geschenkt hatte. Es tat mir leid, daß ich ihm nicht deutlicher meine Meinung gesagt und Polidori nicht so verteidigt hatte, wie es nötig gewesen wäre. Ich dachte, wie schwierig es war, jemandem ein echter Freund zu sein; daß ich noch viel zu lernen hatte, bis ich soweit war.

Polidori fragte: »Und dein mysteriöses Mädchen?«

»Ich hab mich an deine Ratschläge gehalten«, sagte ich, auch wenn es nicht ganz stimmte. »Sie hat zwei Wochen gebraucht, aber dann hat sie sich doch gemeldet, vorgestern nacht ist sie bei mir gewesen.«

»Siehst du?« antwortete er mit blitzenden Augen. »Und diesmal hat sie nicht mehr geweint?«

»Nein«, sagte ich. Ich war nicht sicher, ob ich ihm alles erzählen wollte, aber ich hatte das Bedürfnis, darüber zu sprechen, und seine Prognosen waren ja richtig gewesen. »Aber gestern früh wollte sie sofort weg und machte keinen besonders glücklichen Eindruck.« Als ich von ihr sprach, überkam mich wieder eine desperate Lust, sie zu sehen: meine Sehnsucht schlug sich in meiner Stimme nieder, ich konnte kaum noch stillsitzen.

Er sagte: »Vielleicht lag es an der Wohnung, das arme Mädchen. Versuch dich doch mal in sie hineinzuversetzen und stell dir vor, du wachst nach einer Liebesnacht in Bedreghins Wohnung auf.«

Ich versuchte zu lächeln, aber es gelang mir nicht; ich widersprach: »An der Wohnung liegt es nicht. Sie trennt sich gerade von ihrem Freund oder hat sich schon von ihm getrennt, aber sie sagt, daß er in ihrem Leben zu wichtig gewesen ist und daß sie noch darüber nachdenken muß. Ich weiß nicht, was ich tun soll. Ich schaffe es nicht, sie nicht anzurufen und wieder nichts von mir hören zu lassen, ich will sie wiedersehen.«

Polidori sah mich mit einer sonderbaren Anteilnahme an. »Dann sieh sie wieder, aber tu nicht das, was sie von dir erwartet und was wer weiß wie viele andere mit ihr gemacht haben. Klammere dich nicht an sie, sag ihr nicht alles, was dir durch den Kopf geht, laß sie nicht merken, daß du scharf darauf bist, wieder mit ihr ins Bett zu gehen. Sei ganz locker, denk an was anderes, wenn du mit ihr zusammen bist. Versuche dir vorzustellen, was es für ein so hübsches Mädchen bedeutet, in einem Land zu leben, in dem sich alle Männer nach ihr umdrehen und nach ihr grabschen und sie kneifen und ihr nachpfeifen und ihr aufdringliche Blicke zuwerfen. Auf Schritt und Tritt, jeden Tag im Jahr. Versuch es dir vorzustellen.«

»Aber ich bin nie so gewesen«, sagte ich. Seine Worte machten mich eifersüchtig und betroffen. Ich dachte an die Blicke, die Maria gefolgt waren, als wir zusammen durch die Stadt gingen, an das unerträgliche Aufsehen, das sie erregte.

»Bist du sicher?« fragte Polidori. »Wenigstens teilweise wirst du auch so gewesen sein. Und es ist um so schlimmer für sie, wenn sie sich gerade von einem andern getrennt hat oder dabei ist, sich von ihm zu trennen. Dann wird sie nicht wollen, daß die Gesten, an die sie sich erinnert, von anderen überlagert werden. Du mußt auf einer anderen Ebene vorgehen, dich von den ausgetretenen Pfaden fernhalten. Und du mußt an deinem Buch arbeiten und es fertigschreiben, denn sofern sie nicht strohdumm ist, sind dein hübsches Gesicht und das Bürstenhaar auf deinem Kopf nicht genug, um sie an dich zu binden. Du mußt auch etwas sein, und du bist nur das, was du machst, lieber Roberto. Werde Schriftsteller, dann kannst du ihr die Sehnsucht nach dem anderen vielleicht austreiben, du wirst sehen. Denn die Leute richten sich immer nach dem Urteil der anderen, sie schauen ständig um sich, um zu wissen, was sie denken sollen.«

Er sah mich an, und ich nickte, ich wußte nicht recht, was ich darauf antworten sollte.

Er fragte: »Was glaubst du, weshalb ich zu schreiben angefangen habe, als ich damit anfing?«

»Weiß nicht. Weil du etwas mitzuteilen hattest«, sagte ich wie ein aufmerksamer, aber etwas begriffsstutziger Schüler.

»Der Frauen wegen. Und um mich der Schwerkraft zu widersetzen, die mich niederdrückte. Als Junge war ich voller Ressentiments, du hättest mich sehen sollen. Ich war kein nettes Kind, ich war eine böse Hyäne. Mein Vater war Lehrer an einem Gymnasium in Triest, ich haßte jedes Detail des Lebens, das er sich ausgesucht hatte. Ich haßte ihn und meine Mutter, die sich in ihrer Wohnung einkapselten, als hielte die Welt sie gefangen. Ich haßte die trübselige und nüchterne und wohlanständige Genügsamkeit um mich herum, die lustlos und freudlos war und ohne jede Ausschweifung, wie das Vorzimmer zu einem körperlosen Zustand. Damals habe ich so viele frustrierte Wünsche angestaut, die haben mich eine ganze Weile auf Trab gehalten.«

Ich dachte an meine Kindheit und Jugendzeit in Mailand; sie schien sich von der seinen gar nicht so sehr zu unterscheiden.

Polidori sagte: »Ich wußte nur, daß ich mich nie mit einem ganz normalen, den normalen Gesetzen der Langeweile und der Anpassung an die eigenen Grenzen untergeordneten Leben abgefunden hätte. Ich war zu allem bereit, nur um da herauszukommen. Ich wäre Gangster geworden, wenn ich es nicht geschafft hätte zu schreiben.«

»Und wann hast du es geschafft?« fragte ich und versuchte herauszufinden, ob in Wirklichkeit nicht jedes Ereignis durch ein anderes ausgelöst wird, wie bei einer chemischen Kettenreaktion.

»Als ich nach Argentinien kam, mehr oder weniger. Ich bin in die Rolle des Schriftstellers geschlüpft und habe die ganze Zeit damit gespielt. Ich erfand mir eine Persönlichkeit und erfand mir ein Leben und investierte dermaßen viel Energie, daß die Tatsache, daß ich noch nichts veröffentlicht hatte, dadurch wettgemacht wurde. Ich hatte nur die Literatur und die Frauen im Kopf, es war mir egal, wenn ich nichts zu essen und nichts zum Anziehen und keine anständige Wohnung hatte. Ich wollte bloß an keine festen Arbeitszeiten und an keine Verpflichtungen gebunden sein, nichts zu tun haben mit der Vernünftigkeit, denn die bringt einen um.«

»Und dann?« fragte ich.

»Dann kam nach und nach alles andere«, antwortete Polidori. »Auch wenn es mir fast zu langsam ging, denn ich hatte mir nicht gerade das Metier ausgesucht, in dem man alles auf einen Schlag bekommt.«

»Und als du wieder in Italien warst?« fragte ich.

»Da war es ziemlich schwierig. Denn obwohl meine ersten drei Romane schon in Argentinien erschienen waren, ließ sich keiner dieser Leichenumdreher herab, mir Beachtung zu schenken. Alle standen ganz im Bann der kläglichen Experimentalismus-Spielchen oder lagen immer noch vor Manzoni auf den Knien. Ich bin ihnen übrigens auch nicht gerade nachgelaufen. Ich habe gar nicht versucht, Zugang zu literarischen Salons zu bekommen, und niemanden hofiert und meine Tage auch nicht damit verbracht, Bücher zu zitieren. Ich wollte leben, in erster Linie.«

»Du hast es nicht gerade leicht gehabt«, sagte ich. Ich wußte nichts von dieser Zeit, ich konnte es nur ahnen.

Polidori sagte: »Ja, aber ich war ziemlich leichtsinnig und ziemlich jung und ziemlich zornig. Und ich hatte diese fatalistische Einstellung, diese lineare Auffassung vom Leben und von der Zeit. Später erkennt man ja, daß alles eine Überlagerung von immer wiederkehrenden Wellen ist, aber damals war ich der letzte, der das gemerkt hätte, ich habe nie zurückgeblickt. Schreiben war für mich eine Frage von Leben und Tod. Ich glaubte jedesmal, etwas Grundlegendes beweisen zu müssen, im Besitz irgendeiner Wahrheit zu sein, die ich in den Tümpel voller Frösche um mich herum werfen wollte.«

»Hat es lange gedauert, bis du Anerkennung gefunden hast?« fragte ich.

»Eine ganze Weile«, sagte er. »Anfangs nannten sie mich den ›Argentinier‹, die alten Scheißkerle, um mich in ein Ghetto zu stecken und sich nicht weiter mit mir befassen zu müssen. Die Literaturmafia war damals viel mächtiger als heute, wenn du gelesen werden wolltest, führte kein Weg an ihr vorbei. Es herrschte dieses oppressive Klima, man fühlte sich wie in einem Polizeistaat.«

»In welchem Sinn?« fragte ich.

Polidori sagte: »Es gab diese Einheitsfront aus Vorab-Urteilen und doppelten Wahrheiten, künstlichem Schweigen und stummem Einverständnis und Begeisterung auf Kommando. Und Chöre. Einstimmige Chöre. Keine einzige Solostimme. Stalinismus, lieber Roberto. Er hielt sich etliche Jahre, auch wenn er dann so schnell verschwunden ist, daß man hätte meinen können, er sei nie dagewesen.«

»Schrecklich«, sagte ich.

Er schaute mich an, und ich mußte so teilnahmsvoll ausgesehen haben, daß er auflachte. »Letztlich ist es bei mir doch ganz gut gelaufen, oder? Ich fühle mich nicht gerade als Opfer.«

»Wann ist es denn anders geworden?« fragte ich.

Polidori sagte: »Als man in Frankreich und Amerika sehr lobend über mich zu sprechen begann, und als Oscar Sasso und ein paar andere an Einfluß gewannen. Wenn erst einmal jemand den Anstoß gegeben hat, vervielfacht sich die Anerkennung ganz von allein. Sie umhüllt dich, bis sie so was wie einen undurchlässigen Panzer bildet. Du wirst zu einer literarischen Marmorschildkröte, keiner traut sich mehr, seine Zähne an dir zu erproben. Und wenn du es erst einmal soweit gebracht hast, kannst du dich nicht mehr beklagen, stimmt's?«

»Aber?« fragte ich. Obwohl ich den Gedanken von mir wies, fiel mir wieder ein, was Bedreghin über seine Schreibhemmung gesagt hatte; und mein und Caterinas Eindruck von seinen jüngsten Büchern. Ich hätte ihn gern gefragt, ob es stimmte, ob es an der allgemeinen Anerkennung lag, daß er seine Arbeit nicht mehr als Frage von Leben und Tod betrachtete.

Er sah mich sonderbar an, als hätte er meine Gedanken gelesen. »Was aber?« fragte er. »Das einzige Problem bei so einem Panzer ist, daß alle Signale von außen nur gedämpft zu dir gelangen. So als ob du ganz allmählich ein bißchen taub würdest. Deine Reflexe lassen nach, denn du weißt ja, daß du in Sicherheit bist und es nicht mehr nötig hast, ständig auf der Hut und sprungbereit zu sein. Du bist wie leicht betäubt, jedes Lob wirkt wie eine kleine Morphiumspritze.«

Dann merkte er, daß ich ihn immer noch besorgt ansah, und lachte wieder. »So schrecklich ist es nicht, glaub mir. Es hat ja auch Vorteile. Berühmt zu sein und Geld zu haben löst nicht jedes Problem, aber es ist sehr nützlich. Zumal in einem Land wie diesem, wo du nicht mal eine Mietwohnung findest und deine Kinder in einsturzgefährdete Schulen schicken mußt, wenn du auf die normalen Mittel angewiesen bist, und nur hoffen kannst, nie krank zu werden oder gleich zu sterben. Geld macht dich beweglich, du kannst dich umsehen, brauchst dich nicht in ein einziges Leben einsperren lassen. Es verschafft dir ein paar Mittelchen gegen die Langeweile, gegen Trübsal und Enttäuschung. Es hilft dir Zeit zu sparen, auch wenn die Zeit weiter davonläuft. Es erlaubt dir, dich ein bißchen unbekümmerter oder stilvoller zu verabsentieren, und sei es nur, weil du weißt, daß man es bemerkt.«

Ich fragte ihn: »Nur beim Schreiben nützt es dir nichts?«

Wieder sah er mich lange an, bevor er antwortete; er sagte nein. Er wandte sich ab und musterte die Leute an den anderen Tischen. »Romane schreiben ist nämlich keine sehr gesunde Tätigkeit. Es ist eine Form der Bewußtseinsspaltung, wenn auch eine kontrollierte und legitimierte und mit vielen edlen und illustren Vorbildern. Du kannst natürlich auch einen Beruf wie jeden anderen daraus machen, wenn du willst, mit fest geregelten Arbeitszeiten, aber von dieser Art des Schreibens ist hier nicht die Rede. Authentische Bücher entstehen immer aus einem Zustand akuter Not, aus einer Unfähigkeit, sich in der Wirklichkeit zurechtzufinden. Aus einer Unzufriedenheit, die so stark ist, daß sie dich treibt, Parallelversionen zu deinem wirklichen Leben zu konstruieren, um dich zu entschädigen.«

»Und wenn dein wirkliches Leben glücklich und erfüllt ist?« fragte ich ihn.

»Dann brauchst du dir kein anderes zu erfinden. Oder du tust es nur zum Zeitvertreib, dann könntest du genausogut Briefmarken sammeln.«

»Ist es denn immer so?« fragte ich. »Unvermeidlich?«

»Mehr oder weniger. Sieh dir doch die Lebensgeschichten der Schriftsteller an, jenseits der Anekdotik und allem übrigen. Ich spreche nicht unbedingt vom Unglücklichsein, sondern von einem Mangel, und das, was einem fehlt, kann ein Mensch sein oder Anerkennung seitens der anderen oder Geld oder ein Gesamtgleichgewicht. Sattheit nimmt dir den Stachel. Dann kannst du nur noch mit dem Kopf schreiben oder hohe Sprachkunst oder literarischen Journalismus machen oder einen immer schwächeren Abklatsch von dem, was du schon gemacht hast.«

»Und man kann nichts dagegen machen?« fragte ich ihn. »Wenn man erst einmal erkannt hat, wie es läuft?«

»Du kannst versuchen, absichtlich eine Situation des Mangels herbeizuführen. Das Gleichgewicht zerstören, das du dir geschaffen hast, oder die Anerkennung für das, was du machst, zerschlagen oder einen Gefühlskonflikt provozieren. Aber je weiter du es gebracht hast, umso schwerer wird es, um so mehr Mühe kostet es dich, bis es dir schließlich als Selbstzerstörung erscheint und du gar keine Lust mehr hast, es auszuprobieren.«

Wie schon öfters wußte ich nicht mehr, wo die genaue Grenze lag zwischen dem, was er wirklich dachte, und dem, was er nur sagte, um mich zu provozieren. Wie schon öfters nickte ich, ohne etwas zu sagen, auf die Untertöne in seiner Stimme konzentriert.

Einundzwanzig

In der Redaktion kam Enrica Dalatri mit dem Text und den Bildunterschriften für einen Artikel über den Turm von Pisa zu mir und fragte mich, ob ich ihn redigieren könne. An dem Lächeln, mit dem sie mir die Blätter und die Fotos gab, merkte ich, daß es eine Art Verteilungsritual war, daß auf diese Weise jeder sein Alibi erhielt.

Ich brauchte eine Stunde, um die geschraubten Sätze irgendeines unfähigen Angestellten oder Auftragnehmers des Tourismusministeriums zu entwirren, und eine weitere Stunde, um alles neu zu schreiben. Und komischerweise verursachte mir danach der Gedanke, daß ich mein Gehalt von einem Steuergelder fressenden Betrieb bezog, gleich viel weniger Schuldgefühle.

Ich brachte Enrica alles zurück; in einer ihrer Posen, mit aufgestütztem Ellenbogen, musterte sie mich von oben bis unten. »Sonst hast du nichts?« fragte ich sie.

Sie sagte: »Wieso, was möchtest du noch?«

»Weiß nicht«, sagte ich. »Ich würde gern ab und zu was für die Zeitschrift machen. Nicht immer nur meinen eigenen Kram schreiben.«

Sie taxierte mich auf ihre träge Art, ließ ihren Blick ohne eine Spur von Scham auf meinem Haar, den Ohren und auf dem Hosenschlitz verweilen. »Weißt du, daß ich immer noch nicht aus dir schlau werde, Bata? Ich schwör's dir.«

»Wieso?« fragte ich. Ihre Blicke machten mich verlegen, ich konnte mir ihr plötzliches Interesse nicht erklären, nachdem sie mich anderthalb Monate ignoriert hatte.

Sie stand auf, sagte: »Du hast so ein Verhalten drauf, als ob du von nichts eine Ahnung hättest. Als ob du erst gestern auf die Welt gekommen wärst, mein Ärmster.« Sie kam auf mich zu, sah mich unverwandt an.

Ich entgegnete: »Ich hab kein besonderes Verhalten, denke ich«, und wich bis ans Fenster zurück. »Oder jeder hat es. Du auch, oder Bedreghin.«

»Bedreghin kannst du vergessen. Der ist ein Phantast«, sagte sie. Sie lachte. »Was ist, hast du Angst?«

Ich schaute auf ihre Bluse, aber nur weil wir fast auf Tuchfühlung waren; die obersten zwei Knöpfe waren offen; ich schaute auf ihre mit großer Sorgfalt nachgezogenen und angemalten Lippen, ich roch ihr süßliches Parfüm.

»Was für ein Buch schreibst du denn?« fragte sie. »Wovon handelt es?«

»Eine Geschichte eben. Ich laß es dich lesen, wenn ich fertig bin«, sagte ich und wich zur Seite, um zu vermeiden, daß sie mir noch dichter auf die Pelle rückte.

In Wirklichkeit erwartete sie wohl, daß ich irgend etwas unternahm, denn sie unterschritt den Mindestabstand nicht weiter: etwa einen halben Meter vor mir blieb sie stehen, atmete mir ins Gesicht, sah mich erwartungsvoll an. Ich versuchte ein Lächeln, um der Situation standzuhalten; ich blickte auf den eingeschalteten Computer und auf die Blätter auf dem Tisch, fragte mich, woran sie arbeitete. Dann sagte sie unvermittelt: »Entschuldige, ich muß mal telefonieren.«

Ziemlich verwirrt ging ich in mein Zimmer zurück und arbeitete an meinem Buch weiter.

Um fünf, als ich gerade gehen wollte, rief Polidori an. »Bist du um neun frei? Ich möchte, daß du meinen spanischen Verleger kennenlernst.« Er war in Eile, gab mir die Adresse und legte auf.

Das Treffen mit dem spanischen Verleger fand in einem großen Hotel im Zentrum oberhalb der Spanischen Treppe statt. Diesmal brauchte ich nicht zu warten, denn ich hatte mich verfahren und kam zwanzig Minuten zu spät; Polidori saß mit einem Mann und einer Frau in einem kleinen Salon mit dicken Teppichen, winkte mir zu.

Der Verleger war klein und rundlich, mit schütterem, zu einem Pferdeschwanz zusammengebundenem Haar und einer Jacke mit sonderbarem Kragen. Polidori stellte uns vor; der Verleger hieß Rocas, er sagte zu mir: »Freut mich, freut mich sehr.« Neben ihm saß ein langgesichtiges junges Mädchen: sie sagte mit der gleichen Begeisterung *»Encantada«*. Rocas erklärte mir, sie sei seine Assistentin. Polidori sah uns zu, er schien sich zu freuen, daß er diese Begegnung arrangiert hatte.

Dann gingen wir zum Essen nach oben in einen Saal mit Blick über die ganze erleuchtete Stadt mit ihren Kuppeln und Türmen und Häusern und Straßen und Brücken. Rocas war glücklich, in Rom zu sein; mit seinem gedrungenen Körper drehte er sich auf dem Stuhl um und schaute durch die großen Fenster hinaus, atmete tief, wie um das Panorama in sich aufzunehmen. Dann fragte er Polidori nach dessen Meinung über einige Autoren, mit denen er sich treffen wollte, weil er ihre neuesten Bücher herauszubringen gedachte.

Polidori machte sie allesamt mit knappen Sätzen nieder, sagte »Dieser alte stalinistische Maulwurf« oder »Ein tückischer Päderast«, »Der ist ein Duckmäuser«, »Ein Erpresser«, »Ein mit Psychoanalyse vollgestopfter Esel«, »Ein Funktionär«, »Eine Provinzschullehrerin«. Lakonisch und grausam fällte er seine Urteile in einem Spanisch, das ihm so glatt über die Lippen kam wie Italienisch.

Rocas schien erregt von seinem Ton; er fragte: »Findet

denn keiner Gnade?« Er wandte sich alle naselang zu seiner Assistentin, vermutlich hatten sie etwas miteinander, denn es gab ein Wechselspiel stummer Blicke zwischen ihnen.

Polidori antwortete: »Doch, der da, Roberto. Außer mir ist er zur Zeit der einzige Schriftsteller in Italien.«

Rocas nickte mit dem Kopf, sah mich an wie eine Wundererscheinung oder wie ein seltenes Tier. Offenbar hatte er unbedingtes Vertrauen zu Polidori und hegte grenzenlose Bewunderung für ihn; er lächelte nicht einmal, als er ihn in dieser Weise von mir sprechen hörte.

Polidori sagte: »Du solltest aber gleich einen Vertrag mit ihm machen, bevor das Buch in Italien erscheint und das Geschacher um ihn losgeht.«

Rocas nickte erneut: »Natürlich. Könnte ich nicht eine Leseprobe haben?« Wieder warf er seiner Assistentin einen raschen Blick zu, er schien jetzt in wilder Eile.

Polidori sagte: »Er muß es noch fertig überarbeiten. Aber du brauchst es nicht zu lesen, so ein Buch kannst du unbesehen nehmen. Wenn du es dir entgehen läßt, beißt du dir nachher die Hände ab, das garantiere ich dir.«

Rocas sah ihn an und sah seine Assistentin an und sah mich an, schließlich meinte er: »Du weißt, dein Wort ist mir heilig, Marco. Wir machen den Vertrag, sofort.«

»Auf der Stelle«, sagte Polidori.

»Sofort und auf der Stelle«, bekräftigte Rocas, zappelig vor Hast und Aufregung. Er wischte sich mit der Serviette die Lippen ab und sprang auf: »Gehen wir zu mir. Wir unterschreiben jetzt gleich. Nutzen wir die Gunst des Augenblicks. So was darf man nicht aufschieben.«

Ich konnte kaum fassen, was da vorging, ich hatte noch kein Wort gesagt, seit wir hinaufgegangen waren; ich sah Polidori an, aber er zwinkerte mir nur zu. Der Kellner kam bestürzt herbei, Rocas sagte zu ihm: »Wir sind in fünf Minuten wieder da. Halten Sie es warm.«

Wir gingen eine Etage tiefer und traten in eine weitläufige Suite, in der es nach Seife und französischem Parfum roch, und Rocas klappte ein Köfferchen auf, das auf einem niedrigen Tisch lag, und zog ein Vertragsformular hervor, setzte sich eine Lesebrille auf, fragte mich: »Wie heißt der Titel?«

»Ich hab noch keinen«, sagte ich.

Polidori sagte: »Macht nichts, das hat Zeit. Aber gib ihm eine gute Umsatzbeteiligung. Und einen ordentlichen Vorschuß. Du holst es wieder heraus, mit diesem Buch wirst du einen Haufen Geld machen.«

Rocas sah ihn an, den Füllfederhalter schon in der Hand; er fragte: »Weltrechte?«

»Weltrechte«, sagte Polidori. »Du kannst es überall verkaufen, so hast du den Vorschuß im Nu wieder drin.«

»Und du schreibst das Vorwort?« fragte Rocas; und mir wurde klar, daß er bei aller Eile und Aufregung, die ihn erfaßt hatten, keineswegs unbedarft war, seine Augen funkelten wachsam.

»Ja«, sagte Polidori. »Denk du nur an den Vorschuß.« Er hieß mich neben Rocas Platz nehmen, und Rocas sah mich durch seine halben Brillengläser an und nannte in fragendem Ton eine Summe in Pesetas, halb zu mir und halb zu Polidori gewandt. Polidori nickte mir zu; ich sagte »In Ordnung«, dabei wußte ich nicht einmal, wieviel eine Peseta wert war; aber ich wäre auch einverstanden gewesen, wenn ich nichts bekommen hätte, der Gedanke, daß ich einen Vertrag für mein Buch unterzeichnete, ließ mich völlig erstarren.

Mit der geschliffenen Goldfeder seines Füllhalters aus Bruyèreholz schrieb Rocas zügig den Betrag auf das Formular; fragte: »Termin?«

»Juli«, sagte Polidori. Zu mir sagte er: »So hast du genug Zeit, den Schluß zu schreiben und alles zu überarbeiten.«

Rocas schrieb auch das Datum, trug in seiner flinken kleinen Handschrift Prozentzahlen in die dafür vorgesehenen Lücken ein; setzte seine Unterschrift darunter und reichte mir den Füllfederhalter. Und ich unterschrieb, mit zittrigen Fingern und flatterndem Herzen; stand auf. Polidori umarmte mich und umarmte Rocas und dessen Assistentin, und Rocas und seine Assistentin umarmten mich: in übermütiger, aufgekratzter Stimmung liefen wir auf dem chinchillagrauen Spannteppich der Suite umeinander herum.

Wir gingen wieder ins Restaurant hinauf; Rocas bat den Ober, Champagner zu bringen. Wir stießen an, die Leute an den anderen Tischen schauten zu uns herüber. Polidori drückte meinen Arm: »Na, Roberto?« Er schien sich für mich zu freuen. Und ich war in meinem ganzen Leben noch niemandem so dankbar gewesen: mir fehlten die Worte, es ihm zu sagen.

Nach dem Essen hatten Rocas und seine Assistentin und Polidori ihre eigenen Angelegenheiten zu besprechen, so verabschiedete ich mich und ging hinaus, lief beschwingt die Spanische Treppe hinunter. Es kam mir unglaublich vor, daß aus meinem Roman tatsächlich ein Buch werden sollte und ich die Gewähr dafür bereits schriftlich in der Tasche hatte. Bisher hatte ich nie gewagt, konkret daran zu denken, und ich entdeckte, daß es ein Riesenunterschied war. Der Gedanke erschreckte mich zwar auch, aber es war ein belebender Schreck, der viele andere Empfindungen in Gang brachte und meine Schritte beflügelte.

Ich ging zu Fuß nach Trastevere bis zu dem Haus, in dem Maria wohnte, ich brauchte dafür nicht einmal eine Viertelstunde. Mir schien, daß meine Ängste fast verflogen waren; mir schien, daß ich ihr jetzt, ohne groß zu leiden, adieu hätte sagen können, wenn ich sie mit Luciano Merzi oder sonst irgendwem angetroffen hätte. Mir war, als hätte ich auch schon einen kleinen Panzer, zum Glück keinen Schildkrötenpanzer, sondern einen Hasenpanzer, der mir das Gefühl gab, nahezu unverwundbar zu sein, aber meine Reflexe nicht verlangsamte.

Es dauerte ein paar Sekunden, bis Maria antwortete; aus der altersschwachen Gegensprechanlage fragte ihre schläfrige und besorgte Stimme: »Wer ist da?«

Ich sagte: »Ich bin's, Roberto. Ich bin zufällig vorbeigekommen und wollte dir nur gute Nacht sagen. Ich habe gerade den Vertrag für mein Buch unterschrieben.«

Marias Stimme fragte: »Wie spät ist es? Ich habe schon geschlafen.«

»Entschuldige«, sagte ich. »Ich wollte dich nicht aufwecken. Ich wollte dir nur gute Nacht sagen. Ich geh wieder.«

Aber sie sagte »Nein«, ich hörte, wie die alte Haustür aufschnappte.

Also lief ich die steile Treppe hinauf und hätte jede einzelne Stufe geküßt, aber ich schien zu fliegen und kam oben an, ohne es zu merken.

Maria machte mir mit schläfrig verwirrtem Gesicht auf; sie hatte nur einen weißen Herrenpullover an. Ich ging hinein, und sie schloß die Tür, sie sah noch schöner aus als die anderen Male, die ich sie gesehen hatte. Doch ich war fest entschlossen, locker zu bleiben, nicht in die alten Fußstapfen zu treten, wie Polidori es ausgedrückt hatte. Ich glaubte, dazu auch in der Lage zu sein; genug Selbstsicherheit zu haben, mich ihr nicht voller Berührungsgier an den Hals zu werfen.

Ich sagte zu ihr: »Also dann, gute Nacht.« Ich beugte mich vor und gab ihr einen Kuß; und wir umarmten uns in dem kleinen Wohnzimmer wie in einem Traum, völlig stumm und harmonisch, alle meine Vorsätze schwanden innerhalb einer Sekunde dahin.

Wir gingen ins Schlafzimmer hinauf, ohne daß einer ein Wort sagte, versanken in dem trägen Strom, der uns schon die anderen beiden Male mitgerissen hatte. Die Ängste, die ich drei Tage lang im Herzen und im Bauch gehabt hatte, vermischten sich mit der Euphorie wegen meines Buchs und der unverhofften Freude, dort zu sein, wo ich war, mit der Eifersucht auf Luciano Merzi und den Schuldgefühlen gegenüber Caterina; und die Mischung aus all diesen Gefühlen machte meine Berührungsgier noch größer, riß mich weg von jedem rationalen Bezugspunkt. Wir verloren uns alle beide in gleich dichten körperlichen Eindrücken und Vorstellungen, wir sahen uns unverwandt aus wenigen Zentimetern Entfernung an.

Maria hatte eine weiche und instinktive Art zu lieben, die man sich nur schwer vorstellen konnte, wenn man sie bekleidet in der Öffentlichkeit sah. Sie war wie damals auf dem Empfang nach der Theaterpremiere, als ich ihr beim Essen zusah; oder während des Stücks, als sie sich bewegte wie eine primitive Tänzerin, mit ihrem ein wenig schiefen Lächeln. Ein tagsüber unter einer fast schon förmlichen Wohlerzogenheit gebändigter Teil von ihr kam zum Vorschein, entspannte ihr Gesicht und machte es noch schöner, noch klarer, weitab von allen Worten.

Dennoch stand auch jetzt, als wir uns so nah waren, noch ein leichter Schatten zwischen uns: eine leichte Bitterkeit, etwas Unausgesprochenes, das es mir verwehrte, ihren Blick genau zu deuten. Ich hätte gern mit ihr darüber geredet, aber ich brachte es nicht über mich; alle meine Fragen verloren sich im Geflecht unserer Gebärden, begannen langsam und beharrlich unter der Oberfläche zu kreisen.

Sie teilten sich meinem Atem mit und erreichten meine Fingerspitzen, gingen mir ins Blut über und spiegelten sich in Marias Augen wenige Zentimeter vor meinen, in ihren halbgeöffneten Lippen, die meine fast berührten.

Zweiundzwanzig

In der folgenden Nacht ging ich wieder zu Maria und auch in der Nacht danach. Sie meldete sich nie von sich aus, immer war ich derjenige, der anrufen mußte, was gar nicht so einfach war, weil sie zu den unterschiedlichsten Tageszeiten kam und ging. Ständig mußte ich meine Arbeit unterbrechen, um zu telefonieren; wenn ich versuchte, im voraus etwas mit ihr auszumachen, hatte sie so viele verschiedene Termine, daß eine Verabredung ganz unmöglich schien. Beinahe jedesmal endete es damit, daß sie sagte, ich solle zu ihr kommen, wenn ich wolle, als ob ihr der Gedanke daran mehr oder weniger gleichgültig wäre. Hin und wieder fragte ich mich, was geschähe, wenn ich mich nicht so hartnäckig um sie bemühen würde, und war mir fast sicher, daß sie nichts getan hätte, um mich zu sehen. Das steigerte meine Sehnsucht noch, durchtränkte meine Bemühungen mit Verzweiflung, bis ich sie endlich am Apparat hatte.

Es war immer schon sehr spät, wenn ich das Haus verließ und durch die Stadt fuhr und die Treppen zu Maria hinaufstürmte. Dann liebten wir uns stundenlang, benommen vor Müdigkeit und Verlangen und dem, was aus dem Rest unseres Lebens in uns wieder hochkam. Nie hatte ich mit so triebhafter Intensität geliebt, die mich drängte, Maria mit einer Begierde an mich zu reißen, die unendlich viel heftiger und freudiger und auch schmerzlicher war als alles, was ich in so vielen Jahren für Caterina empfunden hatte. Von Marias Bett aus gesehen, erschienen mir die kleinen Sexspiele, die meine Frau und ich so oft wiederholt hatten, daß wir sie auswendig kannten, unglaublich bewußt und verhalten und rollenkonform, ohne jede Leidenschaft. Nie in meinem Leben hatte ich so rückhaltlose Gefühle gehabt; ich hatte nur in Romanen davon gelesen oder sie in Filmen gesehen, ohne zu verstehen, welche Wirklichkeit dahinterstand. Noch nie hatte ich so geschwitzt, wie ich mit Maria schwitzte, noch nie mein Herz so wild hämmern hören oder so das Zeitgefühl verloren; noch nie meine Zufriedenheit als so prekär empfunden, bedroht von den unterschwelligen Gedanken an Luciano Merzi und an Caterina und an alles, was Maria und ich uns immer noch nicht sagten und fragten.

Der Anrufbeantworter stand die ganze Zeit eingeschaltet neben dem Bett, wie eine mechanische Erinnerung an das, was sich bei Maria meiner Kontrolle entzog. Das Telefon klingelte, wenn wir gerade hinaufgegangen waren oder während wir uns liebten oder wenn wir am Einschlafen waren, und wir erstarrten beide: wir hörten zweimal das Klingelzeichen, dann das Klicken und das Rauschen ihrer Ansage, den langgezogenen Piepston und das Klicken und das Rauschen, während die Nachricht auf Band gesprochen wurde. »Nimmst du nicht ab?« fragte ich Maria, auch wenn es mir sehr schwergefallen wäre, sie gehen zu lassen. »Nein«, seufzte sie, aber ich spürte genau, daß sie daran dachte, ich versuchte diese Gedanken zu vertreiben und merkte, daß es mir nicht gelang.

Manchmal überkam mich der Drang, selber den Hörer zu packen und im aggressivsten Revierverteidigungston »Wer ist am Apparat?« hineinzurufen, nur aus Angst vor Marias Reaktion hielt ich mich zurück. Manchmal war es fast, als liebten wir uns zu dritt, ich und sie und der japanische Plastikkasten, der auf dem niedrigen Tischchen am Bett stand. Manchmal kam es mir vor, als ob ein regelrechter elektronischer Feind im Zimmer wäre; manchmal war ich froh, daß wenigstens ein Filter da war, der Marias anderes Leben auf Distanz hielt. Einmal zog ich heimlich den Telefonstecker heraus; aber sie merkte es fast sofort, weil sie alle naselang auf das rote Kontrollämpchen schaute. »Tu das nie wieder«, sagte sie. Ihr ziemlich harter Ton und der dazu passende Blick ließen es mir geboten erscheinen, auf sie zu hören.

Dann schliefen wir schweißgebadet ein in dem eineinhalb Meter breiten Bett mit dem alten Holzrahmen, das nur deshalb so groß wirkte, weil das Zimmer so klein war, und noch immer hatte ich keinerlei Gewißheit, ja nicht einmal ein vages Versprechen erlangt. Maria hatte die Angewohnheit, unter einem ganzen Stapel Decken zu schlafen; weniger der Kälte wegen, sondern aus Schutzbedürfnis und um ein Gewicht auf sich zu spüren, wie sie sagte. »Genüge ich dir denn nicht?« fragte ich sie. Sie sagte: »Ach, hör auf«, und ihre Leidenschaft hatte sich schon wieder zurückgezogen, mir schien, daß sie mich nur in ihrem Bett behielt, weil es ihr leid tat, mich um vier Uhr nachts hinauszuwerfen. Ich lag bewegungslos auf dem Rücken, erfüllt vom Nachhall dessen, was wir gemacht hatten, und von der Sorge, daß Caterina in Bedreghins Wohnung anrief und mich nicht antraf; von leidenschaftlichen Gedanken und realistischen Gedanken, wie ich die Situation lösen könnte. Ich paßte auf, daß ich Maria nicht die Decke wegzog; daß ich mich nicht herumwälzte und sie nicht gegen die Wand drückte oder ihr sonst irgendeinen zusätzlichen Grund lieferte, mich nicht mehr bei sich haben zu wollen.

Jedenfalls bekam ich nie genügend Schlaf: um halb acht klingelte der Wecker, und Maria schlüpfte aus den Decken, kurz darauf war sie schon angezogen und bereit für den Tag. Ich mußte mich furchtbar zusammenreißen, um den

Schlaf abzuschütteln und mir das Gesicht waschen zu gehen, um in ihrer morgendlichen Ruhelosigkeit nicht wieder nach Zeichen der Zuneigung zu suchen. Wenn ich mich dann angezogen hatte und hinunterging, hatte sie mir in der winzigen Küche jedoch schon das Frühstück auf den Tisch gestellt: Kekse in einem kleinen Körbchen und eine Tasse heißen Malzkaffee und frisch gepreßten Orangensaft. Manchmal gab es statt Keksen auch anderes Gebäck, Sahnerollen oder Cremeschnitten oder ein Stück Kuchen auf einem kleinen Teller. Maria sagte nie, daß sie es für mich geholt hatte, sondern »Die hab ich gestern für eine Freundin gekauft« oder »Die hat mir meine Cousine mitgebracht«; so schlich sich immer ein Hauch von Ungewißheit in meine Dankbarkeit. Sie selbst aß nie etwas, sie trank nur den Orangensaft; wenn ich ihr etwas reichte, reagierte sie, als wolle ich sie ruinieren, sagte: »Soll ich so fett wie ein Wal werden?« Ich sah sie an und erinnerte mich an den Anblick ihres nackten Körpers in der Nacht, und ihre Sorge um ihre so zarte und harmonische Figur kam mir absurd vor. Manchmal schmeckte das Gebäck, das sie mir hingestellt hatte, genauso wie die Küsse, die sie mir gegeben hatte, und ich wußte nicht, ob es daran lag, daß mich die Erinnerung meiner Zunge trog, oder daran, daß sie abends heimlich davon genascht hatte.

Um viertel nach acht fuhr ich durch Trastevere, das noch genauso verschlafen war wie ich, nur von den Fahrzeugen der Straßenreinigung und von Lieferwagen und Hunden belebt, und je weiter ich mich von ihrer Wohnung entfernte, desto heftiger strömte die Eifersucht in mich zurück. Ich malte mir aus, wie sie endlich die Botschaften auf dem Anrufbeantworter abhörte und Luciano Merzi anrief oder wer sonst sie hinterlassen hatte, wie ihre Gefühle der vergangenen Nacht von anderen Gefühlen überdeckt wurden.

Ich fuhr einen weiten Umweg, um nicht allzu früh in der Redaktion zu sein, aber wenn ich ankam, hockte nur Zancanaro, der Geschäftsführer, in seinem Zimmer und spähte zur Tür. Erst eine Viertelstunde später hörte ich Nadias träge Stimme, und erst eine weitere Viertelstunde oder halbe Stunde später trudelten auch Bedreghin und die Dalatri ein. Bedreghin klopfte an meine angelehnte Tür, fragte: »Bata, hast du dich noch nicht zugrunde gerichtet?« – mit einer Mischung aus kumpelhafter Bewunderung und Neid und Neugier, weil ich ihm nie etwas über Maria erzählte, obwohl er mich immer bedrängte.

Enrica Dalatri gab mir nie wieder etwas zu tun, auch wenn sie mich jedesmal, wenn wir uns über den Weg liefen, seltsam prüfend ansah, wie sie es früher nie getan hatte.

Ich schrieb meinen Roman um, tagsüber in der Redaktion und abends in Bedreghins Wohnung, bis ich zu Maria gehen konnte. Es war keine leichte Arbeit; es ging nicht mehr nur darum, einem Instinkt zu folgen oder Empfindungen einzufangen, so wie ich es in Mailand gemacht hatte, als ich die erste Fassung schrieb. Es war jetzt eine ganz nach außen projizierte, viel rationalere und bewußtere Tätigkeit. Ich baute jeden Satz so auf, daß er dem Blick eines unbekannten oder gar feindseligen Lesers standhalten konnte; ich versuchte, in den Dialogen mein ganzes Wissen zu destillieren, die Erzählstruktur so zu gestalten, daß sie auch einen Oscar Sasso zu erstaunen vermochte. Während ich Seite um Seite schrieb, stellte ich mir manchmal vor, ich hätte schon das fertige Buch vor mir: handfest und solide zwischen zwei Buchdeckeln und mit einem glänzenden Schutzumschlag, in einem Schaufenster den Blicken der Passanten ausgesetzt. Manchmal blieb ich auf dem Weg zur Redaktion vor der Auslage einer Buchhandlung stehen und stellte mir mein Buch inmitten der anderen Bücher vor; ich drückte die Mappe mit dem Manuskript fester an mich, aus Angst, sie zu verlieren. Manchmal stellte ich mir vor, wie ich mit dem ersten gedruckten Exemplar in der Hand die Treppe zu Maria hinaufrannte, es ihr gab und ihr Gesicht betrachtete, während sie die Widmung las.

Polidori fuhr nach Edinburgh, wo er die Inszenierung eines Stücks nach *Der Atem der Zikaden* mit zwei berühmten schottischen Schauspielern betreuen sollte. Einmal rief er mich in der Redaktion an, fragte: »Wie geht es deinem Buch? Und deiner Freundin?«

»Beiden ganz gut«, sagte ich.

Er sagte: »Laß dich nicht ablenken. Versuche, jetzt nicht zu intensiv zu leben. Konzentriere dich ganz auf deinen Roman, auch wenn du darunter leidest. Wenn du fertig bist, hast du soviel Zeit, wie du willst.«

»In Ordnung«, sagte ich; aber ich hatte nicht die geringste Lust, zu leiden oder zu warten. Es kam mir ohnehin vor, als lebte ich nur in den paar Stunden nachts bei Maria, und als hätte ich viel weniger Zeit, als ich gebraucht hätte.

Caterina reagierte sonderbar, als ich ihr von dem Vertrag mit dem spanischen Verleger erzählte: eher bestürzt als erfreut. »Du bist doch noch nicht mal fertig«, sagte sie.

»Na und?« antwortete ich, aggressiv von all den Schuldgefühlen, die in mir steckten. »Polidoris Wort hat genügt. Er glaubt ja zum Glück an mich.«

Ich rief sie immer ganz pünktlich um acht Uhr abends an, um eine zuverlässige Gewohnheit daraus zu machen und zu verhindern, daß später sie mich anrief. Unsere Gespräche waren so nichtssagend, es schien mir fast undenkbar, daß sie Lust bekommen könnte, am selben Tag noch ein zweites

Mal mit mir zu sprechen. Aber ganz sicher konnte ich nie sein; ich sagte zu Bedreghin: »Wenn meine Frau anruft, bin ich ausgegangen.« Er meinte: »Und wenn sie nachts um vier anruft?« Darauf wußte ich nichts zu antworten; jedesmal, wenn ich bei Maria war, hatte ich Angst, Caterina könne anrufen und mich nicht antreffen. Der Gedanke war wie ein Gespenst, verfolgte mich auch dann, wenn ich überzeugt war, ihn abgeschüttelt zu haben.

Ich dachte immer noch daran, die Dinge zu klären, aber ich konnte mir nicht vorstellen, wie und bei welcher Gelegenheit; obendrein war meine Affäre mit Maria ganz ungewiß, ich hatte keinerlei Sicherheit, auf die ich mich stützen konnte. Punkt acht Uhr wählte ich die Mailänder Nummer, wie um die Geister zu beschwören. Ich gab Caterina immer die gleichen unwesentlichen Informationsbruchstücke, immer im gleichen teils müden, teils zerstreuten, teils nach Verständnis heischenden Ton, obwohl sie nicht den geringsten Grund hatte, mir welches entgegenzubringen.

Ab und zu fragte Caterina mich: »Wann kommst du nach Mailand?« Ich sagte: »Im Augenblick geht es nicht, ich arbeite wie ein Verrückter.« Ab und zu sagte sie: »Dann besuche ich dich eben«; und ich sagte: »Aber es ist nur ein Einzelbett da, und die Wohnung ist scheußlich und schmutzig und laut, in einem der häßlichsten Viertel von Rom. Man kann dort nur arbeiten.«

Sie insistierte auch nicht weiter: beschränkte sich darauf, Möglichkeiten vorzuschlagen, die einen Augenblick später im Nebel vorgetäuschter praktischer Erwägungen wieder die Konturen verloren, so vage wurden, wie die Beziehung zwischen uns mittlerweile war. Doch solange ich sie nicht angerufen hatte, quälte mich eine merkwürdige Unruhe, die nicht feigem Rechtfertigungsdrang, sondern echter

Sehnsucht nach ihr entsprang. Dann genügte es mir, drei Minuten mit ihr zu telefonieren, und dieses Gefühl verflog wieder, verscheucht von dem Verlangen, Maria wiederzusehen, das noch heftiger war als am Abend zuvor.

Wenn ich Maria endlich am Apparat hatte, zählte sie mir oft in aufgeregtem Ton die Termine auf, die sie tagsüber mit Agenten und Kollegen, Regisseuren, Produzenten, Fernsehfunktionären, Schauspiel- und Tanz- und Sprachlehrern gehabt hatte. Kaum einer dieser Kontakte führte zu konkreten Ergebnissen, es gab immer nur Versprechungen und Absichtserklärungen und weitere Verabredungen, weitere Namen, die mir größtenteils aus meiner Zeit bei *Prospettiva* bekannt waren. Maria machte es schrecklich nervös, wenn Projekte immer wieder aufgeschoben wurden oder sich in nichts auflösten, aber ihr Beruf bestand offenbar hauptsächlich aus Erwartungen: die Termine, zu denen sie quer durch die Stadt jagte, hatten den Zweck, diese zu vervielfachen.

Manchmal empfand ich einen allgemeinen Haß auf alle, mit denen sie zu tun hatte. Mir kam die Stimme von einem in Erinnerung, mit dem ich damals ein Telefoninterview gemacht hatte, oder ein Gesicht aus einer Nummer von *Prospettiva*; ich sagte zu Maria »Dieser krumme Hund?« oder »Dieser aufgeblasene Schwachkopf?« oder »Dieser christdemokratische Mafioso?«, im gleichen Ton, in dem Polidori es hätte sagen können. Sie hatte als Schauspielerin eine Art ängstlichen Respekt vor diesen Leuten; sie fuhr mich an: »Wie kannst du so was sagen? Was weißt du denn davon?« Mir wurde klar, daß sie mich in solchen Augenblikken als Feind betrachtete, als einen, der von außen her ihre berufliche Zukunft zu untergraben suchte; ich ließ meine Bemerkungen bleiben.

Im übrigen erzählte sie mir nie etwas Genaueres über ihre Projekte: statt dessen präsentierte sie mir ein Netz von Terminen und Verpflichtungen, um mir zu verstehen zu geben, wie kompliziert ihr Tagesablauf war, wie schwierig es war, auch noch mich darin unterzubringen.

Oder sie sagte »Ein Freund von mir hat angerufen«, oder »Heute abend muß ich mit Freunden telefonieren« oder »Ein Freund hat mich ins Theater eingeladen«. Ich fragte sie: »Was sind das für Freunde? Leute vom Fernsehen oder Schulkameraden oder Bekannte oder Liebhaber? Oder ist es immer ein und derselbe?« Sie gab keine Antwort; schaute weg. Es gab auch immer Lücken in ihrer Berichterstattung; und ich konnte an nichts anderes als an diese Lücken denken.

Aus Spanien kam ein internationaler Scheck für mich; die erste Rate für mein Buch. Er erstaunte mich genauso wie der Gedanke, daß ich bereits einen Vertrag unterschrieben hatte, und bewirkte, daß meine Arbeitsweise sich noch ein wenig mehr nach außen richtete. Beim Schreiben merkte ich, daß meine Sätze Gewichtigkeit bekamen und sogar etwas leicht Steifes, das vorher nicht dagewesen war, sie bewegten sich vorwärts wie kleine, mit Verpflichtungen gegenüber der Außenwelt beladene Züge.

Ich eröffnete ein Konto bei einer Bank im Zentrum; ein Schritt, der mich noch weiter von Caterina entfernte.

Dreiundzwanzig

Polidori kam aus Schottland zurück und rief mich morgens in der Redaktion an. Er sagte: »Ich habe vielleicht eine Wohnung für dich, in einer weniger tristen Gegend.« Ich fragte »Was? Wieso?«, aber er ging nicht darauf ein, gab mir die Telefonnummer einer gewissen Signora Zanardini.

Signora Zanardini war sehr höflich, sie verabredete sich für ein Uhr mit mir.

Um eins holte ich sie an der Piazza Campo dei Fiori ab: eine blauäugige Frau, die einmal schön gewesen sein mußte, mit durch ein diskretes Lifting leicht gestrafften Zügen. Sie sagte zu mir: »Marco sagt, Sie schreiben sehr gut, dabei sind sie noch so jung.« Und während sie das sagte, bewegte sie wie ein Vogel den Kopf hin und her, es sah aus, als erwartete sie, einen sichtbaren Grund für Polidoris Wertschätzung zu entdecken.

Mit raschen, nervösen Schritten machte sie sich auf den Weg; ich folgte ihr durch die Straßen des Viertels und über eine Tiberbrücke, immer angespannter, je näher wir zu Marias Wohnung kamen. An jeder Ecke hoffte ich sie zu treffen und fürchtete mich zugleich davor; ich fragte mich, was ich tun würde, wenn ich sie mit Luciano Merzi oder einem anderen ihrer sogenannten Freunde sähe.

Vor einem alten, gelb getünchten Haus an einem kleinen Platz, auf dem sich drei Gassen kreuzten, machten wir halt, zwei Blocks von dem Haus entfernt, in dem Maria wohnte. Die Wohnungen drinnen standen leer und wurden gerade renoviert, auf dem Boden lagen Fliesenstapel und Waschbecken, die Treppen waren voller Kalkspuren. Nur im ersten Stock hatten die ursprünglichen Bewohner ausgeharrt: ein altes Ehepaar, das alles andere als freundlich hinter der heruntergekommenen Wohnungstür hervorspähte.

Die Zanardini zog mich in den dritten Stock hinauf und ließ dabei eine Parfümwolke hinter sich, die sich in den Staubgeruch mischte. Sie war aufgeregt wegen ihrer Wohnung, halb sentimental, halb wachsame Vermieterin; sie erklärte, sie vermiete sonst nur an Ausländer, weil die Italiener so unzuverlässig seien, aber wenn Marco Polidori sie darum bat, sei es natürlich etwas anderes. So wie sie seinen Namen aussprach, mußten die beiden etwas miteinander gehabt haben.

Die Wohnung war hell und freundlich, gerade von der richtigen Größe für eine Person oder auch für zwei, unmöbliert bis auf ein Sofa und einen Tisch mit Glasplatte im Wohnzimmer, ein Bett im Schlafzimmer. Ich ging an die Fenster und sah mir die Aussicht an, dachte fast ungläubig daran, wie nahe ich bei Maria wohnen würde; die Zanardini beobachtete mich von der Tür aus. Mir wurde aber auch angst, denn dies erschien mir wie der letzte endgültige Schritt, und er kam so rasch nach den anderen; ich hätte es mir lieber noch ein paar Tage überlegt. Aber ich glaubte nicht ablehnen zu können, nachdem sie Polidori zuliebe eine riskante Ausnahme gemacht und zur Mittagessenszeit den weiten Weg zurückgelegt hatte.

Ich sagte: »Sehr hübsch, die Wohnung«, blickte nach links und nach rechts, wie einer, der von einem sehr hohen Sprungbrett springen soll.

»Sie nehmen sie also?« fragte sie, mit einem Anflug von Traurigkeit in der Stimme, vielleicht auch Polidoris wegen.

»Ich weiß nicht, es kommt auf die Miete an«, sagte ich; ich versuchte mich noch dagegen zu stemmen, aber ich wußte, daß es zu spät war.

Sie lächelte nervös, sagte: »Um die Miete kümmert sich Marco. Ich dachte, das wüßten Sie.«

Ich sagte: »Nein, das kann ich nicht annehmen«; aber sie hatte mir schon die Schlüssel in die Hand gedrückt, zeigte mir, wo der Stromzähler war und wie der Heißwasserboiler im Bad funktionierte und was es in der Küche gab.

Dann gingen wir hinunter und verabschiedeten uns vor dem Haus, und während ich ihr nachschaute, überkam mich ein seltsames Gefühl des Gespaltenseins. Ich glaubte ganz deutlich die Ebene meiner Phantasien zu sehen, die sich von der Ebene meines geregelten Lebens löste und sie hinter sich zurückließ. Und mich befiel ein Schwindelgefühl, als ob ich auf einmal alles aus einer verkehrten Perspektive sähe, aus der das, was mir am vertrautesten war, in weite Ferne gerückt war, während ich um mich herum nur lauter fast unverständliche Größen sah.

Ich blieb vor der Haustür stehen: ich versuchte gleichmäßig zu atmen, mich nicht von Panik überwältigen zu lassen. Ich dachte, daß ich sicher übermüdet war, da ich kaum schlief und den ganzen Tag an meinem Buch arbeitete; nach und nach schaffte ich es, wieder ruhiger zu werden.

Ich machte eine langsame Runde um den Häuserblock und kehrte dann unter meine Fenster zurück, um mir die Situation vor Augen zu führen. Ich versuchte mir vorzustellen, daß ich hier wohnte; daß ich Maria in meine Wohnung einlud; daß ich zu Polidori sagte, ich könne sein Angebot auf keinen Fall annehmen.

Ich ging hinauf und rief von dem leeren Schlafzimmer aus bei ihm an, aber er war nicht da; ich hinterließ auf dem Anrufbeantworter nur: »Roberto, ciao.«

Ich rief Maria an, die natürlich auch nicht zu Hause war: »Ich hab eine Wohnung ganz in deiner Nähe. Vielleicht schaffen wir es jetzt, uns auch mal bei Tageslicht zu sehen.«

Ich rief auch Caterina in Mailand an: sie war eben erst aus der Praxis gekommen, sie aß gerade. Sie war sehr überrascht, als sie hörte, daß ich eine eigene Wohnung hatte, aber mir schien, ihr war nicht klar, daß wir uns dadurch noch weiter voneinander entfernten. Sie sagte: »Es wird noch soweit kommen, daß wir für immer nach Rom umziehen.«

Ich sagte: »Das glaube ich nicht«; bekümmert beim Gedanken, daß sie immer noch für zwei dachte.

Nachmittags teilte ich Bedreghin mit, daß ich aus seiner Wohnung ausziehen wolle, ihm aber selbstverständlich den ganzen März bezahlen werde. Er sah mich an: »Du bist ein Senkrechtstarter, Bata.« Und er klang dabei gekränkt und fassungslos, so als fühle er sich im Stich gelassen.

Und es tat mir fast leid, die tröstliche Düsterkeit seiner pseudoantiken Wohnung zu verlassen, um in eine viel weniger provisorische Situation hineinzurutschen.

Von der Redaktion aus ging ich direkt nach Trastevere, um Bettwäsche und Handtücher für meine neue Wohnung zu kaufen. Die Mappe mit meinem Roman in der Hand, machte ich mich auf die Suche nach einem Wäschegeschäft. Ich hatte noch nie Bettwäsche und Handtücher für mich allein gekauft, ich hatte auch noch nie eine Wohnung für mich allein gehabt. Ich erinnerte mich, wie ich zusammen mit Caterina welche gekauft hatte: wie ich an der Kasse ungeduldig von einem Fuß auf den anderen trat, während sie auswählte und mit den Verkäuferinnen sprach. Ich dachte daran, wie selbstverständlich sie ihre Rolle spielte; wie ihre Rolle die meine ergänzte.

Ich trat in ein Kaufhaus, das zu einer in ganz Italien verbreiteten Kette gehört, hier in Trastevere aber sichtlich vernachlässigt vor sich hinvegetierte. Auf einem Hocker am Eingang saß eine alte Frau mit geschwollenen Beinen und bot wie in einem Land der Dritten Welt eine Auswahl geschmuggelter Zigaretten und Feuerzeuge feil; drinnen schien alles aus alten Restbeständen zu stammen. Die Ware lag in Regalen verstreut, an denen Leute vorbeistrichen, die zu anonym und antriebslos waren, um in einen der tausend kleinen Läden zu gehen, die es in den Straßen ringsherum gab.

Ich griff mir ohne lang auszuwählen zwei Bettlaken und eine Decke und ein paar Handtücher, bezahlte an der Kasse und ging hinaus. Draußen überfiel mich der Straßenlärm: das Getöse der wild durcheinander fahrenden Autos und Mofas, die Gesten und Zurufe und Blicke. Ich fühlte mich noch elender als am Mittag, ich kam mir vor wie ein dem undurchschaubaren Wirrwarr der Welt hilflos ausgelieferter Schiffbrüchiger, während mein bisheriges, geregeltes Leben am Horizont entschwand. In diesem Augenblick wäre ich am liebsten umgekehrt; vielleicht aber nur, weil mir klar war, daß es zum Umkehren zu spät war.

Ich rief Maria an; sie war zu Hause; ich hörte ihre Stimme so nah wie aus einer Gegensprechanlage. »Bist du schon umgezogen?« fragte sie, anscheinend nicht sonderlich erfreut, mich nur einen Katzensprung entfernt zu wissen.

Ich antwortete: »Mehr oder weniger. Ich fühle mich wie ein zusammengeknülltes Blatt Papier, das nicht mal weiß, was auf ihm geschrieben steht.«

»Ja?« sagte sie, überhaupt nicht verwundert über meinen blödsinnigen Satz. Sie war zerfahren wie immer, außer wenn wir uns liebten; sie hatte keine Lust, sich durch Bekenntnisse oder Gefühlsforderungen an die Wand drängen zu lassen.

Ich fragte sie: »Warum kommst du nicht auf einen Sprung rüber und guckst dir meine neue Wohnung an?«, ohne einen unbefangenen Ton zustande zu bringen.

»Ich hab eine Menge zu tun.«

Ich insistierte: »Ach bitte, nur einen Augenblick. Vielleicht ist es die letzte Gelegenheit, uns zu sehen. Wenn sich meine Stimmung nicht ändert, bringe ich mich wahrscheinlich noch vor Mitternacht um.«

Sie lachte, eher nervös als belustigt. »Na gut«, sagte sie. »In fünf Minuten.«

Also ging ich ungeduldig auf dem Parkettboden, auf dem meine Schritte widerhallten, hin und her und wartete auf sie. Immer wieder schaute ich aus dem Fenster auf den kleinen Platz hinunter, um nach ihrem blonden Haar Ausschau zu halten. Die fünf Minuten zogen sich in die Länge und in die Breite wie kaum je irgendwelche fünf Minuten, sie wurden zu einem öden Raum ohne Töne und Bilder, zu einer Wüste, die ich immer wieder durchqueren mußte. Endlich hörte ich sie unten auf der Straße nach mir rufen, ich rannte hinunter und machte ihr auf.

Sie schien fast argwöhnisch, daß ich eine Wohnung so nahe bei der ihren gefunden hatte: »Ist das purer Zufall oder was?«

»Ich habe sämtliche Wohnungsmakler in ganz Rom abgeklappert«, sagte ich.

»Bravo«, sagte sie; und ich glaubte, noch nie einen so pfiffigen Blick oder so schöne Lippen gesehen zu haben, nicht einmal im Kino oder in Zeitschriften. Mir war, als hätte ich sie noch nie richtig gesehen; als hätte ich sie in den Nächten, die ich bei ihr verbrachte, immer nur gefühlt, sie nur wie ein halb blindes Tier beschnuppert und berührt und geschmeckt. Es war immer so spät, wenn wir zusammen waren, und wir redeten immer so wenig.

»Nein, Marco Polidori hat sie mir beschafft«, sagte ich. Ich hätte jede Karte ins Spiel gebracht, um sie dauerhafter an mich zu binden: ich war bereit, mit Namen um mich zu werfen und mich als Snob und Nachwuchsschriftsteller zu geben, die ganze Verhaltensskala von Aufrichtigkeit bis Heuchelei durchzuspielen.

Maria starrte mich an; fragte: »Seid ihr jetzt so eng befreundet?«

»Ja«, antwortete ich und versuchte zu erkennen, ob mich das in ihren Augen aufwertete oder nicht.

Sie setzte sich aufs Sofa, lehnte sich zurück und schloß die Augen, müde oder von meiner Zudringlichkeit gelangweilt. Sie sagte: »Ich muß dir etwas sagen, Roberto.«

Aber dieser Satz und ihr Ton erschreckten mich; ich hatte keine Lust, es zu hören. Ich kniete neben ihr nieder, sagte: »Ich muß dir auch etwas sagen.« Ich beugte mich vor und gab ihr einen Kuß aufs Haar, auf ein Ohr, schlang die Arme um sie. Sie sträubte sich und wollte mich wegstoßen, aber ich spürte, wie die Spannung ihrer Muskeln sich lockerte; wir küßten uns auf den Mund und rollten auf das Sofa.

Und vom Sofa rollten wir auf den Boden, auf den sandfarbenen Wollteppich und rissen uns die Kleider vom Leib. Das Eigenartige war, daß ich eigentlich mit ihr reden wollte, ihr die Sache mit Caterina erklären und mir die Sache mit Merzi, oder wer es sonst war, erklären lassen wollte; aber die körperliche Liebe war die einzige Sprache, in der wir uns verständigen konnten, wir hatten es nicht geschafft, eine andere zu entwickeln. Sie machte uns keine Schwierigkeiten; sie löschte alles andere aus oder schob es zumindest in den Hintergrund.

»Warum gehen wir nicht rüber?« flüsterte sie mir ins Ohr, und wir gingen ins Schlafzimmer, und ich war hingerissen, sie nackt vor mir gehen zu sehen. Obendrein wurde es draußen Frühling, durch das Fenster wehte eine schon milde Luft herein. Wir ließen uns auf die federnde Oberfläche der Matratze fallen und rieben uns aneinander und leckten uns und bissen uns wie in einer Art Berührungshysterie, mit Sekunde um Sekunde dichter aufeinander folgenden Bewegungen, so als wollten wir eine Geste mit der anderen, eine Empfindung mit der anderen verschmelzen ohne Anfang und ohne Ende, ohne Vorher oder Nachher.

Das Telefon klingelte: zum ersten Mal in der neuen Wohnung; Maria hörte fast zu atmen auf.

Ich streckte den Arm aus und tastete unter dem Bett nach dem Apparat, ohne mich von ihr zu lösen, sagte »Ja?« in so normalem Ton, wie ich konnte.

Polidori sagte: »Entschuldige, Roberto, ich wollte nicht stören. Ich rufe später noch mal an.«

»Aber nein, ich bitte dich«, sagte ich und bemühte mich, meine Atmung unter Kontrolle zu bekommen.

»Ich wollte dich bloß fragen, ob wir uns später sehen können. Aber wenn du etwas Aufregenderes vorhast, bin ich dir auch nicht böse, Roberto.«

»Nein, nein, geht in Ordnung«, sagte ich. Ich sah Maria an, aber sie blickte zur Wand. Ich sagte zu Polidori: »Warum kommst du nicht hierher?«

Er fragte: »Bist du sicher, daß du nicht lieber etwas anderes machst?«

»Ja, ganz sicher«, antwortete ich, auch wenn es nicht stimmte. Aber ich wollte, daß er Maria wiedersah, ich glaubte, dadurch meine Position bei ihr in irgendeiner Weise zu stärken.

»Gegen zehn also«, sagte Polidori.

Ich legte auf und sagte zu Maria: »Nachher kommt Marco Polidori. Er ist sehr sympathisch, du wirst sehen.« Ich wollte sie zwingen, mich anzusehen, ich gab ihr einen Kuß aufs Haar.

Endlich sah sie mich an, aber sie schien schon viel weiter entfernt als vorher. Sie sagte: »Ich hab keine Lust. Ich muß nach Hause.«

Und die ganze Freude, die mich noch vor einem Augenblick erfüllt hatte, verflog. Ich fragte sie: »Was ist denn? Willst du mir nicht sagen, was du hast?«

Sie erwiderte nur: »Nichts« und setzte sich auf die Bettkante. »Ich gehe jetzt.«

Ich faßte sie an ihren glatten Schultern: »Warte doch. Reden wir wenigstens. Essen wir etwas zusammen. Ich rufe Polidori an und sage ihm, daß es nicht geht.«

Sie befreite sich aus meinem Griff: »Nein danke. Ich muß packen, morgen früh fliege ich nach Sizilien.« Sie stand auf, nackt und weiß, sah mich nur flüchtig an und ging in die Diele hinaus.

»Wieso nach Sizilien?« fragte ich verständnislos; ich schlüpfte in meine Hose und lief ihr ins Wohnzimmer nach.

»Wegen dem Film.« Sie sammelte ihre auf dem Boden verstreuten Kleider zusammen und zog sich an, ohne sich um das offene Fenster zu kümmern.

Ich zog die Vorhänge vor, damit niemand sie sehen konnte: »Und wie lange bleibst du weg?«

»Zwei Monate«, sagte sie, während sie ihren Rock zuknöpfte.

»Zwei Monate?« Es schien mir wie ein ganzes Leben; mir schien, daß alles mit unkontrollierbarer Geschwindigkeit Form und Sinn verlor. »Warum hast du mir das nicht eher gesagt?« fragte ich sie. »Warum hast du mir nichts davon gesagt?«

»Ich hab's erst heute morgen erfahren. Es sah bis zum letzten Augenblick aus, als würde sich alles um einen Monat verschieben.« Sie zog sich den Pullover über die Bluse.

»Kann ich dich wenigstens telefonisch erreichen?«

»Weiß ich noch nicht. Die ersten vier Wochen sind wir irgendwo auf dem Land.« Sie war fertig angezogen und schlüpfte schon in ihre Schuhe.

»Im Wohnwagen?« fragte ich. »Ohne feste Adresse und ohne Telefonnummer?«

»Weiß ich nicht«, sagte Maria, gereizt von meiner Beharrlichkeit. »Ich weiß nicht, ob du eine Ahnung hast, wie es bei Filmaufnahmen zugeht.« Sie hatte sich jetzt auch den zweiten Schuh geschnürt, sah mich nicht an.

»Soll das heißen, daß wir zwei ganze Monate lang nichts voneinander hören?«

»Später vielleicht, wenn wir in Palermo sind. Keine Ahnung, wann, die halten sich nie so genau an den Drehplan.« Ihr Ton war jetzt hart und professionell; er raubte mir die Hoffnung, daß der Grund für ihre Tränen vorhin der Kummer gewesen war, mich so lange nicht zu sehen.

Ich lief ihr ins Treppenhaus nach und die Treppen hinunter, rief: »Wenn du weg bist, wird die Stadt für mich wie ein riesiger Friedhof sein. Ich habe dann nicht mehr den geringsten Grund hierzubleiben.«

Ohne sich umzudrehen, sagte sie: »Hast du nicht ein Buch zu schreiben?«

»Doch«, antwortete ich und versuchte mit äußerster Mühe, meine Ängste zu bezwingen und reif und wie ein Künstler zu erscheinen. Aber ich war nur auf sie konzentriert, ich folgte ihr wie eine lästige Fliege, während sie rasch hinunterlief.

Und im Nu waren wir unten an der Haustürschwelle angelangt. »Ruf mich mal an, wenn du dazu kommst«, sagte ich.

»Wenn ich dazu komme«, sagte sie, eine Hand in ihrem kurzen blonden Haar.

Ich wollte ihr wenigstens einen Kuß geben, aber sie machte sich los, sobald sich unsere Lippen berührten, sagte »Ciao«. Sie ging davon, über den kleinen Platz, auf dem sich zwei Halbstarke balgten und ein Hund bellte und ein paar alte Frauen miteinander tratschten. Ich stand da und sah ihr nach, eifersüchtig auf jeden Schritt von ihr, erstaunt, daß ihr Gang nichts von dem verriet, was zwischen uns gewesen war.

Ich ging wieder hinauf, und meine neue Wohnung war leer, Maria schien sogar die Luft zum Atmen mitgenommen zu haben. Ich zog mich um und konnte nirgendwohin blicken und nirgendwo stehenbleiben, ohne das Verlangen nach ihr zu spüren, das wie eine scharfe Klinge durch mich hindurchfuhr. Ich stellte mir vor, wie sie die Treppen zu ihrer Wohnung hinaufstieg, wie sie in das kleine, von den Spuren und Anrufen eines anderen Mannes erfüllte Wohnzimmer trat. Ich sah sie in Sizilien bei den Dreharbeiten: die Blicke, mit denen der Regisseur und die Techniker der Crew sie verfolgten. Ich fragte mich, ob meine Traurigkeit vorhin für sie ein Grund sein könnte, sich nach mir zu sehnen, oder ob sie sich jetzt erst recht zurückzog; ob Polidori mit seinem Gesetz der Waage recht hatte, oder ob Gefühle nicht komplexeren und unvorhersehbareren Motivationen folgten, die jedesmal anders waren, je nachdem, wer sie empfand. Ich ging auf und ab, atmete mühsam.

Dann hörte ich jemanden »Roberto!« rufen; es war Polidoris Stimme, ich beugte mich aus dem Fenster. Ich schaute auf den Platz hinunter, er rief: »Gibt's hier keine Sprechanlage und nichts?«

Ich ging hinunter und machte ihm auf, faßte zumindest teilweise wieder Mut beim Gedanken, mit ihm reden zu können, Zuflucht bei seiner unkonventionellen Intelligenz zu finden.

Er stieg in seinem üblichen Sturmschritt die Treppen hinauf, schien guter Stimmung. »Das ist hier wirklich ein netteres Viertel als der Friedhofshügel, auf dem ich wohne, wenn dich der Lärm und das Chaos nicht stören und die Schickimicki-Lokale und Touristen dir nichts ausmachen.«

»Nette Gegend, ja«, sagte ich, auch wenn sie mir, seit Maria weg war, trostloser vorkam als das Viertel, in dem Bedreghin wohnte.

Polidori sah sich vergnügt in der leeren Wohnung um. »Nicht schlecht, was?«

»Großartig«, sagte ich. »Aber ich kann es nicht annehmen.«

»Und warum nicht?« fragte er und prüfte mit der Hand das Sofa, auf dem ich Maria umarmt hatte.

»Weil du sowieso schon zuviel für mich getan hast.«

Er ging auf das Schlafzimmer zu. »Stell dich nicht so an, Roberto. Es ist kein Geschenk, sondern eine Investition, damit du besser arbeiten kannst. Ich habe mich jetzt schon so als dein Sponsor kompromittiert, ich kann es mir gar nicht mehr leisten, daß du einen Flop landest.«

»Ja, aber ich kann es trotzdem nicht annehmen.« Ich hätte ihm am liebsten gesagt, er solle ja nicht ins Schlafzimmer gehen, es kam mir wie eine Art Entweihung vor.

»Hör auf damit, Roberto. Kannst du nicht verstehen, daß es mir Freude macht? Daß ich es indirekt für mich selbst tue?«

Zum Glück warf er nur einen kurzen Blick ins Schlafzimmer und kam wieder ins Wohnzimmer zurück, die Hände in den Taschen seines dunklen Anzugs. »In so einer Wohnung würde ich auch gern wohnen, wenn ich könnte. Nur mit dem Allernotwendigsten, einer alten Schreibmaschine zum Schreiben, einem Sofa zum Draufsitzen und einem Tisch zum Essen und einem Bett für die Liebe.«

Ich hatte plötzlich das Bedürfnis, ihn noch eine Weile hier drinnen festzuhalten, durch seine Gegenwart die Schatten zu vertreiben, die mich von Maria trennten. Ich sagte zu ihm: »Ich kann dir nur Wasser anbieten.«

»Na schön, trinken wir Wasser. Aber dann gehen wir.«

Ich brachte zwei Gläser und setzte mich auf den Boden, die Schultern an die Wand gelehnt; er setzte sich aufs Sofa. »Und dein Buch?« fragte er.

»Ich komme voran.«

»Was meinst du, wann du fertig wirst?« fragte er. Ich spürte das ungeduldige Drängen seiner Erwartungen, als er mich ansah.

»Bald. Ich arbeite mit Volldampf«, sagte ich, ohne wirklich bei der Sache zu sein, wie ein fauler Student vor seinem Professor.

Polidori horchte auf die Stimmen der nächtlichen Flaneure, die durch die halb offenen Fenster heraufdrangen, er sagte: »Es wird Frühling.« Dann fragte er auf einmal: »Und Caterina?«

»Caterina geht es gut«, sagte ich, aber meine Stimme klang auf einmal brüchig, ich mußte den Blick abwenden.

Polidori sagte: »Sie ist eine wunderbare Frau, glaube nicht, daß es viele wie sie gibt. Sie ist intelligent, sie ist hübsch und hat ein so stabiles inneres Gleichgewicht. Sie hat mich sehr beeindruckt, als ihr bei mir auf dem Land wart.«

Mir war gar nicht aufgefallen, daß er sie so genau beobachtet hatte; ich hatte sein Interesse für sie eher für Höflichkeit mir gegenüber gehalten. Der freundschaftliche Tadel oder unausgesprochene Kummer, der in seiner Stimme mitschwang, machte mich betroffen.

»Ich weiß. Ich hänge sehr an ihr.« Es fiel mir immer schwerer, das Gespräch fortzusetzen; ich wußte nicht, ob ich das Thema wechseln oder ihn noch einmal um Rat fragen sollte.

»Aber?« fragte er.

»Nichts«, sagte ich. »Da ist dieses andere Mädchen, und ich war noch nie so verliebt. Ich glaube, ich würde alles für sie tun.«

Polidori lächelte: »Ich verstehe nur nicht, warum für dich das eine das andere ausschließt.«

»Weil es so ist. Es ist eben so.«

»Und du wärst bereit, dich ihretwegen von Caterina zu trennen?«

»Ich glaube schon. Es wäre, als ob ich mir einen Arm abschneiden müßte, aber ich würde es tun.« Ich trank mein Glas in einem Zug aus, obwohl ich nicht durstig war. »Es ist, als ob Maria alles hätte, was ich mir je von einer Frau erträumt habe.«

»Maria heißt das mysteriöse Mädchen?«

»Ja«, sagte ich. »Aber nicht einmal, wenn ich mit ihr schlafe, habe ich das Gefühl, ihr nahe genug zu kommen. Immer ist so etwas wie eine unüberwindliche Distanz zwischen uns, der Schatten unausgesprochener Dinge. Ich glaube, sie hat sich immer noch nicht von diesem Mann getrennt, aber nachts sieht sie ihn nie, und ich bringe es nicht fertig, sie irgend etwas zu fragen.«

Er sah mich nachdenklich an, mit dem Wasserglas in der Hand. Schließlich sagte er: »Ich glaube, du solltest gar nichts machen, Roberto. Laß das Armabschneiden und die dramatischen Entscheidungen. Freue dich an dieser Maria, solange sie da ist, du hast keinen Grund, deshalb eine Frau wie Caterina zu verlieren.«

»Ich kann nicht anders. Ich bin nicht imstande, komplizierte Gleichgewichte zu halten. Ich weiß nicht, ob es eine Generationsfrage ist oder was, aber ich schaffe es einfach nicht. Ich möchte alles klären und nur mit ihr zusammen sein.« Ich stand auf, machte eins der Fenster weit auf, um Luft hereinzulassen.

»Alle Leidenschaften erschöpfen sich irgendwann, Roberto. Das liegt in der Natur der Sache. Es wäre ja auch lächerlich, wenn sie ewig dauerten. Kannst du dir zwei Menschen vorstellen, die zehn oder zwanzig Jahre zusammen sind und immer noch dieselbe Sehnsucht nach einander haben wie am Anfang, als sie sich kennenlernten? Das wäre albern oder pathologisch.«

Seine Art, die Dinge von außen zu betrachten, ging mir plötzlich auf die Nerven; ich stand auf: »Du redest immer so, als gäbe es Regeln, denen man sich nicht entziehen kann.«

»Die gibt es ja auch. Wir möchten alle, daß es sie nicht gibt, aber es gibt sie. Und auch wenn wir ziemlich komplizierte Wesen sind, braucht man nur ein bißchen genauer hinzusehen, um zu erkennen, wie wir funktionieren. Eine Leidenschaft nährt sich viel mehr aus dem, was du von einem Menschen nicht weißt, als aus dem, was du von ihm weißt. Wenn du einen Menschen nicht kennst und ein paar gute Ausgangspunkte hast, kannst du deine Phantasie spielen lassen. Du besetzt die dunklen Bezirke mit deinen Vorstellungsbildern, und wenn es viele dunkle Bezirke gibt, hast du um so mehr Platz, du kannst ganze Träume unterbringen. Das Dumme an einer Leidenschaft ist nur, daß sie viel gebündeltes Licht erzeugt, es ist bloß eine Frage der

Zeit, bis auch der letzte Winkel ausgeleuchtet ist. Und wenn sich die Dunkelheit aufgelöst hat, findest du meistens nicht mehr viel.«

Ich ging vor den Fenstern auf und ab wie ein Besessener: »Was in zehn oder zwanzig Jahren ist, interessiert mich nicht. Mich interessiert nur das Jetzt.«

Polidori stand auf. »Wollen wir nicht gehen, Roberto? Ich habe in einer halben Stunde einen Termin.«

Wir gingen in Richtung Zentrum, gegen den Strom der Touristen, die es in Scharen in das nächtliche Trastevere zog.

Polidori sagte: »Wir haben diese Bilder in uns, die so abstrakt sind, daß sie auf die unterschiedlichsten Frauen passen. In manchen Fällen stimmen sie so genau überein, und die Leidenschaft trübt unsere Urteilsfähigkeit und unseren Humor so sehr, daß wir gar nicht merken, was wir tun. Und den Frauen geht es mit den Männern natürlich genauso, wenn nicht noch schlimmer. Sie bilden sich ein, einem Kapitän auf großer Fahrt oder einem Märchenprinzen begegnet zu sein, der sie ein ganzes Leben lang immer von neuem erstaunen und begeistern wird, und auf einmal merken sie, daß sie es mit einem schlampigen und egoistischen Schlappschwanz zu tun haben, der nur bedient und verwöhnt werden will.«

Ich betrachtete die Gesichter der jungen Frauen, die uns im Menschenstrom entgegenkamen, aber ich war ganz sicher, daß ich auf keine von ihnen auch nur einen kleinen Teil dessen übertragen konnte, was mir an Maria gefiel, so viele dunkle Bereiche sie für mich auch hatten.

Polidori begann wieder: »Wenn die Leidenschaft dahin ist, fühlen wir uns jedesmal aufs neue genasführt und betrogen, wir meinen, daß die Schuld ganz allein beim anderen liegt, der sich als etwas dargestellt hat, das er nicht ist.

Und so investieren wir ungeheure Energie, um mit Gewalt oder mit Vernunft das aus ihm zu machen, was wir uns vorgestellt hatten, und wenn wir feststellen, daß es zwecklos ist, verschleißen wir uns in endlosen Vorwürfen und Anschuldigungen und Auseinandersetzungen. Aber es hat keiner schuld, es sind unsere inneren Mechanismen, die uns betrogen haben.«

»Was sollen wir also deiner Meinung nach tun?« fragte ich. »Uns nie wieder verlieben? Die ganze Zeit kalt und skeptisch die biologischen Gründe und Verhaltensmuster hinter unseren Impulsen zu erkennen suchen?«

Er betrachtete genau wie ich die Vielfalt an Gesichtern und Körpern und Verhaltensweisen, die uns im schwachen Licht entgegenkamen. »Aber nein. Man sollte sich bloß ein Minimum an Urteilskraft bewahren. Sich von dem, was geschieht, nicht ganz überrollen lassen, sich nicht bei der geringsten Anziehung gleich zu dramatischen Entscheidungen bewogen fühlen. Du wirst sehen, es gibt noch viele Marias.«

Solche Reden gefielen mir überhaupt nicht: sie waren Lichtjahre von meinen Gefühlen entfernt und schienen mir zynisch und beleidigend gegenüber Maria.

Er sah mich an und mußte lachen. »Aber es stimmt auch, daß in solchen Fällen Ratschläge nichts nützen, im Gegenteil. Sie machen höchstens Freundschaften kaputt.« Er rüttelte mich an der Schulter: »Menschenskind, Roberto. Ich weiß doch, wie das ist. Denkst du vielleicht, ich verliebe mich nicht immer wieder, obwohl ich schon fünfundvierzig bin? An manchen Tagen passiert es mir drei-, viermal, mitten auf der Straße oder im Kino oder in einem Konzertsaal. Ich sehe eine Frau, von der ich überhaupt nichts weiß, und schon allein wegen der Art, wie sie sich bewegt oder wie ihre Augen leuchten, denke ich, sie ist die Frau meines Lebens, und ich würde mit ihr überallhin gehen.«

Ich sah ihn an, aber mir schien, daß wir zwei ganz verschiedene Arten des Verliebtseins meinten.

Polidori sagte: »Und es gibt dermaßen viele Gründe, sich von einer Frau angezogen zu fühlen, wir wollen sie immer alle in ein einziges Gefühl hineinzwängen, das einer einzigen Idealgestalt entsprechen soll. Aber nimm doch mal einen Bleistift und versuche, das Porträt einer Frau zu zeichnen, die alles hat, was du bei den Frauen finden willst. Versuche es. Eine, die alles glaubt, was du ihr sagst, aber zugleich ein scharfes Urteilsvermögen hat, die an dir hängt und dabei völlig eigenständig ist, die sanft und zärtlich, aber auch unberechenbar ist, eine, die die geheimsten Winkel deiner Seele kennt, dir aber zugleich jede Rolle glaubt, die du zu spielen beliebst. Eine, die da ist, wenn du in Schwierigkeiten bist, sich dir aber auch ständig entzieht, die durchschaubar ist, als ob sie aus Glas wäre, und zugleich voller Geheimnisse, die das gleiche macht wie du, aber dich doch immer wieder überrascht, die dich keine Mühe kostet und zugleich ein wunderbares Präsentationsobjekt ist. Eine, die reifer ist als du und zugleich ein kleines Mädchen, die dir gleicht und doch ganz anders ist, dieselbe Sprache spricht wie du, aber vom andern Ende der Welt kommt. Kannst du sie dir vorstellen?«

Bei aller Verzweiflung mußte ich jetzt selbst lachen: »Ja, das wäre wohl ein völlig schizophrenes armes Wesen.«

»Eine Art Giraffe mit Schmetterlingsflügeln und Dakkelbeinen.«

»Was soll man also machen?« fragte ich ihn.

»Wenn du Glück hast, findest du eine, die ein paar der Eigenschaften besitzt, die du suchst, und trauerst den anderen Leben nach, die du auch hättest führen mögen. Oder du versuchst, verschiedene Frauen gleichzeitig zu haben, ohne noch zu verlangen, daß jede einzelne perfekt ist. Wir haben ja den Vorteil, in einem Land zu leben, in dem die Ehe das nicht ganz ausschließt, wir brauchen nicht zehnmal zu heiraten wie die Amerikaner.«

»Weshalb hast du dich dann von deiner ersten Frau scheiden lassen?« fragte ich ihn. Mir schauderte vor dem, was er mir nahelegte, Maria in die Randbereiche meines Lebens zu verweisen und Caterina gegenüber weiterhin so zu tun, als ob nichts wäre; der Gedanke erschien mir unerträglich und scheinheilig.

»Weil sie es wollte. Ich hätte sie von mir aus wohl nie verlassen, auch wenn ich selten da war und auch wenn ich anderen Frauen nachlief. Ich hätte die Verbindung zu ihr aufrechterhalten. Der Gedanke, endgültig Schluß zu machen, widerstrebt mir zutiefst, so schlecht eine Beziehung auch sein mag und soviel ich selbst dazu beigetragen habe, sie kaputtzumachen. Auf einen Menschen zu verzichten, nur um einen anderen zu bekommen, scheint mir schrecklich unnatürlich. Es ist, als ob man mir sagen würde ›Wenn du einen Teller Reis willst, mußt du für den Rest deines Lebens auf Nudeln verzichten‹. Das ist unannehmbar, eine Art Erpressung, und schuld daran ist eine Kultur, die roh und schematisch ist und allzu simple Muster anbietet.«

»Und weiter?« fragte ich. Ich wollte ihn nicht abschweifen lassen, ich wollte hören, wie er damals die Sache mit seiner ersten Frau gelöst hatte.

»Nichts weiter. Ich wäre wahrscheinlich weiterhin nur dann und wann zu Hause gewesen, vielleicht einmal im Monat, aber bestimmt hätte ich meine Frau immer noch als Teil meines Gleichgewichts betrachtet. Ihr war das vielleicht gar nicht bewußt, jedenfalls war es ihr nicht genug, sie war zum Glück nie der Typ Frau, der zu Hause sitzt und wartet. Sie ist eine Frau, die genauso intelligent und ehrgeizig ist wie ich, ihre Geduld war bald erschöpft. Also hat sie mich hinausgeworfen. Ich kam gerade aus Paris nach Rom zurück, voller Zärtlichkeit und mit Geschenken beladen wie der Weihnachtsmann, der aber leider den Schlitten vor der Haustür stehen hat und gleich wieder weiterfahren muß. Sie hat meine Sachen genommen und in ein paar Koffer gestopft und mich buchstäblich auf die Straße gesetzt. Ich mußte mir ein Hotel suchen. Sie war mutig und tapfer, aus ihrer Sicht, denn sie hat sich dann ein neues Leben aufgebaut, sie hat es geschafft, sich um sich selbst und um das Kind zu kümmern, und sie hat es gut gemacht, sie hat Stil bewiesen. Aber sie hatte unrecht. Oder zumindest hatten wir alle beide recht, was noch schlimmer ist.«

»Und was hast du gemacht?« fragte ich. Ich versuchte mir vorzustellen, wie lange Caterina brauchen würde, um sich ein neues Leben aufzubauen; was für ein Leben es sein würde und mit wem.

»Ich war am Boden zerstört. Auch wenn ich mir eine Zeitlang wie eine Art Held vorkam, weil ich mich nicht mit der Langeweile abgefunden habe und mich für den weniger leichten und weniger heuchlerischen Weg, für die lebendigen Gefühle entschied und dafür auf mein Kind und mein Haus und alles übrige verzichtete.«

»Und die andere Frau?« fragte ich. »Die Frau, deretwegen du dich hast hinauswerfen lassen?« Wir überquerten eine Fußgängerbrücke über den Tiber, die auf halber Breite wegen Bauarbeiten gesperrt war; was Polidori sagte, beunruhigte mich noch mehr, statt mich zu ermutigen.

»Die Ärmste, es ging nicht lange gut. Ich glaube, niemand hätte die Belastung ausgehalten, meinen Kummer, meine Blicke, mit denen ich herauszufinden versuchte, ob es sich gelohnt hat. Das ist es, was ich dir damit sagen will, es ist kein Spaß, dich von jemand zu trennen, der zu deinem Leben gehört. Es ist eine Art innerer, scheinbar unblutiger

Mord. Du trägst ihn mit dir herum, und irgendeine Geste oder ein Wort können ihn jederzeit wieder hervorlocken, irgendeine Kleinigkeit, und schon überrollt dich eine ganze Lawine von Sätzen und Gedanken und Gewohnheiten und Stimmungen und Zeiten und Orten, begräbt dich binnen Sekunden unter sich. Und je mehr innere Morde du mit dir herumträgst, um so mehr fühlst du dich verfolgt, bis es fast unmöglich wird, gefahrlos irgendwohin zu blicken.«

»Wie bist du damit fertig geworden?« fragte ich.

»Mit so was wirst du nicht fertig. Obwohl du es natürlich versuchst. Eine Zeitlang wollte ich überhaupt keine Bindung mehr eingehen. Das war gleich nach der Scheidung. Dann hatte ich eine Weile nur rein körperliche Affären. Ich wohnte in einer Mansarde in Montmartre, dort ging es beinahe zu wie in einer Frauenarztpraxis. Manchmal nahm ich sogar zwei oder drei Mädchen am Tag mit, Touristinnen und Angestellte und Redakteurinnen und Sängerinnen, was mir so über den Weg lief. Bis mir eines Abends klarwurde, daß es zu einer regelrechten Arbeit geworden war, ich mußte Annäherungsgesten machen und Verführungsgesten und Eroberungsgesten, ich mußte Höschen ausziehen und Schenkel auseinanderspreizen, alles immer mit den richtigen Worten und den richtigen Blicken und den richtigen Bewegungen, ohne daß mir eine von ihnen irgend etwas bedeutete, ohne daß ich an eine wirklich dachte oder sie wirklich kennenlernte. So habe ich beschlossen, Schluß damit zu machen, und habe Christine geheiratet.«

»Einfach so?« fragte ich. Ich war an diese Art Männergespräche nicht gewöhnt; ich wußte nicht, welchen Ton ich anschlagen und welche Miene ich aufsetzen sollte. Ich war in einem Haushalt aufgewachsen, der fast nur aus Frauen bestand, mit meiner Mutter und zwei älteren Schwestern, die viel präsenter waren als mein Vater, und mit achtzehn hatte ich mich mit Caterina zusammengetan; um den Militärdienst war ich dank der Probleme mit meinen Augen herumgekommen; Bekenntnisse, wie sie unter Kumpels üblich sind, hatte ich nie jemandem gemacht, noch waren sie mir je gemacht worden. Der Ton, in dem Polidori sprach, eine Mischung aus Prahlerei und distanzierter Berichterstattung und Nostalgie, war mir nicht vertraut; nennenswerte eigene Erfahrungen hatte ich auch nicht beizutragen.

Er sah mich fragend an: »Nein, wieso? Ich war verliebt. In diese junge Kanadierin, die in Frankreich Kunst studierte und genau wie ich ein wenig fehl am Platz war. Und sie hatte Ähnlichkeit mit meiner ersten Frau, auch das zählte. Mit ihr habe ich dann alles gemacht, was ich in meiner ersten Ehe nicht gemacht habe, und natürlich verfolgten uns bald viele alte Gespenster, und die Zeit tat ein übriges; aus heutiger Sicht kommt es mir absurd vor, daß ich wieder so hereingefallen bin. Aber genauso absurd ist es, die Dinge rückwärts zu lesen, vom Ende zum Anfang. Das kann man mit Büchern machen, Bücher aber sind immer Erfindungen, soviel Wahrheit du auch in sie hineinlegst.«

Wir schwiegen, gingen in seinem raschen Tempo nebeneinander her. Wir waren auf der anderen Flußseite angelangt, in einer Straße im historischen Zentrum, ohne Bars und ohne Restaurants, durch die nur wenige Autos und kaum Fußgänger kamen.

Polidori sagte: »Bist du mit der Wohnung zufrieden?«

»Ja. Aber daß du die Miete bezahlst, kann ich nicht annehmen. Es ist mir wirklich unangenehm. Ich habe das Geld von dem Buch, sie haben mir schon den halben Vorschuß überwiesen.«

»Na schön, Dickkopf. Ich wollte auch nie allzu tief in jemandes Schuld stehen. Du bezahlst sie vom nächsten Monat an, wenn du drauf bestehst.«

»Ich bestehe drauf. Ich stehe ohnehin schon in deiner Schuld.«

Er gab mir keine Antwort, betrachtete die alten Adelspaläste rechts und links.

Er sagte: »Weißt du, daß die Hälfte der Politiker hier in Rom in solchen Häusern wohnen und so gut wie keine Miete bezahlen? Die machen sich nicht so viele Skrupel wie du, da kannst du sicher sein. Der Bürgermeister hat einen ganzen Palast mit Park, ganz in deiner Nähe, der ihn soviel kostet wie eine Einzimmerwohnung; der Vorsitzende der Christdemokraten bezahlt eine Million Lire für eine Vierhundert-Quadratmeter-Wohnung plus vierhundert Quadratmeter Terrasse. Alle wohnen sie so, in den schönsten Gegenden Roms, Parteisekretäre und Untersekretäre und Minister und ihre Handlanger, ohne die geringsten Skrupel.«

Wir bogen in eine winzige, nahezu dunkle Gasse zwischen zwei Mauern ein; bei seinem Tempo war man schnell um einen Häuserblock herumgelaufen.

Er sagte: »Anfangs, als es mir bewußt wurde, war ich entsetzt. Vor allem über die Unverfrorenheit, mit der sie es tun. Als ginge es darum, bei einem Fest auf dem Land Stücke einer Torte zu verteilen. Ganz ohne all die komplizierten Prozeduren und Spitzfindigkeiten und ausgebufften Tricks, mit denen sonst dafür gesorgt wird, daß der Normalbürger vom Fest ausgeschlossen bleibt, der die Hälfte von seinem Einkommen abgeben muß, ohne eine Ahnung zu haben, was daraus wird.«

»Und jetzt entsetzt es dich nicht mehr?« Ich wunderte mich über den Ton, in dem er über diese Dinge sprach: offenbar ohne eine Spur der Empörung, die seine Worte wecken mußten.

»Wenn ich daran denke, schon«, sagte er, als spräche er

von einer Naturerscheinung. »Auch wenn ich nicht glaube, daß es auf der Welt viele Regierungen gibt, die nicht korrupt sind, Roberto, wenn man hinter die Fassade blickt. Die unsere ist sicher überdurchschnittlich, auf jeden Fall aber unverblümter korrupt. Bei uns sind sie frecher, sie sind wie Ganoven, die gleich nach einem Überfall herumlaufen und mit Geld um sich werfen. Bescheidenheit ist nicht ihre Sache, sie kaufen skrupellos Villen und Schiffe und lassen Firmen auf den Namen ihrer Ehefrauen und Kinder und Schwäger eintragen. Aber wie sollte es auch anders sein, wenn das Fest schon seit fünfundvierzig Jahren in Gang ist, und immer mit denselben Gästen? Wenn nicht die geringste Gefahr besteht, daß jemand kommt und ein Ende macht?«

»Früher oder später wird jemand kommen. Es kann ja nicht ewig so weitergehen. Die Leute haben es satt.« Der Abscheu, den seine Schilderungen in mir weckten, vermischte sich mit der Niedergeschlagenheit wegen Maria und mit dem, was er über die inneren Morde gesagt hatte, mich überkam ein wahrer Katzenjammer, ich sah keinen Ausweg mehr.

Polidori sagte: »Ja, aber man kann nicht viel dagegen machen. Wir werden sie am Hals haben, bis sie eines natürlichen Todes sterben. Denn Tatsache ist, daß alle Parteien an der Regierung sind, lieber Roberto. Sie sind sich einig, bei allem, was sie tun. Jeder kriegt sein Stück vom Kuchen, ein kleines Stück ist immer noch besser als gar nichts. Ein staatlicher Fernsehsender ist besser als gar nichts, auch wenn er nur ein paar Millionen Zuschauer hat. Vizepräsident irgendeiner Kommission zu sein ist besser als nichts. Ein paar Milliarden Lire öffentliche Finanzmittel sind besser als nichts. Es gibt nur eine einzige große Partei, die sich in Strömungen mit unterschiedlichen Namen aufteilt, sie gleicht einem Nahrungsmittelkonzern, der aus den gleichen Zutaten Dosenfleisch und Wurst und Hundefutter herstellt und mit drei verschiedenen Etiketten verkauft. Die alten christdemokratischen Bosse tanzen den Totentanz, aber sie werden weitertanzen, solange sie noch einen Rest Luft in den Lungen haben. Und wenn ihnen die Luft ausgeht, stehen schon ihre Söhne und Enkel bereit, und die sind noch gieriger und skrupelloser.«

Wir waren auf einem Platz angelangt, der von kleinen, auf die Fassade eines großen barocken Gebäudes gerichteten Scheinwerfern beleuchtet wurde. Ich sah Polidori an, und es kam mir unglaublich vor, daß er mit solcher Gelassenheit, ja sogar leicht belustigt darüber sprechen konnte. Ich sagte zu ihm: »Aber irgendwas muß sich doch ändern, Himmel nochmal. Die ganze Welt ist im Begriff sich zu ändern.«

»Wir sind ein Sonderfall. Das sagen alle. Und es lebt sich ja wirklich nicht schlecht in diesem Land, Roberto. Es ist letztlich doch ein freies, ein tolerantes Land. Stark gegenüber den Schwachen und schwach gegenüber den Starken, das könnte das Motto unseres Volkes sein. Man muß nur auf der richtigen Seite stehen und sehen, daß man nicht vom Fest ausgeschlossen wird.«

Sehr ratlos ging ich mit ihm auf das Barockgebäude zu, vor dem drei dunkelblaue Staatskarossen mit Fahrern und Leibwachen neben einem blauweißen Polizeijeep standen.

Vor dem Portal sagte er: »Also dann telefonieren wir morgen, Roberto. Stürz dich nicht aus dem Fenster, es gibt Millionen von Marias auf der Welt, vergiß das nicht.«

Ich sagte nichts darauf, drückte ihm nur die Hand und ging davon, unter den arroganten Blicken der kleinen Polizeitruppe, die das Palastfest bewachte.

Vierundzwanzig

Ich stellte den Wecker extra auf sieben, aber als ich bei Maria anrief, war wieder nur der verdammte Anrufbeantworter dran. Noch halb verschlafen ging ich hinunter und zu ihrem Haus und klingelte. Aber auch aus der Gegensprechanlage kam keine Antwort. Ich fragte mich, ob sie schon abgereist war oder ob sie die letzte Nacht vor ihrer Abreise bei ihrem Freund verbracht hatte. Ich lief in den engen Straßen zwischen meinem und ihrem Haus mit vor Eifersucht und Kummer weichen Knien hin und her.

In der Redaktion überarbeitete ich einen Text über die Schweizergarde des Vatikans, der in einer sogar in Geronis Augen allzu mangelhaften Fassung abgeliefert worden war. Enrica Dalatri brachte ihn mir, heftete ihren Blick auf mich und sagte: »Da dir ja soviel dran liegt.« Dann arbeitete ich an meinem Buch weiter. Ich hatte schon fast zwei Drittel ganz neu geschrieben: ich kam jetzt schneller voran als am Anfang, auch wenn ich nicht behaupten konnte, daß ich vom Ergebnis begeistert war. Mir schien, daß ich mechanisch arbeitete, wobei sich kurze Phasen intensiver Schaffensfreude mit langen Perioden mühsamer Bosselei abwechselten, in denen ich mit dem Herzen und dem Bauch ganz woanders war, bei Maria und Caterina und Polidori, sogar bei Bedreghin oder Enrica Dalatri oder Zancanaro. Manchmal überkam mich eine rasende Lust, diese Empfindungen auf meinen Roman zu übertragen; aber sie waren noch zu sehr in Aufruhr, sie ließen sich nicht in ein Gefüge zwängen, das schon vor ihnen erdacht worden war. Dafür konzentrierte ich mich immer mehr auf den Stil und die Form; ich meißelte Verben und Adjektive heraus, komplizierte jeden Satz durch Verzweigungen und Verästelungen.

Gegen Mittag rief Polidori an: »Roberto, wir sehen uns um eins in dem Restaurant, wo wir mit Oscar Sasso gegessen haben. Gestern habe ich wieder ein bißchen Propaganda für dich gemacht, du müßtest mir eigentlich Prozente geben.« Er schien andere Dinge im Kopf zu haben; ich fragte nicht weiter nach.

Eine halbe Stunde später verließ ich die Redaktion, ging ein Stück zu Fuß durch die Innenstadt. Ich ging rasch, aber fast zum Schluß verlief ich mich noch und mußte rennen, kam mit fünf Minuten Verspätung atemlos im Restaurant an.

Polidori war sowieso noch nicht da: ich ließ mir von einem mißtrauischen Oberkellner seinen Tisch zeigen; wartete dann aber doch lieber am Eingang auf ihn. Gegen Viertel nach eins sah ich eine dunkelblaue Luxuslimousine an der Bordsteinkante parken, zwei Minuten später eine zweite und Polidori, der zu Fuß kam. Aus den beiden Autos stiegen zwei Männer, ein Kleinwüchsiger mit einem langen schmalen Gesicht und ein hagerer Grauhaariger: durch die Glastür sah ich, wie sie sich begrüßten und umarmten.

Gleich darauf kamen sie herein; der Oberkellner und zwei einfache Kellner empfingen sie mit vorgetäuschter Beflissenheit, krümmten den Rücken, sagten augenzwinkernd »Herr Präsident«, »Dottore«. Ich verspürte den heftigen Drang, sie an mir vorbeigehen zu lassen und mich zu verdrücken, aber Polidori hatte mich schon gesehen, faßte mich am Arm, sagte: »Roberto Bata, Flaminio Foni,

Pierluciano Susti.« Ich wußte natürlich, wer sie waren, der Intendant des Staatsfernsehens und der Präsident der italienischen Funk- und Fernsehanstalt.

Sie gaben mir die Hand, wohlwollend und zerstreut, als begrüßten sie einen kleinen Jungen. Sie sahen mich nicht lange an: sie schienen über dem Erdboden zu schweben, wenn auch nicht in sehr großer Höhe; sie blickten sich um wie auf der Suche nach gebrauchsfertigen Situationen, nach schon geebneten Wegen.

Polidori bat uns an den vorbestellten Tisch, während uns die Leute an den Nebentischen zunickten und lächelten und sich halb erhoben. Ich sah zwei Fahrer und einen Leibwächter, die mit dem Ober sprachen und in unsere Richtung deuteten, sich einen Tisch in Türnähe geben ließen.

Flaminio Foni und Pierluciano Susti schienen das Restaurant gut zu kennen, denn sie stellten dem Ober sofort eine Reihe ganz gezielter Fragen, in lässigem Ton, als seien sie die Hausherren. Sie bestellten Parmaschinken und eine besondere Tortellini-Kombination, Foni mit der Anweisung, ja nicht zuviel davon zu bringen, und Bollito misto, das Sasso so gierig gegessen hatte. Polidori, der nur gegrillte Hühnerbrust und grünen Salat ohne Soße verlangte, wurde dafür von den anderen belächelt; ich bestellte auch diesmal das gleiche wie er.

Dann entspann sich zwischen Foni und Susti und Polidori eine Unterhaltung über die Möglichkeit vorgezogener Wahlen und über die Frage, wer am besten als Präsident der RAI und als Ministerpräsident und als Staatspräsident geeignet war; über eine fünfteilige Fernsehserie nach *Die mimetische Umarmung*, für deren Realisierung ein französischer und ein deutscher und ein italienischer Regisseur in Frage kamen, jeder von ihnen mit unbestreitbaren Vorzügen.

Flaminio Foni sprach wie ein Kardinal, was gut zu seiner hageren Gestalt und seinem dichten, marderpelzartigen Haar paßte. Er redete ohne jede Hast, als sei er nur daran interessiert, Personen und Situationen von ihrer besten Seite darzustellen. Pierluciano Susti stand viel mehr unter Druck: verbohrte sich immer wieder in vorschnelle Urteile, mit geblähten Nasenlöchern und einem erregten Glanz in seinen kleinen blauen Augen. Polidori schien sich in ihrer Gesellschaft wohlzufühlen, er versuchte nicht, ihnen nach dem Mund zu reden oder seine Ansichten zu verwischen. Er sagte, was er dachte, fast im gleichen Ton, in dem er mit mir sprach, äußerte offen seine politischen Ansichten und seine Meinung über das, was das Fernsehen produzierte. Foni und Susti fühlten sich auch nicht gekränkt: anscheinend genoß er bei ihnen eine Art Künstlerfreiheit, er stand für sie auf der gleichen Stufe der Macht wie sie selbst. Über besonders bissige Bemerkungen lachten sie: Susti wie ein harter hüpfender Gummiball, Foni distanziert-tolerant.

Die Ober brachten das Essen, und Foni und Susti widmeten sich ihm mit großem Eifer; die Unterhaltung verlagerte sich auf kulinarische Themen, bevor man wieder auf den Filz und die Kungeleien in der Politik zu sprechen kam. Ich schwieg und beobachtete Foni und Susti: in der *Prospettiva*-Redaktion war man sich ihretwegen oft in die Haare geraten, ich hatte sie auf Fotos gesehen, auf denen sie die gleichen nachtblauen Ministeranzüge wie jetzt trugen. Aus der Ferne waren sie mir damals fast wie abstrakte Instanzen erschienen, als Teil der Parteienstrategien zur Kontrolle über die Medien, aber hier bei Tisch mit Polidori wirkten sie nonchalant und umgänglich, ohne erkennbare Spuren von Arroganz. Trotzdem war ich aus dem Gespräch ausgeschlossen; ich verstand nicht, weshalb mich Polidori bei diesem Essen unbedingt dabei haben wollte.

Doch als wir beim Kaffee angelangt waren und Foni schon auf die Uhr gesehen hatte, sagte Polidori: »Wir haben noch gar nicht über Roberto gesprochen.«

»Ah ja, sprechen wir also über ihn«, sagte Susti und lächelte, und seine spitze Nase sah dabei wie ein kleiner Schnabel aus.

Flaminio Foni sagte: »Nun, da gibt es nicht viel zu besprechen. In solchen Dingen vertraue ich fast blind deinem Urteil, das weißt du.« Er trank seinen Kaffee in winzigen Schlucken: benetzte sich kaum die Oberlippe, wie bei einem erhabenen Ritual.

»Das heißt?« fragte Polidori und zwinkerte mir zu.

Foni sagte: »Das heißt, wir werden dafür sorgen, daß das Buch nicht unbeachtet bleibt, wenn es erscheint.« Er lächelte mir fast väterlich zu, sagte »Na?« Dann stand er auf, gab mir mit so schlaffen Fingern die Hand, daß ich das Gefühl hatte, einen weichgekochten lauwarmen Tintenfisch zu halten. Er verabschiedete sich von Polidori, indem er ihm eine Hand auf die Schulter legte, und von Susti mit einer knappen Geste; verließ mit seinem Fahrer und seinem Leibwächter das Lokal.

Pierluciano Susti blieb noch sitzen und trank seinen Kaffee aus; er sagte zu mir: »Kommen Sie doch in den nächsten Tagen bei mir vorbei, dann unterhalten wir uns ein bißchen. Lassen Sie sich von Marco meine Adresse geben.«

Ich bedankte mich, auch wenn mir nicht klar war, worüber ich mich mit ihm unterhalten sollte.

Dann stand auch Polidori auf, und Susti schnellte in seiner Gummiball-Manier hoch, gab mir die Hand, hakte sich bei Polidori unter und ging mit ihm an den mit vorgetäuschter Beflissenheit grüßenden Kellnern vorbei zum Ausgang. Sein Fahrer kippte den Schnaps hinunter, der vor ihm stand, hastete hinaus.

Und mir brachte der Oberkellner die Rechnung. Ich war als einziger noch am Tisch stehengeblieben: er kam auf mich zu und drückte mir das Tellerchen mit der Quittung in die Hand. Ich schaute durch die Glastür hinaus, aber Polidori verabschiedete sich von Susti, der im Auto verschwand, und überquerte dann die Straße, die Hände in den Taschen vergraben und ohne erkennbare Absicht, noch einmal zurückzukommen. So zog ich mein fast neues Scheckbuch aus der Tasche und bezahlte, das Essen für die beiden Fahrer und den Leibwächter und das Trinkgeld für den Kellner eingeschlossen, fünfhundertsechzigtausend Lire für eine nicht einmal besonders gute Hähnchenbrust mit grünem Salat. Als ich auf die Straße trat und zu Polidori hinüberging, sagte er mit einem amüsierten Lächeln: »Hast du gesehen, mit welcher Unverfrorenheit sie aufstehen und sich aus dem Staub machen? Als ich es vor Jahren zum ersten Mal sah, war ich fasziniert.«

»Kann ich mir denken«, sagte ich, ohne es witzig finden zu können.

»Andererseits hätten sie auch ohne mit der Wimper zu zucken bezahlt, schließlich ist es ja nicht ihr Geld, das sie ausgeben.«

Er sah mich immer noch lächelnd an; ich fragte: »Was ist?«

»Das ist bei ihnen so Brauch«, sagte er, auf das Restaurant deutend.

»Besten Dank«, sagte ich.

Er mußte lachen, kniff mich in den Arm. Er hatte immer das Bedürfnis, Körperkontakt herzustellen. »Mensch, Roberto, sei doch nicht so mißtrauisch.«

»Was für fiese Typen.«

»Du hast ja recht«, sagte Polidori. »Aber wie sollten sie sonst sein?«

Wir gingen den gleichen Weg wie nach dem Essen mit Oscar Sasso. Polidori sagte: »Susti und Foni sind hier in Italien die eigentliche Regierung. Sie sind das Fernsehen, und das Fernsehen ist die Regierung. Das Fernsehen ist alles. Es vermittelt den Eindruck, daß es in diesem Land jemanden gibt, der sich um die Probleme kümmert. Sieh dir doch die Tagesschau an. Die Interviews mit den Ministern und die Bilder von Ministern, die in ihren gepanzerten Limousinen ankommen oder wegfahren, und die ausführlichen Berichte über alles, was dieser oder jener Politiker zu diesem oder jenem Thema geäußert hat. In Wirklichkeit aber wird nie irgendein Problem in Angriff genommen, die einzigen Entscheidungen werden im Dunkel der Parteibüros getroffen und beziehen sich immer nur auf den Modus der Kuchenverteilung. Das Fernsehen vermittelt dagegen ein schönes Bild von Dynamik, so daß es aussieht, als hätten auch wir eine richtige Regierung. In unserem Land kommt alles vom Fernsehen, die Politik und die Sprache und die Kultur und der Geschmack und die Vorstellungen, die die Leute haben. Alles stammt aus dem Fernsehen, und alles kehrt ins Fernsehen zurück. Was aus dem Fernsehen ausgeschlossen ist, existiert sozusagen überhaupt nicht, ist völlig bedeutungslos.«

»Du bist ja nicht ausgeschlossen«, sagte ich fast vorwurfsvoll.

»Wäre das eine konsequentere Haltung? Was hätte ich davon? Ich wäre konsequent, aber unsichtbar, ein Phantom, das man vielleicht in zwei-, dreihundert Jahren wiederentdecken würde, wenn dann überhaupt noch jemand liest. Ich habe das Bedürfnis, präsent zu sein, Roberto. Den Fernseher anzuschalten und zu sehen, daß es mich gibt.«

Während er sprach, schaute er mich immer wieder von der Seite an, um meine Reaktionen zu sehen; aber ich wußte nie, wie ich auf solche Reden reagieren sollte; ich war mir über seine wirkliche Einstellung immer noch nicht klar. Ich sagte: »Erschreckt es dich nicht, mit solchen Leuten zu tun zu haben? Sagst du nicht selbst, daß sie Mafiosi und Gauner sind?«

»Das sind sie in der Tat. Aber sie schlüpfen nur in eine Rolle. Wenn du sie näher kennenlernst, merkst du, daß sie keine schlechten Menschen sind. Versuche dir vorzustellen, wie sie als Kinder waren, ohne besondere Begabungen und Fähigkeiten, stell dir ihr ödes Leben im provinziellen, kleinbürgerlichen Milieu der vierziger Jahre vor, mit Latein und Philosophie in der Schule und dem Pfarrer und der Mutter als einzigen Bezugspunkten. Und dann gehen sie in die Politik, und die Politik erschließt ihnen die Welt. Sie kommen nach Rom, die Leute verbeugen sich vor ihnen, sie haben plötzlich Häuser, Autos, freies Essen in den besten Restaurants und die Möglichkeit, noch den entferntesten Verwandten einen Posten zu beschaffen. Was hätten sie schon machen können, wenn die Politik nicht wäre?«

»Ich habe kein Mitleid mit ihnen. Schließlich sind sie schuld, wenn unser Land so heruntergewirtschaftet ist.«

Er sah mich an, lächelte wieder: »Merkst du, daß wir von den Politikern reden, als ob sie eine Besatzungsarmee in einem unschuldigen Land wären? So ist es aber nicht, Roberto, sie sind alle gewählt worden.«

Es machte mich wütend, wie er es fertigbrachte, in völligem Widerspruch zu dem zu reden, was er tags zuvor gesagt hatte, mit genau der gleichen polemischen Heftigkeit und der gleichen boshaften Ironie. Ich fragte: »Hast du nicht selbst gesagt, daß die Leute keine echte Alternative haben? Daß diese Scheißtypen ihre Monopolstellung skrupellos ausnützen?«

»Doch, das stimmt. Aber de facto bekommen immer die

Schlimmsten die meisten Stimmen, auch wenn andere zur Wahl stehen. Das ist noch genauso wie früher, als die Kommunisten mit ihrem Terror alles lahmlegten.«

»Und was meinst du, warum es so ist?« fragte ich, alles andere als überzeugt.

»Weil wir Italiener nicht nur großmütig und erfinderisch und leidenschaftlich sind, sondern auch ein Volk von Halunken. Ich nehme mich nicht aus, wohlgemerkt, ich zähle mich auch dazu. Der Hang zur Unehrlichkeit gehört zu unserer Mentalität, viel mehr, als wir zugeben wollen. Vielleicht liegt es an der genetischen Erinnerung an jahrhundertelange Kämpfe zwischen einer Sippe und der anderen, zwischen einer Stadt und der anderen, oder daran, daß wir jahrhundertelang unfähige Regierungen hatten, oder an einem Mangel an echten Prinzipien, wie er zur katholischen Scheinheiligkeit gehört. Tatsache ist, daß jeder in diesem Land stiehlt und betrügt, in allen Bereichen des täglichen Lebens und in allen Schichten, vom Mechaniker über den Zahnarzt und den Geschäftsmann und den Polizisten bis hin zum Minister. Die Politiker sind keine andere Rasse als ihre Wähler. Sie haben nur die besseren Gelegenheiten und mehr Möglichkeiten, ihre Betrügereien zu praktizieren, und natürlich kommen sie leichter straffrei davon.«

»Es stimmt nicht, daß alle Italiener so sind. Es gibt auch Millionen ehrlicher Leute in Italien, die ihre Arbeit tun, so gut sie können, und ihre Steuern zahlen und jedesmal angewidert sind, wenn sie den Fernseher anschalten oder eine Zeitung aufschlagen.« Es machte mich wütend, wie zynisch er sich gab, wie es ihn fast zu freuen schien, daß es für unser Land und für das Leben ganz allgemein keine Aussicht auf Rettung gab.

»Läßt du dich da nicht vom Gejammer betören, Roberto? Das ist auch ein typisches Laster von uns Italienern:

die Minister beklagen sich über die Regierung, als ob sie nicht dazugehörten, die Frauen beklagen sich über ihre Männer, als schliefen sie nicht jede Nacht im gleichen Bett mit ihnen.«

»Was hat das damit zu tun?« fragte ich. In meiner Wut war mir immer noch nicht klar, ob er mich nur kaltblütig provozieren wollte oder was; jeder Blick von ihm weckte Zweifel in mir.

Wir waren an der grün gestrichenen Haustür angelangt, vor der ich mich das letzte Mal von ihm verabschiedet hatte. Er zog den Schlüsselbund aus der Tasche, fragte: »Willst du mit hinaufkommen und was trinken, Mr. Idealist?«

Da er mich lächelnd fixierte, lächelte ich schließlich zurück; folgte ihm nach drinnen, in eine kleine elegante Eingangshalle ohne Pförtnerloge. In einem Aufzug aus poliertem Holz fuhren wir bis in den letzten Stock, in eine nicht sehr große, aber lichtdurchflutete Wohnung, die im gleichen Stil eingerichtet war wie seine Wohnung auf dem Hügel jenseits der Brücke. Auch hier hatte das Wohnzimmer eine Glasfront, und auch hier gab es eine Terrasse, länger und schmäler als die andere, mit Blick auf die viel näher gerückte Stadt. Auch hier gab es Gymnastikhanteln in einer Ecke, eine Schreibmaschine und Füllfederhalter und einen Computer und einen Laserdrucker auf einem Tisch, auf einem hellen Holzregal standen ordentlich aufgereiht Schallplatten und Bücher. Polidori ließ mich ohne Kommentar alles ansehen. Er warf einen Blick auf die Leuchtziffern des Anrufbeantworters, hörte die Nachrichten nicht ab.

»Ist das dein Arbeitszimmer?« fragte ich ihn.

Er drehte sich um, angespannt wie immer, wenn ich ihm eine persönliche Frage stellte; sagte »Sozusagen«. Er ging in die Küche hinüber, kam mit einem Tetrapack Orangensaft und zwei Gläsern zurück. Er schob die Glastür auf, wir gingen auf die Terrasse, tranken Orangensaft und blickten auf Rom hinunter.

Polidoris Stimmung war schon wieder umgeschlagen, sein Blick ungeduldig. Er fragte: »Wie weit bist du mit dem Buch?«

»Beim letzten Viertel, ungefähr«, sagte ich. Sein Drängen machte mich nervös, und vielleicht war ich mir meines Werks auch nicht so sicher.

»Was meinst du, wann du fertig wirst?« fragte er. »Du sitzt ja seit Monaten dran, dabei war es meiner Meinung nach schon vorher ausgezeichnet.«

»In einem Monat, glaube ich«, sagte ich. Ich erschrak, als ich daran dachte, daß schon vier Monate vergangen waren, seit wir uns zum ersten Mal sahen; daß sich mein Leben in dieser Zeit so verändert hatte.

Polidori sagte: »Am fünfzehnten April gibst du es mir also zum Lesen. Oscar Sasso ist auch schon ganz ungeduldig, du solltest ihn mal besuchen. Es ist besser, wenn man das Terrain vorher ebnet.«

Aber er schien nicht so sehr auf mein Buch konzentriert; er war von einer viel umfassenderen Ungeduld erfüllt, sein Blick wanderte über die weite Fläche der Stadt, als hoffe er, dort irgend etwas zu finden.

Er ging wieder hinein, und ich folgte ihm, ich wußte nicht recht, wie ich ihm klarmachen sollte, daß ich wieder ins Büro zurück mußte. Ganz unvermittelt sagte er: »Weißt du noch, was ich dir gestern über die Schwierigkeit gesagt habe, dich von jemandem zu trennen, der ein Bestandteil deines Lebens gewesen ist?«

»Ja«, sagte ich, ohne zu verstehen, worauf er hinauswollte.

»Ich bringe es einfach nicht fertig. Auch wenn ich das Gefühl habe, daß das Schiff mit allen, die darauf sind, wirklich unterzugehen droht, und der einzige Ausweg wäre, es leichter zu machen. Ich kann mich einfach nicht entschließen. Ich sage dieser Frau, sie soll hinausspringen, ich stoße sie an den Rand des Schiffs, aber sobald sie wirklich springen will, halte ich sie fest. Es ist sentimental und eine Qual für alle.«

»Das kann ich mir vorstellen.«

»Weißt du, was die einzige Trennungsart ist, zu der ich fähig bin? Verschwinden. Jeden Kontakt abbrechen, mich unauffindbar machen. Ohne ein Wort, ohne Erklärungen, denn sobald ich etwas zu erklären suche, ist es mit meiner Entschlossenheit vorbei. Ein schöner Feigling bin ich, was?«

»Weiß nicht«, sagte ich. »Ich bin nicht oft mit einer solchen Situation konfrontiert worden.«

Er sah mich unschlüssig an, so als ob er mich noch etwas fragen wollte; aber er fragte nichts. Dann veränderte er seinen Blick und seinen Ton: »Wenn du gehen mußt, geh nur, Roberto. Mach lieber dein Buch fertig, statt dir mein Geschwätz anzuhören.«

Zum ersten Mal, seit ich ihn kannte, war ich beinahe erleichtert, gehen zu können. Er brachte mich zur Tür; als ich schon auf der dritten Stufe war, sagte er: »Am fünfzehnten kriege ich dein Buch, denk daran, du hast es mir versprochen.«

»Ich weiß«, sagte ich und lief rasch die Treppen hinunter.

Fünfundzwanzig

Anfang April stellte eine Baufirma rings um das ganze Haus ein Gerüst auf, um es auch von außen zu renovieren: Stahlrohre und Laufbretter und Schutzplanen, die Licht und Luft abhielten, den Lärm aber durchließen.

Ich arbeitete immer hektischer am letzten Teil meines Buchs: ich kürzte und stellte um und meißelte und feilte, in manchen Augenblicken in einer Art abstrakter Hochstimmung, in anderen voller Haß. Seit Monaten tat ich nichts als das, wenn ich nicht gerade irgendeine Bildunterschrift verfaßte oder eine Übersetzung redigierte oder mir mit Bedreghin oder Enrica Dalatri eine Schlagzeile ausdachte.

Maria ließ aus Sizilien nichts von sich hören. Ich sah jeden Tag die Kultur- und Filmnachrichten in der Zeitung durch, in der Hoffnung, auf irgendeine Notiz über sie und ihren Film zu stoßen, aber alles, was ich fand, war ein Bericht über den Regisseur und die beiden ausländischen Hauptdarsteller. Meine ganze Wohnung schien voller Spuren von ihr, obwohl sie nur ein einziges Mal hier gewesen war. Ich kam fast nur noch zum Schlafen nach Hause und arbeitete jeden Tag so lange in meinem Büro in der Redaktion, bis Zancanaro ging, dann aß ich irgendwo ein Stück Pizza und ging mir einen Film ansehen oder lief aufs Geratewohl durch Trastevere, inmitten der bei dem warmen Wetter immer dichteren und lärmenderen Besucherschwärme.

Polidori flog in die Vereinigten Staaten, um mit seinem amerikanischen Agenten über ein Vertragsproblem zu verhandeln, und von dort auf Einladung einer Zeitung weiter nach Guatemala und Honduras. Vor seiner Abreise sagte er noch einmal, daß er am fünfzehnten April mein fertiges Buch sehen wolle; er riet mir, mich durch nichts ablenken zu lassen.

In Wirklichkeit aber war ich Marias wegen verzweifelt, und seit Polidori nicht mehr da war, hatte ich niemanden mehr, mit dem ich über sie reden konnte. In meiner Verzweiflung erzählte ich Bedreghin von ihr. Als er hörte, daß sie Schauspielerin sei, sagte er sofort: »Vergiß sie, Bata, die Schauspielerinnen sind alle hysterische Flittchen.«

Ich telefonierte weiterhin jeden Abend um acht mit Caterina: der Gedanke, mit ihr verbunden zu sein, tröstete mich über die schlimmsten Augenblicke der Leere hinweg, zugleich hatte ich das Gefühl, daß dadurch meine Chancen bei Maria weiter sanken. Ich kam mir vor wie ein Ehebrecher in einer italienischen Komödie, feig und doppelzüngig in allem, was ich tat. Vielleicht hatte Caterina gemerkt, daß ich am Telefon einen sonderbaren Ton hatte, denn sie sagte immer wieder, daß es höchste Zeit sei, uns zu sehen. Ich antwortete jedesmal, daß ich zu sehr mit meinem Buch beschäftigt sei, und das stimmte jetzt ja auch. Als sie mir eines Donnerstags erneut vorschlug, mich in Rom zu besuchen, raffte ich mich endlich auf und sagte, ich käme lieber nach Mailand. Ich sagte, ich brauchte eine Luftveränderung und wolle wieder einmal in meiner richtigen Wohnung sein, wenigstens für zwei Tage.

Mit vielen guten Vorsätzen trat ich die Zugfahrt an: ich wollte der milchigen Unbestimmtheit unserer Telefonate ein Ende setzen und Caterina von Maria erzählen, alles endgültig klären. In Mailand aber brachte ich es nicht über mich, irgend etwas zu klären, auch wenn ich das Thema fast die ganze Zeit umkreiste. Zwei Tage lang überhäuften wir uns gegenseitig mit maßlosen Vorwürfen wegen irgendwelchen unglücklichen Äußerungen oder unglücklichen Gesten, mit langen Schweigephasen dazwischen, voller Unduldsamkeit gegenüber allem, was wir beim anderen nur allzu gut kannten; aber das bis in die kleinste Nuance vertraute Terrain gab uns auch Selbstbestätigung und Sicherheit. Als ich wieder im Zug nach Rom saß, war ich von sich überschneidenden Sehnsüchten und widersprüchlichen Impulsen, von zweifachem Kummer erfüllt.

In Rom stürzte ich mich wieder in die Arbeit an meinem Buch, ich wünschte mir jetzt nichts sehnlicher, als endlich fertig zu werden.

Im Briefkasten fand ich eine Ansichtskarte aus Agrigent mit dem Tal der Tempel bei Sonnenuntergang, auf der Rückseite stand nur *Küsse, Maria*. Ich steckte sie ganz vorn in den Ordner mit meinem Buch. Ab und zu betrachtete ich sie von vorne und von hinten, aber ein großer Trost war sie nicht.

Sechsundzwanzig

Am Nachmittag des Fünfzehnten war ich mit den letzten kleinen Korrekturen an der zweiten Fassung fertig. Ich hätte noch jahrelang weitermachen können, denn jede Seite war wie ein Bein eines vielbeinigen Tischs; sobald ich es in die richtige Form gebracht hatte, schienen alle anderen der gleichen Bearbeitung zu bedürfen. Aber nach monatelangem Schreiben war das Gefühl der Befreiung stärker als alle Zweifel; außerdem hatte ich Polidori das Buch für diesen Tag versprochen, ich wollte Wort halten.

Ich rief ihn sofort an, um es ihm mitzuteilen. Wir hatten seit drei Wochen nichts voneinander gehört, seit er mich aus New York angerufen hatte, um mich zu fragen, wie es meinem Buch gehe, und mir zu sagen, daß New York mehr denn je eine Stadt der Barbaren sei. Unter der Nummer seiner Wohnung im Zentrum meldete sich nur der Anrufbeantworter; ich hinterließ: »Hier Roberto, heute ist der fünfzehnte April, und mein Buch ist fertig.«

Aber ich brannte darauf zu wissen, was er davon hielt, und so rief ich ihn in seiner richtigen Wohnung jenseits der Brücke an. Die Nummer hatte er mir als endgültigen Freundschaftsbeweis bei einem unserer letzten Treffen gegeben und dabei gesagt: »Erzähle Christine ja nichts, was sie nicht schon weiß.«

Sie war am Apparat, nervös und förmlich wie immer, und sagte: »Marco sollte heute morgen zurückkommen, aber er hat sich noch nicht blicken lassen.« In ihrer Stimme schwang eine Spur von Feindseligkeit mit, so als habe sie den Verdacht, über das Tun ihres Mannes weniger informiert zu sein als ich.

Auf dem Weg zur Redaktion fotokopierte ich mein Manuskript. Ich legte die Blätter eins nach dem anderen in den Kopierer, mit Streichungen und Korrekturen übersät wie sie waren, und fand, daß sie gegen Polidoris Manuskriptseiten beinahe sauber aussahen. Aber sie waren schon viel gründlicher überarbeitet als die erste Fassung, die ich fast ohne zu revidieren niedergeschrieben hatte; schon viel professioneller.

Ich ließ eine Spiralheftung machen, steckte den dicken Packen in einen Umschlag, stieg ins Auto und machte mich auf den Weg zu Polidoris fast eine Stunde entfernter Wohnung. Ich gab den Umschlag beim Hausmeister ab, mit einem Zettel, auf dem stand *Laß von dir hören*.

Dann fuhr ich zurück und machte einen Spaziergang durch Trastevere, mit einem seltsamen Gefühl der Erleichterung und Ungewißheit. Ich war froh, daß ich das Buch fertig hatte, meinen Blick frei umherschweifen lassen konnte, anstatt auf schwarze Buchstaben auf weißem Papier starren zu müssen; ich wußte aber auch, daß in Wirklichkeit alles auf Polidori ankam, mein Werk hing im Nichts, solange er mir nicht sagte, daß es ihm gefiel. Und jetzt, da mich mein Roman nicht mehr beschäftigte, überkam mich der Wunsch, Maria wiederzusehen, mit neuer Heftigkeit. Ich hatte sie seit anderthalb Monaten nicht gesehen und bis auf ihre nicht eben verheißungsvolle Ansichtskarte nichts von ihr gehört. Es war mir unbegreiflich, wie sie mich nach all der körperlichen Kommunikation, die es zwischen uns gegeben hatte, vergessen konnte, ich wußte nicht, was ich tun sollte.

Ich kaufte mir in der gleichen Bäckerei wie immer ein Stück Pizza und stieg zu meiner Wohnung hinauf; ich rief

Caterina an, aber es war immer besetzt. Ich wußte nicht, ob ich ihr sagen sollte, daß ich das Buch fertig hatte oder nicht, denn ich fürchtete, sie könnte verlangen, daß ich sofort nach Mailand zurückkam. Es machte mich betroffen, wenn ich daran dachte, wie wichtig sie als weibliche Hauptfigur und als einzige Leserin und Beraterin für die erste Fassung meines Romans gewesen war, während ich sie aus der zweiten Fassung weitgehend ausgeklammert hatte. Ich hatte die weibliche Hauptfigur ziemlich verändert, sie mit Maria gekreuzt, so daß Caterina sich kaum noch erkennen würde.

Ich blieb reglos auf dem Sofa liegen, um später noch einmal bei ihr anzurufen, und horchte dabei auf die Stimmen und Geräusche, die durch das offene Fenster zur Gasse hereindrangen.

Das Telefon klingelte, ich fuhr hoch, sprang auf. Ich war sicher, daß es Polidori war, und fragte mich, ob er schon einen Blick in mein Buch geworfen hatte.

Statt dessen war es Maria. »Roberto?« sagte sie in einem seltsam fernen und unsicheren und durch die Geräusche in der Leitung verfremdeten Ton.

»Wo bist du?« fragte ich sie. Ich schrie fast, mit sehr rasch schlagendem Herzen. »Von woher rufst du an?«

»Aus Palermo.« Ihre Stimme war mir noch nie so zart vorgekommen, auch wenn mich die Entfernung und die Aufregung ein wenig verwirrten.

»Was ist los? Warum klingst du so komisch?« Ich versuchte sie mir vorzustellen: sie und den Ort, an dem sie telefonierte, aber es gelang mir nicht recht; sie war schon so lange weg, und ich war in meinem ganzen Leben noch nicht in Sizilien gewesen.

»Weil ich von diesem Scheißfilm die Nase voll habe, ich halte es nicht mehr aus.« Gleich darauf fing sie zu weinen an: durch die Netzgeräusche hindurch hörte ich sie schluchzen.

»Maria? Sag doch was. Nicht weinen. Wir haben seit einem Monat nichts voneinander gehört, und da fängst du an zu weinen. Sei nicht so gemein.«

»Am liebsten würde ich alles hinschmeißen. Wenn du wüßtest, was für Arschlöcher das sind.«

»Wer?« fragte ich, schon voller Angst und grenzenloser Eifersucht.

»Die Produktion, der Regisseur, alle miteinander. Sie kotzen mich an, du glaubst nicht, was für miese Taschendiebe sie sind, sie reißen sich alles unter den Nagel, was sie erwischen können, und behandeln dich obendrein wie den letzten Dreck. Und die Hauptdarstellerin könnte ich umbringen, die aufgedonnerte Gans, die von Kopf bis Fuß nur aus Silikon besteht.«

Als wir uns fast jede Nacht sahen, hatte sie nie so gesprochen, damals war sie die ganze Zeit nur darauf bedacht gewesen, ihre Arbeit und die ganze Filmbranche gegen meine ständige Kritik zu verteidigen; ich hatte sie noch nie so verbittert und wütend erlebt. Ich sagte: »Warum läßt du nicht alles sausen und kommst zu mir? Wir fahren zusammen weg, wohin du willst. Ich bin heute mit meinem Buch fertig geworden.«

Aber sie war schon wieder halb zur Vernunft gekommen; sie sagte: »Ja, damit sie mich wegen Vertragsbruch verklagen, dann bin ich meinen Job los.«

»Und wann bist du fertig?« fragte ich.

»Keine Ahnung«, sagte Maria. »Der ganze Drehplan ist schon geplatzt. Kann sein, daß es noch einen ganzen Monat weitergeht.«

Aber jetzt, wo sie sich nach so langer Zeit wieder gemeldet hatte, erschien es mir plötzlich unerträglich, sie einen weiteren Monat lang nicht zu sehen; ich konnte kaum noch stillstehen. »Kann ich nicht zu dir nach Sizilien kommen? Ich steige ins Flugzeug und komme.«

Sie blieb einen Augenblick stumm; dann sagte sie: »Aber ich hab nicht mal ein eigenes Zimmer, ich bin mit der Kostümbildnerin zusammen.«

»Bestelle ein Zimmer im besten Hotel von Palermo«, sagte ich zu ihr. »Auf meinen Namen. Ruf gleich an. Ich komme.«

»Ich habe keine Lust, in einem großen Hotel zu wohnen. Es ödet mich an.«

»Dann such du eins aus. Fällt dir eins ein? Sag mir, wie es heißt, ich rufe an.«

Wieder schwieg sie, und ich fürchtete schon, daß sie es sich anders überlegen und einhängen könnte. Schließlich erwiderte sie: »Ich hab eins gesehen, das sah nicht schlecht aus.«

»Sag mir, wie es heißt«, sagte ich. Mich überkam plötzlich eine schreckliche Eile, ich hatte Angst, um diese Zeit keinen Flug mehr zu bekommen. Im Geist rechnete ich die Entfernung zwischen Trastevere und dem Flughafen aus, die Zeit, die ich beim Einchecken brauchte, meine Chance, im letzten Moment einen Platz zu ergattern, die Fahrgeschwindigkeit meines vws. Maria nannte mir den Namen des Hotels; ich fragte zweimal, ob sie sich ganz sicher sei. »Hör gut zu. Ich bestelle jetzt sofort ein Zimmer auf meinen Namen, du gehst hin und wartest dort auf mich. Alles klar?«

»Ja, ich bin doch nicht blöd.«

»Aber daß du auch wirklich kommst«, sagte ich voller Hast und Angst.

Dann legte ich auf und rief bei der Auskunft an, um mir die Nummer des Hotels in Palermo geben zu lassen, aber die Vermittlung war immer besetzt, ich hörte nur die Stimme vom Band »Auskunft, bitte warten«. Inzwischen war mir eingefallen, daß ich mir Marias Nummer nicht hatte geben lassen; falls ich das Hotel nicht erreichte und keinen Platz im Flugzeug bekam, wußte ich nicht einmal, wo sie zu finden war. Wie ein Verrückter umkreiste ich das Telefon, voller Haß auf die unsympathische und gleichgültige Angestelltenstimme, die auf dem Band immer denselben Satz herunterleierte; mir war, als würde ich ausbluten mit jeder Sekunde, die verflog. Dann meldete sich zum Glück ein Angestellter und gab mir die Nummer des Hotels, und das Hotel hatte ein Doppelzimmer frei, und ich gab meinen Namen an und legte auf und rannte aus dem Haus, ohne etwas mitzunehmen als die Brieftasche und die Autoschlüssel.

Ich jagte den armen VW bis zur Autobahn, und auf der Autobahn trat ich auf das Gaspedal wie noch nie. Das Auto dröhnte wie ein startendes Flugzeug und schlingerte beängstigend, aber ich wollte nur rechtzeitig am Flughafen sein, Hauptsache, es ließ mich nicht auf halbem Weg im Stich. Alle paar Minuten sah ich auf die Uhr und riskierte dabei jedesmal, die Kontrolle über den Wagen zu verlieren, und es war so dunkel, daß ich nicht richtig erkennen konnte, wieviel Zeit vergangen war.

Um Viertel vor zehn kam ich am Flughafen an, ich hatte keine Ahnung, ob es um diese Zeit noch ein Flugzeug gab, aber ich hätte es fertiggebracht, eins zu entführen, um noch in dieser Nacht nach Palermo zu gelangen. Ich ließ das Auto auf dem erstbesten Parkplatz stehen, rannte wie ein Verrückter an den mit MPs bewaffneten Polizisten vorbei ins Flughafengebäude, stürzte zum Alitalia-Schalter.

Es gab eine Maschine um halb elf, aber die junge Dame in Uniform sagte, daß sie komplett sei. »Was heißt komplett?«

sagte ich, das Wort kam mir für einen so schrecklichen Mangel völlig verfehlt vor. Sie sagte »Ausgebucht«: mit ganz ungerührtem Gesichtsausdruck, sie sah mich nicht einmal an.

Ich fragte sie: »Gibt es irgendeine Möglichkeit?« Sie hob kaum den Blick; ich sah, daß neben dem Schalter schon vier oder fünf Personen standen, in unterschiedlichem Erregungszustand, je nach ihrer Nummer auf der Warteliste.

Ich wartete eine Viertelstunde, ohne auch nur einen Augenblick aufzuhören auf und ab zu gehen, ich sah die anderen Wartenden an und hätte am liebsten einen nach dem andern erwürgt, um meine Chancen zu vergrößern. Immer wieder stellte ich mir Maria vor, wie sie allein in dem Hotelzimmer in Palermo auf mich wartete und am Ende einschlief; mich selbst, wie ich am nächsten Morgen ankam und sie nicht mehr vorfand.

Am Ende aber bekam ich doch einen Platz, wir mußten in einen kleinen Bus steigen und wurden zum Flugzeug gebracht. Ein lauer Seewind wehte über die Piste; vor lauter Ungeduld hatte ich beinahe vergessen, daß ich Angst vorm Fliegen hatte.

Aber dann wurde es halb elf, und wir saßen alle angeschnallt auf unseren Sitzen, und der Motor lief, doch das Flugzeug rührte sich nicht vom Fleck. Die anderen Passagiere spähten durch die dunklen Fenster nach draußen, machten halb resignierte, halb empörte Bemerkungen über den allgemeinen Verfall unseres Landes, in dem nichts funktionierte. Einige meinten, daß in Palermo die Fluglotsen streikten, andere behaupteten, auf dem Meer fänden Militärmanöver statt; wieder andere grinsten bloß und machten vielsagende Gesten. Ich hörte zu und sah auf die Uhr und sah hinaus, ich wurde fast wahnsinnig vor Ungeduld.

Nach beinahe zwanzig Minuten gab es vorn im Flugzeug einen kleinen Aufruhr, erregte Stimmen ertönten, und schließlich kam ein aufgebrachter Herr in Begleitung einer Stewardess durch den Gang nach hinten und setzte sich auf den letzten freien Platz. Die anderen Passagiere fragten ihn, was los sei; er sagte: »Nichts, der Minister für Süditalien fliegt mit und läßt sich wieder mal Zeit.«

Während des Flugs rauchten ein paar dickleibige Passagiere auch in der Nichtraucherzone; ich sah ihre goldenen Uhren aufblitzen, wenn sie den Arm hoben, und ihre Designer-Sonnenbrillen, die sie immer noch aufhatten, obwohl es Nacht war und wir über die schwarze Fläche des Meers flogen. Ich stellte mir den Minister vorn im Flugzeug vor, aber ich konnte ihn nicht sehen; ich stellte mir die arrogante Schlaffheit vor, mit der er auf seinem Platz saß.

Nach der Landung mußten wir an Bord bleiben, während der Minister ausstieg, und auch diesmal konnte ich ihn nicht sehen, denn das Rollfeld war dunkel, und seine Begleitmannschaft hatte ihn durch einen Geheimausgang hinausgeführt. Als wir endlich aussteigen durften, war der Flughafen leer, bis auf ein paar Angehörige oder Leibwächter, die Zigaretten rauchend auf jemand warteten.

Ich schaffte es, als einer der ersten hinauszulaufen, nahm eins der wenigen Taxis und sagte dem Fahrer, er solle mich in die Stadt fahren. Es schien mir unmöglich, daß aus meiner Verabredung mit Maria etwas werden konnte, daß sie wirklich da war und im Hotel auf mich wartete; der Taxifahrer sagte kein Wort, er rauchte und blies den Qualm durch das halb offene Fenster hinaus.

Schließlich hielt er vor dem Hotel an; ich ging hinein, ohne viel zu sehen.

Die Halle im Kolonialstil war groß und alt und leer, sie machte einen seltsam heruntergekommenen Eindruck. Ich gab dem Portier meinen Ausweis, er sah ihn sich nur flüchtig an und sagte halblaut: »Die junge Dame ist oben im Zimmer«, und natürlich war eine Spur Schlüpfrigkeit in seinem Ton; ich folgte dem alten Hoteldiener zum Aufzug.

Im dritten Stock ging er mir durch einen Korridor voraus, und das Zimmer war schrecklich weit weg, wir gingen und gingen, über viele kleine Treppen und um unvermutete Ecken, und der Gedanke, Maria nach anderthalb Monaten wiederzusehen und in Sizilien zu sein, verwirrte mich so sehr, daß ich durch ein endloses Labyrinth zu wandern glaubte. Aber dann waren wir da, ich gab dem Hoteldiener ein Trinkgeld, und glücklicherweise verzog er sich sofort, mit dem Anflug eines maliziösen Lächelns, ich blickte ihm nach, bis er hinter einer Ecke verschwand.

Dann klopfte ich an die Tür, so wie ich in einem Traum von noch ungewisser Art geklopft hätte, und Sekunden später ging die Tür auf, und Maria war da, es kam mir wie ein wahres Wunder vor.

Wir umarmten uns hinter der wieder geschlossenen Tür, und auch das Zimmer war Teil eines Traums: das Licht, das von der einzigen Lampe neben dem breiten Bett kam und alles in einen sanften gelben Schein tauchte, wie in einem Zelt oder in einer Eierschale. Maria hatte nur ein Leinennachthemd an, das sie von ihrer Großmutter geerbt oder in einem Secondhand-Shop gekauft haben mußte; ich griff mit den Händen darunter und drückte sie an mich, ich spürte ihren festen nackten Bauch an meinem, während sie mir das Hemd aufknöpfte und es mir mit kleinen Rucken vom Leib zerrte. Ich zog sie zum Bett, ohne aufzuhören sie zu küssen, und wir rollten auf das Laken. Einen Augenblick lang dachte ich an das, was Polidori gesagt hatte, daß wir unsere Vorstellungsbilder einem Menschen überstülpen, bis sie genau passen und wir sie für die Wirklichkeit halten, aber in diesem Fall schien es mir gerade umgekehrt: daß sie Qualitäten und Reize in sich barg, von denen ich mir gar keine Vorstellung machte. Dann streifte ich ihr das leinene Nachthemd ab und zog mir die Hosen aus, glitt auf sie zu wie ein Fisch in einem Bach.

Sie war sinnlicher und leidenschaftlicher als in ihrer Wohnung in Rom: in diesem Punkt mußte Polidori recht haben, sie fühlte sich freier außerhalb ihrer Höhle. Sie öffnete leicht die Lippen und atmete heftig, flüsterte unverständliche Worte, kratzte mich, bis sie mir weh tat, bog den Rücken durch, um mich noch enger an sich zu ziehen. Und sie streckte die Arme nach hinten und drückte die Handgelenke aneinander, als wollte sie sich fesseln lassen, und so hielt ich mit der Linken ihre Hände fest, während ich ihr mit der Rechten über die Brüste und die Hüften und das Gesäß und die Beine strich, mit der Zunge ihre Lippen und ihre Zähne und ihre Zunge erkundete. Sie hielt dabei die Augen geschlossen, und so kam ich auf den Gedanken, sie ihr mit dem Kopfkissen zuzuhalten, und bei allem, was ich tat, spürte ich so etwas wie einen feuchten, bebenden Seufzer in ihr aufsteigen, eine neue, tiefe Erregung, so als hätte ich ein uneingestandenes Verlangen von ihr erraten. Es war ein atemloses, von bittersüßer Eifersucht durchsetztes Spiel, denn ich wußte, daß hinter diesen Phantasien, die mich vorwärtsrissen und wieder zurückwarfen wie immer dichter und rascher aufeinanderfolgende Wellen, ein anderer steckte.

Dann lagen wir völlig erschöpft auf dem breiten Bett, und ich betrachtete sie aus der Nähe im gelben Lichtschein, schweißgebadet und keuchend wie sie war. Ich sagte zu ihr: »Ist es wahr, daß jetzt niemand mehr zwischen uns steht?«

Sie sagte: »Hör auf damit«, und zog das Laken über sich.

»Versprich mir, daß du zu mir ziehst, wenn du wieder in Rom bist.«

»Vielleicht«, sagte sie: zu müde und benommen, als daß ich sie im geringsten beim Wort hätte nehmen können.

Siebenundzwanzig

Am nächsten Morgen wachte Maria in aller Herrgottsfrühe auf, schlüpfte aus dem Bett. Im Nu hatte sie sich gewaschen und angezogen: ich beobachtete sie im Halbschlaf; es war mir unbegreiflich, woher sie soviel Energie nahm. »Schlaf du nur weiter«, sagte sie zu mir. »Wir sehen uns heute nachmittag, ich habe nur eine kleine Szene.«

»Und wo?« fragte ich sie. Ich hatte nicht die Kraft aufzustehen, wie ich gern gewollt hätte. »Ich kann dich vom Set abholen.«

»Nein. Ich komme ins Hotel. Spätestens um fünf bin ich da.«

Ich fiel wieder in Schlaf; ich spürte kaum ihren Kuß, als sie wegging.

Gegen elf machte ich einen Spaziergang durch die Stadt. Das Hotel war weniger romantisch, als es mir in der Nacht erschienen war, groß und schmuddelig und von der Straße aus betrachtet ziemlich verwahrlost. Aber es lag zwischen den beiden größten Straßen in Palermo; als ich um die Ecke bog, überfiel mich ein zwischen den Häuserfassaden tosender Verkehrsstrom.

Ich ging das Trottoir entlang und sah mich um und dachte an Maria, benommen von der Nacht und von dem grellen Licht, von der lärm- und abgasgeschwängerten süßlichen Luft. Ich dachte daran, daß wir uns wieder nicht ausgesprochen hatten, sie hatte mir weder irgendwelche Garantien gegeben noch war es mir gelungen, ihr auch nur eine einzige gezielte Frage zu stellen, wir hatten uns von puren Empfindungen tragen lassen. Aber jetzt, da ich mein Buch fertig hatte, war ich wirklich darauf versessen, alles zu klären, Schluß zu machen mit dem Zustand der Ungewißheit, in dem ich in den letzten Monaten gelebt hatte.

Dann fiel mir ein, daß ich vor Aufregung wegen Marias Anruf und in der Hektik des plötzlichen Aufbruchs am Abend zuvor vergessen hatte, Caterina anzurufen; das beschleunigte meine Gedanken noch, ich ging noch schneller durch das allgemeine Getöse. Ich versuchte mir eine plausible Erklärung für Caterina auszudenken, und gleichzeitig kam es mir schäbig vor, ihr weiter Lügen aufzutischen; ich wußte nicht, wie ich mich aus der Affäre ziehen sollte.

Neben einem barocken Theater stand eine Getränkebude, an der es frisch gepreßten Orangen- und Zitronensaft gab. Mit raschen Handbewegungen schnitt der Junge in der Bude die Früchte auf, drückte sie auf eine kleine Presse, um den Saft und das Schalenaroma herauszuquetschen, strich mit einer Zitronenhälfte über den Glasrand und goß den Saft ein. Ich trank zwei Gläser nacheinander, während dicht neben mir der Verkehr vorüberbrauste. Ich fragte mich auch, wo Maria mit ihrer Crew sein mochte; warum sie nicht wollte, daß ich sie abholen kam.

Ich bummelte weiter umher, während mir Erinnerungen an die Nacht und Überlegungen, was ich tun sollte, durch den Kopf zogen. Die Stadt hatte eine fast ungestüme Vitalität, die sich in einem unablässigen Hin und Her und lautem Geschrei und raschen kurzen Blicken äußerte, aber so gefährlich, wie ich sie mir vorgestellt hatte, schien sie nicht. Alle paar Meter gab es eine Bar und sogar recht luxuriöse Bekleidungs- und Schuhgeschäfte, Konditoreien mit Vitrinen voller Marzipan und Blätterteiggebäck und bunten Leckereien. Überfüllte Busse fuhren die sehr belebten

Trottoirs entlang, Lastautos und PKWs, die unter den Augen der gleichgültigen Verkehrspolizisten die Motoren aufheulen ließen. Und fast überall an den Lichtmasten und Verkehrsampeln und Erdgeschoßfenstern klebten Reklamezettel von medizinischen Labors: von Röntgeninstituten und Instituten für Elektrokardiogramme und Blut- und Urinuntersuchungen, mit den Namen von Ärzten oder mit medizinischen Phantasiebezeichnungen in Großbuchstaben, darunter stand »Bei der Krankenkasse zugelassen«. Jedesmal, wenn ich an einer Bar oder einer Telefonzelle vorbeikam, überlegte ich, ob ich Caterina in Mailand anrufen sollte; aber ich wußte nicht, was ich ihr sagen sollte, und es war zu laut, mir fiel kein Satz ein.

Maria klopfte an die Tür; als ich aufmachte, war sie so atemlos wie nach einem Wettlauf. Ich wollte sie an mich drükken, aber sie war durch keine Umarmung zu halten, sie sagte »Ach geh«. Sie wirkte hochgemut und aufgekratzt, ohne eine Spur der Verbitterung, mit der sie mich am Abend zuvor angerufen hatte: in einem komplizierten Fachjargon erläuterte sie mir die Szene, die sie eben gedreht hatte, sprach über ihre Rolle, als sei sie die Herrin des Films. Ich umkreiste sie bewundernd und zugleich besorgt, eifersüchtiger denn je. Meine eigene Arbeit schien mir im Vergleich zu der ihren allzu langsam und statisch; ich glaubte kaum Möglichkeiten zu haben, mit ihrer Erregung und mit der Art, wie sie mit glänzenden Augen durchs Zimmer lief, mithalten zu können.

Aus einer Konditorei hatte sie mir mit Mandelcreme gefüllte Datteln mitgebracht; sie sagte: »Koste mal, wie lekker.« Ich aß zwei Stück; sie sah mir dabei mit gierigen Augen zu, aber als ich ihr das Päckchen hinhielt, schüttelte sie den Kopf.

Dann überkam mich schiere Verzweiflung, weil es mir nicht gelang, sie festzuhalten; ich lief ihr durch das Zimmer nach, sie entzog sich rasch. Am Ende erwischte ich sie doch; sie rief: »Laß mich los, ich stinke, ich war den ganzen Tag unterwegs.«

Aber ich ließ sie nicht los: ich küßte sie, und ihr Mund schmeckte genauso wie die gefüllten Datteln, wahrscheinlich hatte sie davon gegessen, bevor sie heraufgekommen war, aber das hätte sie nie zugegeben. Ich nahm sie in die Arme und drückte sie und schnupperte in ihren Ausschnitt und an ihren Achseln, sagte: »Laß mal riechen, ob du wirklich stinkst.«

Sie sagte »Laß mich« und versuchte sich loszumachen, aber sie stank keineswegs, sie roch nach Zitrusfrüchten und Autogasen und Moschus und Honig. Ich hätte stundenlang so weitermachen können, sie fangen und wieder entschlüpfen lassen und durch das Zimmer verfolgen und ihre Konsistenz spüren, ihr Haar oder ihre Brust oder ihren Po berühren und sie auf die Ohren und die Nasenspitze küssen, auf jeden einzelnen Zeh, nachdem ich sie rücklings auf das Bett geschubst hatte.

Es war das erste Mal, daß wir uns am Tag liebten, in einem spätnachmittäglichen, afrikanischen Licht, das durch das Fenster fiel; das erste Mal, daß wir uns nicht mit geschlossenen Augen völlig zu verlieren suchten, doch statt meine Stimmung zu heben, beunruhigte mich dies noch mehr, gab mir das Gefühl, daß die Dinge entflohen, daß ich keinerlei Kontrolle über die Zeit und die Gefühle hatte.

Ich blieb auf der Seite liegen und betrachtete sie; es war jetzt beinahe dunkel, durch die Fenster drang nur noch ein fernes Brummen von LKWs und Motorrädern. Ich knipste die Lampe an, um sie besser zu sehen, und bemerkte, daß sie blaue Flecken an den Beinen und den Hüften und an den

Armen hatte: kleine blaue Male auf der hellen Haut. Ich strich mit den Fingern darüber, während ich mich vorbeugte und sie sehnsüchtig auf den Nabel küßte. »Wo hast du dir denn die geholt?«

»Weiß nicht«, sagte sie und stand auf, ging schnurstracks ins Bad. »Ich geh duschen.«

Aber ihr Ton klang alles andere als überzeugend; meine Befürchtungen von vorhin verdichteten sich. Ich sprang auf; klopfte an die Badezimmertür: »Maria?«

»Ich hör dich nicht«; aber sie hatte nicht abgeschlossen, ich machte die Tür auf, und sie stand unter der Dusche, nackt und weiß und fast rührend anzusehen.

»Wer ist der Scheißkerl, der dir diese blauen Flecken gemacht hat?«

Sie sah mich durch das über ihre Haare und ihr Gesicht und ihren Körper fließende Wasser hindurch an und schien verblüfft über meinen Ton, nachdem ich bis jetzt den Distanzierten gespielt hatte, der sich aus allem heraushält. Sie sagte: »Was weiß ich. Vielleicht bist du es vorhin gewesen. Ich hab eine empfindliche Haut.«

Aber ich wußte, daß es nicht so war, und hatte im übrigen den Eindruck, daß sie mich gar nicht wirklich überzeugen wollte: ich bemerkte einen Anflug von Grausamkeit in ihrem Blick, in ihrer Art, sich unter der Brause zu drehen und zu wenden, ohne sich darum zu kümmern, daß sie alles naßspritzte. Ich packte sie am Arm: »Ist es Luciano Merzi gewesen, mit seinem blöden Discjockey-Gesicht? Liebt er sadistische Spielchen und fesselt dir die Hände und schlägt dich?«

Naß wie sie war, entwand sie sich meinem Griff: »Was hat Luciano Merzi damit zu tun? Er ist nur mein Agent. Und hat es dir vielleicht nicht gefallen, mir die Hände festzuhalten, gestern nacht?«

»Vergiß gestern nacht«, sagte ich, mittlerweile genauso naß wie sie, und wußte dabei nicht einmal, ob ich sie schütteln oder erneut an mich drücken sollte. »Kannst du nicht endlich mit diesem geheimnisvollen Getue aufhören? Wieso willst du mich nur nachts um vier sehen und wirfst mich morgens um halb acht hinaus? Warum rufst du nie von dir aus an, als würdest du dir gar nichts aus mir machen?«

»Laß mich in Ruhe.« Sie sah mich jetzt fast herausfordernd an, eigensinnig und hart. »Gestern habe ich dich angerufen.«

»Ja, nachdem ich anderthalb Monate nicht einmal wußte, wo du warst. Mit dieser Stimme eines Lämmchens, das sich im Wald verirrt hat, und wenn ich dann komme, hast du mir nichts mehr zu sagen.«

»Was hätte ich dir sagen sollen?« Sie kam unter der Dusche hervor, ohne das Wasser abzudrehen, sagte: »Du hast mir ja auch nicht viel Zeit gelassen, oder?« Sie nahm zwei Handtücher, wickelte sich eins davon um den Leib und rubbelte sich mit dem anderen den Kopf; lief barfüßig über den Teppichboden.

Tropfnaß folgte ich ihr und kam mir dabei nicht eben großartig vor: ich kam mir wie ein Hund vor, der kläffend hinter einem Auto herläuft: »Du hättest mir sagen können, mit wem du zusammen bist, wenn es nicht Luciano Merzi ist.«

Sie schwieg, rubbelte sich weiter die Haare, als wäre nur ich allein im Unrecht.

Bereits etwas kleinlauter ging ich auf sie zu, fragte: »Findest du es so seltsam, daß ich es leid bin, immer nur das zu kriegen, was übrigbleibt?«

»Ich hab nie etwas von dir verlangt«, sagte sie. Ohne mich anzusehen, setzte sie sich auf den Rand des zerwühlten Betts: »Du hast mich ja zehnmal am Tag angerufen und mich unbedingt sehen wollen.«

Das kränkte mich noch mehr: »Wieso, wäre es dir egal gewesen, ob wir uns sehen oder nicht? Ob wir uns ganze Nächte lang lieben oder nicht?«

»Laß mich in Ruhe«, sagte sie erneut. Ihre Haare waren fast trocken; sie ließ die beiden Handtücher aufs Bett fallen und stand nackt da.

Ich umarmte sie, obwohl sie sich sträubte: »Wie kannst du so unerbittlich sein, Maria? So weit weg?« Ich zog sie an mich und wußte doch, daß es zwecklos war: ich sah es an ihrem Blick und hatte es schon vorher gesehen, als sie so aufgekratzt vom Set zurückgekommen war.

»Gott, bist du kindisch«, sagte sie und vermied es, mich anzusehen.

»Und was meinst du, was du bist?« fragte ich sie. »Und dein Typ, wie ist der? Ist er so was wie ein weiser alter Onkel, der dir gute Ratschläge gibt? Oder ein Produzent mit einem dicken Bauch, einer wie die, zu denen du jede Woche gehst? Oder ein Filmkritiker, der sich von den Produzenten schmieren läßt und dir den Sinn des Lebens erklärt?« Ich wollte sie festhalten und auf den Mund küssen, aber sie wehrte sich wütend. »Oder ist es einer dieser selbstverliebten Schauspieler mit schütterem Haar und einer affektierten Stimme?«

»Hör auf. Du bist kein bißchen witzig.« Aber ihre Stimme hatte einen kaum merklichen selbstgefälligen Unterton, als sei sie stolz, ein Geheimnis vor mir zu haben und es auch hüten zu können, und das brachte mich auf die Palme.

»Wie ist er als Liebhaber?« Mir brannten die Hände, und das Herz tat mir weh.

»Warum interessiert dich das?« fragte sie, als ob sie

es mit einem nicht ganz zurechnungsfähigen Kind zu tun hätte.

Ich versuchte sie an mich zu pressen; die monatelang unterdrückte Eifersucht kondensierte sich wie süßliches Gift in meinen Fingerspitzen und meinem Blick. »Ist er der perfekte Liebhaber? Verfügt er über ein unerschöpfliches Repertoire an Techniken und Positionen, kennt er zehntausend Möglichkeiten, jede Frau zum Orgasmus zu bringen?«

»Hör auf«, sagte sie und versuchte sich loszumachen, wandte das Gesicht ab, um mich nicht ansehen zu müssen.

Aber ich hielt sie mit einer Hand am Handgelenk fest, versuchte mit der anderen, ihr Gesicht zu mir zu drehen, ich ließ ihr keine Ruhe. »Was macht der Scheißkerl mit dir? Bindet er dich am Bett fest? Fesselt er dich und schlägt dich mit dem Teppichklopfer?«

»Laß mich los, der Scheißkerl bist du!« schrie sie, versuchte mich in den Arm zu beißen, stieß mit Füßen und Knien nach mir.

Ich rückte ihr weiter zu Leibe wie bei einem Rodeo, ich bot meine ganze Kraft auf, aber sie reichte gerade aus, um die ihre zu bezwingen. »Was gefällt dir so an ihm, was ich nicht habe? Ist er berühmt? Oder reich? Ist er ein Fußballstar? Ein korrupter und betrügerischer Minister?«

Sie sagte: »Merkst du nicht, wie pervers du bist?«, aber ihre Befreiungsversuche wurden schon viel schwächer, sie hatte die Augen geschlossen und die Lippen leicht geöffnet. Ich küßte sie auf den Mund, ohne ihre Arme loszulassen, zwängte meine Zunge zwischen ihre Lippen und erforschte ihren Gaumen und jeden erreichbaren Winkel. Sie bewegte sich unter mir, aber diesmal, um meinen Bewegungen zu sekundieren, sie atmete rauh und langsam, wie es ihre Art war.

Später gingen wir zu Fuß zu einem Restaurant, in dem Maria einmal mit ihrem Regisseur gegessen hatte, und obwohl es erst halb neun war, waren die Straßen verwaist. Selbst die Hauptverkehrsstraße war leer wie ein langer dunkelgrauer Korridor: das turbulente Treiben und der Lärm hatten sich spurlos aufgelöst. Auf den Trottoirs war kein Mensch mehr, in der Luft kein Ton, hinter den Fenstern kein Licht. Mit dem Sonnenuntergang hatte sich die Stadt in ein fahles und düsteres Fossil verwandelt.

Maria hatte Angst; ich ließ sie rechts von mir, dicht an den Häusermauern gehen, aber es behagte mir gar nicht, sie einer solchen Situation auszusetzen. Ab und zu kam mit hoher Geschwindigkeit ein großes Auto gefahren, schon von weitem hörten wir das Motorgeräusch, drückten uns an die Wand, spürten den Luftstrom. Wir brauchten nur zehn Minuten bis zu dem Restaurant, aber es kam uns viel länger vor; wir redeten über irgend etwas, ohne uns wirklich konzentrieren zu können. Auch der Platz vor dem Restaurant war menschenleer, in der Mitte wuchsen merkwürdige Bäume mit mächtigen Wurzeln. Ich klopfte an die Panzerglastür, ein Mädchen machte uns auf, nachdem sie uns aus einiger Entfernung gemustert hatte.

Wir aßen Spaghetti mit Sardinen und gefüllte Schwertfischröllchen. Ich erzählte Maria von der neuen Fassung meines Buchs, erklärte ihr, daß ich der Protagonistin einige Wesenszüge von ihr verliehen hatte. Sie hörte mir nur mit halber Aufmerksamkeit zu, dann erzählte sie mir etwas über die Dreharbeiten bei ihrem Film.

Achtundzwanzig

Maria stand um halb sieben auf. Sie erwachte ohne jede Mühe so früh, getrieben von ihrer inneren Unruhe und den Gedanken an ihre aufregende Arbeit. Aber sie fürchtete, zu abgespannt auszusehen: »Hab ich Ringe unter den Augen? Sehe ich nicht aus wie eine Art Kröte, die ein zu ausschweifendes Leben führt?«

»Nein«, sagte ich schlaftrunken. »Du bist unglaublich schön.«

Aber sie war keineswegs überzeugt, ich hörte, wie sie sich im Bad noch einmal kaltes Wasser ins Gesicht spritzte. Dann nahm sie ihre Tasche und ihre Jacke: »Wenn du nichts anderes von mir hörst, sehen wir uns um eins im botanischen Garten. Aber sei pünktlich, ich hab nur eine Stunde Mittagspause.«

»Klar«, sagte ich.

Später kaufte ich Zeitungen und frühstückte auf einem kleinen Platz nahe dem Hotel, im Gassengewirr zwischen den beiden Hauptstraßen. Mit der Sonne waren der Lärm und der pausenlos strömende Verkehr und das keinen Winkel aussparende Licht zurückgekehrt, aber auch bei Tag war Palermo keine sehr heitere Stadt.

Ich setzte mich an einen Tisch in der Sonne, bestellte Cremeschnitten und Cappuccino. Es war erst zehn Uhr, und ich hatte bis eins nichts zu tun; es schien mir ein wohlverdienter kleiner Urlaub nach der anstrengenden Zeit mit dem Buch. Vom Hotel aus hatte ich Bedreghin angerufen und ihm gesagt, daß ich noch zwei, drei Tage wegbleiben wolle; er hatte geantwortet: »Kein Problem, Bata. Du weißt ja, wie unentbehrlich du für uns bist.« Mit Caterina hatte ich nicht telefoniert, weil ich zu spät aufgestanden war; ich wagte mir nicht einmal vorzustellen, was sie dachte, nachdem ich mich zwei Abende nacheinander nicht gemeldet hatte. Auch bei Polidori hatte ich nicht angerufen, ich wollte ihm Zeit lassen, in Ruhe alles zu lesen.

Zwischen einem Schluck Cappuccino und einem Mundvoll Blätterteig schlug ich eine der Zeitungen auf: die neuesten, mit Drohungen gespickten Anspielungen des Staatspräsidenten gegen einen jungen Richter, der ihn als Zeugen vernehmen wollte, die neuesten Daten zu der bereits über der vereinbarten Obergrenze liegenden Inflation, zur völlig außer Kontrolle geratenen Staatsverschuldung, Meldungen über die jüngsten fünf, sechs täglichen Morde in Kalabrien und Kampanien und Sizilien, zwei in Palermo selbst, am letzten Nachmittag. Ich hatte seit Wochen keine Zeitung mehr gelesen, aber die Inlandsmeldungen waren sich wie immer erstaunlich gleich geblieben; nur die Auslandsnachrichten wechselten. Manchmal fiel mir eine Zeitung von vor einem Jahr in die Hände, und ich las darin, als ob sie aktuell wäre: immer dieselben Gesichter und Namen, immer dieselben hohlen Phrasen.

Dann nahm ich mir den *Corriere della sera* vor, und im Kasten auf der Titelseite wurde eine Erzählung von Marco Polidori angekündigt. Ich schlug sofort die dritte Seite auf: der Titel lautete *Die Treppe*.

Sie war im nüchternen, prägnanten Stil der wenigen Texte geschrieben, die er laut Bedreghin fast wortwörtlich über Telefon diktierte. Wie der Titel besagte, ging es um eine Treppe und um die wechselnden Stimmungen, mit denen ein nur L. genannter Mann vier Jahre lang diese Treppe hinaufgestiegen war, um eine Frau zu besuchen, die er liebte. Es war eine Geschichte über die Vergänglichkeit der Leidenschaft: über die blind machende Kraft, die sie am Anfang besitzt, und ihr allmähliches Schwinden, bis sie erlischt und nichts bleibt als sich wiederholende Gesten und Worte, Spuren vergangener Gefühle. Polidori hatte zu mir fast wortwörtlich dieselben Sätze gesagt, als ich ihn wegen Caterina und Maria um Rat fragte; der Gedanke, in Form eines Gesprächs eine Art Vorpremiere seiner Erzählung erlebt zu haben, beeindruckte mich.

Aber während ich die Erzählung las, in der er die Höhe und Anzahl der Treppenstufen beschrieb und wie sie sich unter den Füßen des Protagonisten je nach dessen Gefühlslage zu verändern schienen, kam mir komischerweise der Gedanke, daß er die Treppe meinte, die zu Marias Wohnung hinaufführte. Mir war nicht klar, ob es eine unwillkürliche Übertragung war oder ob es daran lag, daß Treppen ohnehin alle sehr ähnlich aussehen; doch je weiter ich kam, desto genauer stimmten die Details mit jenen überein, die ich so lebendig im Kopf und im Herzen behalten hatte.

Mit pochenden Schläfen las ich weiter, während meine Eindrücke immer bestimmter wurden und die Klarheit von Fakten annahmen; als ich am Schluß angelangt war, hatte ich nicht mehr den leisesten Zweifel, um welche Treppe es sich handelte und wer die Frau oben war. Es schien mir unmöglich, daß ich so naiv gewesen war und es nicht früher gemerkt hatte: daß ich den Zusammenhang zwischen unseren doppelten Begegnungen in Mailand und Marias Zurückhaltung und Polidoris Gerede, zwischen den Terminen der beiden und ihrem oft so zweideutigen Verhalten nicht erkannt hatte.

Dann jagten mir die Gedanken wie Rennautos durch den Kopf. Ich versuchte mich an alle Koinzidenzen der letzten

Monate zu erinnern, aber ich vermochte nicht mehr zu unterscheiden, was wirklich rein zufällig passiert war und was Polidori konstruiert hatte, mit dem perversen Genuß von jemandem, der das Schreiben leid ist und lieber wahre Geschichten mit echten Personen inszeniert, um die Langeweile zu durchbrechen und sich das Leben interessanter zu machen, um menschliches Verhalten aus nächster Nähe zu studieren.

Seine Äußerungen hätten ebenso wie der Inhalt der Erzählung in der Zeitung vor mir meine Eifersucht eigentlich mildern müssen, aber dem war keineswegs so. Die Vorstellung, daß er, der wer weiß wie viele andere Frauen hofierende Gefühlsalchimist, mit Maria zusammen war, peinigte mich weit mehr, als wenn ich einen tausendmal leidenschaftlicheren und überzeugteren Liebhaber entdeckt hätte. Ich wurde fast verrückt, wenn ich an den Zynismus und die Abgebrühtheit dachte, mit der er sie behandelt haben mußte, an die Verführungstechniken, die er sich eigens für sie hatte einfallen lassen; an die Pseudo-Wissenschaftlichkeit, mit der er ihre Reaktionen registriert und bewertet hatte, um sie später für eine neue Erzählung verwenden zu können, die er Bedreghin oder der Dalatri ins Telefon diktierte.

Ich stand auf, lief ziellos durch die Innenstadt. Ich war so durcheinander, daß ich zwischen den verschiedenen Ursprüngen meiner Gedanken nicht mehr zu trennen wußte: zwischen dem, was ich in Erinnerung hatte, und dem, was ich mir nur vorstellte. Ich hatte noch im Ohr, was Polidori über den Hühnerhof als Gefühlsmodell gesagt hatte, über sein Mansardenzimmer in Paris, das zu einer Art gynäkologischer Praxis geworden war; ich hatte die unendlich aufmerksame Art vor Augen, mit der er eine Frau ansah und ihr zuhörte, die gekonnte Geschmeidigkeit seiner Bewegungen. Mir war, als hätte ich seine Romane erst vor einem Tag gelesen, so genau hatte ich die komplizierten Gefühlsverflechtungen noch im Kopf, die ausführlichen Schilderungen aller ihrer Entwicklungs- und Variationsmöglichkeiten.

Zudem schien es mir ein unlauterer Wettbewerb; ich war wütend und beschämt, daß ich jemals geglaubt hatte, mit ihm um Marias Herz konkurrieren zu können, als ich noch nicht wußte, daß er es war. Mir kam in den Sinn, wie ich sie letzte Nacht bedrängt hatte, wie ich spätnachts quer durch Rom gefahren war, als ich noch bei Bedreghin wohnte, wie ich in dem häßlichen pseudoantiken Zimmer stundenlang wartete, daß sie endlich anrief. Ich konnte mir genau vorstellen, wie sie zu ihm in seine Stadtwohnung kam und ihn anhimmelte, naiv wie ein entführtes Hirtenmädchen und zu allem bereit, was er sich ausdachte.

Ich war in die ehemals vornehme Altstadt gelangt, die die Mafia seit Jahrzehnten dem Verfall überließ, während sie an der Peripherie neue Wohnsiedlungen errichtete. Die Fassaden der barocken Gebäude waren rissig und rußgeschwärzt, notdürftig abgestützt, die Fenster blind, die Balkone brüchig und verstümmelt, die Verzierungen abgebröckelt. In den engen Seitenstraßen hinderten dicke Holzbalken die Mauern am Einstürzen, in den Ecken häuften sich Mauerbrocken, löchrige Leitungsrohre, Müll, kaputte Türen und herrenlose alte Möbel. Der Gestank von faulendem Fisch und Benzin und Schutt und offenen Abwasserkanälen stieg mir in die Nase, und die fürchterliche, gewollte Verwahrlosung um mich herum schien mir gut zu meinem Seelenzustand und meinen Wahrnehmungen zu passen; ich freute mich fast darüber.

Ein paar Minuten nach eins kam ich an die gelbliche Mauer des botanischen Gartens. Maria stand bereits am Eingang.

Sie hatte ihre sehr dunkle Sonnenbrille auf und blickte nervös um sich, während zwei junge Burschen mit Mopeds sie von der anderen Straßenseite aus beobachteten. Bei Marias Anblick spürte ich einen Stich; ein süßliches Gift, das mir im Blut zu kreisen begann.

Zugleich zuckte Wut gegen die beiden Kerle in mir auf: ich ging über die Straße und schrie sie an: »Was zum Teufel gibt es hier zu glotzen?« Sie fixierten mich mit dunklen, aggressiv funkelnden Augen; aber ich mußte wohl selbst ziemlich wild ausgesehen haben, denn sie ließen die Motoren aufheulen und schossen davon.

Maria sagte zu mir: »Spinnst du? Willst du ein Messer in die Brust? Weißt du nicht, was für eine Stadt das ist?«

Ich antwortete nicht einmal, schritt auf das Tor zu, aber es war verschlossen, und so folgte ich weiter der Mauer. Ich wäre gern auch auf Polidori losgegangen, wenn es sich nur um die Angst vor einem Messerstich gehandelt hätte.

Maria lief mir nach: »Außerdem bist du selber schuld, wenn du mich eine halbe Stunde warten läßt.« Aber sie merkte, daß noch etwas anderes war: sie sah mich immer wieder an, fragte: »Darf man erfahren, was du hast?«

»Wie geht es Marco Polidori?«

Sie gab keine Antwort, aber sie ließ die Arme sinken; wir gingen weiter.

»Was habt ihr hier in Palermo gemacht, während nur ich und seine Frau glaubten, daß er in Guatemala oder in Honduras ist? Hat er dich zu einem seiner Mafia-Kumpane zum Abendessen am Meer mitgenommen, um dir hinterher besser erklären zu können, wie verkommen unser Land ist? Hat er dich vom Set abgeholt und sich vom Regisseur die Hand küssen lassen? Hat er dir morgens deine Dialoge umgeschrieben und sie dich abends im Hotel üben lassen?« Es erleichterte mich keineswegs, ihr all das zu sagen; es hatte lediglich selbstzerstörerische Wirkung, jeder Satz schmerzte mich mehr, als wenn ich geschwiegen hätte.

»Was weißt du schon davon?« Vielleicht hatte sie ein schlechtes Gewissen, aber sie ließ es sich nicht anmerken, sie schlug vielmehr einen harten Ton an.

»Ich kann es mir vorstellen«, sagte ich. »Viele direkte Informationen habt ihr mir ja beide nicht gegeben.« Das Licht war gleißend hell, und durch die dunklen Brillengläser konnte ich ihre Augen nicht sehen. »Bedreghin hatte verdammt recht, als er sagte, ich soll die Finger von dir lassen. Du bist auch nur eins dieser verflixten opportunistischen Filmsternchen, die nur mit dem gehen, der ihnen nützen kann, auch wenn er ein Schweinehund ist, der sie nur als Spielzeug für seine Freizeit benutzt.«

Schon während ich es sagte, wußte ich, daß es nicht so war, und ihr wütendes Gesicht bestätigte es mir. »Was erlaubst du dir? Was fällt dir ein?« fuhr sie mich an. Sie blieb mit zitternden Lippen stehen. »Ein opportunistischer Schweinehund bist höchstens du! Hofierst einen berühmten Schriftsteller, damit dein Buch veröffentlicht wird, und machst ihn dann auch noch schlecht!«

Sie hatte recht, aber ich packte sie am Ärmel: »Ich habe in meinem ganzen Leben niemanden hofiert! Du glaubst wohl, daß alle so sind wie die Leute in deinem Bekanntenkreis!«

»Laß mich!« Sie machte sich gewaltsam los, sagte: »Ich will dich nie wieder sehen«, und ging an der Mauer entlang rasch davon.

Meine ganze Wut von vor einem Augenblick war bereits in Verzweiflung umgeschlagen; ich lief ihr nach: »Versuchen wir doch wenigstens, miteinander zu reden.«

Ohne stehenzubleiben oder mich anzusehen, ging sie weiter: »Wir haben uns nichts mehr zu sagen.«

»Doch«, sagte ich. »Bitte.«

Sie blieb stehen, nahm die Sonnenbrille ab, wischte sich mit der Hand die Tränen der Wut und des Gekränktseins und vielleicht auch des Kummers ab; und ich sah nichts mehr als ihr schönes Gesicht, das an ein seltenes Tier erinnerte, ihre Sensibilität und Verletzlichkeit.

Wir gingen in der gleichen Richtung wie vorher weiter; in der Ferne war im weißen Licht das Meer zu sehen. Wir sprachen nicht und berührten uns nicht, bogen nach rechts und folgten der Umfassungsmauer eines an den botanischen Garten angrenzenden Parks. Das Tor war offen, und wir gingen hinein: es gab Palmen, spärliche und lückenhafte Buchsbaumhecken, dürres Gras. Es waren nur ein paar Greise da und eine Mutter mit Kinderwagen; auf einer Bank saß ein Pärchen, das sich vermutlich heimlich getroffen hatte, denn sie sahen sich beide immer wieder ängstlich um.

Ich fragte Maria: »Hat er dir gesagt, daß du mit mir ins Bett gehen sollst? Um sich dann berichten zu lassen, was passiert ist, und alles wie eine Art Entomologe zu beobachten?«

»Spinnst du?« sagte Maria, wieder in empörtem Ton. »Wie kannst du so was auch nur sagen? Was denkst du von mir? Und für wen hältst du ihn?«

»Beruhige dich«, sagte ich und spürte wieder einen Stich, als ich hörte, wie bereitwillig sie ihn verteidigte. »Aber er wußte doch von uns, oder?«

»Ja«, sagte sie.

»Hast du es ihm erzählt?« fragte ich. Es hätte mich gefreut, wenn sie mich wenigstens so wichtig genommen hätte, es ihm zu sagen.

»Er ist von selbst draufgekommen. Er gehört nicht zu denen, die nie was merken, das weißt du doch.«

»Und wie hat er reagiert?« fragte ich.

»Es hat ihm leid getan«, sagte Maria.

»Es hat ihm leid getan?« fragte ich.

»Ja, auch deinetwegen, er wollte nicht, daß du darunter leidest.«

Ich versuchte ein Lächeln, aber es mißlang mir. »Wollte er dich nicht überreden, Schluß zu machen? Uns nicht mehr zu sehen?«

»Doch. Aber er sagte, wenn du mir sehr wichtig seist, sollte ich mich von ihm trennen und mit dir zusammenbleiben. Er sagte, daß er mich nicht daran hindern wolle und daß es ihn im Grunde für mich freuen würde und für dich auch. Er versuchte mich zu überreden, ihn zu verlassen, wenn du es genau wissen willst.«

»Aber ich war dir nicht wichtig?« fragte ich sie.

»Nicht wichtig genug«, sagte Maria. Sie nahm sich erneut die Sonnenbrille ab, in ihren Augen standen Tränen. Sie sagte: »Roberto, ich hab dich lieb, aber ohne Marco interessiert mich nichts auf der Welt.«

Ihr Blick spiegelte eine ganz und gar wehrlose Aufrichtigkeit wider; schluchzend fiel sie mir um den Hals, und ich nahm sie in die Arme, von purer Verzweiflung überflutet wie noch nie in meinem Leben.

Wir gingen zu einer Bank und setzten uns, wie zwei Opfer einer Naturkatastrophe, gegen die man nichts machen kann. Ich versuchte sogar, sie zu trösten; ich streichelte ihr Haar und sagte: »Sei doch nicht so.« Jede noch so kleine Berührungsempfindung war schon so mit Sehnsucht durchtränkt, daß es mir weh tat.

Lange Zeit sagten wir nichts, und nach und nach löste sich die Verzweiflung in meinem Körper auf, die sengende Sonne trocknete die Tränen; Maria wollte mir einen Kuß geben, aber ich hielt sie zurück, unsere Lippen streiften sich kaum.

Dann erfaßte mich eine sonderbare, distanzierte Neugier, wie sie einen nach einem physischen Schock überkommen kann. Ich fühlte mich beinahe heiter und glaubte alles von weitem zu sehen, aus viel späterer Sicht. Ich fragte sie: »Wie lange seid ihr schon zusammen?«

»Viereinhalb Jahre«, sagte sie. »Er war bei einer Aufführung von mir in Venedig.«

Aber so distanziert, daß ich diese Art von Einzelheiten wissen wollte, war ich auch wieder nicht: ich bewegte mich auf einem schmalen Grat mit tiefen Abgründen rechts und links. »Und wie ist er mit dir?« fragte ich sie. Sie sah mich an, ob sie meine Frage richtig verstanden hatte; sagte: »Du weißt ja, daß seine Laune ständig wechselt. Manchmal ist er deprimiert und voller Skepsis gegen alles, dann wieder ist er auf seine schon fast übertriebene Art enthusiastisch. Und immer will er dich mit hineinziehen, und du weißt ja, wie ansteckend seine Stimmungen sein können. Er kann dich soweit bringen, daß du in allem, was du tust, überhaupt keinen Sinn mehr siehst, daß du alles aus einer Distanz von Millionen Kilometern betrachtest, und wenn du noch soviel Energie oder Hoffnung investiert hast.«

»Hat er euch beide, eure Beziehung auch so gesehen?« fragte ich. So zu sprechen kostete mich enorme Aufmerksamkeit: die Behutsamkeit und Vorsicht eines Seiltänzers.

»Ja, ständig. Sobald ihn diese gelangweilte und überdrüssige Stimmung befällt, kommst du dir armselig und blöd vor, ohne jede Hoffnung. Du kommst dir mit deinen Gefühlen wie in einer Art Laientheater vor.« Sie stand auf, sagte: »Wenn er so ist, hasse ich ihn.«

Ich ging hinter ihr her und fragte: »Und wenn er seine enthusiastische Phase hat?«

»Das kennst du doch. Du weißt ja, wie er für die kleinste Kleinigkeit Feuer fangen kann, für eine Geste, die dir vielleicht nicht einmal bewußt war, und dann fängt er plötzlich an, sie zu verherrlichen und aus dem Zusammenhang herauszulösen, er macht so was wie ein Gedicht daraus, ein Gedicht aus Fakten statt aus Worten, bis du schließlich um dich schaust, als hättest du Angst, mit den Füßen auf einen Schatten zu treten und ihn zu beschädigen.«

Ich hörte zu, auf ihre Stimme und ihre Gesten konzentriert. Es war wirklich sehr heiß, die Luft war feucht und drückend; ich hätte mich gern in den Schatten eines Baums gesetzt. Aber sie konnte nicht stillstehen, sie ging rasch, pflügte mit ihren Leinenschuhen durch den Kies. Ich betrachtete ihr für den Film geschminktes und von Tränen verschmiertes Gesicht, ihre nackten Fesseln, die schönen hellen Beine in dem leichten Baumwollrock. Ich dachte daran, wieviel Aufmerksamkeit sie darauf verwendet haben mußte, Polidoris Gefühlszustände zu entziffern; wie oft sie auf ihn gewartet hatte, während ich auf sie wartete.

Sie sagte: »Er ist immer so von Langeweile geplagt. Leute, Situationen, Orte, seine Arbeit, alles ödet ihn an. Er hat die Eigenart, aus allem das Letzte herauszuquetschen, klar, daß er sich dann immer neues Material suchen muß.«

»Was meinst du damit?« fragte ich sie. Ich war schweißüberströmt, das Hemd klebte mir am Rücken, ich bekam kaum noch Luft; alles kostete mich schreckliche Mühe.

»Hast du ihn je beim Zeitunglesen gesehen?«

»Nein«, sagte ich. Ich wollte nur den Schatten der Eichen etwa hundert Meter vor uns erreichen und mich setzen.

»Er kauft vier oder fünf auf einmal, dazu alle Fachzeitschriften, die er kriegen kann. Aber er bringt es nicht fertig, sie einfach durchzublättern. Er muß jede Zeile, jede noch so kleine Notiz gewissenhaft lesen, er hält sich beim winzigsten Detail auf, um sich nur ja keine Nuance entgehen zu lassen. Und genauso macht er es mit den Leuten. Wenn ihn jemand interessiert, rückt er ihm auf die Pelle und bringt ihn dazu, alles hervorzukehren, was in ihm steckt, sogar das, wovon er gar nicht weiß, daß es in ihm steckt, und wenn dieser Mensch am Ende nicht mehr die kleinste Überraschung birgt, wendet er sich gelangweilt ab. Und immer, wenn jemand mit ihm spricht oder irgendeine Geste macht, empfindet er alles als Last, was er über ihn erfahren hat. Es ist eine Art Krankheit, ich glaube kaum, daß er sich ändern kann.«

»Hat er dir das alles selbst gesagt?« fragte ich sie. Es beeindruckte mich, wie genau sie sein Verhalten beschrieb; wie sie es in der Art eines jungen, scharfsichtigen und leidenschaftlichen Tiers erkannt und gedeutet hatte.

»Er brauchte es mir nicht zu sagen«, antwortete Maria. »Aber hin und wieder hat er es mir auch gesagt, er hatte keine großen Hemmungen vor mir, außer am Anfang.«

»Wieso, wie war er am Anfang?« fragte ich. Der Schatten der Eichen schien immer gleich weit entfernt, unerreichbar.

»Am Anfang behandelte er mich beinahe wie einen wertvollen Gegenstand. Manchmal wußte ich nicht einmal, ob er sich nicht über mich lustig machte. Einmal zog er mir einen alten Pullover über, der in meiner Wohnung herumlag, und sagte, er habe in seinem ganzen Leben noch nie einen schöneren Pullover gesehen oder sich auch nur vorgestellt, und dann beschrieb er mir die Farben und die Konsistenz der Wolle und das Gewirk der Fäden, so konzentriert und präzise und überzeugt und begeistert, daß ich mich kaum zu bewegen wagte. Oder ich sagte irgend etwas, und er sagte, daß meine Stimme mehr wert sei als alles, was er hätte schreiben können. Er sagte, daß seine Arbeit im Vergleich zu mir unbedeutend sei, er hätte einen fertigen Roman weggeworfen, nur um mich zehn Minuten lang sprechen zu hören.«

»Und das hast du geglaubt?« fragte ich sie.

»Er hat es selbst geglaubt. Es war nicht nur so dahingesagt, er spielte es mir nicht vor. Du brauchtest ihn nur anzusehen und seine Stimme zu hören. Er sagt doch immer, daß die Leute heutzutage an nichts mehr wirklich glauben und keine Energie mehr haben, daß alle auf Sparflamme leben, ohne in irgend etwas, das sie tun, Kraft zu investieren.«

»Ja«, sagte ich und sah sie mit unerträglicher Sehnsucht an.

»Wenn er dagegen an etwas glaubt, dann glaubt er wirklich mit all seiner Energie daran, er schont seine Kräfte nicht. Er hat es fertiggebracht, mir das, was in ihm ist, so eindringlich zu vermitteln, daß ich das Gefühl hatte, bisher geschlafen zu haben. Ich hatte das Gefühl, daß ich es immer nur mit armseligen, egoistischen und blinden und tauben Schlappschwänzen zu tun gehabt hatte.« Sie sah mich an, und ihr Blick war wieder voller Mitgefühl für mich. »Er bringt es auch jetzt noch fertig, wenn er will. Vielleicht nur ein paar Minuten im Monat, aber es ist das einzige, was mich auf der Welt wirklich interessiert.«

Wir waren endlich bei den Eichen angelangt, aber der Schatten, den sie warfen, war nicht der Rede wert, und ich schwitzte auch nicht mehr, ich fühlte mich innerlich zu Eis erstarrt und im Nichts verloren, viel schlimmer als bei meinem Absprung mit dem Fallschirm.

IV

Techniken des Verlassens

Neunundzwanzig

In der Redaktion merkte Bedreghin, daß ich anders war als sonst; er fragte mich: »Hast wohl zwei heiße Tage hinter dir, was?« Im Grunde war er ein guter Kerl: hinter seiner vorgetäuschten Ironie konnte ich eine Spur Anteilnahme erkennen. Aber in einem Augenblick wie diesem wollte ich ihn natürlich nicht ins Vertrauen ziehen; ich sagte nur »Ja, ziemlich, danke« und verzog mich in mein Zimmer.

Später, als ich an nichts denkend aus dem Fenster schaute, kam Enrica Dalatri herein. Sie sagte: »Du wolltest doch, daß ich dir sage, wenn es Arbeit gibt. Am Montag fangen wir mit der neuen Nummer an, wenn du Zeit hast.«

Ich überlegte einen Augenblick, denn schließlich war es das Blatt eines Ministers, der einem Kabinett von Betrügern angehörte, und die Artikel, die wir überarbeiten mußten, waren lächerlich oder geschmacklos; aber ich hatte nichts Besseres zu tun und bezog mein Gehalt zur Zeit noch aus öffentlichen Geldern. Ich sagte: »Klar hab ich Zeit.«

Polidori hatte sich immer noch nicht gemeldet, um sich zu meinem Buch zu äußern, weder in der Redaktion noch bei mir zu Hause. Ich fragte mich, ob er die neue Version vielleicht nicht gut fand oder ob er sie noch gar nicht gelesen hatte oder ob er wußte, daß ich von der Sache mit Maria wußte, und fürchtete, daß ich ihn hassen könnte.

Aber ich war ihm nicht einmal besonders böse: wenn ich es mir recht überlegte, konnte ich ihm keine Schuld daran geben, daß ich mich in eine seiner Frauen verliebt hatte.

Und Maria hatte die Wahrheit gesagt, als sie mir erzählte, er habe sie ermutigt, sich mit mir zusammenzutun, dessen war ich mir sicher. Vielleicht hätte er offen mit mir reden sollen, als ich ihn ihretwegen um Rat fragte; aber ich wußte, wie schwierig es ist, über so etwas zu sprechen, ich hatte ja selbst Monate gebraucht.

Ich hinterließ ihm eine Nachricht unter der Nummer seiner Stadtwohnung, im freundschaftlichsten Ton, der mir gelang, und eine zweite über die alte Haushälterin in seiner eigentlichen Wohnung.

Mein alter vw war vom Flughafen abgeschleppt worden, weil ich ihn auf einem für die Polizei reservierten Platz geparkt hatte. Eines Nachmittags fuhr ich mitten in der Stoßzeit zu dem Abschleppunternehmer, einem Ganoven, der mit den Verkehrspolizisten im Bunde war, und wollte mein Auto holen, aber es sprang nicht an. Der Motor mußte nach meiner rasenden Fahrt zum Flughafen den Geist aufgegeben haben, oder sie hatten ihn später beim Abschleppen ruiniert. Jedenfalls schien mir das Auto ein Symbol für mein altes, wohlvertrautes Leben zu sein, ich wunderte mich nicht, daß es nicht mehr aus eigener Kraft vorankam. Ich ließ es stehen, sagte zu dem schlitzohrigen Abschleppunternehmer, er solle es behalten.

Dreißig

Samstag früh rief Caterina an, ihre Stimme klang weit entfernt. »Findest du nicht, daß wir miteinander reden sollten, Roberto?«

»Na schön, reden wir«, sagte ich. »Ich höre.« Es wunderte mich nicht, daß sie nicht fragte, wo ich gewesen sei, noch daß ihr Ton eher traurig als ärgerlich war.

»Nicht per Telefon«, sagte Caterina. »Seit Monaten telefonieren wir, ohne uns irgendwas zu sagen. Ich komme her.«

»Nach Rom?« fragte ich, ohne recht zu begreifen.

»Ja, nach Rom«, sagte sie. »Mit dem Flugzeug. Um zwei.«

Ich legte auf und ging ins Wohnzimmer, warf mich aufs Sofa. Durch die offenen Fenster kamen die üblichen Trastevere-Geräusche herein: Zurufe und Gesprächsfetzen von Passanten, Mopedgeknatter. Ich kam mir für nichts mehr besonders empfänglich vor: ich war an der Wurzel anästhesiert.

Gegen drei glaubte ich sie unten rufen zu hören. Ich schaute zwischen den Plastikplanen hinunter und sah sie auf dem kleinen Platz stehen: angespannt und elegant neben dem Taxi. Sie blickte nach oben, konnte aber mein Fenster zwischen den Gerüststangen nicht erkennen. Laut zu rufen war aus Erziehungs- und Temperamentsgründen nie ihre Sache gewesen; sie schaffte es nur, die Stimme ganz leicht zu heben.

Ich fühlte mich wie in einem Traum der lähmenden Art, in dem einem etwas Schreckliches passiert und man sich nicht vom Fleck rühren kann: ich sah aus dem verhüllten Turm meiner Gefühle zu Caterina hinunter und merkte, daß ich nicht reagieren konnte, wie ich gern gewollt hätte. Immerhin schaffte ich es, mich zu bewegen; ich schrie »Ich komme!«, so laut, daß die Leute auf dem Platz die Köpfe herumdrehten.

Ich lief die Treppen hinunter, machte die Haustür auf, und sie kam herein. Wir umarmten uns mit einer seltsam förmlichen Behutsamkeit, wie zwei Bekannte, so als wüßten wir nicht mehr mit Sicherheit, wer wir waren.

Oben sah sie sich um, und alles an ihr war mir so viel vertrauter als Maria, und doch kam sie mir wie eine Fremde vor. »Hübsche Wohnung«, sagte sie, während sie an den kahlen Wänden entlangging.

Dann setzten wir uns an den Glastisch, den ich noch nie benutzt hatte, jeder an eine Seite, und schwiegen. Wir atmeten langsam, ich spürte mein Herz, das wie in weiter Ferne schlug.

Schließlich fragte Caterina: »Verstehst du dich gut mit ihr?« Sie war ruhig, aber nicht gelassen, wie sie mich glauben machen wollte.

»Ich bin nicht mehr mit ihr zusammen«, sagte ich.

Sie sah mich an, sie wußte, daß sich dadurch zwischen uns nichts änderte. »Aber bist du wenigstens zufrieden, daß du hier bist?«

»Nicht besonders«, sagte ich. Ich wäre gern aufgestanden, um sie zu umarmen und um Verständnis zu bitten, aber ich sah immer noch Maria vor mir, wie sie durch den lichtdurchfluteten Park ging; ich hatte noch Spuren von Empfindungen an den Fingerkuppen, das Echo von Atemzügen im Ohr.

»Und dein Buch?«

»Weiß nicht. Ich bin letzte Woche damit fertig geworden und habe es Polidori gegeben, aber er hat noch nichts von sich hören lassen.«

»Aber dir gefällt es jetzt?«

Wieder sagte ich »Weiß nicht«. Ich schämte mich, daß ich es ihr nicht zu lesen gegeben hatte, sie nie um Rat gefragt hatte, nachdem sie für die erste Fassung so wichtig gewesen war.

Sie atmete tief durch: »Und hättest du Lust, mit mir nach Mailand zurückzukommen?« Sie sprach mit ihrer klaren Stimme; nur brachte sie es nicht fertig, mich lange anzusehen.

Ich dachte, daß ich sie mit großer Entschlossenheit und sehr viel Energie vielleicht hätte bitten können, mir zu helfen, mein Leben wieder so aufzubauen, wie es gewesen war, bevor ich Polidori kennenlernte. Aber ich war nicht sehr entschlossen und hatte nicht viel Energie, und ich wußte, daß es zur Umkehr zu spät war. Ich sagte zu ihr: »Ich glaube, ich schaffe es nicht. Hättest du denn Lust dazu?«

Sie blickte weg, zeigte mir ihr intelligentes Profil. »Ich glaube nicht. Ich habe das Gefühl, daß wir jahrelang wie zwei Flüchtlinge zusammengelebt haben, einfach weil wir keine Alternative hatten. Alles war nur eine Art Pflichtübung. Vielleicht liegt es daran, daß du nie in mich verliebt warst. Vielleicht sind wir uns zu ähnlich.«

Es erschreckte mich, sie in der Vergangenheitsform von uns reden zu hören, so betrübt und im Grunde doch heiter; ich nahm ihre Hand: »Es lag nicht an dir. Es war das Leben, das wir geführt haben. Der permanente Mangel an Überraschungen. Es war, als ob wir immer vor dem Fernseher gesessen hätten, alles war gefiltert und gedämpft und außer Reichweite.«

»Danke«, sagte sie und stieß ein schwaches Lachen aus. »Vielen Dank.«

»Es war doch nicht deine Schuld. Wenn, dann war ich schuld. Ich war derjenige, der sich die Dinge immer nur vorstellen konnte oder sie aus zu weiter Ferne sah. Ich war bei allem so idiotisch vorsichtig. Wenn Polidori nicht gewesen wäre, säße ich immer noch bei *Prospettiva* und würde Schwachsinn aus dritter Hand schreiben und ständig jammern.«

Caterina lächelte erneut: »Wir müssen ihm dankbar sein.«

Ich wollte Polidori natürlich nicht die ganze Schuld zuschieben; obwohl jeder dazu neigt, die Verantwortung für das, was mit ihm geschieht, nach außen zu verlagern; ich sagte: »Früher oder später wäre es sowieso passiert.«

»Ich weiß«, sagte Caterina.

Wir redeten noch eine Weile, bemühten uns dabei, so korrekt und aufrichtig zu sein, wie wir konnten; es war durchaus nicht die melodramatische Auseinandersetzung, die ich mir noch vor einer Woche ausgemalt hatte. Es war ein Gespräch zwischen zwei Erwachsenen, aber es tat deshalb nicht weniger weh.

Einunddreißig

Am ersten Junisamstag herrschte in Rom eine Gluthitze, kein Lufthauch drang durch die verhängten Fenster in meine Wohnung. Die Renovierungsarbeiten stagnierten, aber keiner dachte daran, das Gerüst abzubauen, und außer mir und dem alten, bereits gekündigten Mieterehepaar war niemand mehr da, der sich hätte beklagen können.

Gegen elf ging ich hinunter und machte einen Spaziergang nach Santa Maria di Trastevere, wo sich die armen Touristen auf den Brunnenstufen einen Sonnenbrand holten und die reicheren im Schutz der Sonnenschirme vor den Bars saßen. Auf dem Platz kam ich an den Schaufenstern einer Buchhandlung vorbei und sah, daß darin in auffälliger Plazierung ein Buch von Polidori ausgestellt war. Der Titel lautete *Das Prinzip der konzentrischen Falle*; ich hatte nie davon gehört.

Drinnen stand ein ganzer Stapel unmittelbar neben der Kasse. Ich nahm eins davon in die Hand; mir war nicht klar, ob es die Neuauflage eines älteren Buchs von ihm unter neuem Titel war oder ob er es wunderbarerweise geschafft hatte, eine der beiden Geschichten fertigzuschreiben, mit denen er seit Jahren nicht vorangekommen war. Seit er mich aus New York angerufen hatte, waren zwei Monate vergangen; anderthalb, seit ich mein Manuskript bei ihm abgegeben hatte. Er hatte sich nicht mehr gemeldet, ich wartete immer noch auf seine Antwort.

Aus irgendeinem Grund suchte ich sofort nach der Widmung: sie lautete *Für Maria*. Es beeindruckte mich, daß sie ihm so wichtig war, daß er ihr einen Roman widmete und sich damit vor seiner Frau und allen anderen kompromittierte; einen Augenblick lang spürte ich so etwas wie bittere Freude. Ich konnte mir vorstellen, wie glücklich sie über diese Widmung war: ich erinnerte mich gut an ihre Stimme, wenn sie von ihm sprach.

Dann las ich die erste Seite, um zu sehen, wie das Buch anfing, und es fing mit genau den gleichen Worten an wie die erste Fassung meines Romans.

Ich brauchte einige Sekunden, bis ich es merkte, weil ich Monate damit verbracht hatte, ihn zu verändern und umzuschreiben; ihm unter einem Titel von Polidori in der ursprünglichen Fassung wiederzubegegnen hatte eine seltsame Wirkung auf mich. Ich hielt es zuerst für einen Zufall oder eine Art Spiel, das er sich für die ersten Seiten hatte einfallen lassen. Aber auch die nachfolgenden Zeilen waren identisch mit denen, die ich gut in Erinnerung hatte: sie waren mir vertraut wie ein schon etwas älteres Foto von mir.

Der Buchhändler mußte gemerkt haben, daß ich das Buch mit ungewöhnlichem Interesse durchblätterte, denn er fragte: »Gefällt es Ihnen?« Ich gab keine Antwort; ich bezahlte und trat auf den Platz hinaus, ging wie in Trance nach Hause.

Zu Hause las ich weiter. Polidori hatte ein paar kleine Änderungen vorgenommen: das eine oder andere Adjektiv gestrichen und den einen oder anderen Satz geschmeidiger gemacht, hier ein Komma verschoben und dort einen Punkt oder ein Komma hinzugefügt. Aber es waren geringfügige Eingriffe, die meinen Stil unangetastet ließen; er hatte meine Geschichte nicht an sich gerissen, um sie nach seiner Manier umzuformen. Er hatte das Manuskript mit der Behutsamkeit eines Herausgebers bearbeitet und beinahe alle

Mängel und ungeschickten und plumpen Formulierungen beibehalten, die ich in der zweiten Fassung rücksichtslos weggemeißelt hatte.

Ich las mit einem Gefühl der Ungläubigkeit, das so stark war, daß es alle anderen Gefühle verdrängte: nach jeder Seite mehr verblüfft, daß Polidori zu so etwas fähig gewesen war, mit einer so absoluten, schon an Selbstverständlichkeit grenzenden Unverschämtheit. Mir fielen seine ergriffenen Worte in Mailand wieder ein, seine Anmerkungen in den Fotokopien in seinem Arbeitszimmer über der Dachterrasse und wie er mich Oscar Sasso und seinem spanischen Verleger vorgestellt hatte; das ganze Spiel der Schmeicheleien und Ermunterungen und Ratschläge und Ermahnungen, das er bis vor einem Monat mit mir getrieben hatte. Ich dachte an seine Äußerungen über die italienischen Politiker und die Dreistigkeit und Kaltblütigkeit, mit der sie alles an sich rafften, was sie bekommen konnten.

Aber ich las weiter, denn es war immerhin mein Roman, und es beeindruckte mich, ihn in einer so endgültigen Form durchblättern zu können, Seite um Seite sauber und akkurat schwarz auf weiß gedruckt. Es war genau das Gefühl, das ich mir so oft vorgestellt hatte, seit ich mit der zweiten Version begonnen hatte, und vor allem, seit ich den Vertrag mit Rocas unterschrieben hatte; und doch war es natürlich ganz anders, als ich es mir vorgestellt hatte, denn der Name auf dem Buchdeckel war nicht mein Name.

Ich war gespannt, wie Polidori das Problem mit dem Schluß gelöst hatte, über das ich mir so lange den Kopf zerbrochen hatte, aber als ich auf der letzten Seite angelangt war, sah ich, daß er es überhaupt nicht gelöst hatte. Er hatte die Geschichte just da schließen lassen, wo ich sie abgebrochen hatte; er hatte sich nicht die Mühe gemacht, einen Schlußsatz oder eine Erklärung oder ein Resümee zu finden. Er war viel bedenkenloser gewesen als ich: das Buch endete klipp und klar mit dem letzten Dialog, den ich geschrieben hatte. Das Merkwürdige war, daß es sich sehr gut las, die komplizierte Konstruktion, die ich mir für die zweite Version ausgedacht hatte, damit alles aufging, schien mir auf einmal ganz unnötig.

Dann legte ich das Buch weg, und die Empfindungen, die durch meine Ungläubigkeit ausgeblendet gewesen waren, kamen nach und nach hervor: Wut und Enttäuschung und das Gefühl, verraten worden zu sein, Empörung und Rachegelüste, aber auch ein Quentchen Stolz, daß Marco Polidori mein Buch gut genug gefunden hatte, es unter seinem Namen zu veröffentlichen. Aber ich hätte ihn umbringen können, jetzt, da ich allmählich wieder klar sah.

Ich rief in seiner Stadtwohnung an: ich sprach auf das Band: »Hier Roberto, ich muß sofort mit dir reden.«

Er nahm ab, sagte: »Roberto.«

Ich war völlig platt, denn ich hatte nicht erwartet, daß er mir antworten würde; ich sagte: »Hör zu, wir sollten uns besser sehen.« Ich konnte mich nur mit Mühe und Not beherrschen, ich hätte ihn am liebsten jetzt gleich angeschrien.

»Okay, wann du willst.« Sein Ton war nicht so herzlich wie sonst bei unseren Telefonaten, aber auch nicht verlegen: er wirkte sicher und entschlossen.

»Jetzt gleich«, sagte ich, und meine Stimme zitterte vor Wut.

»Ich warte hier auf dich«, entgegnete er.

Er ließ von oben mit dem Türöffner das Haustürschloß aufschnappen, und ich fuhr mit dem wohlgepflegten Aufzug nach oben, den Kopf voller Sätze gegen ihn. Sie kreisten in mir wie der Verkehr auf dem trichterförmigen Platz bei Bedreghins Wohnung: LKWs und Motorräder und mit ohrenbetäubenden Gedanken aufgemotzte PKWs.

Polidori machte mir sofort auf; sein Gesicht war braungebrannt, das graue Haar sehr kurz geschnitten. Ohne sichtbare Verlegenheit gab er mir die Hand, sagte: »Komm rein.«

Wir gingen ins Wohnzimmer. Die Temperatur war mindestens um zehn Grad niedriger als draußen, irgendwo stand ein hochwirksamer, nur ganz leise surrender Ventilator, der die Luft kühlte und ihr Feuchtigkeit entzog.

Wir musterten uns aus etwa drei Metern Entfernung. Mein Herz schlug unregelmäßig vor Wut und kaum unterdrücktem Haß, in den Händen spürte ich ein Kribbeln. Ich erinnerte mich nicht, je in einer derartigen Situation gewesen zu sein, außer vielleicht als Kind, wenn ich mich mit einem Spielverderber oder einem Jahre älteren Verräter schlagen mußte; ich hatte nichts, an das ich mich hätte halten können, nur dröhnende Sätze in den Ohren. Dazu kam die künstliche Kälte in der Wohnung, mir war, als gefröre mit meinem Schweiß auch der Raum zwischen ihm und mir.

Polidori fragte mich: »Willst du was trinken?« Er versuchte nicht, meinem Blick auszuweichen, fixierte mich im Gegenteil mit gespannter Neugier, als wollte er mich herausfordern oder sehen, wie weit ich gehen würde.

»Nein danke«, sagte ich, und in der entfeuchteten Luft erlosch der Satz gleich wieder.

Er deutete auf einen Sessel: »Willst du dich nicht setzen?« Mit dem kurzgeschnittenen Haar sah er noch verwegener aus, seine Bewegungen wirkten noch gefährlicher.

Ich setzte mich, aber er blieb stehen; sofort stand ich auch wieder auf, ging zu der Glastür und schlug mit der Hand dagegen.

Er sagte: »Hast du das Buch gesehen?« Er versuchte nicht so zu tun, als handle es sich um ein freundschaftliches Gespräch: sein Blick funkelte so herausfordernd, wie ich es bei ihm bisher nie gesehen hatte.

»Ja, ich habe es gesehen«, sagte ich. »Du bist ein Dieb. Ein elender Dieb und gottverdammter Betrüger.« Ich ging auf ihn zu und hätte am liebsten mit den Fäusten auf ihn eingedroschen, ich sah rot vor Wut; mit einer raschen, martialischen Bewegung kreuzte er abwehrend die Arme vor der Brust. Ich versuchte sie ihm wegzureißen, keuchend und mit wahren Mörderinstinkten im Herzen; wir machten eine Art doppeltes Armdrücken und sahen uns dabei unverwandt in die Augen. Aber er gab nicht um einen Millimeter nach, schwankte nicht einmal; und ich kam mir noch lächerlicher und idiotischer vor; ich ließ von ihm ab, sagte: »Ein Dreckskerl bist du, ein widerlicher Mafioso«; ich versetzte dem Sofa einen Fußtritt, trat wieder an die Terrassentür. »Und ich war so blöd, dir zu vertrauen wie ein dummes Huhn. Wie ein ahnungsloser Schwachkopf, der nicht mal weiß, wo er lebt.«

Polidori rührte sich nicht vom Fleck, senkte nur die Arme, atmete langsam. »Und? Willst du mich verklagen? Eine Pressekonferenz veranstalten und alles erzählen? Du brauchst nur dein Original vorzulegen.«

Ich antwortete nicht, sah ihn nur an, meine Armmuskeln zitterten von der Anstrengung.

»Stell dir vor, wie schön das wäre. Endlich käme wenigstens eine von all den Schandtaten ans Licht. Denk an meine Leser, die so überzeugt sind, eine kleine glückliche Insel zu haben, auf die sie sich zurückziehen können, wenn sie nach Hause kommen. Denk an meine Verleger. Denk an den armen Oscar mit seinem Nobelpreis.« Er wollte mich wirklich dazu bringen, er versuchte mich aufzustacheln. Er sagte: »In einem Land, das von Politikern regiert wird, die mit Cosa Nostra unter einer Decke stecken, ist das natürlich nicht viel, aber es würde trotzdem Wirbel verursachen. Zwei, drei Tage lang vielleicht, aber besser als nichts, oder?«

Ich konnte es immer noch nicht fassen: sein Blick und sein Ton und die Art, wie er mit mir sprach, wie er mich zu provozieren versuchte, schienen mir unglaublich. Ich fragte ihn: »Warum hast du es getan?«

»Weil es eine wunderbare Geschichte war«, sagte Polidori. »Und weil du es geschafft hast, sie völlig zu ruinieren. Deine zweite Fassung ist Mist, Roberto, das Werk eines ehrgeizigen kleinen Literaturpapageis, der mit einem Auge nach der Kritik schielt und mit einem auf meine Bücher und mit einem auf die potentiellen Leser. Von den blank liegenden Gefühlen, die vorher darinsteckten, ist nichts mehr übrig. Du hast alle Unebenheiten weggehobelt und alle Kanten abgerundet und alle Dialoge synchronisiert, du bist ein Idiot gewesen.«

»Und das gibt dir das Recht, mir meine erste Version zu klauen?« fragte ich. Ich war bestürzt über die Brutalität in seiner Stimme, über die Art, in der er mich fertigzumachen versuchte, anstatt sich zu rechtfertigen.

»Sie gehörte nicht mehr dir«, sagte er. »Du hast sie gedankenlos weggeworfen und bist in alle Fallen getappt, die du finden konntest.« Er schob die Glastür auf: ein Schwall feuchter und glühendheißer Luft überfiel mich, ließ mich fast zurückweichen. Er ging hinaus, und ich folgte ihm in das gnadenlose Licht. Er sagte: »Bücher gehören denen, die sie lesen, Roberto. Man kann sie nicht in einen Safe einschließen.«

»Deshalb braucht man sie auch nicht selbst zu schreiben, nicht wahr?« sagte ich, von der Hitze überwältigt. »Man kann sie sich von Bedreghin schreiben lassen oder von der

Dalatri oder sonst einem armen Opfer, das einem in die Hände fällt.«

Polidori sah hinab auf die sonnendurchglühte Stadt; er sagte: »Bedreghin und die Dalatri sind Schreibkräfte, sonst nichts. Sie ersparen es mir, einen Stift in die Hand nehmen zu müssen.«

»Ach, ist dir das zu mühsam?« fragte ich.

»Ja«, sagte Polidori. »Es ist schrecklich mühsam.« Er sah mich an; wir waren jetzt beide in Schweiß gebadet; es mußte mindestens vierunddreißig Grad haben, neunzig Prozent Luftfeuchtigkeit.

Er sagte: »Was denkst du? Oder denkst du gar nichts?«

»Ich denke, daß du ein Scheißkerl bist«, sagte ich. »Widersprüchlich und zweideutig, genau wie alle die anderen Scheißtypen, die unser Land auffressen. Du redest eine Menge Zeug daher und tust dann genau das Gegenteil von dem, was du sagst, Pech für den, der dir glaubt.«

Er lächelte: »Aber das Leben selbst ist doch widersprüchlich und zweideutig, Roberto. Es umkreist dich und durchdringt dich und entgleitet dir wieder. Es funktioniert doch nicht, als ob du es mit einem Gesprächspartner aus Pappe zu tun hättest, der unverrückbar vor dir steht. Du kannst es vereinfachen, wenn du willst, aber dann wird es zu einer Art stilisiertem Ballett. Natürlich gibt es auch Fälle, in denen Recht oder Unrecht ziemlich eindeutig auf einer Seite sind, aber das kommt selten vor. Die Beweggründe verquicken sich, Recht und Unrecht überschneiden sich ständig.«

Ich sagte: »Eine solche Lebensauffassung kotzt mich an. Sie ist die beste Methode, alles so zu lassen, wie es ist, und die schlimmsten Schandtaten zu rechtfertigen. Es ist die Lebensauffassung von Dieben und Mördern.«

Dann ging ich wieder hinein, in die kühle und dünne

Luft, ging durch die Diele und zur Tür hinaus, und mir schien, daß ich nicht einmal ein Hundertstel von dem gesagt hatte, was ich hätte sagen wollen; mir schien, daß ich keine Rache geübt und keine Entschädigung für das bekommen hatte, was ich verloren hatte.

Zweiunddreißig

Ich blieb in Rom, im aufgeblähten und gierigen Bauch Italiens, wie Polidori sagte. Trastevere gefiel mir, es war wie ein kleines Dorf innerhalb der Stadt; ich kannte schon fast alle Ladenbesitzer, sie grüßten mich, wenn ich vorbeiging. Manchmal dachte ich mir sonderbare Umwege aus, um zu vermeiden, daß ich Maria begegnete, aber nicht immer, manchmal dachte ich nicht daran oder glaubte nicht daran zu denken.

Am zwanzigsten Juni stand *Das Prinzip der konzentrischen Falle* bereits an der Spitze der Bestsellerlisten aller großen Zeitungen und Zeitschriften. Oscar Sasso hatte eine begeisterte Rezension geschrieben, in der er sagte, Polidori habe es geschafft, sich auf überraschende Weise zu verjüngen, und sei in eine neue Schaffensphase eingetreten. Die ganze Herde der Kritikerkollegen folgte ihm, blökte »erstaunlich« und »herausragend«. Polidori exponierte sich wie immer sehr maßvoll: zeigte sich nur wenig im Fernsehen, gab kaum Interviews.

Am dreißigsten Juni, sobald die neue Nummer fertig war, kündigte ich bei *360°*.

Am fünften Juli rief Rocas' Assistentin aus Spanien an und fragte, wie weit ich mit meinem Buch sei. Ich sagte ihr, daß gerade jemand an der Wohnungstür sei und daß ich sie in einer Viertelstunde zurückrufen werde. Ich ging in meinem Wohnzimmer mit den verhängten Fenstern auf und ab und fragte mich, ob mein neues Leben schon zu Ende war oder ob ich noch eine Chance hatte. Ich fragte mich, ob ich jetzt für immer ein ehrgeiziger und kontrollierter kleiner Literaturpapagei sein würde oder ob meine Verwandlung reversibel war. Dann dachte ich daran, daß ich wegen Polidori meine Frau und meine Geliebte und mein erstes Buch verloren hatte, daß er mir dafür aber genügend blank liegende Gefühle hinterlassen hatte, um ein neues zu schreiben, dieses hier.

Andrea De Carlo im Diogenes Verlag

Creamtrain

Roman. Aus dem Italienischen von
Burkhart Kroeber

»Kritisch äußert sich Andrea De Carlo über seine Erfahrungen in Amerika, die er sich in seinem ersten Roman *Creamtrain* vom Leibe geschrieben hat. Mit diesem Buch, dessen Manuskript sein Sponsor und Lektor Italo Calvino betreute, wurde Andrea De Carlo auf Anhieb zum meistversprechenden literarischen Debütanten.« *Sender Freies Berlin*

Vögel in Käfigen und Volieren

Roman. Deutsch von Burkhart Kroeber

»Eines Tages wird Fjodor Barna, der Held des Romans, aus seiner Ich-Befangenheit herausgerissen, in seinem scheinbaren Stoizismus irritiert durch die Liebe zu dem ebenso schönen wie unberechenbaren Mädchen Malaidina, dessen Anblick ihm das ›Blut verkehrt herum kreisen‹ läßt; und wenn man in Fjodor einen späten Nachfahren von J. D. Salingers Holden Caulfield sehen zu können meint, könnte Malaidina eine Nachfahrin von Holly Golightly aus Truman Capotes *Frühstück bei Tiffany* sein.« *Frankfurter Allgemeine Zeitung*

Macno

Roman. Deutsch von Renate Heimbucher

»Macno, einst Talkmaster im staatlichen Fernsehen, hat sich über Einschaltquoten zum Diktator befördert. Ausgehend von einer konventionellen Kritik an der Allmacht des Fernsehens nimmt der Autor die Idee auf und überdreht sie ohne Hemmungen, bis am Ende eine schrille Geschichte steht, die dennoch verblüffend wirklich klingt. Die gedankliche Abenteuerlust De Carlos hat eine Geschichte hervorgebracht, an die sich deutsche Autoren selbst in zehn Jahren noch nicht herangetraut hätten.« *Tempo, Hamburg*

Yucatan

Roman. Deutsch von Jürgen Bauer

»Ein Regisseur aus Europa fliegt nach Los Angeles, um sich mit dem mexikanischen Schriftsteller zu treffen, dessen Buch er verfilmen will. Eine Etappe ist spannender als die andere: am Ende kehrt der Regisseur zum ›negativen Ort‹ Los Angeles zurück, aber geläutert und mit sich selbst im Frieden. Denn die ganze Reise, so realistisch sie geschildert wird, ist auch eine Allegorie der Kämpfe, die im Inneren der von einer ›middle crisis‹ und von Zweifeln an seinem Künstlertum gebeutelten Hauptfigur wüten.
Die Heilung des Regisseurs findet vor einem metaphysischen Hintergrund statt, vor dem zwei Welten aufeinanderstoßen und sich friedlich durchdringen: Natur und Technik, präkolumbianische Maya-Mystik und nordamerikanische Nüchternheit, Magie und Wirklichkeit, Meskalin und Geld.«
Frankfurter Allgemeine Zeitung

Zwei von zwei

Roman. Deutsch von Renate Heimbucher

Mario und Guido lernen sich in der Schule kennen, 1968 in Mailand. Guido ist der aggressivere, frühreif, voller Ideen und Utopien. Mario ist von ihm fasziniert, hängt sich an ihn an. Sie erleben zusammen die politische Revolte jener Jahre, aber auch die erste Liebe. Dann trennen sich ihre Wege ...

»Der ironische Blick, der den Kern einer Situation erfaßt, ist De Carlos herausragende Qualität, und war es seit je. Ohne tiefschürfende Introspektion rückt er psychologisch äußerst komplexe Zusammenhänge ins Licht, indem er sie an ihren sichtbaren Zeichen erkennt.« *Neue Zürcher Zeitung*

Techniken der Verführung

Roman. Deutsch von Renate Heimbucher

Ein junger Autor zwischen einer Frau, die er liebt, und einem Literaten, den er bewundert und der ihn fördert: In diesem modernen Künstlerroman wird das Schriftstellerdasein zum Abenteuer. Unter De Carlos Feder entsteht ein ebenso spannendes wie scharfes Bild des heutigen – korrupten – Italiens: Der Leser blickt hinter die Kulissen und erfährt nicht zuletzt Aufschlußreiches über das Innenleben von Redaktionsstuben und Literaturbetrieb...

»Ein hervorragendes Buch.« *Der Spiegel, Hamburg*

»Eine zeitgenössische Version von Balzacs *Verlorene Illusionen* oder Heinrich Manns *Schlaraffenland*.«
Frankfurter Allgemeine Zeitung

Arcodamore

Roman. Deutsch von Renate Heimbucher

Freiwillig allein nach einer gescheiterten Ehe, vergißt der erfolgreiche Fotograf Leo Cernitori seinen Vorsatz, sich nie wieder von Gefühlen mitreißen zu lassen – beim Anblick einer rätselhaften Schönen. Die dreißigjährige Harfenistin Manuela Duini ist ebenso ruhelos wie wandelbar: Bald rowdyhaft männlich, bald von sanfter Weiblichkeit. Eine *amour-passion* entwickelt sich, geprägt von Verzückung und Wutanfällen. Dem Spannungsbogen der Liebe – Arcodamore – folgend, droht aus dem Verhältnis *amour fatal* zu werden.
De Carlo schildert die Entwicklung einer Leidenschaft mit einem ebenso einfühlsamen wie analytischen Blick, der Stendhals berühmten Essay *Über die Liebe* der heutigen Zeit anzuverwandeln vermag.

»Ein Roman über die Malaise in den Beziehungen zwischen Mann und Frau heute; über die unüberbrückbare Kluft, sogar noch in der Leidenschaft.«
L'Espresso, Rom

Guru

Roman. Deutsch von Renate Heimbucher
(vormals: *Uto*)

Peaceville im ländlichen Connecticut: ein Paradies des Friedens, der Freude und der Nächstenliebe. So will es zumindest die Kommune, die dort ihre Zelte aufgeschlagen hat. Doch um den Frieden von Peaceville ist es geschehen, als ein junger Italiener namens Uto dort auftaucht ...

»Vom kühlen Beobachter wird Andrea De Carlo zum indirekten Kommentator religiösen Wahns und heutiger Neurosen.« *Panorama, Mailand*

»Spannend, spritzig, cool wird aus der Perspektive des Postpunks Uto ein Paradies dekonstruiert: eine Sektierer-Kommune in Connecticut. Italiens Kommentar zu Sinnkrise und New-Age-Neurose.«
Esther Röhr/Vogue, München

Wir drei

Roman. Deutsch von Renate Heimbucher

Wie *Zwei von zwei* zum Kultbuch geworden in Italien: Nicht nur mit zwanzig hat man das Leben noch vor sich, sondern auch mit vierzig, wenn man zu Aufbruch und Abenteuer bereit ist wie Livio, Marco und Misia. Das Geheimnis? Leidenschaftlich sein: In der Liebe, der Freundschaft, als Künstler. *Wir drei* ist eine faszinierende Lebensbilanz von Lebenskünstlern, ein Generationenroman, geschrieben mit ebensoviel Sound wie Einfühlungsvermögen.

»Andrea De Carlo ist *on the road* wie in den besten Zeiten.« *Panorama, Mailand*

»Man kann nicht anders als sie lieben: seine junggebliebenen Helden, die bereit sind, nach dem Sinn des Lebens und des eigenen Tuns zu fragen, und die nein sagen zu dem, was nicht in Ordnung ist.«
Corriere della Sera, Mailand

Liaty Pisani im Diogenes Verlag

Mit Ogden hat Liaty Pisani einen Spion geschaffen, der eine fatale Schwäche hat: Er hat ein Gewissen. Dennoch wird er mit seiner Intelligenz und Schnelligkeit bei den heikelsten Missionen eingesetzt. Für Ogden ist der Dienst seine Familie: als Ziehsohn eines Geheimdienstbosses ist er mit den Umgangsformen in der Welt der Top-Secret-Informationen vertraut. Was ihm nicht jede böse Überraschung erspart.

»Wenn es sich nicht noch herausstellt, daß es sich bei Liaty Pisani um John le Carrés Sekretärin handelt, die ihm die Manuskripte maust, dann haben wir endlich eine weibliche Spionage-Autorin. Noch dazu eine mit literarischem Schreibgefühl.«
Martina I. Kischke / Frankfurter Rundschau

»Ein bemerkenswertes literarisches Talent, das außerhalb der italienischen Tradition, nämlich zwischen Chandler und le Carré, eingereiht werden muß und durch seine versteckten Zitate an Nabokov erinnert.«
La Stampa, Turin

Der Spion und der Analytiker
Roman. Aus dem Italienischen von Linde Birk

Der Spion und der Dichter
Roman. Deutsch von Ulrich Hartmann

Der Spion und der Bankier
Roman. Deutsch von Ulrich Hartmann

Susanna Tamaro im Diogenes Verlag

»Die 1957 in Triest geborene italienische Autorin Susanna Tamaro, Großnichte Italo Svevos, ist eine hinreißende Fabuliererin mit frischer Phantasie, Poesie und Witz.« *Süddeutsche Zeitung, München*

»Dieser aufrichtige und klare Stil; diese Fähigkeit, das Leid der Schwachen und Schutzlosen zu zeichnen – sie hat es vermocht, mich zu rühren, ohne mich zu beschämen, nicht anders als es mir bei der Lektüre von *Oliver Twist* ergangen war oder bei bestimmten Seiten aus Kafkas *Amerika*.« *Federico Fellini*

»Eine der lebendigsten und schmerzlichsten Stimmen der jungen italienischen erzählenden Literatur. Transparent wie Kristall. Und stark. Und zart.«
Grazia, Mailand

Love
Fünf Erzählungen
Aus dem Italienischen von Maja Pflug

Der kugelrunde Roberto
Deutsch von Maja Pflug

Geh, wohin dein Herz dich trägt
Roman. Deutsch von Maja Pflug

Kopf in den Wolken
Roman. Deutsch von Ulrich Hartmann

Eine Kindheit
Erzählung. Deutsch von Maja Pflug

Der Zauberkreis
Ein Märchen für große und kleine Kinder. Mit Bildern von Tony Ross. Deutsch von Ulrich Hartmann

Anima mundi
Roman. Deutsch von Maja Pflug

Die Demut des Blicks
Wie ich zum Schreiben kam. Zwei Essays und ein Gespräch mit Paola Gaglianone. Deutsch von Maja Pflug

Leopoldo und der Bücherberg
Mit Bildern von Ute Krause. Deutsch von Christine Stemmermann

Cara Mathilda
Briefe an eine Freundin. Deutsch von Maja Pflug

Philippe Djian im Diogenes Verlag

»Djians Sprache und Rhythmus verschlagen einem den Atem und ziehen einen in die Geschichten, als wäre Literatur nicht Folge, sondern Strudel.«
Göttinger Woche

»Djian schreibt glasklar und in einem Tempo, dem ältere Herren wie Grass und Walser schon längst durch Herzinfarkt erlegen wären.« *Plärrer, Nürnberg*

Philippe Djian, geboren 1949, lebt in Lausanne. Pierre Le Pape über Djians Stil: »Die Puristen mögen getrost grinsen; morgen werden die Schulkinder, sofern sie dann noch lesen, bei Djian lernen, was viele der besten jungen Autoren längst von ihm erhalten haben: eine Lektion in Stilkunde.«

Betty Blue
37,2° am Morgen
Roman. Aus dem Französischen von Michael Mosblech

Erogene Zone
Roman. Deutsch von Michael Mosblech

Verraten und verkauft
Roman. Deutsch von Michael Mosblech

Blau wie die Hölle
Roman. Deutsch von Michael Mosblech

Rückgrat
Roman. Deutsch von Michael Mosblech

Krokodile
Sechs Geschichten. Deutsch von Michael Mosblech

Pas de deux
Roman. Deutsch von Michael Mosblech

Matador
Roman. Deutsch von Ulrich Hartmann

Mörder
Roman. Deutsch von Ulrich Hartmann
(vormals: *Ich arbeitete für einen Mörder*)

Kriminelle
Roman. Deutsch von Ulrich Hartmann

Heißer Herbst
Roman. Deutsch von Ulrich Hartmann

Doris Dörrie im Diogenes Verlag

»Doris Dörrie ist als Erzählerin Spezialistin in diffizilen Angelegenheiten der kleinen Rache und gezielten Ohrfeigen zum Zwecke der Unterstützung des eigenen Selbstwertgefühles. Sie ist eine sehr gute Kurzgeschichten-Schreiberin mit der erforderlichen Prise Selbstironie und mit stilistischer Eleganz.«
Annemarie Stoltenberg/Die Zeit, Hamburg

»Es ist vollkommen gleichgültig, ob Sie Doris Dörrie in der Badewanne, im Intercity-Großraumwagen, im Lehnstuhl oder in der Straßenbahn lesen, nur: Lesen Sie sie!« *Deutschlandfunk, Köln*

Liebe, Schmerz und das ganze verdammte Zeug
Vier Geschichten

»Was wollen Sie von mir?«
Erzählungen
Mit Fotos von Helge Weindler

Der Mann meiner Träume
Erzählung

Für immer und ewig
Eine Art Reigen

Love in Germany
Deutsche Paare im Gespräch mit Doris Dörrie
Unter Mitarbeit von Volker Wach. Mit 13 Fotos

Bin ich schön?
Erzählungen

Samsara
Erzählungen

Was machen wir jetzt?
Roman